Isabelle Johansson

Zwischen Kaviar und Himbeertörtchen

Liebesroman

Copyright © 2017 Isabelle Johansson

ISBN-13: 978-1545496039
ISBN-10: 154549603X

Isabelle Johansson
c/o AutorenServices.de
König-Konrad-Str. 22
36039 Fulda

www.isabellejohansson.com
kontakt@isabellejohansson.com

Covergestaltung: Design-Elemente u.a. von Freepik.com

Alle Rechte vorbehalten.

I

Anina hatte noch nie zuvor eine solch opulente Torte gesehen. Sie bestand aus fünf Schichten, die sorgfältig auf einer enormen Etagere angerichtet waren. Jede dieser Lagen war mit feinstem Fondant überzogen, der in verschiedenen Pastellfarben im Schein der Kerzen schimmerte. Obwohl die Torte ein stimmiges Gesamtbild abgab, schien jede Schicht eine Persönlichkeit auszustrahlen: Ganz unten befand sich die kühle, elegante Lage in einem dezenten Türkis, verziert mit unzähligen künstlichen Blättern, die so echt aussahen, dass der Gedanke, sie in den Mund zu stecken, regelrecht frevelhaft wirkte. Sie ließ ihren Blick bis nach oben schweifen: Auf der Spitze der Torte hatte der Tortendesigner (gab es diesen Beruf überhaupt?) seine verspielte Seite gezeigt: Zwei Eichhörnchen balgten miteinander und wurden von einem unglaublich niedlichen Kaninchen beobachtet.

Die vielen »Ooohs!« und »Aaaahs!« der anderen Gäste hallten durch den Saal. Anina war nicht als Einzige angemessen beeindruckt.

»Ein Scheibchen vom Dessert, meine Liebe?«

Anina zuckte zusammen und erinnerte sich, wofür sie hier war. Sie wandte sich ihrem Begleiter zu und schenkte ihm ein so gewinnendes Lächeln, als hätte er ihr die intelligenteste Frage ihres Lebens gestellt. Als ob sie sich mit einem »Scheibchen« zufriedengeben würde. Nach dem wenig sättigenden Kaviar hätte sie eine halbe Torte verdrücken können. Wer wusste außerdem schon, wann sie das nächste Mal die Chance bekommen würde, so etwas zu essen. Am liebsten hätte sie sogar ein Stück für Emily eingepackt – was natürlich unmöglich war.

»Wie könnte ich einer solchen Versuchung widerstehen?« Sie lächelte ihn erneut kokett an und wusste, dass ihr Satz zweideutig aufgenommen werden konnte.

Ihr Lächeln hatte die gewünschte Wirkung. Ihr Begleiter hatte den gesamten Abend über kaum die Blicke von ihr lösen können. Anina musste nicht lange raten, was in seinem Kopf vorging. Sie kannte ihre Ausstrahlung auf Männer – dieser bildete keine Ausnahme.

»Dann lass mich für heute Abend dein Gentleman sein«, gab er zurück und verzog das Gesicht zu einem Grinsen. Er erhob sich und schob den Stuhl so leise nach hinten, als würde er über den Boden schweben. Diese Leute mussten solche Dinge schon in der Kindheit gelernt haben.

Anina ließ den Blick schweifen. Wie von unsichtbaren Fäden geführt, standen überall an den kerzenbeleuchteten Tafeln im Smoking gekleidete Herren auf, um für ihre Begleiterinnen ein Stück der Torte zu ergattern. Das Dessert wurde nicht am Tisch serviert, sondern gab aus Tradition den Männern die Gelegenheit, ihren einprogrammierten Jagdinstinkt auszuleben und ihre Tischdamen zu beeindrucken.

Es wirkte beinahe komisch, mit welch triumphierendem Blick sie an die Tafeln zurückkehrten, um sich ihre Belohnung abzuholen. Anina brachte ihre Augen zum Leuchten und öffnete überrascht den Mund, als ihr Tischherr sich mit seiner Beute wieder zu ihr gesellte.

»Aber das wäre doch nicht nötig gewesen! So ein großes Stück!« Sie blickte auf das winzige Stückchen herunter, das sich auf dem ohnehin überschaubaren Dessertteller mit Blütendekor zu verlieren schien.

»Ich dachte mir, wir könnten es teilen«, schnaufte er alles andere als gentlemanlike und setzte sich neben sie. Anina entging nicht, dass sein Stuhl ein paar Zentimeter näher an ihren herangerückt war.

»Liebend gern«, säuselte sie und schaute auf die anderen Gäste ihrer Tafel. Sie war nicht die Einzige, die mit einer Entschuldigung für ein echtes Stück Torte vorliebnehmen musste. Es gab jedoch auch die Damen, die ihre Begleiter mit einem strahlenden Lächeln empfingen – selbst wenn dieses Lächeln vermutlich der enormen Portion Dessert galt, die ihnen serviert wurde. Eine gertenschlanke Frau in den Sechzigern machte sich sofort über ihre Torte her, schob einen Bissen nach dem anderen in ihren Mund, sodass es fast unanständig wirkte. Anina blickte auf ihren eigenen Teller herunter und seufzte innerlich. Neid keimte in ihr auf. Doch zumindest ihren winzigen Happen würde sie genießen.

Anina griff nach einer Gabel, bevor er auf die Idee kommen konnte, sie wie ein Kleinkind zu füttern. Er hatte ihr ein Stückchen aus einer der mittleren Schichten der Torte mitgebracht: feine Lagen aus Biskuitteig, durchzogen von drei schokoladigen Streifen und umgeben von rosafarbenem Fondant. Das Wasser lief ihr im Mund zusammen. Die vorherigen Gänge waren zwar lecker gewesen, hatten sie jedoch bei Weitem nicht gesättigt. Außerdem ... wer konnte schon einer Torte widerstehen? Sie jedenfalls nicht. Sie zwang sich, nur einen kleinen Bissen abzustechen, und genoss die Geschmacksexplosion auf ihrer Zunge. Dies war nicht pappig süß wie Fertigtorten aus dem Supermarkt, sondern bestand aus unterschiedlichsten Aromen, die sich zu einer komplexen Qualität vereinigten.

Sie richtete sich auf. »Vorzüglich! Sie haben genau meinen Geschmack getroffen!«

Anina seufzte innerlich, als ihr Begleiter sich aufrichtete und zu strahlen begann. Wie einfach diese Männer zu begeistern waren. Ein kleines Kompliment, und sie fühlten sich wie erfolgreiche Krieger.

»Wie könnte ich auch anders, bei einer solchen Begleitung?« Er hatte sich zu ihr gebeugt und die Worte ins Ohr geflüstert.

Anina strahlte ihn an und erhielt einen tiefen Blick zur Antwort. Seine Augen weiteten sich leicht und sein Blick wanderte über ihre Wangen zu ihrem Mund. Sie spürte, wie sich sein Atem unmerklich beschleunigte, hatte ein Gespür für diese Reaktionen. Er beugte sich nach unten, als hätte er versehentlich etwas auf den Boden fallen lassen, und rückte seinen Stuhl beim Wiederaufrichten noch ein wenig näher an ihren heran. Anina roch sein teures Aftershave – und etwas von ihm selbst: Verlangen.

Der zuvor so exquisite Geschmack des Desserts verwandelte sich in etwas unangenehm Haariges, das sie kaum herunterschlucken konnte. Sie sehnte sich nach einem unschuldigen Moment, in dem eine Torte einfach nur ein Nachtisch sein konnte, ohne zu einem imaginären Vorspiel zu mutieren.

Die Stimme ihres Begleiters drang an Aninas Ohr, viel zu nah. »Ich weiß ... es gibt gewisse ... Regeln. Aber vielleicht können wir die bei mir besprechen?«

Anina ließ die Worte für einen Moment auf sich wirken. Dann schenkte sie ihm eines ihrer schönsten Lächeln. Genau das konnte sie: Egal was sie wirklich verspürte, dieses Lächeln hatte sie tausendmal geübt. »Wir können uns gern draußen näher unterhalten.«

Sie erkannte den befriedigten Ausdruck in seinen Augen. Sie wusste, was gleich passieren würde.

Das Taxi fuhr durch die Dunkelheit, der Fahrer pfiff schrecklich schief eine eigene Version von Elvis »It's now or never« mit, das leise im Radio dudelte.

Anina schaute nach draußen und konnte zum ersten Mal seit Stunden wieder frei atmen.

Ihr Begleiter war nicht glücklich gewesen, natürlich nicht. Doch er gehörte eindeutig zur wohlerzogenen und höflichen

Sorte, die sich ihre Verstimmung kaum anmerken ließ. Obwohl alle die Regeln kannten, schwang bei vielen Treffen die Hoffnung auf mehr mit. Anina tat zugegeben alles, damit genau dieser Eindruck aufkam: Sie hatte ihr Verhalten perfektioniert, wusste, wann sie einem Mann auf welche Weise begegnen musste, um ihn sich wie ein König fühlen zu lassen.

Wenn es nur nicht so anstrengend wäre. Sie kuschelte sich in den zerschlissenen Sitz des Taxis und erlaubte sich, für ein paar Momente die Augen zu schließen.

Scheinbar wenige Sekunden später hielt das Taxi vor ihrem Haus. Oder anders gesagt: Vor dem Haus von Mrs Peterson, in dem Anina die kleine Souterrain-Wohnung gemietet hatte. Mrs Petersons Sohn war vor einigen Jahren ausgezogen und hatte Platz für neue Untermieter gemacht.

»Schönen Abend noch, hübsche Lady!«, rief ihr der Taxifahrer zu und winkte ihr zu, bevor er Gas gab und in der Dunkelheit verschwand.

Zumindest hatte sie heute nicht das Taxi bezahlen müssen. Es gab eben noch die echten Gentlemen, die sich trotz einer Zurückweisung nicht lumpen ließen und ihr ein paar Scheine für die Heimreise in die Hand drückten. Über eine Stunde war sie bereits unterwegs, zurück in die Provinz.

Anina zog den Mantel über ihre Schultern und bemühte sich, nicht auf den Natursteinen auszurutschen, die den Weg zum Haus pflasterten. Mrs Peterson war eine begeisterte Gärtnerin und Anina genoss es, in ruhigen Momenten zwischen Rhododendren, Rittersporn und Lupinen zu entspannen. Doch bucklige Steine und High Heels passten eindeutig nicht zusammen.

Sie erreichte die Eingangstür, schloss sie auf und drückte die Klinke herunter. Der typische Geruch nach aufgewärmter Tomatensoße empfing sie – und eine ebenso typische Ruhe. Emily war hoffentlich bereits schlafen gegangen. Oder sie brütete wieder über ihren Büchern. Doch durch die Türspalte zu Emilys Zimmer drang kein Lichtschimmer. Gut. Es war auch so schon schwer genug, die kleine Leseratte jeden Morgen zum Aufstehen zu bewegen.

Anina streifte die hohen Schuhe ab und spürte, wie ihre Füße dankbar aufatmeten. Auf Zehenspitzen tapste sie ins Bad, das sie mit der typisch feuchtwarmen Luft empfing, die nach einer Dusche noch im Raum hing. Braune Fliesen, ein ockerfarbenes Waschbecken und ein dunkelgrauer Teppich. Irgendwann würde sie in einer Wohnung leben, in der ein modernes Bad eingebaut war – das schwor sie sich jeden Tag aufs Neue.

Der heiße Duschstrahl entspannte ihren Nacken und wusch alle Anspannung von ihr ab. Abende wie heute laugten sie aus, immer wieder. Mittlerweile sollte sie daran gewöhnt sein: an die Tischetikette, die oberflächlichen Gespräche, die glühenden Blicke ihrer Begleiter. Doch sie hatte die Hoffnung aufgegeben, mit solchen Arrangements ebenso locker umzugehen wie einige ihrer Kolleginnen. Stattdessen sehnte sie sich nach der Dusche, die sie wie heute auch zu einem normalen Menschen machte.

Das Badetuch roch nach Sommerbrise – zumindest versprach das die Flasche des Weichspülers. Für Anina durfte es gern auch Frühlings- oder Herbstbrise sein, Hauptsache, sie war zu Hause. Sie schlüpfte in ihre Krümelmonster-Hausschuhe, die Emily ihr zu Weihnachten geschenkt hatte. Vorsichtig öffnete sie die Tür zum Bad und schlich in die Küche. Erst vorgestern hatte sie gelesen, wie wichtig ein nahrhaftes Frühstück für Schüler war. Da sie selbst der schlimmste Morgenmuffel auf Erden war, hatte sie es sich zur Angewohnheit gemacht, schon am Abend alles vorzubereiten. So leise wie möglich schnippelte sie einen Apfel und eine Orange und verfrachtete das Obst in einer Dose in den Kühlschrank. Sie stellte das Müsli auf den Tisch und legte ein paar Frühstückscracker dazu.

Anina zuckte zusammen, als eine der Schranktüren ein unangenehmes Quietschen von sich gab. Sie lauschte in die Dunkelheit – doch Emily schien fest zu schlafen. Ab und zu hatte ihre Schwester Albträume, die stärker ausfielen, wenn sie im Schlaf gestört wurde. Wie schön wäre eine größere Wohnung, in der sie sich beide frei bewegen könnten, ohne dass jedes Geräusch durch alle Zimmer drang.

Heute blieb es still. Anina schlich ins Wohnzimmer, schob die Kissen beiseite, zog ihr Bettzeug aus einer alten Holztruhe und kuschelte sich auf ihrem provisorischen Bett ein.

Sie wusste, sie sollte schlafen. Augenringe kamen in ihrem Beruf nicht sonderlich gut an. Doch wie immer nach Abenden wie diesem fühlte sich ihr Körper wie statisch aufgeladen, pochte ihr Herz und ließ sich nicht beruhigen. Sie griff nach der Fernbedienung, um sich berieseln zu lassen. Sie regelte den Ton herunter und schaltete sich Sender für Sender durch die belanglosen Programme: eine Quizsendung mit einer Moderatorin im Hühnerkostüm, eine Verkaufssendung, in der eine innovative Küchenreibe angeboten wurde, eine Sitcom, deren penetrantes Hintergrundlachen Anina schon jetzt auf den Geist ging.

Sie blieb beim BBC hängen. Drei Anzug tragende Männer diskutierten angeregt über ein Thema, das Anina nicht auf Anhieb erfassen konnte. Es war ihr auch egal. Ihr ging es lediglich darum, in den Schlaf gewiegt zu werden. Sie legte die Fernbedienung beiseite, kuschelte sich auf der Couch ein und versuchte langsam in Schlafstimmung zu kommen.

Ihre Gedanken schweiften um den Berg Wäsche im Bad und das Meeting, das ihre beiden Chefs für morgen anberaumt hatten.

Am Rande registrierte sie, wie sich einer der drei Männer im Fernsehen immer wirkungsvoller zu Wort meldete. Der hatte bestimmt einen Rhetorikkurs bei Barack Obama absolviert:

Wohlüberlegte Gesten unterstützten seine Aussagen und auch ohne seine Worte zu verstehen, ging seine Energie auf sie über. Er wirkte wie ein Mann, der für seine Mission brannte und der es nicht akzeptieren würde, sie von anderen gefährdet zu sehen. Obwohl er ähnlich schick gekleidet war wie der Rest, hätte sie sich nicht gewundert, ihm mit hochgekrempeltem Holzfällerhemd auf einer Farm zu begegnen. Warum bescherte ihr Job ihr nicht ab und zu ein solches Kaliber von Mann?

Wie gebannt schaute sie auf den Bildschirm – bis ein Seufzen aus Emilys Zimmer sie auf ihre Couch zurückholte. Entschlossen schaltete sie den Fernseher ab und lehnte ihren Kopf auf die harte Sofalehne. Von draußen drang das rötliche Licht der Straßenlaternen durch die Jalousien. In aller Frühe würden die Pendler mit ihren Autos regelmäßiges Scheinwerferlicht in ihr provisorisches Schlafzimmer werfen. Sie hätte daran denken sollen, sie komplett zu schließen.

Aus der Küche hörte sie den tropfenden Wasserhahn.

Es wurde dringend Zeit, etwas an ihrem Leben zu ändern.

»Hast du Zähne geputzt?«

»Ich bin kein Kind mehr.« Emilys Stimme klang gedämpft aus dem Badezimmer.«

»Und trotzdem brauchst du so lang im Bad, als würdest du dir jedes Haar einzeln kämmen.«

Die Tür flog auf und Emily schoss noch im Nachthemd durch den kleinen Flur in ihr Zimmer. Geräusche drangen durch die Tür, als würde jemand in einer großen Holzkiste wühlen.

»Nun komm schon! Wir müssen los!« Anina schaute auf die Uhr. Es kam nicht oft vor, dass in ihrem Job ein Agenturmeeting anberaumt wurde – besonders nicht an einem Vormittag. Vielleicht sollte auf diese Weise die Wichtigkeit betont werden.

Obwohl sie sich wahrlich nicht als begeisterten Frühaufsteher bezeichnen würde, traf dies noch viel weniger auf ihre Schwester zu: Es grenzte jeden Morgen an ein Wunder, sie pünktlich zur Schule zu bringen.

»Moment, ich muss noch –«

»Jetzt nicht! Wir sind spät dran!«

Emily erschien mit geröteten Wangen im Türrahmen ihres Zimmers. Immerhin hatte sie das Nachthemd gegen ihre Schuluniform ausgetauscht. Wer auch immer meinte, junge Mädchen zeigten sich besonders gern in tarnfarbenem Dunkelgrün, musste eine Vorliebe für Militärübungen oder die Forstwirtschaft haben.

»Wusstest du, dass statistisch gesehen Männer mehr Zeit im Bad verbringen als Frauen?«

»Nicht schon wieder eine Statistik!«

»Ich hab es gerade nachgeschlagen. Du kannst also davon ausgehen, dass ich nicht zu lange brauche. Hättest du einen Bruder mit beginnendem Bartwuchs, würdest du ewig warten.«

»Vielleicht wäre der aber schon beim ersten Wecken aufgestanden und hätte nicht noch eine halbe Stunde länger geschlafen.«

»In einem Modellversuch in Schweden wurde herausgefunden, dass Schüler deutlich aufnahmefähiger sind und bessere Leistungen erbringen, wenn die Schule später beginnt.«

»Wir sind aber nicht in Schweden und müssen jetzt los.«

»Ich sag's ja nur. Das jetzige System ist eine Zumutung für Körper und Geist der Jugendlichen.«

Anina lachte gegen ihren Willen auf und strich Emily durch die Haare. »Ich verstehe. Dir geht es wahnsinnig schlecht und ich sollte mich schämen, dich um 8.30 Uhr aus dem Haus zu scheuchen.«

Emily schaute sie ernst an. »Find ich auch. Besonders für so eine Zeitverschwendung wie die Schule.«

Anina seufzte. Diese Diskussion führten sie jeden Morgen. »Du weißt, wir können es nicht ändern.«

»Und du weißt, dass ich mehr lernen würde, wenn ich mich heute Nachmittag mit Mrs Peterson über ihre Katze mit Arthrose unterhalte.«

»Du übertreibst.«

»Tu ich nicht. Gestern haben wir in Biologie Fotosynthese durchgenommen. Ich sage dir ... das war so was von oberflächlich! Und die anderen Idioten haben die ganze Zeit so geschaut, als wäre das etwas vollkommen Neues.«

»Vielleicht war es für sie neu?«

Emily hob die Brauen, als würde diese Antwort alles erklären, was ihr an ihrer Schule missfiel.

Anina schob ihre Schwester aus der Wohnung, verschloss die Tür und sie machten sich auf den Weg zur Petersfield Secondary School, die nur drei Blöcke entfernt lag.

»Es ist reine Zeitverschwendung, ehrlich.«

»Es gibt nun mal eine Schulpflicht. Daran können wir nichts ändern.«

»Ist das die richtige Einstellung? Wurden große Veränderungen nicht immer von Menschen angestoßen, die abwegige Ideen hatten? Die sich nicht an die Konventionen der Zeit hielten? Vielleicht sollten wir damit beginnen, auf die unterirdische Schulbildung hinzuweisen und unseren eigenen Weg gehen!«

»Indem du zukünftig Biologieunterricht bei Mrs Peterson und ihrer Katze nimmst?«

Emily schaute störrisch nach vorn. »Mir fällt schon was ein.«

Die Schule kam in Sicht und Anina atmete auf. Die Erleichterung war jedoch nur von kurzer Dauer: Neben ihr verkrampfte sich Emily und Anina wusste, was nun kommen würde.

»Muss ich wirklich dorthin?«

Anina blieb stehen, legte ihrer Schwester eine Hand auf die Schulter und beugte sich zu ihr. »Du weißt, dass es nicht anders geht. Es sind nur ein paar Stunden. Mach das Beste draus!«

»In meiner Klasse sind nur Vollidioten.«

»Das bezweifle ich. Du musst sie nur richtig kennenlernen.«

Emily schaute sie nicht an, sondern malte mit ihrer Schuhspitze Kringel auf den Boden und hinterließ feine Spuren im Staub des Asphalts.

»Mich mag doch niemand.«

Anina brach es das Herz, ihre Schwester so traurig zu sehen. Sie konnte nichts für sie tun, außer ihr ständig zu bestätigen, wie großartig sie war. Doch wenn Emily in dieser Stimmung war, würden solche Worte nicht auf fruchtbaren Boden fallen.

Ein Blick auf ihre Uhr machte ihr bewusst, dass sie keine weitere Zeit verlieren durfte.

»Hör zu. Wir erledigen jetzt beide unsere Pflichtübungen und heute Abend bestellen wir uns eine super-käsige Pizza. Wie klingt das?«

Emily schaute nicht auf. »Bist du heute Abend etwa da?«

»Bin ich. Dann machen wir es uns vor dem Fernseher gemütlich, okay?«

Emily ließ nicht erkennen, ob sie den Vorschlag fabelhaft oder langweilig fand. Langsam drehte sie sich zum Schultor um und machte sich auf den Weg.

»Bis später!«, rief Anina ihr nach und hoffte, sie mit ihrer Idee zumindest ein wenig aufgemuntert zu haben. Jeden Tag aufs Neue hatte sie das Gefühl, zu versagen. Seit sie aus Colbridge weggezogen waren, ging es mit Emilys Stimmung rapide bergab. Die neue Schule forderte sie nicht im Geringsten und durch ihre schüchterne Art fiel es ihr schwer, Freunde zu finden. Als die Wohnungspreise in Colbridge ins Unermessliche gestiegen waren, hatten sie sich nach einer anderen Bleibe umschauen müssen. Nah genug an der Stadt, aber ausreichend erschwinglich für eine alleinverdienende Frau mit einer pubertierenden kleinen Schwester. Mrs Petersons Kellerwohnung war ihr wie ein Segen erschienen – bis sich herausstellte, dass Emily sich in der neuen Umgebung nur schwer zurechtfand.

Die Schulglocke riss Anina aus ihren Gedanken. Ebenso wie die widerwilligen Gespräche mit Emily wiederholten sich auch ihre Gedanken täglich aufs Neue, als würden sie in ihrem Kopf Runden drehen und dafür sorgen wollen, dass sie sie nicht vergaß.

Statt zu grübeln, hätte sie schon auf dem Weg nach London sein können. Es würde knapp werden mit dem nächsten Zug – und dann würde sie unweigerlich zu spät kommen und den Ärger des Mannes auf sich ziehen, den sie über alle Maßen hasste.

Anina spürte, wie ihr der Schweiß über den Rücken lief. Garantiert könnte sie beim »Wer hat den rotesten Kopf?«-Wettbewerb einen der vorderen Plätze belegen. Auch wenn bei ExAd heute keine Kunden anwesend sein würden, ging ein gepflegtes Äußeres über alles.

Ihre Kolleginnen und sie nutzten nur die Abkürzung »ExAd« für ihren Arbeitgeber – sehr zum Missfallen der Chefs. Der offizielle Titel »Executive Adventures« sollte mit Stolz in den Mund genommen werden, statt ihn wie den Namen einer IT-Firma abzukürzen.

Die Büroräume befanden sich in einem Altbau in London Islington. Keine Frage: ExAd wollte den Kunden imponieren, ihnen den perfekten ersten Eindruck vermitteln. Hinter den Mauern des altehrwürdigen Gebäudes erwarteten die Besucher dezent beleuchtete Räume, die mit Möbeln ausgestattet waren, die zweifellos nicht zum Selbstabholen aus einem Möbelhaus stammten.

Anina steuerte auf das Gebäude zu, bremste ihre Schritte

und atmete tief durch. Sie zog einen Make-up-Spiegel aus ihrer Handtasche und betrachtete sich: Die langen dunkelblonden Haare hatte sie heute zu einem Zopf gebunden, das Make-up war dezent und alltagstauglich ausgefallen. Ihre großen Augen wurden genau so betont, wie sie es sich wünschte. Wenn sie auch sonst keine außergewöhnlichen Gaben hatte: Ein perfektes Make-up bekam sie sogar im Tiefschlaf hin.

Sie öffnete die schwere Holztür und wurde sofort von klassischer Musik und dem typisch unterschwelligen Duft nach Vanille und Magnolie umfangen, in dem sich die Kunden wohlfühlen sollten. Der Empfang war verwaist – kein gutes Zeichen. Vermutlich war Kelly bereits im Meeting, schaute ständig auf die Uhr und fragte sich, wo Anina blieb. Aus dem rechten Büroraum drangen gedämpfte Laute und Anina steuerte darauf zu.

»Wie schön, dich heute noch begrüßen zu dürfen«, empfing sie eine ungeliebte Stimme. Dexter Dankworth lehnte mit verschränkten Armen am Kopfende des schmalen Raumes. »Wir wären schon viel weiter, wenn wir nicht auf dich hätten warten müssen.«

Alle Blicke wandten sich Anina zu und sie schluckte. »Ihr hättet gern schon anfangen können. Tut mir leid.« Die letzten drei Worte würgte sie mit viel Überwindung hervor.

»Angesichts unseres heutigen Themas hielt ich es für angemessen, ganz besonders auf dich zu warten.« Dexter schaute zu Oliver, dem zweiten Geschäftsführer der Agentur, als suche er dessen Zustimmung.

Oliver ging jedoch nicht darauf ein. Er lächelte in die Runde und klatschte in die Hände. »Gut, lasst uns loslegen!«

Anina setzte sich an die hintere Ecke des Tisches und betrachtete die beiden so unterschiedlichen Männer. Oliver wirkte wie der Betreiber eines Gemüsestandes auf dem Wochenmarkt: Mit seinem pausbäckigen Gesicht und der untersetzten

Statur wollte seine Stellung im Unternehmen nicht so recht zu ihm passen.

Dexter hingegen ... ein Schauer des Unbehagens glitt über ihren Nacken und sie schluckte den bitteren Geschmack hinunter, der sich bei seinem Anblick unweigerlich in ihrem Mund bildete. Stand sie auf High Heels neben ihm, reichte die Oberkante seines Kopfes gerade einmal bis zu ihrer Nase – eine Tatsache, die er mit einer besonders zur Schau gestellten Arroganz zu überspielen versuchte. Ständig war er in Bewegung, tippte mit einem Fuß auf, spielte mit den Fingern an seinen Gürtelschlaufen. Früher hatte Anina dieses Verhalten als energiegeladen wahrgenommen – heute sah sie es als Versuch, seine fehlende Größe durch unnötiges Gehabe auszugleichen.

Schon immer hatte sie sich gefragt, wie die beiden auf die Idee gekommen waren, ExAd gemeinsam zu gründen.

»Es gibt Neuigkeiten«, verkündete Oliver. »Keine sonderlich positiven, wie ich finde.« Er schaute auf Anina und ihre extrem hübschen Kolleginnen – jede auf ihre eigene Art. ExAd gab sich nicht mit einem durchschnittlich guten Aussehen zufrieden: Die Kunden zahlten für Qualität. Brenda dort drüben am Fenster kam sicher gerade vom Friseur und Anina spürte Bewunderung in sich aufsteigen. So makellos würde sie vermutlich niemals aussehen. Die anderen waren zwar für den heutigen Anlass verhältnismäßig leger gekleidet, doch ein Außenstehender konnte gut und gern das Gefühl haben, in ein Model-Casting geraten zu sein.

Oliver fuhr fort: »Es ist das eingetreten, was wir schon seit Monaten befürchtet haben. Seit die Konservativen die Wahlen gewonnen haben, wurde über einen Gesetzentwurf diskutiert, der Executive Adventures zukünftig unter stärkere Beobachtung stellen wird.«

Anina runzelte die Stirn. Sie hatte ein Gespräch über Gehälter oder neue Kunden erwartet, nicht eines über Politik.

»Machen wir es kurz«, unterbrach Dexter seinen Geschäftspartner. »Die wollen uns überwachen und schlimmstenfalls schließen.«

Unruhe breitete sich im Raum aus. Anina zählte durch: Sechs ihrer Kolleginnen waren heute anwesend, nur Tanya fehlte. Vielleicht begleitete sie wie angekündigt einen Kunden zur einer der großen Messen in London.

Was sollte das heißen, könnte ExAd wirklich geschlossen werden? Was Anina als rein formelles Meeting erwartet hatte, schien deutlich über Alltagsthemen hinauszugehen.

»Wir müssen nicht übertreiben«, sagte Oliver mit seiner sanften Stimme und schien mit seinen Händen die Nervosität im Raum nach draußen schieben zu wollen. »Wir sind eindeutig weniger betroffen als unsere Konkurrenten.«

Nora meldete sich zu Wort. Die kleine Rothaarige war selten um einen Spruch verlegen. »Was genau wollt ihr uns damit sagen?«

Dexters Stimme durchschnitt den Raum. »Die oberschlauen Typen im Parlament meinen, unser Unternehmen ist zu anrüchig. Was wir tun, soll in Zukunft als verdeckte Prostitution eingestuft werden. Ihr wisst, was das heißt: Bordellbetrieb ist verboten, genauso wie Werbung für sexuelle Dienstleistungen.« Er schlug kurz auf den Tisch. »Dann können wir einpacken.«

Die Unruhe im Raum machte einer schweren Stille Platz, die sich über sie legte. Anina meinte die Anspannung der anderen spüren zu können. Was sollte das heißen? Verloren sie alle ihren Job? Gedankenfetzen flogen durch ihren Kopf: ihre kleine Wohnung … mies bezahlte Jobs in einem Bahnhofscafé … Emily, die sich so sehr ein neues Buch über irgendein wissenschaftliches Thema wünschte, das Anina ohnehin nicht verstand. Musste sie wieder von vorn anfangen?

Als hätten sich alle abgesprochen, erhob sich Gemurmel in der Runde. Das Gedankenkarussell war offensichtlich nicht nur bei ihr in rasanter Geschwindigkeit losgefahren. Sie warfen sich Blicke zu, in denen die Verunsicherung mehr als deutlich zu sehen war.

Oliver gelang es, mit seinem typischen Lächeln die Aufmerksamkeit auf sich zu ziehen. Er hätte auch Pfarrer oder Seelsorger werden können, so wie er mit seiner bedächtigen Art Menschen ein behagliches Gefühl vermitteln konnte.

»Malen wir den Teufel nicht an die Wand. Executive Adventures war und ist nicht mit anderen Unternehmen der Branche vergleichbar. Wir stehen für Seriosität und Stil. Damit heben wir uns deutlich von unseren Konkurrenten ab. Begleitagenturen haben einen schmuddeligen Ruf – doch genau deshalb kommen Kunden eines bestimmten Klientels zu uns.«

Nora meldete sich erneut zu Wort. »Aber wir werden mit den anderen in einen Topf geworfen, richtig? Es glaubt uns doch keiner, dass wir wirklich nur eine Begleitagentur sind, mehr nicht.«

Dexter stand mittlerweile mit verschränkten Armen am Fenster, doch Oliver ließ sich nicht aus der Ruhe bringen. »Unsere Stärken sind unser respektabler Ruf und die Art, wie wir unser Geschäft betreiben. Im Grunde müssen wir nichts anderes tun als bisher – seriöse Begleitungen anbieten.«

Anina blickte unwillig zu Dexter hinüber. Wenn sich nichts ändern würde, warum wirkte er dann so angespannt? Es musste mehr dahinterstecken.

Oliver fuhr fort: »Zukünftig sollen Unternehmen wie wir von staatlicher Stelle aus stärker überwacht werden – was mich ehrlich gesagt nicht sonderlich beunruhigt.« Er schaute jeder einzeln in die Augen. »Ich vertraue darauf, dass ihr euch an unsere Regeln haltet.«

Dexter fuhr herum. »Damit ist es aber nicht getan. Bald wird es offizielle Kontrollen geben.«

Maya lachte auf. »Werden wir dann kameraüberwacht, ob

auch ja nichts zwischen uns und den Kunden passiert?«

Oliver hob die Hände. »Genaues ist noch nicht bekannt. Wir werden jedoch zukünftig intern stärker darauf achten müssen, was wir tun. Ihr wisst, wie unsere Richtlinien sind. Ich glaube nicht, dass eine von euch sie gebrochen hat.« Noch einmal schaute er vielsagend in die Runde. »Falls doch, war es bisher eure Privatsache.«

Dexter meldete sich vom Fenster aus zu Wort. »Ab jetzt sieht das anders aus: Lasst ihr euch auf einen Kunden ein, gefährdet ihr unser gesamtes Unternehmen.«

»Anina, bleib bitte noch kurz!«

Gerade hatte sie den Raum verlassen wollen, als die Worte an ihr Ohr drangen. So sehr sie Olivers Stimme mochte, so wenig wollte sie in seiner Nähe sein – hieß dies doch unweigerlich, auch mit Dexter in Kontakt zu kommen.

Seufzend ließ sie ihre Kolleginnen an sich vorbeiziehen und nahm dankbar das aufmunternde Augenzwinkern von Nora in sich auf. Ein Einzelgespräch mit den Chefs konnte nichts Gutes bedeuten.

»Nimm Platz!« Oliver deutete auf einen der schlichten, mit schwarzem Leder bezogenen Bürostühle.

»Danke, aber ich steh lieber.« Sie würde sich hüten, sich wie ein kleines Mädchen vor die oberlehrerhaften Männer zu setzen.

»Wie du meinst.« Oliver lächelte aufmunternd. »Wir ... ich dachte, wir sollten noch einmal allein mit dir reden. Wegen deiner ... Vergangenheit.«

Anina hatte gewusst, dass das kommen würde. Ebenso sicher wusste sie, dass nicht Oliver mit ihr hatte sprechen wollen, sondern Dexter. Ihre gemeinsame »Geschichte« machte die Arbeit bei ExAd nicht gerade leichter.

»Ich lasse mich nicht mit Kunden ein.« Sie legte so viel

Nachdruck wie möglich in ihre Stimme.

Dexter kam näher und warf ihr einen Blick zu, der den unangenehmen Geschmack in ihrem Mund wieder hervorholte. »Schade, dass deine Vergangenheit etwas anderes sagt.«

»Zum letzten Mal: Ihr könnt mir nichts nachweisen.« Anina schaute ihm direkt in die Augen, auch wenn sie nichts lieber getan hätte, als sich umzudrehen und das Büro zu verlassen. Sie hasste es mit jeder Faser ihres Herzens, sich ständig für etwas rechtfertigen zu müssen, was sie niemals getan hatte. Irgendwie hatte er es über die Jahre hinweg geschafft, ihr ein schlechtes Gewissen einzupflanzen, als stünden seine Vorwürfe zu Recht im Raum.

Dexter trat einen Schritt näher. »Zukünftig werden wir das können.«

Eine Drohung lag in seinen Worten, ein triumphierendes Glimmen, das ihr den schon bekannten Schauer über den Rücken sandte. Sie verabscheute Dexters Anblick aus ganzem Herzen, verachtete sein Verhalten und würde sich aufrichtig freuen, ihn leiden zu sehen.

Oliver trat ebenfalls näher und zog Dexter ein paar Zentimeter von ihr weg. »Lasst uns ruhig darüber sprechen. Anina.« Er wandte sich ihr direkt zu, doch schaffte er es dieses Mal nicht, sie mit seinem Lächeln zu beruhigen. »Wir müssen vorsichtiger sein, das ist euch sicher allen klar. Keiner von uns hat ein Interesse daran, Executive Adventures sterben zu lassen. Also haben wir uns etwas überlegt«.

Warum hatte sie nur das Gefühl, jetzt würde sie nichts Gutes zu hören bekommen?

Oliver atmete tief durch. »Wir müssen sicherstellen, dass die Regeln eingehalten werden. Wie gesagt – wir vertrauen euch. Aber sobald das Gesetz verabschiedet wird, wird es zweifellos schärfere Kontrollen geben. Wir kommen dem zuvor und prüfen zukünftig stärker intern, dass ihr euch alle entsprechend unseres Kodexes verhaltet. Wir haben ein Auge auf euch ... besonders auf dich. Du weißt, wieso.«

Weshalb erzählten sie ihr das? Und warum nur ihr allein, während die Kolleginnen draußen einen Kaffee schlürften und aufgeregt das Meeting auswerteten?

»Wir werden euch genau beobachten. Fühl dich nicht zu sicher«, warf Dexter ein, sein Grinsen höhnisch. »Von nun an wird dich jeder Fehltritt den Job kosten.«

Der Kaffee schmeckte nicht so gut, wie sie es erwartet hatte. Er war blubbernd aus der gleichen Maschine wie an anderen Tagen in ihre Tasse geflossen, hatte ebenso verführerisch geduftet – doch hinterließ einen überraschend bitteren Geschmack auf ihrer Zunge.

Dieser Tag verlief noch anstrengender als gedacht. Eine Milch mit Honig, eine bequeme Couch und irgendeine belanglose Serie im Fernsehen wären genau das, was sie nun brauchte.

Wie immer fühlte sie sich seltsam wund, nachdem sie Dexter zu nahe gekommen war. Glücklicherweise konnte sie ihm mittlerweile problemlos aus dem Weg gehen. Fast alle ihre Termine mit Kunden fanden nicht bei ExAd statt, sondern in gehobenen Restaurants, im Theater, auf Messen oder Galaveranstaltungen. Doch mehrmals im Jahr waren Treffen wie das heutige unvermeidlich.

Ihr Blick fiel auf eine der Broschüren, die stilvoll in sündhaft teuren Metallhaltern ausgestellt wurden.

Executive Adventures – Für den kultivierten Abend mit Stil

Die goldene Schrift hob sich optimal von dem dunklen, fast schwarzen Braun ab. Sie griff nach einer der Broschüren und schlug sie auf. Das schwere Papier fühlte sich rau unter ihren Fingern an und sie spürte die Prägung der geschwungenen

Buchstaben. Eines musste man ExAd lassen: Sie wussten, wie man sich präsentierte.

Nora kam zu ihr und ließ sich auf einen der Ledersessel plumpsen. Anina grinste. Wenn eine ihrer Kolleginnen so überhaupt nicht in das Bild einer Escort-Dame passen wollte, dann ihre quirlige Kollegin mit den roten Locken – zumindest im Alltag. Wobei: ExAd bestand darauf, keine »Escort«-Services zu betreiben. Zu viel Anrüchiges schwang in diesem Wort mit, von dem ihr Arbeitgeber sich eindeutig distanzieren wollte. Eine »stilvolle Begleitagentur« traf es schon eher.

Auch heute trug Nora bequeme Sneakers, Jeans und Wollpullover, als würde sie unterwegs zu einem ausgedehnten Spaziergang mit ihrem Labrador sein. Doch Anina kannte keinen Menschen, der sich so unvergleichlich in eine andere Person verwandeln konnte – vielleicht mit Ausnahme von Dexter. Mit dem Unterschied, dass Nora nach der Verwandlung wie ein Supermodel und Dexter wie der Teufel höchstpersönlich aussah.

Dieses unangenehme Bild wurde von Noras Strahlen verscheucht. »News?«

Anina rollte die Augen. »Du verlierst nie zu viele Worte, was?«

»Unnötig. Was wollten die beiden von dir?«

Sollte sie mit Nora darüber sprechen? Die Chefs wollten nicht, dass alle Kolleginnen von den verschärften Kontrollen erfuhren. Anina hatte es nur auf Drängen Olivers hin erfahren – schließlich stand ihre Anstellung ohnehin ständig auf der Kippe. Sie entschloss sich zu einer halben Wahrheit: »Das Übliche. Mir mitteilen, dass ich jederzeit fliegen könnte, dass ich mir keinen Fehltritt erlauben darf, bla, bla.«

Nora zuckte mit den Schultern. »Die schmeißen dich nicht raus. Nicht, solange Oliver eine Hand am Ruder hat. Warum sollten sie auch? Sie werden wohl kaum ihr bestes Pferd im Stall auf die Straße setzen.«

Anina fasste sich gespielt empört an die Brust. »Hab ich zu große Zähne? Und sind meine Haare verfilzt?«

»Immer das Schlimmste annehmen, wenn dir jemand ein Kompliment macht, so kennen wir dich.« Sie beugte sich nach vorn und griff nach einer Strähne, die sich aus Aninas Zopf gelöst hatte. »Gott, was gäbe ich für deine Haare. Und deine Figur. Und überhaupt.«

Anina prustete los. »Du bist albern. Als ob sich die Kunden nicht auch um dich reißen würden.«

»Klar, ich bin ja auch toll. Aber ich spiele nicht in deiner Liga. Wer die eleganteste und schönste Frau bei ExAd buchen will, der wählt dich aus. Die atemberaubende Anabelle!« Sie machte eine raumgreifende Geste mit ihren Armen.

Bei ihren Terminen trat Anina als »Anabelle« auf, was eine angenehme Distanz zu ihrem Privatleben schuf. Außerdem bewahrte sie der Name davor, ständig ihren für England ungewöhnlichen Vornamen erklären zu müssen. Sie hörte die trunkene Stimme ihrer Mutter im Kopf: »Du sollst nicht wie jede heißen, du bist etwas Besonderes.« Kurz darauf hatte sie sich wieder aus dem Staub gemacht.

Anina wusste, dass nur ihr Aussehen sie bisher vor einem Rauswurf geschützt hatte. Trotzdem konnte sie die neidischen Blicke einiger ihrer Kolleginnen nicht schätzen. Wer wollte schon gern rein auf sein Äußeres reduziert werden – selbst wenn der Job daran hing?

Anina blickte ihre Kollegin an. »Ja, weil du auch unsagbar hässlich bist und dich nicht einmal vor die Tür trauen solltest.«

Nora lachte auf. »Klar! Deshalb bekomme ich auch immer die unattraktiven Typen ab, während du die heißen Kerle treffen darfst.«

»Soll ich dir Mr Wiley abgeben?« Anina hob die Brauen.

Noras herzhaftes Lachen klang eher wie das einer aufgebrachten Ziege, statt dem einer kultivierten Abendbegleitung.

»Ich befürchte, ich bin unter seinem Niveau. Den darfst du gern behalten.«

Die Geschichte um Mr Wiley war zu einer Art Running Gag geworden. Der über Achtzigjährige benötigte in unregelmäßigen Abständen eine hübsche junge Dame, die er zu einem der pompösen Empfänge hofierte, um mit ihr Eindruck zu schinden. Der durchaus nicht unsympathische ältere Herr bestach durch eine ausgeprägte Schweißproduktion und die Vorliebe für Knoblauch. Hätte es keine No-Sex-Policy bei ExAd gegeben – allein diese Argumente hätten gegen jeglichen körperlichen Kontakt gesprochen. Zu Aninas Missfallen und Noras ständigem Vergnügen hatte Mr Wiley einen Narren an Anina gefressen und weigerte sich strikt, mit einer anderen Kollegin vorliebzunehmen.

»Irgendwann bestimmt Oliver hoffentlich, dass Mr Wiley kein Anrecht auf mich allein hat.«

Nora schüttelte den Kopf. »Nicht, solange der alte Knacker für seine Sonderwünsche bezahlt. Du weißt, wie geschäftstüchtig Dexter ist.«

Da war es wieder. Das Unbehagen, das Anina schon beim Klang seines Namens beschlich.

Nora schien zu spüren, welche Wirkung ihre Worte gehabt hatten, und wechselte schnell das Thema. »Und was hältst du von dem Meeting heute?«

Anina ließ die Frage kurz auf sich wirken. »Ich glaube nicht, dass sich viel für uns ändert. Die Richtlinien waren bisher auch schon streng. Anderen Agenturen dürften die staatlichen Kontrollen deutlich mehr zu schaffen machen. Garantiert geht es nicht überall so korrekt zu wie bei uns.«

Sie musterte Nora, die vorsichtig nickte. Bei ExAd gab es neben den offensichtlichen auch unausgesprochene Regeln. Die wichtigste lautete: Was ich nicht weiß, macht mich nicht heiß. Sie konnte sich nicht vorstellen, dass Nora mit ihren Kunden ins Bett stieg – ausgeschlossen war es jedoch nicht.

»Kann ja auch eine Chance sein!« Anina spann den Gedanken weiter. »Ich meine ... unsere Branche wirkt nicht sonderlich ... seriös – egal wie hochwertig die Broschüren gedruckt wurden. Vielleicht ist das ein Ausweg aus dem Schmuddel-Image.«

Nora lachte erneut laut auf und strich über Aninas Arm. »Du bist eine unverbesserliche Optimistin. Aber es ist schön, wenn jemand an eine gute Zukunft glaubt.«

Die Worte klangen düsterer, als sie zu Nora passen wollten. Trotzdem ... eine Optimistin? Wenn Anina sich Eigenschaften zuordnen sollte, stünde Optimismus weit hinten auf der Liste ... direkt hinter einbeinig.

Elvira schlenderte zu ihnen herüber, die eigentlich Sue Winnberg hieß. Wie immer war sie makellos gekleidet und geschminkt. Vermutlich sah sie auch so aus, wenn man sie mitten in der Nacht weckte. Anina hegte keine sonderlich freundschaftlichen Gefühle zu der hochgewachsenen Kollegin, lächelte sie dennoch freundlich an. Ihr Blick fand die Mappe in Elviras Hand.

»Ich hab was für dich«, meinte Elvira. »Bestimmt bekommst du wieder ein Sahnestück von Kunden ab.«

Anina ignorierte die bissige Anspielung und griff nach der Mappe. »Danke. Wie läuft's bei dir?«

»Okay.« Schon wandte sie sich um und schlenderte hinüber zu ihren Freundinnen.

»Du musst nicht zu jedem freundlich sein, hörst du?«, meinte Nora. »Elvira ist eine dumme Kuh, das darf man sie auch spüren lassen.«

»Bist du bei deinen Kunden auch so direkt?«

»Klar. Deswegen bekomme ich ja auch nur die Nasenbohrer.«

Anina konnte nicht anders, als sich in Noras Gegenwart zu entspannen.

»Los, mach schon auf. Ich will sehen, ob du wirklich ein Sahnestück abbekommst.«

Anina zögerte. Es war immer eigenartig, eine solche Mappe in der Hand zu halten. Sie enthielt ein sorgfältig ausgearbeitetes Profil des nächsten Kunden, inklusive bevorzugten Gesprächsthemen, einem kurzen Lebenslauf sowie einem Foto – das für den ersten Eindruck mit Abstand das Wichtigste war. Anina spürte, wie ihr Herzschlag sich leicht beschleunigte. Diese Papiere wussten bereits, mit welchem Mann sie zukünftig Abende oder sogar Tage verbringen musste. Vorsichtig legte sie die Mappe auf ihren Schoß und schlug sie auf.

Ihre Augen weiteten sich.

Sie erkannte diesen Mann.

2

Anina schob alle Gedanken an neue Kunden beiseite, stieg aus dem überfüllten Bus und sog die frische Frühlingsluft durch ihre Nase. War es unter den anderen Passagieren eine ungeschriebene Regel, ungewaschen in einen Bus zu steigen – möglichst, nachdem sie eine Zigarette geraucht hatten?

Es war so viel angenehmer gewesen, als sie noch in Colbridge gewohnt hatten. Zwar hatte sie dort ebenfalls nach London pendeln müssen, allerdings war ihr die zusätzliche Fahrt hinaus aufs Land erspart geblieben. Doch ein Umzug war unvermeidlich gewesen ... oder?

Im Gegensatz zu früher konnte Anina in überschaubarem Maße sich selbst und ihre Schwester ernähren und sogar ein paar Pfund jeden Monat beiseitelegen – besonders dann, wenn ihr lukrative Aufträge zugeschoben wurden. Vielleicht könnten sie zurück nach Colbridge ziehen, irgendeine winzige Wohnung würden sie bestimmt finden.

Wobei ... nicht nur finanzielle Gründe hatten für den Umzug gesprochen. Ein klarer Schritt war für sie dringend nötig gewesen, eine Luftveränderung. Eine Bleibe auf dem Land, raus aus der Stadt, zudem noch preiswerter – sie hatten nicht lange überlegen müssen.

Doch sie waren beide nicht glücklich hier, so sehr sie sich das einander auch oft einreden wollten. Nicht zum ersten Mal fragte sie sich, ob es an der Zeit war, ein neues Kapitel aufzuschlagen.

Der Gedanke munterte sie auf. Emily könnte zurück auf ihre gewohnte Schule gehen, sie würde Zeit und Geld für den Bus sparen. Vielleicht würde sogar endlich ein vager Traum von ihr Wirklichkeit werden: ein Job, den sie wahrhaftig gern machte, der sie nicht auf ihr Aussehen reduzierte. Einer, auf den sie stolz sein konnte.

Klar: Für jemanden wie sie war die Stelle bei ExAd ein Glücksgriff. Sie wurde regelmäßig bezahlt, traf ab und zu eine nette Kollegin und verfügte im Vergleich zu regulären Berufen über unverschämt viel Freizeit. Und doch ... diese Freizeit musste sie sich teuer erkaufen: durch lange Abende, Reisen durch ganz England und viel zu wenig Zeit für ihre Schwester. Nicht zu vergessen die unzähligen Situationen, in denen sie mit aller Kraft jemanden darstellen musste, der nicht sie selbst war. Wie gern würde sie herausfinden, wie es wäre, ein normales Leben zu führen.

Sofort schob sie den Gedanken in den Hintergrund. Sie konnte nichts, hatte nichts gelernt, war nicht sonderlich intelligent – das bewies ihr Emily jeden Tag aufs Neue.

Und doch ... das Bild von einem Alltag, der sich nicht in einem Dorf in einer Kellerwohnung abspielte, nistete sich nicht zum ersten Mal in ihrem Kopf ein.

Sie eilte durch das vor wenigen Jahrzehnten angelegte Wohnviertel, in dem Mrs Petersons Garten schon von Weitem herausstach. Wo sich sonst nur akkurat gepflegte Rasen in den Vorgärten präsentierten, wirkte dieser Garten wie ein Fremdkörper: üppig, bunt, wild und geordnet zugleich. Er lud dazu ein, sich in einen Schaukelstuhl zu setzen, eine Katze auf dem Schoß zu platzieren und Topflappen zu häkeln.

Anina grinste. Ohne es zu wollen, sah sie das Bild einer grauhaarigen, älteren Dame vor sich, die ihren Lebensabend genoss. Was sagte das über sie selbst aus? Sie war 28 Jahre jung – weit entfernt von jenem Bild, das ihr ein eigenartiges Gefühl von Frieden vermittelte.

Eine der größten Herausforderungen eines jeden Tages war es, Mrs Peterson aus dem Weg zu gehen. Die resolute Rentnerin verstand es vortrefflich, jeden Menschen in ein nicht enden wollendes Gespräch zu verwickeln, aus dem selbst der ungehobeltste Klotz sich nicht ohne Weiteres entfernen konnte. Die Taktik bestand darin, wie eine Ausreißerin durch den Garten zu schleichen, vorsichtig den überdimensionierten Schlüssel in das Schloss zu schieben und so sachte wie möglich die Tür aufzudrücken, die bei unsachgemäßem Gebrauch regelmäßig ein jammerndes Stöhnen von sich gab.

Anina sog den Duft nach Rittersporn und Rosen ein und hoffte, heute von Mrs Petersons Redebedarf verschont zu werden. Sie erreichte die Tür und machte sich an dem Schloss zu schaffen – bis die Tür von allein nach innen schwang.

Sonderbar. Emily verriegelte sonst immer die Tür, sobald sie nach Hause kam. Dies war eine verständliche Marotte, die sich nur allzu gut aus der Vergangenheit erklärte.

Die Wohnung strahlte Leere aus. Woher kam dieses unerklärliche Gefühl, genau zu wissen, ob sich jemand in den Räumen befand? Emily könnte schließlich ruhig am Schreibtisch sitzen. Doch etwas sagte Anina, dass dies nicht der Fall war. Es war eine besondere Stille ... etwas war anders als sonst, auch wenn sie es nicht greifen konnte.

Unruhe regte sich in ihr. Sie griff nach ihrem Telefon. Keine Nachricht. Sie hatten klare Absprachen getroffen, die ihnen beiden ein Gefühl der Sicherheit vermittelten.

Ein Gang in die Küche brachte ebenfalls keine Erleuchtung: Kein Zettel lag auf dem geliebten Tisch, den sie gemeinsam über eine Meile weit vom Flohmarkt hiergeschleppt hatten.

Was als ungutes Gefühl begann, wuchs zu einer ausgewachsenen Angst an: Was, wenn Emily etwas passiert war? Fahrig wählte sie die Nummer ihrer Schwester, nicht ohne sich mehrfach zu vertippen. Aus dem Nachbarzimmer drangen die unverwechselbaren Töne der Teletubbies-Titelmelodie an Aninas Ohr – ein Klingelton, der so gar nicht zu Emilys sonstiger Art passen wollte.

Was sollte sie tun? Die Polizei rufen? Sie zwang sich, tief durchzuatmen. Bloß nicht überreagieren. Emily war dreizehn Jahre alt. Die Polizei würde sie auslachen, statt einen Suchtrupp loszuschicken.

Das typische Stöhnen der Eingangstür riss sie aus ihren Gedanken.

Emily warf die Tür mit beherztem Schwung zu. »Na, endlich zu Hause?«

In Anina kämpften Erleichterung und Ärger um die Vormacht. Ihr Ton war lauter als beabsichtigt. »Das sollte ich dich fragen, mein Fräulein! Warum hast du dein Telefon nicht dabei? Und wieso bist du nicht hier, wenn ich komme?«

Emily legte die Stirn in Falten. »Ich bin kein Kleinkind mehr. Ich hab eine gute Tat vollbracht und Zitronenkuchen bei Mrs Peterson gegessen.«

»Das soll eine gute Tat gewesen sein? Du frisst dich bei jemand anderem durch?«

»Klar! Das nennt man Nachbarschaftshilfe. Oder hättest du gern mit mir getauscht?«

Anina verzog das Gesicht. Lieber hätte sie den Frühjahrsputz vorgezogen, statt sich zum x-ten Mal Mrs Petersons Geschichten über ihre Söhne anzuhören. So leid es ihr tat: Es interessierte sie nicht im Mindesten, ob Martin für seine neuen Bodendielen Ahorn oder Eiche gewählt hatte.

Anina ging auf Emily zu und schloss sie in die Arme. »Gib mir beim nächsten Mal Bescheid, in Ordnung?«

Emily löste sich aus der Umarmung und schaute zu ihr auf. »Ich komme klar, okay? Du musst dir nicht ständig Sorgen um mich machen.«

Das bezweifelte Anina stark, doch sie wollte das Thema nicht erneut aufwärmen. Ihr Beschützerinstinkt war in den letzten Jahren stetig angewachsen – ihrer Meinung nach zu Recht.

Ob sie mit Emily über ihre Idee sprechen sollte? Ohne eine neue Bleibe war nichts spruchreif, doch es widerstrebte ihr, solch tiefgreifende Pläne ohne ihre Schwester zu machen. Wie sie soeben erwähnt hatte: Sie war kein kleines Kind mehr, über dessen Kopf hinweg sie Entscheidungen treffen konnte – und es auch gar nicht wollte. Je nach Höhe der Miete müssten sie sich im Alltag einschränken. Anina würde jedoch alles dafür tun, den Löwenanteil dieser Last zu tragen.

Warum lange warten? Anina wollte nichts vor ihrer Schwester verbergen – zumindest nichts, das über ihren Beruf und ihre Gefühle darüber hinausging.

»Können wir kurz reden?«

Emily tänzelte ungewöhnlich fröhlich aus ihrem Zimmer. »Gedankenübertragung! Das wollte ich auch gerade fragen.« Sie nahm Aninas Hand, zog sie in das Wohnzimmer und gab ihr einen Schubs, sodass sie auf der Couch landete.

Was war denn heute los? Diese Leichtigkeit hatte sie schon ewig nicht mehr an ihr gesehen. Emily war früher ein unbedarftes Mädchen gewesen, das mit großer Neugier die Welt entdecken und Menschen kennenlernen wollte. Doch diese Momente waren vorbei. Die Gedanken an einen herumtollenden Wirbelwind ließen Anina wehmütig an eine Zeit zurückdenken, in der alles … nun … nicht perfekt, aber zumindest unkomplizierter gewesen war. Emily verschlossen zu sehen, die sich wie eine kleine Erwachsene verhielt, machte ihr zu schaffen.

Umso verwirrender waren Stimmungsschwankungen wie diese.

»Hat dich heute ein Lehrer eine besonders komplizierte Gleichung lösen lassen oder warum bist du so gut drauf?«

»Besser«, meinte Emily, ohne auf die Frotzelei einzugehen. Wenn es um ihre Intelligenz und übergroße Vorliebe für knifflige Zusammenhänge ging, prallte jegliche Ironie von ihr ab. »Ich habe etwas Wichtiges mitzuteilen. Achtung, Achtung.«

Sie zog einen Brief von dem antiken Sekretär in der Ecke und stellte sich wie ein Redner vor Anina auf.

Oh nein. Etwa ein Schreiben von der Schule? Hatte Emily etwas angestellt? Sie fühlte sich so unwohl dort, dass Anina ihr zweifellos eine Dummheit zutraute. Aber würde sie sich dann so stolz vor ihr präsentieren? Ein wenig Unrechtsbewusstsein hatte sie ihr hoffentlich beigebracht.

»Sehr geehrte Miss Elliot«, begann Emily mit bedeutungsschwangerer Stimme. »Wir freuen uns, Ihnen mitteilen zu können, dass Ihre Tochter für einen der begehrten Stipendiatsplätze an unserer Schule in Erwägung gezogen wird. Anbei erhalten Sie die nötigen Antragsunterlagen sowie Informationen zu Ausbildung und unserem Lehrkonzept. Wir freuen uns darauf, Sie zu einem persönlichen Gespräch in unserem Hause begrüßen zu dürfen, um weitere Details zu besprechen. Mit freundlichen Grüßen, Barbara Sherwood.«

Anina starrte ihre Schwester mit offenem Mund an. Das Vogelgezwitscher von draußen drang plötzlich überdeutlich hörbar in die Wohnung, in der es totenstill geworden war.

Dann fing sie sich wieder: »Ihre Tochter??« Sie war vielleicht nicht mit überragendem Grips gesegnet, doch sie konnte mit absoluter Sicherheit ausschließen, eine Tochter zu haben.

Emily besaß den Anstand, ein klein wenig verlegen auszusehen. »Na ja ... das ist doch jetzt egal. Weißt du nicht, was das bedeutet?«

»Dass Mum sich für dich einsetzt?«

Emily wischte die Worte mit einer unwirschen Geste beiseite. »Sei nicht albern. Aber ... es tut doch nichts zur Sache, wer das beantragt hat. Wichtig ist das Ergebnis!«

»Das tut durchaus etwas zur Sache, mein Fräulein! Beginnen wir jetzt schon, Unterlagen zu fälschen?«

»Ich hab nichts gefälscht!«

»Nicht? Und wie kommen sie dann auf die Idee, unserer

Mutter so einen Brief zu schreiben?«

Emily verknotete ihre Finger, ein untrügliches Zeichen dafür, dass sie sich unwohl fühlte. »Na ja ... eigentlich ... ging der Brief an dich.«

Der Badezimmerspiegel verfolgte gespannt Aninas Verwandlung von einer natürlichen in eine elegante Schönheit. Make-up aufzutragen mochte für manche Frauen ein notwendiges Übel sein, für Anina bedeutete es Entspannung. Etwas, das funktionierte, ohne dass sie darüber nachdenken musste. Was sagte es über eine Frau aus, die Schminken als das Einzige ansah, das sie gut konnte?

Heute Abend musste sie für ihren neuen Kunden gut aussehen, den perfekten ersten Eindruck machen.

Sie seufzte und legte den buschigen Puderpinsel beiseite. Wie immer hatten die letzten Minuten ihr geholfen, sich zu beruhigen. Es lenkte sie von der trüben Stimmung in der Wohnung ab, die sich nach dem Gespräch am Nachmittag breitgemacht hatte. Emily schmollte in ihrem Zimmer, nur ein unregelmäßiges Geräusch drang nach draußen, das wie das vehemente Zuklappen eines dicken Buches klang.

Anina hatte gute Gründe, sauer zu sein. Wie konnte Emily sich seit Monaten um einen Platz an einer Privatschule bemühen, ohne ihr etwas davon zu sagen? Und dann zu allem Überfluss Antragsunterlagen in ihrem Namen auszufüllen und zu behaupten, Anina sei ihre Mutter? Was kam als Nächstes? Buchte sie eine Reise nach Nepal oder unterschrieb sie den Mietvertrag für eine neue Wohnung? So clever die junge Dame auch war: Sie musste lernen, dass es Grenzen gab. Mit der Bewerbung an einer renommierten Privatschule hatte sie eindeutig einen Grenzzaun überklettert.

Anina blickte in ihr Spiegelbild. Sie konnte es drehen und

wenden, wie sie wollte: Sie fühlte sich wie die Böse, als wäre sie im Unrecht. Seit Langem hatte Emily vor Freude gestrahlt und gab ihr nun das Gefühl, die Spielverderberin zu sein, die eine gute Schulausbildung ablehnte.

Nichts läge Anina ferner als das.

Sie wünschte sich mit jeder Faser ihres Körpers, Emily würde glücklich und zufrieden aufwachsen. Sie sollte alles bekommen, was sie für einen optimalen Start ins Erwachsenenalter benötigte. Ein Platz an der Edwardian International School gehörte zweifellos dazu. Wenn sie sich beeilen würden, könnte Emily schon zum Sommer-Term die Schule wechseln.

Anina hatte nur kurz die Broschüre durchgeblättert, jedoch schnell erkannt, dass Emily sich dort wohlfühlen würde. Mehr als das: Sie würde endlich so gefördert werden, wie sie es verdiente – oder sogar brauchte, um das Potenzial entfalten zu können, das in ihr schlummerte.

Hier wurde individuell auf junge und begabte Talente eingegangen, statt sie in Klassen zu stecken, deren Lernniveau sich an den schwächsten Schülern orientierte. Seit dem Schulwechsel waren Emilys Noten immer schlechter geworden, was Anina zunächst nicht verstanden hatte. Erst eine Internetrecherche hatte ihr das Problem beantwortet: Hochbegabte fielen oft durch das Bildungsnetz, wenn sie nicht ausreichend gefordert wurden. Es waren Langeweile und vielleicht auch ein wenig stille Rebellion, die die Kinder und Jugendlichen dazu trieben, sich von der Schule zu distanzieren.

Schon länger machte Anina sich darüber Sorgen, was wohl passieren würde, wenn sich die schlechten Noten häuften. Wie sollte Emily einen guten Abschluss machen, um dann studieren zu können? In der Praxis zählte nicht die Intelligenz, sondern das, was auf Zeugnissen stand.

Keine Frage: Ein Platz an dieser Schule würde Emily guttun. Mehr als das: Er würde Aninas schlechtes Gewissen beruhigen, ihrer Schwester nicht all das zu geben, was diese benötigte.

Und doch ...

Sie seufzte erneut.

Gefälschte Antragsunterlagen waren eine Sache. Irgendwie könnten sie aus dieser Misere herauskommen. Doch was war mit ihren eigenen Ideen und Wünschen? Seit sie darüber nachgedacht hatte, zurück in die Stadt zu ziehen, war ein Funken in ihr erwacht. Sie hatte endlich das Gefühl verspürt, ihr Leben in die Hand zu nehmen, statt sich von äußeren Umständen gängeln zu lassen.

Ihr Bauch sagte ihr deutlich, was die richtige Entscheidung war. Und doch wurde er von ihrem Kopf überstimmt, der zunächst alle Fakten sammeln wollte. Wie auf Autopilot hatte sie den Stapel Unterlagen nach dem durchwühlt, das sie am meisten interessierte: Wie viel würde sie die Sache kosten?

Die Erkenntnisse waren nicht so schlimm wie befürchtet, aber auch nicht sonderlich aufbauend: Ein Stipendium umfasste die grundlegenden Schulgebühren. Nicht mehr und nicht weniger. Keine Frage: Ohne Stipendium müsste sie nicht auch nur eine Sekunde über diese Schule nachdenken. Sie hatte keine Chance, 10.000 Pfund pro Schuljahr aufzubringen, nie im Leben. Doch die Krux lag im Kleingedruckten: neue Schuluniformen, unendlich viele Bücher, Geld für Exkursionen – und nicht zu vergessen die Transportkosten zur Schule, die 45 Busminuten von ihrem Zuhause entfernt lag.

Der Wunsch, zurück in die Stadt zu ziehen, wirkte nun gleichzeitig stärker und viel ferner als noch vor ein paar Stunden: Mit einem Umzug würden sie beide deutlich weniger Zeit in miefigen Bussen verbringen – doch sie hätten keine Chance, die höheren Mieten in Colbridge zahlen zu können.

Blieb die Kellerwohnung in Petersfield.

War es das wert?

Aninas Spiegelbild nickte ihr vorsichtig zu.

Natürlich war es das.

Im Grunde hatte sie keine Wahl. Niemals würde sie sich verzeihen, Emily um eine solche Möglichkeit gebracht zu haben. Es handelte sich nicht um eine Laune eines unzufriedenen Teenagers, sondern um ein Grundbedürfnis der wichtigsten Person in ihrem Leben.

Oder gab es doch eine Möglichkeit? Sie wehrte sich mit aller Macht dagegen, ihre Wünsche so schnell aufzugeben. Vielleicht ... musste sie die Gedanken erst einmal sacken lassen. Womöglich würde ihr über Nacht ein Traum eine Eingebung einpflanzen.

Sie ließ sich auf den Rand der Badewanne sinken und legte ihr Gesicht in die Hände. Trauer überwältigte sie, über verpasste Chancen und Träume, die sich vermutlich niemals erfüllen ließen. Sie spürte die Last der Verantwortung wie einen Rucksack voller Steine, den sie ununterbrochen mit sich herumschleppte. Ihre Schwester hatte nur sie, verließ sich voll und ganz darauf, dass Anina für sie sorgte.

Natürlich hatte sie versucht einen anderen Job zu bekommen. Doch ihre fehlende Ausbildung stand ihr immer im Weg – und der Ruf ihrer Familie. Als andere Mädchen in ihrem Alter sich zum Studium oder für eine Ausbildung entschieden hatten, hatte sie sich um den Scherbenhaufen einer Familie und eine hilflose Schwester gekümmert. Mit einem Drücken im Magen dachte sie an das Vorstellungsgespräch von vor ein paar Jahren zurück, in dem ihr Nachname unangenehme Fragen zu ihrer Mutter nach sich gezogen hatte. Sie könnte irgendetwas tun ... Putzen oder Kellnern ... doch damit würde sie zwar für sich, aber auf keinen Fall auch für Emily sorgen können.

Es blieb der Job bei ExAd.

Manchmal ... in Momenten wie diesem ... betrachtete sie sich aus einer schonungslosen Außensicht: eine hübsche junge Frau, die in ihrem Leben bisher nichts auf die Reihe bekommen hatte. Die versuchte, für ihre Schwester alles richtig zu machen und dennoch jeden Tag aufs Neue scheiterte. Eine leise Stimme sagte ihr, dass es Emily ohne sie noch viel schlechter gehen würde – doch reichte dieses Argument aus?

Sie blickte auf die Uhr und erschrak. Es brachte nichts, sich schon wieder in Selbstzweifel zu stürzen. Sie stand auf und machte sich daran, die Wimperntusche erneut aufzutragen, die durch eine unwillkommene Träne verschmiert worden war.

Egal, wie sie es drehte und wendete: Basis für welche Zukunft auch immer war ihr Job, in dem sie jeden einzelnen Kunden von sich überzeugen musste. Ihr Spiegelbild schaute sie entschlossen an. Gleich heute Abend würde sie die nächste Gelegenheit dazu bekommen.

An das erste Treffen mit einem neuen Kunden würde sich Anina niemals gewöhnen. Mittlerweile sollte sie eine gewisse Routine entwickelt haben, die sich jedoch nicht einstellen wollte. Sie kam sich ein wenig wie eine Schülerin vor, die zum ersten Mal einen Schritt in die neue Schulklasse wagte. Oder wie eine Frau, die auf einem Basar zur Schau gestellt wurde. Irgendetwas dazwischen traf die Wahrheit vermutlich am besten. Beide Varianten hatten eines gemeinsam: Sie fühlte sich betrachtet, bewertet und auf unangenehme Weise bloßgestellt.

Einige Kunden von ExAd bestärkten dieses Gefühl, indem sie kritische Fragen stellten. Besonders widerwärtig war ihr ein Geschäftsmann in Erinnerung geblieben, der ihr einen Katalog mit Benimmregeln in die Hand gedrückt und ihr verboten hatte, andere Worte als »Ja, selbstverständlich« und »Nein, vielen Dank« in den Mund zu nehmen. Manche Männer schienen den Eindruck zu haben, sich mit dem Honorar eine Marionette zu kaufen, die keine eigene Persönlichkeit in sich trug.

Dieser Auftrag war sogar noch schlimmer: Zu ihrem großen

Missfallen würde das Treffen in der Innenstadt Colbridges stattfinden – für ihren Geschmack deutlich zu nah vor ihrer Haustür. Oliver hatte es ihr als Ausnahme verkauft, doch ein ungutes Gefühl schlich um sie herum, es könnte sich um mehr als einen Einzelfall handeln.

Der Nachmittag hatte Anina aufgewühlt an den Abend übergeben und sie hatte Mühe, sich in die passende Stimmung für einen solchen ersten Termin zu bringen.

Ihre Grundregel lautete: strahlen. Nicht übertrieben, sondern dem Anlass angemessen. Sie strahlte ihre Kunden an, als handelte es sich bei ihnen um die aufregendsten Männer der Welt, strahlte wegen der Atmosphäre des Restaurants oder Theaters, strahlte beim Genuss des Abendessens.

Diese Taktik schien aufzugehen: Nora hatte nicht gelogen, als sie Anina als »bestes Pferd im Stall« bezeichnet hatte, auch wenn sie den Vergleich nicht sonderlich mochte. Sie selbst sah sich eher wie eine Elfe im Außenbild und wie ein Trampeltier von innen.

Kaum ein Kunde gab sich mit einem einzelnen Termin mit Anina zufrieden. Folgetermine waren lukrativ und besserten Aninas Grundgehalt nicht unerheblich auf. Umso wichtiger war der erste Eindruck an einem Abend wie diesem.

Ein wenig hatte die Sache von einem Blind Date – zumindest einem halben. Immerhin hatte sie bereits ein Foto von ihrem Begleiter gesehen. Die Tatsache, dass Männer bei Fotografien häufig schummelten, schob Anina beiseite. Viel eigenartiger war jedoch das Gefühl, vorab anhand von Katalogbildern ausgewählt worden zu sein. Die Betreiber von ExAd würden zwar einen Teufel tun, in ihrem stilvollen Unternehmen von »Katalogen« zu sprechen – doch für Anina machte es keinen Unterschied: Kunden schauten durch die Unterlagen und wählten nach ihren Vorlieben eine Dame aus.

Wie gern sie genügend Geld für ein Taxi gehabt hätte …

stattdessen nahm sie erneut den Bus, der insbesondere bei der Rückfahrt nach Resignation und einem Hauch Aggressivität duftete – je nach Passagieren. Es war eine Sache, mit Jeans und T-Shirt in die Stadt zu fahren, eine andere, sich in ein schickes Abendoutfit zu werfen, um einen ansprechenden Eindruck zu hinterlassen. Sie hoffte inständig, dass nach dem Aufstehen kein Kaugummi an ihrem Jumpsuit kleben würde – oder Schlimmeres. Sie hatte das dunkle Kleidungsstück bewusst gewählt: Es wirkte elegant, ohne aufzutragen, und dennoch schlicht genug für ein erstes Abendessen. Die schwarzen Pumps hatte sie vor Kurzem im Ausverkauf erstanden und versucht, sie mit verschiedenen Outfits zu kombinieren, ohne dass es auffiel. Die Ausrichtung von ExAd auf zahlungskräftige Kunden wirkte sich eindeutig negativ auf die Haushaltskassen der Mitarbeiterinnen aus.

Vermutlich glaubten viele, sie hätte mit ihrem Job problemlos ausgesorgt, schließlich verkehrte sie häufig mit Reichen und Mächtigen. Doch so exklusiv ExAd auch daherkam: Bei den Angestellten blieb nicht so viel hängen, wie man erwarten würde, zumal ein erheblicher Teil des Gehalts in Kleidung floss, die Anina zwar nicht persönlich wichtig, jedoch unabdingbar für ihr Auftreten war.

Die einbrechende Nacht zog vor dem Busfenster vorbei. Noch ein paar Minuten, und sie würde ankommen, um anschließend wenige Schritte bis zum vereinbarten Treffpunkt zu gehen.

Fühlte sie sich heute besonders nervös? Vielleicht. Hatte sie heute Mittag noch mit dem Gedanken gespielt, ExAd irgendwann den Rücken zuzukehren, hing nun mehr denn je an diesem Job – und womöglich an diesem Kunden. Regelmäßige Treffen versprachen nicht nur ein kleines Zusatzeinkommen, sondern auch eine Absicherung ihrer Stelle, selbst wenn Dexter sie nur zu gern auf die Straße setzen wollte.

Nein. Bloß nicht wieder an ihn denken.

Stattdessen zog sie ein zusammengefaltetes Blatt Papier aus ihrer Clutch und las sich noch einmal die wichtigsten Fakten zu ihrem »Helden« durch, wie ihre Kolleginnen die ExAd-Kunden scherzhaft nannten.

Erneut weckte der Anblick des Mannes einen Funken in ihr. Sie hatte ihn noch nie persönlich getroffen und dennoch beschlich sie das eigenartige Gefühl, er könne sich von ihren typischen Begleitern abheben.

Das Le Pigeon strahlte durch seine Sprossenfenster eine Wärme in den kühlen Frühlingsabend, die nicht auf Anina übergreifen wollte. Der Kaugummitest war positiv verlaufen und sie sah nach außen hin deutlich vorzeigbarer aus als sie sich innerlich fühlte.

Doch sie machte das hier nicht zum ersten Mal. Abseits der beleuchteten Bereiche des Gehweges nahm sie sich ein paar Sekunden, die professionelle Version ihrer selbst aufzubauen: Sie straffte sich, richtete sich auf, Schultern zurück.

Lächeln! Immer lächeln! Nicht grinsen, sondern dezent und ein klein wenig geheimnisvoll das Gesicht verziehen. Ab und zu ein leichtes Zucken der Mundwinkel einbauen und – ganz wichtig – mit der Ausdrucksstärke ihrer Augen arbeiten. Lange Übungen vor dem Spiegel hatten sie gelehrt, welche noch so kleine Mimik ihr stand und worauf die Männer reagierten. Die Kunst war es, die Rolle so natürlich wie möglich zu spielen.

Anina war eine Meisterin darin geworden.

Nur dass sie nicht mehr Anina war, sondern Anabelle.

Die Verabredung sollte im Restaurant stattfinden. Ein simples Abendessen zum Kennenlernen. Mit etwas Glück könnte sie schon um 23 Uhr im Bett liegen.

Das Le Pigeon hatte sich in den letzten Jahren zum

Geheimtipp gemausert: Eines der alten Gebäude in der Altstadt beherbergte ein überraschend edles Restaurant, das nicht von der Arbeiterklasse besucht wurde. Dem Namen entsprechend bot es eine französisch angehauchte Speisenauswahl, die Anina selten zu schätzen wusste. Sie öffnete die Tür mit dem schweren goldenen Griff und ließ sich von der Atmosphäre des kleinen Restaurants begrüßen: Dezente klassische Musik lief im Hintergrund, Wand- und Deckenlampen spendeten dezentes Licht, die Holzmöbel mit Beinen aus Metall strahlten dezente Eleganz aus. Helle Grautöne wurden von anthrazitfarbenen »Farbtupfern« abgesetzt, was dem Ambiente einen noch »dezenteren« Anstrich gab. Gedämpfte Stimmen drangen durch den Raum, in dem sich die Absätze von Aninas Schuhen viel zu laut anhörten. Doch in solchen Situationen galt es, das elegante Umfeld mit der eigenen Erscheinung zu schmücken, statt darin unterzugehen. Selbstbewusst trat sie auf einen der Kellner zu, der dienstbeflissen auf sie zueilte.

»Madame?«

»Ich bin verabredet. Ms Elliot ist mein Name.«

Sein Gesicht leuchtete auf und wurde zum einzigen Farbklecks des Raumes. »Selbstverständlich. Darf ich mich um Ihre Garderobe kümmern?«

Sie wandte sich um und er zog ihr gekonnt die Jacke aus, ohne ihren Körper zu berühren.

»Mr Corwin ist bereits anwesend. Darf ich bitten?«

Er eilte in Tippelschritten vor ihr her und drehte sich immer wieder um, wie um sich zu versichern, dass sie ihm folgte.

Anina unterdrückte ihre Nervosität und versuchte sich von der Atmosphäre einfangen zu lassen. Sie traten um eine Ecke und er wies auf ein Separee, in dem ein Tisch für zwei gedeckt war. Ein Mann wandte ihnen einen überraschend breiten Rücken zu und riss zu Aninas Erheiterung ein Blütenblatt in kleine Fetzen, das aus der Tischdekoration stammen musste.

»Mr Corwin, Ihre Begleitung ist eingetroffen.«

Jetzt war es so weit und jeglicher Anflug von Amüsement verflüchtigte sich. Der Angesprochene drehte sich um und Anina erkannte sofort den Mann von dem Foto – und von der TV-Diskussion, die er allein durch seine Ausstrahlung für sich entschieden hatte.

Hatte sie sich nicht vorgestern Abend noch gewünscht, sie möge einmal einen solchen Kunden treffen, statt wie sonst das jugendliche Aushängeschild eines glatzköpfigen Reichen zu sein?

Be careful what you wish for!

Es war eine Sache, die unbeeindruckte Schöne neben einem alten Knacker zu spielen, eine ganz andere, sich einem Mann wie ihm gegenüberzusehen.

Er stand auf, ging ein paar Schritte auf sie zu und lächelte sie an. Auch in natura fielen sofort die lässigen Bewegungen auf, die Menschen innewohnen, die sich ihrer selbst sicher sind.

Mark Corwin war ein Mann, der sich wohl in seiner Haut fühlte. Seine leicht gebräunte Haut und seine Statur ließen ihn wie jemanden wirken, der viel Zeit draußen verbrachte. Sein Anzug passte ihm wie angegossen, ohne dass er übertrieben herausgeputzt wirkte. Die obersten offenen Knöpfe unterstrichen seine entspannte Haltung.

Am bemerkenswertesten waren jedoch seine Augen, die sie noch immer anlächelten – und auf der Höhe ihres eigenen Gesichtes verblieben. Diese erste Musterung war bei anderen Treffen einer der unangenehmsten Teile des Abends. In dem Wissen, von ihrem »Helden« aus einem Katalog ausgewählt worden zu sein, fühlte sich Anina begutachtet, als würde eine Online-Shop-Lieferung auf Mängel überprüft werden.

Sein Blick glitt jedoch nicht nach unten über ihren Körper, sondern verharrte dort, wo er hingehörte: oberhalb ihrer Schultern.

Obwohl es ihr schien, all diese Eindrücke hätten eine Ewigkeit verbraucht, war vermutlich nur eine Sekunde vergangen. Mark Corwin trat auf sie zu und reichte ihr die Hand. Anina erinnerte sich ein letztes Mal an ihren Profi-Modus und ergriff die Hand, die ihre Finger warm und kräftig umfassten. Sie nahm deutlich den Unterschied zu dem angedeuteten Handkuss wahr, wie ihn vor allem ältere Kunden zum Teil noch immer pflegten.

»Wie schön, Sie kennenzulernen, Anabelle.« Sein Gesicht strahlte ehrliche Freude aus, die Anina ein klein wenig beruhigte. »Ich hoffe, Sie sind gut hergekommen?«

Anina nickte. »Es gab keine Probleme. Vielen Dank für die Einladung.«

»Ist es in Ordnung für Sie, wenn ich mit dem Rücken zum Restaurant sitze, ist eine Marotte von mir.«

Was für eine ungewöhnliche Gesprächseröffnung. Wobei ... sie hatte schon schlimmere erlebt. »Haben Sie heute Nacht schon etwas vor?« gehörte definitiv in diese Kategorie.

»Wenn es Sie nicht stört, dass ich ab und zu die anderen Gäste beobachte, dann gern.«

»Oh, ich hoffe doch, dass Sie nur Augen für mich haben.« Er grinste sie an und deutete auf den Stuhl, der ihm gegenüber stand.

Begann er schon so früh mit dem Flirten? Sie würde auf der Hut sein müssen, wenn sie ihn heute Abend noch loswerden wollte.

Sie nahm Platz und versuchte die kleinen Fetzen der Tischdekoration auszublenden.

»Noch so eine Marotte von mir«, grinste er.

Okay. Das Ausblenden war ihr offenbar nicht gelungen. Unwillkürlich musste sie grinsen, ganz unelegant. Sie würde aufpassen, sich nicht zu stark aus ihrer Rolle locken zu lassen.

»Wir haben alle unsere Eigenarten«, formulierte sie mit

einem geübten Lächeln.

»Ach ja? Darf ich so frech sein und nach Ihrer fragen?«

Er ging in der Tat direkt vor! Sie würde noch entscheiden müssen, ob sie das gut oder schlecht fand.

»Ich singe gern unter der Dusche«, gab sie ohne Nachdenken zurück und wünschte sich im gleichen Moment, etwas Unverfänglicheres gesagt zu haben.

Seine Reaktion folgte prompt: »Nicht, dass ich aufdringlich erscheinen möchte, aber Sie müssen verzeihen, wenn eine solche Aussage Vorstellungen vor meinem inneren Auge weckt.«

Sein Lächeln vertiefte sich und Anina musste ihm zugutehalten, dass er seinen Blick weiterhin oberhalb ihrer Schultern beließ. Hatte sie es etwa mit einem echten Gentleman zu tun, trotz seiner direkten Art? Sie senkte den Blick, wollte keinesfalls signalisieren, dass sie zu mehr als einem Abendessen bereit war. Stattdessen beschenkte sie ihn mit einem dezenten Lächeln, das nirgends besser passte als im Le Pigeon.

»Die Gedanken sind frei, wie man so schön sagt.«

Er neigte den Kopf. »Glücklicherweise. Und nicht nach außen sichtbar, wofür ich ehrlich dankbar bin. Ich hoffe, Sie haben Appetit. Wollen wir bestellen?«

»Sehr gern sogar«, antwortete sie und griff nach der Karte, die noch hochwertiger gedruckt war als die Broschüren von ExAd.

Der Kellner nahm ihre Bestellungen entgegen und ließ sie allein zurück.

Die sich in einem solchen Moment oft unangenehm ausbreitende Stille hatte keine Chance gegen Mark Corwin. Er schob die Überreste des Blütenblattes beiseite und schaute Anina direkt an. »Ich denke, ich sollte Ihnen sagen, warum wir hier sind und wofür ich Sie brauche.«

Nach einer überraschend langen Wartezeit servierte der Ober Anina einen enormen Teller und wünschte einen guten Appetit. Galette mit Pilzragout – eine sehr überschaubare Menge, von der Emily hätte zwei verdrücken können. Anina war es recht: Um ehrlich zu sein, hatte sie sich nie sonderlich für die französische Küche erwärmen können. Im Zweifel zog sie einen deftigen Shepherds Pie vor. Ihr zog jedoch ein Duft in die Nase, der sich überraschend angenehm anfühlte, an einen Waldspaziergang nach einem Regentag erinnerte. Die Aromen der Pilze schienen direkt aus dem Wald auf ihren Teller gewandert zu sein. Der Kerzenschein unterstützte diese Atmosphäre.

Beinahe fühlte sie sich ... wohl.

Sie schüttelte instinktiv leicht den Kopf.

Nein.

Sie fühlte sich nie wohl an einem solchen Abend. Doch sie musste zugeben, dass die erste Stunde bemerkenswert schnell verflogen war.

»Legen Sie los, wenn ich so salopp sein darf.« Mark Corwin griff nach einer der Leinenservietten, faltete sie zusammen und legte sie geübt auf dem Schoß ab.

Anina nickte ihm lächelnd zu und tat es ihm gleich.

Salopp und entspannt ... so verhielt er sich von Beginn an. Als wären sie Freunde, die sich nach Jahren der Distanz trafen und ohne Zögern ihr vertrautes Verhältnis aufleben ließen.

Der Abend verlief anders als geplant, anders als sie es gewohnt war. Bei Treffen wie diesem musste sie sich sonst zwingen, nicht jede Minute auf die Uhr zu schauen. Sehnte sich nach ihrem provisorischen Bett im Wohnzimmer und würde alles dafür geben, einen simplen Gute-Nacht-Tee zu trinken, während der Fernseher sie endgültig schläfrig stimmte.

Heute war es anders.

Er war anders.

Und das irritierte sie ungemein.

Sie konnte nicht den Finger darauf legen, wusste nicht genau, woran es lag. Sie wünschte sich Emily herbei, die mit verschränkten Armen neben dem Tisch stehen und mit der ihr eigenen Selbstverständlichkeit verkünden würde: »Na, ist doch klar!«

Anina war nur klar, dass der Mann ihr gegenüber keiner der typischen Kunden war. Er verhielt sich ausgesucht höflich (okay, das waren viele andere aus solchen Gesellschaftsschichten auch), war bemerkenswert charmant (was sonst nur wenige Exemplare waren) und zu ihrer größten Überraschung behandelte er sie als ... Menschen.

Sie spießte einen der Pilze auf und kaute sowohl darauf als auch auf dem Gedanken herum.

Sie verstand dieses Treffen nicht. Seine Motivation für das Engagement hatte er ihr ausführlich geschildert, während sie auf ihre Bestellung gewartet hatten – doch etwas an seinem Verhalten wirkte, als würde es nicht hierher passen.

Kein Zweifel: Er machte ihr schöne Augen. Hatte es gewagt, seine Blicke doch ab und zu über ihren Hals und ihr Dekolleté wandern zu lassen. Er strahlte etwas aus, das jede Frau instinktiv als ehrliches Interesse verspürte.

Ein neu ankommendes Pärchen im Restaurant erinnerte Anina daran, warum sie hier war. Sie wurde nicht dafür bezahlt, schweigend an einem Tisch zu sitzen, zu essen und zu grübeln.

Sie richtete sich auf. »Nur noch einmal zusammengefasst: Sie brauchen mich etwa einmal pro Woche, ab und zu vielleicht häufiger. Es ist noch nicht klar, wie lange, weil das von der Entscheidung des Councils abhängt.«

Er legte sein Besteck auf dem Teller ab und wischte sich die Hände an der Serviette ab. »Richtig. Falls Sie verfügbar sind. Ich glaube, Sie könnten ein paar der Leute auf diesen Veranstaltungen sehr beeindrucken.« Er schenkte ihr einen tiefen

Blick, der deutlich über Geschäftliches hinausging.

Anina ignorierte die Anspielung. »Nur noch einmal für mein Verständnis: Sie vertreten den Future Trust, der sich dafür einsetzt, Wald- und Naturschutzgebiete zu erhalten. Und jetzt geht es darum, Neubauten in den South Downs zu verhindern.«

»Fast korrekt.« Ein Lächeln breitete sich auf seinem Gesicht aus. »Ich sehe, ich habe Sie nicht so sehr gelangweilt, dass Sie abgeschaltet haben. Genau genommen vertrete ich nicht nur den Future Trust, sondern bin dort angestellt. So leid es mir tut, aber in den nächsten Wochen und vielleicht Monaten warten einige Veranstaltungen auf uns, bei denen Politiker und Unternehmer gestreichelt werden müssen.«

Ein Bild schoss durch Aninas Kopf, das eine Art Streichelzoo zeigte, durch den sie gemeinsam liefen, um älteren Herren über das Haar zu streichen. Erneut schlich sich ein unwillkürliches Grinsen in ihr Gesicht – sie musste sich zusammenreißen!

Er nahm sein Besteck wieder in die Hände und sprach weiter. »Um ehrlich zu sein ... das ist nicht sonderlich spannend und unterhaltsam. Ich hoffe, Sie akzeptieren meine Einladung?«

Beinahe hätte Anina aufgelacht. Als ob sie in der Position wäre, Aufträge nach ihrem Willen abzulehnen. Wäre das so einfach möglich, hätte sie wohl kaum so viele Abende mit ungehobelten Widerlingen verbracht. Obwohl ... hätte sie schon. Am Ende hätte sie immer an Emily und an ihr Bankkonto gedacht und sich überwunden.

Sie fabrizierte eines ihrer schönsten Lächeln. »Selbstverständlich. Einen Abend wie diesen können wir gern wiederholen.«

Er lehnte sich zurück und musterte sie eingehend, sagte jedoch nichts. Woran dachte er? Sein Blick wirkte durchdringend, als wolle er ganz wie der ambitionierte Jurist die

Wahrheit aus ihr herauslesen.

Obwohl er lächelte, verspürte Anina einen Anflug von Unbehagen. Zeit, sich aus der Musterung zu befreien. Sie räusperte sich. »Und ... wissen Sie schon, wann Sie meine Begleitung zum ersten Mal benötigen?«

Er verzog seinen Mund zu einem Lächeln, das sich warm und freundlich auf seinem Gesicht ausbreitete und doch seltsam wissend wirkte. »Ich bin der schlechteste Mensch der Welt, wenn es darum geht, Termine im Kopf zu behalten. Geben Sie mir Ihre Nummer und E-Mail-Adresse, dann schicke ich Ihnen alles.«

»Tut mir leid ... das läuft über die Agentur. Am besten einfach dorthin senden, sie leiten es weiter.«

Schon aus Prinzip hatte Anina aufgehört, ihre privaten Kontaktdaten herauszugeben. Wenn sie daran zurückdachte, welche Art von Fotos in ihr Postfach geflattert waren, wurde ihr sofort übel.

»Ganz wie Sie möchten«, meinte er und wirkte nicht im Mindesten verstimmt.« Er schob die Manschette seines linken Hemdärmels nach oben und schaute auf die Uhr.

Breitling. Kostete sicher um die 8.000 Pfund. Anina hatte einen Blick dafür entwickelt, seit einer ihrer vielen vorübergehenden Väter sich auf ein lukratives, aber gefährliches Spiel mit gefälschten Luxusuhren eingelassen hatte.

»Es tut mir leid, aber ich muss unser Treffen für heute beenden. Ich habe sozusagen ein Doppel-Date.« Er grinste.

Anina stutzte. Das war nun wirklich ungewöhnlich.

»Er hob die Hände. Keine Sorge, keine andere Frau. Ein alter Freund von mir wollte mich gern sehen.«

Anina schüttelte heftig den Kopf. Hatte er vermutet, sie fände es nicht in Ordnung, wenn er sich mit einer anderen treffen würde?

»Ich erfahre dann also von der Agentur, wann wir uns

wiedersehen?«

Er stand auf. »Ich hoffe doch, sehr bald.« Er reichte ihr auffordernd eine Hand.

Obwohl sie schon unzählige Male die Hand eines Kunden ergriffen hatte, waren diese ersten Körperkontakte immer etwas seltsam Intimes. Sie griff nach der Hand und erhob sich von ihrem Stuhl. Er zog sie sacht mit sich zum Ausgang des Restaurants, wo ein Ober mit ihren Jacken auf sie wartete. Für jeden Außenstehenden mussten sie wie ein Paar wirken, das sich nach einem romantischen Essen einen schönen Abend machen würde. Für einen kurzen, winzigen Moment sah Anina dieses Bild nicht nur vor ihrem inneren Auge, sondern wünschte es sich sogar herbei – und zwar überraschend klar und stark. Würde sie irgendwann wirklich einen Mann wie diesen treffen, der ernsthaft an ihr interessiert war?

Vor der Tür des Le Pigeon stand ein Taxi.

»Ich fand diesen Abend sehr angenehm«, meinte er und legte den Kopf schief. »Ich freue mich auf unsere weiteren Treffen. Ehrlich.«

Sein Lächeln fachte den Wunsch von eben an, von einem Mann wie ihm ehrlich begehrt zu werden, und ihr Magen machte einen kleinen Hüpfer.

Halt.

Anina schlug sich innerlich auf den Kopf. Solche Gedanken hatten hier nichts verloren. Absolut nichts.

Sie lächelte ihm professionell zu. »Das Vergnügen war ganz meinerseits. Viel Spaß noch heute Abend.«

Er hielt ihr die Tür des Taxis auf, ließ sie einsteigen und schloss die Tür hinter ihr. Dann drückte er dem Taxifahrer ein paar Scheine in die Hand. »Stimmt so.«

Der brummige Fahrer steckte das Geld kommentarlos ein. »Wohin?«, fragte er, als könne er sie damit überallhin auf der Welt bringen.

»Nach Petersfield, Magnolia Crescent, danke.«

Er gab ein weiteres Brummen von sich und startete den Motor.

Anina schaute nach draußen. Mark Corwin stand noch immer auf dem Gehweg, die Hände in die Hüften gestemmt. Er strahlte die Selbstsicherheit aus, die Anina sich für sich selbst wünschte.

Und doch ließ etwas an ihm sie innerlich aufhorchen, wollte nicht zusammenpassen. Das eigenartige Wohlgefühl in seiner Gegenwart wurde von etwas überschattet, das sie nicht benennen konnte. Sie konnte es nicht direkt an etwas festmachen – im Grunde schien er der perfekte Kunde zu sein.

Sie schüttelte den Kopf. Herrgott ... sie wurde wirklich zu einer paranoiden Zweiflerin – ihr Job hatte sie dazu gemacht. Die Wahrheit ließ sich jedoch schwer eingestehen: Sie war so ehrlich zu sich selbst, um zu wissen, dass ein Mann wie er ihr gefährlich nahekommen konnte. Sie würde sich daran erinnern müssen, bei ihren nächsten Treffen auf der Hut zu sein.

»Du bist nicht bei der Sache heute.«

Mark Corwin schaute seinen Freund an. »Sorry, war ein langer Tag.«

»Und du hast mir immer noch nicht alles von dem Abend erzählt.«

»Was soll ich dazu auch sagen? Es lief ... ganz entspannt.«

Mark lehnte sich an die Wand des Pubs. Es tat gut, endlich abschalten zu können. Er hatte an diesem Tag genug geredet und sehnte sich nach ein paar Minuten Ruhe. Nach den Stunden im Le Pigeon fühlte er sich im Builders Arms wie in einer anderen Welt: Laute Stimmen hallten durch die engen Räume, es wurde laut gelacht und lautstark wurden Bestellungen an der Bar geordert, um die Musik zu übertönen. Kein Vergleich mit der stilvollen Stille in dem französischen Restaurant.

Er hatte das Jackett über den Stuhl gehängt und die Ärmel seines Hemdes nach oben gekrempelt. Sein Kopf lehnte an der Wand und er kämpfte gegen den Drang an, die Augen zu schließen.

Was für ein Tag.

Was für ein Abend.

Er hatte eine Fremde als persönliche Begleitung engagiert, gegen Geld. Als ob er das je nötig gehabt hätte. Er hätte sich nie darauf einlassen sollen.

Wobei ...

Vermutlich war er insgeheim froh, es getan zu haben.

»Du willst also nicht mit der Sprache rausrücken.« Die Stimme seines Kumpels drang erneut über eine alte Rocknummer an seine Ohren, die ihm vage vertraut vorkam. Seit Jahren traf er sich in unregelmäßigen Abständen mit Spike. Schon seit der Uni trug er diesen Spitznamen, da sein Auftreten ein wenig an das der Bulldogge aus Ben & Jerry erinnerte.

»Tu mir den Gefallen und lass mich das erst verdauen.«

Das typische Lachen ließ auch Marks Mundwinkel nach oben schnellen. Es weckte Erinnerungen in ihm an vergangene Zeiten beim Studium, als es unzählige Anlässe zum Lachen gegeben hatte. Irgendwann war er über die Jahre zu einem langweiligen Winkeladvokaten geworden, der angesichts von Paragrafen und Verhandlungen nur noch selten Raum zum Lachen fand.

»Hab ja nicht ständig so ein Date«, meinte Mark.

»Nicht ständig ist untertrieben. Hattest du im letzten Jahr überhaupt eins?«

Guter Punkt. Wann war er zum letzten Mal mit einer Frau aus? Seit die South Downs-Geschichte gestartet war, gab es in seinem Leben nur eine Priorität. Doch so lief es nun mal: Phasen kamen und gingen und aktuell beanspruchte dieses Projekt seine gesamte Aufmerksamkeit.

»Du weißt doch, ich hab –«

»... jede freie Minute mit dem Umweltprojekt zu tun. Ich weiß«, wurde er unterbrochen. »Das hör ich nicht zum ersten Mal. Umso besser, wenn du dir etwas Abwechslung gönnst.«

Mark brummte unbestimmt.

Abwechslung? Durchaus.

Eine willkommene Abwechslung? Eher nicht.

Er hatte sich auf eine Sache eingelassen, die ihm noch immer nicht geheuer war.

3

Anina trug ihren seriösesten Hosenanzug in Kombination mit den schlichtesten schwarzen Boots. Zum Glück bescherte ihr Job ihr eine abwechslungsreiche Garderobe: Neben Galadinners und gelösten Cocktail-Parties wurde sie oft für lockere Veranstaltungen wie Pferderennen oder Picknicks gebucht. Oder eben für dienstliche Anlässe – und dann kam der Hosenanzug zum Einsatz. Ein Blick in den Spiegel hatte sie zufriedengestellt: ernsthaft und vertrauenswürdig. Genau so wollte sie wirken. Auch wenn sie selbst immer das Gefühl hatte, ihr Gesicht mit dem Schmollmund würde besser zu einem Püppchen passen, sobald sie Make-up auftrug.

»Dauert es noch lange?«, fragte Emily zum dritten Mal und zappelte mit ihren Füßen.

»Du wirst die Zeit nicht vorantreiben, indem du häufiger fragst.«

»Wer weiß? Irgendetwas im Raum-Zeit-Kontinuum könnte davon beeinflusst werden.«

Anina rollte die Augen. »Vielleicht bist du aber auch nur nervös und willst es schnell hinter dir haben.«

»Meinst du, ich hab Angst? Vergiss es.«

Anina lächelte in sich hinein. Emily würde niemals zugeben, sich vor etwas zu fürchten. Schon gar nicht vor einem Gespräch in einer Schule.

Die Edwardian International School residierte in einem Bau aus dem frühen 20. Jahrhundert. Hohe Fenster ließen viel Licht in die Räume. Im Gegensatz zu Gebäuden aus dem viktorianischen Zeitalter wirkte die Schule jedoch schlicht, kam ohne die verspielten Elemente aus. Sie waren durch den Haupteingang eingetreten und fanden sich in einem Gang wieder, an dessen

Wänden überraschend moderne Kunstwerke hingen.

Eine wie aus dem Ei gepellte ältere Dame mit grauen, kurzen Haaren schritt durch den Gang auf sie zu. Ihre Absätze klackerten auf dem Boden aus Marmor. »Ms Elliot und Ms Elliot? Wenn Sie mit mir kommen mögen?«

Anina spürte, wie ihr Herz einen Satz machte. Sie dachte nicht mit großem Vergnügen an ihre Schulzeit zurück. Es fühlte sich unbehaglich an, nun wieder in einem solchen Gebäude zu sein.

»Wir bekommen das hin«, flüsterte sie Emily zu.

»Klar, was auch sonst«, antwortete ihre Schwester lapidar, konnte jedoch ein Zittern in ihrer Stimme nicht verbergen.

Es war eigenartig, wie lang sich ein paar Schritte anfühlen konnten. Mit jedem Meter stieg Aninas Aufregung. Sie hatte sich entschlossen, Emilys Zukunft nicht auf einer Lüge aufzubauen. Doch dieser Plan war riskant und konnte gut und gern bedeuten, dass Emily mit einem freundlichen Händedruck zurück auf die öffentliche Schule verabschiedet wurde.

Der Rektor empfing sie mit ernster Miene und drückte ihnen die Hände. Anina hatte sich vorgestellt, er würde in einer Art Bibliothek mit schweren, massiven Holzmöbeln residieren – doch weit gefehlt. Auch dieser Raum wirkte überraschend modern, obwohl die mit dicken Polstern bezogenen Stühle nicht dazu passen wollten.

»Herzlich willkommen, Ms Elliot, Emily.« Er wies auf zwei der Stühle gegenüber seinem Schreibtisch. »Mein Name ist Henderson. Ich leite diese Schule.«

»Vielen Dank«, murmelte Anina und wünschte sich, er würde nicht so einschüchternd auf sie wirken. Noch nicht einmal Emily wagte es, etwas zu sagen, die sonst ungemeine Freude daran fand, mit Fremden ein Gespräch über Quantenmechanik zu beginnen.

»Schön, Sie kennenzulernen. Ich muss zugeben, dass meine

Zeit heute begrenzt ist. Üblicherweise würde ich Ihnen einen umfassenden Überblick über unsere Einrichtung geben, doch das müssen wir leider auf ein anderes Mal verschieben.«

Anina atmete innerlich auf. Gut. Je schneller dieser Termin vorüber war, desto besser – zumindest, wenn sie ihr Ziel erreichten.

»Das ist kein Problem. Wir haben uns eingehend mit den Unterlagen beschäftigt.«

Mr Henderson lehnte sich zurück und musterte sie beide. »Dann kommen wir gleich zum Punkt. Emilys Bewerbungsunterlagen haben uns zugegeben beeindruckt. Wir würden uns freuen, ihr einen Platz an unserer Schule anbieten zu können.«

Anina lächelte. Das war ein guter Anfang. »In dem Bestätigungsschreiben wurde erwähnt, dass noch ein paar Details zu besprechen sind.«

»Das sind sie. Doch eine Sache interessiert mich viel brennender: Sie sind die Mutter von Emily?«

Die typisch englische höfliche Zurückhaltung schien an Mr Henderson vorbeigegangen zu sein. Auch wenn rein biologisch gesehen Emily ihre Tochter sein konnte, wirkte sie offensichtlich nicht wie ihre Mutter. Das war durchaus beruhigend, ansonsten würde sich Anina schleunigst Anti-Falten-Creme besorgen müssen.

Doch auch wenn sie genau über dieses Thema sprechen wollte, fühlte sie sich überrumpelt. Jetzt ging es um alles.

Sie setzte sich auf und dachte an all die abgebrühten Businessfrauen, die sie auf den Empfängen oder Messen beobachtet hatte. Sie bewunderte diese Frauen, die in Männerwelten unweigerlich ernst genommen wurden.

»Um ehrlich zu sein, dies ist ein Punkt, über den wir gern sprechen möchten.« Sie spürte, wie Emily sich versteifte, ohne dass sie zu ihr herüberschauen musste.

»Legen Sie los.« Mr Hendersons Blick wirkte wachsam,

aber nicht unfreundlich.

Anina atmete tief durch. »Ich bin Emilys Schwester.«

»Ihre Mutter hatte keine Zeit, zu kommen? Oder Ihr Vater? Üblicherweise führen wir derartige Gespräche mit den Eltern.«

Anina schaute ihn direkt an. »Nein, sie hatten keine Zeit. Um genau zu sein … sie werden auch zukünftig keine Zeit haben.« Sie wusste, sie redete um den heißen Brei herum und doch fiel es ihr schwer, die Wahrheit auszusprechen.

Mr Henderson hob die Brauen. »Fahren Sie fort.«

»Ich verfüge über das vorübergehende Sorgerecht für Emily. Es ist also in Ordnung, wenn Sie sich mit mir über ihre Zukunft unterhalten.«

»Darf ich nach den Hintergründen dieser Regelung fragen?«

Anina warf Emily einen Blick zu, die sich eingehend dem Studium der Schreibtischkante widmete.

»Ich gehe davon aus, Ihre Einrichtung legt am meisten Wert darauf, talentierten Schülern eine Zukunft zu ermöglichen, unabhängig von ihrer Herkunft.«

Mr Henderson ließ sich nicht zu einer Reaktion bewegen und wartete weiter ab.

Anina wusste, sie konnte nicht weiter ausweichen. Ein Anflug von Sturheit machte sich in ihr breit. Was konnte Emily dafür, dass ihre Mutter heute nicht hier sein konnte? Ihre Schwester sollte nicht für die Fehler anderer büßen.

Sie schaute Mr Henderson in die Augen, fest entschlossen, alle ablehnenden Reaktionen von Emily fernzuhalten. »Sie werden auch zukünftig mit mir alles absprechen können, weil Emilys Mutter nicht in der Lage sein wird, hierher zu kommen.« Sie stockte. Wie immer kostete es sie eine unglaubliche Überwindung, die Worte laut auszusprechen. Sie atmete tief durch, als würde sie Kraft sammeln wollen. »Sie sitzt im Gefängnis.«

Anina fühlte sich selten weniger in der Stimmung für einen Kundentermin wie heute Abend. Das Gespräch an der Edwardian School hatte sie angestrengt, ihr das Gefühl gegeben, sie und ihre Schwester passten nicht in eine solche Umgebung. Nun ... zumindest dieses Gefühl kannte sie nur zu gut von ihren Terminen bei ExAd.

Doch im Grunde war das Treffen vielversprechend gelaufen – auch wenn die noch zu absolvierende Aufnahmeprüfung zugegeben eine Überraschung gewesen war. Emily hatte die Nachricht gefasst aufgenommen und verkündet, dass sie sich auf diese Weise endlich wieder mit anspruchsvolleren Themen als in ihrer aktuellen Schule befassen konnte. Anina fühlte sich zumindest so weit beruhigt, dass sie sich auf den Abend konzentrieren konnte.

Manche Zusammenhänge würde Anina nie verstehen – selbst wenn sie etwas Grips von ihrer Schwester abbekommen hätte. Der Anlass des heutigen Abends war so einer. Kelly von ExAd hatte ihr den Termin des nächsten Treffens mit Mark Corwin mitgeteilt: eine Abendveranstaltung anlässlich der Wiedereröffnung des Stadions, in dem alljährlich die über die Landesgrenzen hinaus bekannten Pferderennen stattfanden. Seit Monaten liefen die Bauarbeiten, die in den letzten winterlichen Tagen abgeschlossen waren.

War es nicht unlogisch, ein solches Ereignis in einem Festsaal in Hillsborough Manor zu feiern, einem der altehrwürdigen Herrenhäuser außerhalb von Colbridge? Nach Aninas Empfinden war eine Einweihung an einem schönen Frühlingstag draußen im Stadion die eindeutig passendere Idee – aber sie wurde ja nicht gefragt.

Ein Taxi brachte sie zum Ort des Geschehens. Mark Corwin hatte angeboten, sie abzuholen, doch sie hatte ihm ausrichten lassen, sie würde eigenständig zur Veranstaltung erscheinen. Sie hatte es sich zur Gewohnheit gemacht, ihr Privatleben so gut wie möglich vor ihren Kunden abzuschirmen. Besonders in ihrer Branche kamen gewisse Herren auf Ideen, die sie besser nicht in ihrem Leben haben wollte.

Die Tage wurden merklich länger und durch die Scheibe des Taxis sah Anina das Herrenhaus von Hillsborough Manor hinter den Bäumen auftauchen. Es handelte sich um eines der Gebäude, wegen derer sich die vielen Touristen nach Südengland verirrten, um durch Parks und Gärten zu schlendern und sich in eine vergangene Zeit zurückversetzen zu lassen. Im letzten Jahr war das Anwesen prominent in den Medien erschienen, weil es als Schauplatz zu Dreharbeiten für einen modernen Märchenfilm namens »Cinderella Baby« gedient hatte.

Das Taxi hielt vor dem schmiedeeisernen Tor, das den Blick auf einen mit Kies bedeckten Weg eröffnete, der sich wiederum durch einen Park schlängelte. Noch schafften es die Knospen und frischen Blätter nicht, die Bäume grün einzufärben, doch auch so wirkte das Bild angemessen beeindruckend.

»Soll ich Sie bis ranfahren, Miss?«

Anina beugte sich nach vorn. »Ja, bitte, das wäre nett.« Hatte dieser Kerl die Absätze ihrer Schuhe nicht gesehen? Sie würde ein amüsantes Bild abgeben, wenn sie torkelnd über den Kiesweg auf den Eingang zustolperte.

»Dann macht das dreizehn Pfund glatt.« Der Fahrer machte sich nicht die Mühe, sich umzudrehen, und streckte lediglich seine Hand nach hinten aus. Hoffentlich traf sie im Laufe des Abends auf höflichere Menschen. Und hoffentlich gab es gutes Essen. Und hoffentlich ...

Das Bild ihres heutigen Begleiters breitete sich vor ihrem inneren Auge aus. Die selbstsichere Haltung, das von sich überzeugte Lächeln. Wäre er nicht ihr Kunde, würde sie ihn während des Abends verstohlen aus den Augenwinkeln beobachten. Sie wettete, alle anderen Frauen ebenso.

Das Objekt ihrer Gedanken tauchte unvermittelt neben

dem Taxi auf, als hätte er auf sie gewartet. Er öffnete die Tür und Anina knipste das Schnellprogramm für ihre Verwandlung in eine elegante Abendbegleitung ein.

Sie empfing ihn mit einem strahlenden Lächeln. »Ich fühle mich geehrt, hier draußen empfangen zu werden.«

Mark Corwin deutete eine Verbeugung an und lachte. »Ich wollte Sie nicht in der Dämmerung herumirren lassen, Anabelle. Womöglich schnappt Sie mir noch ein anderer Gast weg.«

Er reichte ihr die Hand und half ihr, das beengte Taxi zu verlassen. Sein Blick blieb dieses Mal nicht auf Höhe ihres Gesichts kleben, sondern wanderte anerkennend über ihren Körper. Schon oft war Anina auf diese Weise betrachtet worden, doch selten hatte sie dabei ein leichtes Kribbeln verspürt. In seinen Augen glomm etwas auf, das Anina eindeutig als Begehren identifizierte.

Er drückte ihre Hand. »Ich schätze, meine Befürchtung ist berechtigt. Ich wette, jeder zweite Gast heute Abend beneidet mich. Gehen wir nach drinnen?«

Mark Corwin führte sie durch das Eingangsportal, dessen massive Holztüren einladend geöffnet waren. Erst jetzt spürte Anina, wie kühl die Luft noch war, fühlte die Gänsehaut auf ihren Armen. Warmes Licht drang nach draußen, von opulenten Kronleuchtern und unzähligen Kerzen.

»Sie wissen, worum es heute geht?«, fragte sie Mark Corwin.

»Die Galaveranstaltung zur Wiedereröffnung des Reitstadions.«

»Genau. Es sind viele Möchtegernpolitiker und Unternehmer hier, um sich zu beweihräuchern.«

Anina lachte auf. »Sie scheinen nicht allzu viel davon zu halten.«

Er zuckte mit den Schultern. »Wenn man ständig solche Events besucht, wird es zur Gewohnheit.«

Anina stimmte uneingeschränkt zu. Der erste Eindruck auf

Veranstaltungen wie dieser nahm ihr regelmäßig den Atem, vermittelte ihr je nach Anlass die Atmosphäre eines Märchen- oder Hollywood-Films – zumindest etwas, das nicht aus ihrer Welt stammte. Doch je öfter sie Kunden begleitete, desto eintöniger erschienen ihr die Menschen und die Gespräche. Oder lag das daran, dass sie nicht dazugehörte und immer eine Außenseiterin sein würde?

»Solche Veranstaltungen gehören also zu Ihrem Job«, gab sie zurück.

»Genau wie zu Ihrem, wenn ich das richtig verstehe. Und wenn ich mich nicht täusche, können Sie sich ebenfalls einen schöneren Abend vorstellen.«

Anina lag eine höfliche Erwiderung auf der Zunge. Sie wollte ihm sagen, dass sie die Treffen genoss, es eine Ehre für sie war, ihn begleiten zu dürfen. Doch auf wundersame Weise verwandelten sich die Worte in etwas anderes: »Eine Portion Fish & Chips am Strand wäre mir lieber.«

Sie befürchtete, zu viel gesagt zu haben, doch sein Lachen ließ auch ihre Mundwinkel zucken.

Er drückte ihre Hand kurz fester. »Dann lassen Sie uns etwas finden, das dem zumindest nahekommt, allerdings kann ich nichts versprechen. Ich muss mich hier blicken lassen, ein paar Hände schütteln. Ich versuche, den Abend möglichst schnell zu beenden.«

»Wie schade. Ich wollte mich gerade mit Mrs Peddlecombe unterhalten.«

Ein erneutes Lachen drang aus seiner Kehle, eines, das andere Menschen sich in diesem Umfeld nicht getraut hätten. »Ich lasse Sie gern mit ihr allein.«

Eine Dame mit silbrigen Locken wackelte auf sie zu, gestützt auf einen Gehstock, der aus dem Zeitalter von Hillsborough Manor stammen musste.

Anina stöhnte innerlich auf. »Nein, bitte –«

»Ich hol uns was zu trinken.« Mark Corwin ließ ihre Hand los und machte sich grinsend davon.

Dieser elende, blöde ...

Niemand wollte gern mit Mrs Peddlecombe allein gelassen werden – zumindest niemand, der sich nicht beleidigen lassen wollte. Die Dame war eine Institution in Colbridge und hatte sich in den letzten Jahren einen unnachahmlichen Ruf erarbeitet: Schon immer Angehörige der Upper Class, hatte sie seit dem Tod ihres Mannes jegliches Taktgefühl abgelegt und walzte trotz ihrer geringen Körpergröße durch die Abendveranstaltungen. Wer konnte, hielt sich von ihr fern. Obwohl Anina kaum Aufträge vor Ort zugewiesen bekam, hatte sie bereits Bekanntschaft mit der Dame gemacht.

»Sie müssen sich nicht so Hilfe suchend umschauen, meine Liebe.« Beinahe hätte sie Anina ihren Stock in den linken Fuß gerammt.

Instinktiv trat sie einen Schritt zurück. »Mrs Peddlecombe! Schön, Sie zu sehen!«

»Reden Sie keinen Blödsinn. Am liebsten wären Sie mit Ihrem Lover vor mir geflüchtet.«

Dies entsprach abgesehen von dem »Lover« der Wahrheit, doch diese würde sie nicht laut aussprechen. »War das Wetter nicht besonders schön frühlingshaft heute?«

Mrs Peddlecombe machte eine abwehrende Handbewegung. »Sparen Sie sich die Mühe. Das Leben ist zu kurz für Höflichkeiten. Sagen Sie mir lieber, warum Sie schon wieder die gleichen Schuhe tragen. So nimmt Sie hier niemand ernst.«

Sie musste hier weg, ehe die alte Dame den ganzen Saal auf ihr Schuhwerk aufmerksam machte. »Ich ...«

»Und stottern Sie nicht herum. Das schickt sich nicht für eine Lady.«

Kein Mensch auf dieser Welt gab Anina stärker das Gefühl, hier nicht hinzugehören. Und gleichzeitig ballte sich in ihrem

Magen die Vorahnung zusammen, irgendwann würde ein lautes Lachen aus ihr herausbrechen. Ehrlich ... entstammte diese Frau nicht einer Sitcom aus dem Fernsehen?

»Ich werde Ihren Rat beherzigen, vielen Dank«, erwiderte sie höflich.

Mrs Peddlecombe rollte die Augen. »Das würde mich überraschen. Was ich Ihnen eigentlich mitteilen wollte: Dieser Kerl, mit dem Sie heute hier sind.«

Anina blickte in die Richtung, in die Mrs Peddlecombe wenig taktvoll mit ihrem Stock zeigte. Mark Corwin sprach mit einem der Kellner und griff nach zwei Gläsern. Er wirkte absolut entspannt in dieser Gesellschaft.

»Dieser Kerl ... ich sag Ihnen, der will was von Ihnen.«

Anina starrte die alte Dame verblüfft an. Hatte sie richtig gehört?

»Nun stieren Sie nicht wie eine Kuh, wenn's donnert. Und tun Sie nicht so, als hätten Sie es nicht auch gemerkt. Hören Sie auf den Rat einer alten Frau: Passen Sie auf sich auf. Männer wie er können uns alle ins Verderben stürzen.«

In diesem Moment drehte sich Mark Corwin um und fing Aninas Blick auf.

Etwas in ihr zog sich zusammen. Diese Augen ... dieses Lächeln.

Womöglich könnte Mrs Peddlecombe recht haben.

Er kam auf sie zu, zwei Gläser in der Hand, eine unerschütterliche Sicherheit ausstrahlend.

Anina wandte sich um, dieses Mal in der absurden Hoffnung, Mrs Peddlecombe würde ihr zur Seite stehen. Doch die Dame war verblüffend schnell verschwunden und steuerte mit ihrem Gehstock auf eine Gruppe älterer Ladys zu, die alles andere als erfreut aussahen.

Anina fühlte sich allein gelassen.

Mark Corwin reichte ihr ein Glas. »Lassen Sie mich raten. Sie beide hatten ein nettes Gespräch unter Frauen über die Verdorbenheit der heutigen Zeit und die Männerwelt. Hab ich recht?«

Aninas Finger schlossen sich um das Glas, spürten die prickelnde Kühle des Champagners. »Sie meinte, die Männer in der heutigen Zeit können Gedanken lesen.«

»Sie hat also darüber gesprochen, dass ich ein böser Junge bin, vor dem Sie sich in Acht nehmen sollten?«

Konnte er wirklich Gedanken lesen? »Im Gegenteil. Sie meinte, Sie wären der begehrteste Junggeselle der Veranstaltung und ich solle mir Sie krallen, bevor es zu spät ist.« Oh Gott, wo war das denn hergekommen? Zu ihren ungeschriebenen Regeln gehören Flirts definitiv nicht!

Er trat einen Schritt auf sie zu. »Wer sagt, dass ich Junggeselle bin?« Ein interessiertes Lächeln umspielte seinen Mund.

Anina hätte die Worte am liebsten zurückgenommen. Sie schluckte. »Mrs Peddlecombe offensichtlich.«

Er schenkte ihr ein Grinsen, das leichte Fältchen neben seinen Augen erscheinen ließ. »Interessant zu wissen, dass sie sich so gut auskennt. Und nun muss ich auch noch eine schlechte Nachricht überbringen: Fish & Chips stehen heute nicht auf der Menükarte. Aber dort drüben habe ich ein Buffet mit Häppchen gesehen. Wollen wir?«

»Sollten wir uns nicht unter die Leute mischen? Kontakte knüpfen?«

Er legte eine Hand auf ihren Rücken und steuerte sie sanft durch die kleinen Grüppchen. »Nicht auf leeren Magen.«

Schon so oft zuvor war Anina auf diese Weise berührt worden. Hatte die Hand eines fremden Mannes auf ihrem Rücken gespürt, die mehr als einmal an der Grenze zur Schicklichkeit nach unten gewandert war.

Doch heute ... war es anders. Sie hatte das Gefühl, die Berührung zum ersten Mal wirklich zu fühlen. So, als würde die Hand dorthin gehören. Ein Hauch seines Aftershaves wehte zu ihr herüber und sie kam nicht umhin zu bemerken, wie souverän er sie durch die Gäste manövrierte, die ihm ab und zu zunickten.

Herrgott, seit wann war sie so empfindlich? Das hier war ein Termin wie jeder andere auch! Der Weg zog sich zeitlich in die Länge, obwohl er kaum einmal zwanzig Meter lang sein konnte. Sie verspürte das irrationale Gefühl, von allen beobachtet zu werden. Als könnten die anderen Leute wissen, dass ihr Körper zum ersten Mal seit Langem auf einen Mann in einer Weise reagierte, die sie nie wieder hatte spüren wollen. Es wäre ihre Aufgabe gewesen, spritzigen Small Talk zu betreiben, ihn als Kunden an sich zu binden. Doch ihr Hirn fühlte sich wie eine verlassene Lagerhalle an, in der nur noch ein paar Spinnweben hingen.

Das Buffet.

Endlich.

Opulent und schlicht zugleich. Die Caterer verstanden ihr Handwerk: Häppchen mit aufgespießten Garnelen, französischem Weichkäse und hauchdünnem Schinken – alles so angerichtet, dass es schwerfiel, das Kunstwerk zu zerstören.

»Wir müssen wohl damit vorliebnehmen«, meinte Mark Corwin, der nicht im Mindesten zu wissen schien, was seine Berührung in Anina ausgelöst hatte. Oder doch? Die Hand blieb, wo sie war, brannte sich in ihren Rücken. Etwas in ihr wünschte, sie könnte sie abschütteln – oder aber sie dazu bringen, für immer dortzubleiben.

Die Erkenntnis erschreckte sie. Das hier war geschäftlich! Ein Kunde! Einer, der wie so viele andere über ihre Zukunft entscheiden konnte.

Ein Gedanke flackerte in ihr auf, so kurz und hell, dass sie ihn unmöglich ignorieren konnte: Irgendetwas an Mark Corwin fühlte sich nicht echt an. Etwas an ihm hatte sie schon an ihrem ersten gemeinsamen Abend gestört.

War es Zufall, dass sie ausgerechnet nach dem offiziellen Firmenmeeting einen attraktiven Kunden wie ihn zugewiesen bekam? Kurz nachdem sie persönlich darauf hingewiesen worden war, wie wacklig ihre Position bei ExAd war? Dass es nur einen kleinen Fehltritt brauchte, um sie auf die Straße zu setzen?

Gott, sie wurde wirklich paranoid. Dexter hatte es seit Jahren auf sie abgesehen. Schon mehrfach hatte sie befürchtet, von ihm die Kündigung zu erhalten – nur um sich am Ende darüber zu ärgern, dass sie sich wieder einmal umsonst in ihre Gedanken hineingesteigert hatte.

Vielleicht war er einfach nur einer der wenigen netten Kunden.

Sie blickte ihn mit neuen Augen an.

Selbstsicher. Souverän.

Unglaublich attraktiv.

Musste sie dieses Arrangement anzweifeln? Die flirtenden Blicke, die Anspielungen ... die Berührung. Er verhielt sich wie ein Mann, der eine Frau für sich einnehmen wollte. Der genau wusste, welche Knöpfe er drücken musste. Ein paar vertrauliche Worte, kleine Scherze. Interesse, aber kein übertriebenes Anbaggern.

Mark Corwin hatte sich einen Teller genommen und legte sorgfältig ein Häppchen nach dem anderen darauf. Der Gedanke an Räucherlachs in ihrem Mund fühlte sich unappetitlich an, keinen Bissen würde sie herunterkriegen.

Wie sollte sie sich verhalten? Ihn auf ihren Verdacht ansprechen?

Nein. Ausgeschlossen. Sogar unglaublich albern. Sie verrannte sich wieder in etwas.

Sie würde das Spiel mitspielen.

Ein innerlicher Seufzer bahnte sich seinen Weg nach oben. Blieb ihr etwas anderes übrig? Letztendlich war er ein Job wie jeder andere. Er war ein Anwalt, der in Umweltfragen unterwegs war, der Auftritt im Fernsehen war ein ausreichender Beweis dafür. Sie würde einfach eine weitere Schutzschicht um sich errichten, um sich gegen seine Nähe zu schützen, so wie Polarforscher eine zusätzliche Daunenjacke anziehen würden.

Mark Corwin stand vor Hillsborough Manor und schaute dem Taxi nach, das seine überaus hübsche Abendbegleitung von ihm fortbrachte.

Ärger machte sich in ihm breit.

Ärger über sich selbst, der sich auf die Sache eingelassen hatte.

Ärger über sie, weil sie so unglaublich gut darin war, ihre Rolle zu spielen.

Er fühlte sich in allen Punkten bestätigt, die er über sie gehört hatte. Es waren nicht viele, doch er hatte keine Zweifel an ihrer Wahrheit.

Sie war zu schön für diese Welt – und sie wusste es. Sie spielte mit ihrem Aussehen wie eine Klaviervirtuosin, drückte die richtigen Tasten und setzte durch gekonnten Einsatz der Pedale etwas in ihrem Umfeld in Gang, das sich wie ein nachklingender Ton anfühlte.

Sie bewegte sich durch diese Gesellschaft, als würde sie dazugehören. Verfügte über tadellose Manieren, befolgte die Etikette. Zu seiner Überraschung verhielt sie sich nicht wie ein hübsches Mädchen, das nur zur Zierde an seinem Arm hing: Nach ein paar der kunstvoll angerichteten Häppchen hatten sie sich auf ihren Wunsch hin ins Getümmel gestürzt. In den folgenden Gesprächen hatte er etwas erlebt, das ihn nur selten ereilte: Er war beeindruckt. Beeindruckt von ihrer Fähigkeit, Menschen miteinander ins Gespräch zu bringen. Sie hatte intelligente Fragen gestellt und ehrlich interessiert an den Antworten gewirkt. Tauchte er sonst entweder allein oder mit einem reinen Schmuckstück an seinem Arm auf derartigen Veranstaltungen auf, so hatte er heute eine echte Partnerin an seiner Seite gesehen.

Das war überraschend.

Mehr als das.

Er hatte ein Dummchen erwartet, das zwar schön war – aber mehr auch nicht.

Am meisten ärgerte er sich, dieses »Mehr« in ihr zu sehen. Es sollte ihn wachsam stimmen, all sein Wissen darüber bestätigen, wozu sie fähig war. Doch stattdessen regte sich in ihm ein überraschender Anflug von Respekt – und der Reiz, mehr über sie herauszufinden.

Als Anwalt war er trainiert darin, seine Gefühle unter Kontrolle zu haben. Bevor er bei Future Trust angeheuert hatte, hatte er in der Strafverteidigung gearbeitet und ein ums andere Mal sein berufliches Auge über persönliche Meinungen stellen müssen.

Das würde ihm auch hier gelingen. Diese Anabelle mochte eine hervorragende Schauspielerin sein, die die Menschen um den kleinen Finger wickeln konnte. Doch er wusste, was hinter ihr steckte, und würde nicht in diese Falle tappen.

Etwas pulste in ihm auf, das er vor zwei Stunden gespürt hatte. Seine Hand auf ihrem Rücken. Das Gefühl, ihren Körper zu spüren, hatte etwas in ihm ausgelöst, das jedem Mann bekannt vorkam. Unvermittelt war er steif geworden, etwas, was ihm seit Jahren nicht mehr in der Öffentlichkeit passiert war.

Doch wenn er in etwas trainiert war, dann, seine Gefühle zu unterdrücken. Es würde ihm auch dieses Mal gelingen – selbst wenn Anina Elliot es ihm schwerer machen würde als gedacht.

»Carrot Cake oder Himbeertörtchen?«

»Mir egal.«

Anina seufzte. Seit dem Termin in der Schule war Emily noch maulfauler geworden als in den letzten Monaten.

»Ich nehme jedenfalls einen Carrot Cake. Und wehe, du schnappst mir das letzte Stück weg.«

»Ein Stück Carrot Cake hat 769 Kalorien, 48 Gramm Fett und kaum Eiweiß. Über den Zucker reden wir gar nicht.«

»Sarahs Kuchen ist gesund. Keine Widerrede. Ich lass mir das nicht madig machen.«

»Ich sag's ja nur. Nicht, dass du am Ende wieder rumheulst, du wärst zu fett.«

»Sehr freundlich heute, die junge Dame.«

Emily zuckte mit den Schultern und öffnete die altmodische Tür zu dem Café.

Sofort sog Anina begierig den Duft nach Kaffee und frisch gebackenem Kuchen ein. Zeit mit einem grummeligen Teenager zu verbringen verstärkte ihren Drang nach etwas Süßem.

Immer, wenn sie sich etwas Besonderes gönnen wollte, besuchte sie »The Captain's Tearoom«. Das versteckte Schmuckstück lag etwas abseits der High Street von Colbridge und hatte sich zu einem Geheimtipp für alle diejenigen gemausert, die sich von einem Shopping-Trip erholen oder in altmodischer Atmosphäre der englischen Teekultur frönen wollten. Seitdem Anina zum ersten Mal durch Zufall auf das Café gestoßen war, wuchs das Bedürfnis nach einem sündigen Carrot Cake oder einem der fantastischen Himbeertörtchen beinahe ins Unermessliche, wenn der letzte Besuch zu lange zurücklag.

»Herzlich willkommen!« So wie der Raum mit seiner traditionellen Einrichtung Wärme ausstrahlte, fühlte sich Anina auch von den Angestellten warm empfangen, als würde ihr jemand eine kuschlige Decke überlegen. Sie hatte die rundliche Frau als Molly kennengelernt und schon in der Vergangenheit ein paar Worte mit ihr gewechselt.

»Schön, euch zu sehen. Wir haben begonnen den Garten vorzubereiten. Wenn ihr mögt, könnt ihr euch eine Decke nehmen und euch nach draußen setzen.«

»Zu kalt«, maulte Emily.

Molly lachte. »Dann eben nicht. Aber ihr habt Glück: Ich hab noch einen tollen Platz für euch, auf dem ihr zumindest die ersten Tulpen sehen könnt.« Sie eilte durch den Hauptraum des Tearooms in eine Art Anbau, dessen Fensterfronten ins Grüne zeigten – ein unerwarteter und immer wieder herzerfreuender Anblick mitten in der Stadt.

Sie setzten sich und Emily zog sofort eines ihrer Bücher heraus.

Molly zog einen Block und Stift aus der Tasche und schaute fragend auf sie herab. »Aber Zeit für ein Stück Kuchen wird doch hoffentlich sein?«

»Ganz sicher!« Anina musste keinen Blick in die Karte werfen. »Einen Cappuccino und ein Himbeertörtchen für mich.«

»Geht klar. Sarah hat gerade frische gebacken. Nur zur Sicherheit: die richtige oder die gesunde Variante?« Sie deutete mit den Fingern Anführungsstriche an und ihr Gesicht zeigte deutlich, wie sie entscheiden würde.

»Richtig, natürlich!«

Molly grinste. »Hab ich mir doch gedacht. Hätte ich auch so gewählt.« Sie strich über ihre rundlichen Hüften.

Emily schaute auf. »Wie verteilen sich die Verkaufszahlen auf die beiden Varianten?«

»Emily!« Anina verdrehte die Augen. »Ich glaube nicht, dass dich das etwas angeht.«

Molly winkte ab. »Kein Problem! Ich schätzte ... etwa ein Drittel unserer Kuchen wird mittlerweile als gesund verkauft. Oder als Green Cakes, wie Sarah sie nennt. Super Konzept! So bekommen die bodenständigen Leute, was sie wollen, und gleichzeitig locken wir die Trendsetter an, die kein Gramm zu viel auf den Hüften haben.«

Emily schaute bedeutungsvoll zu Anina. »Eigentlich gehörst du in die zweite Kategorie. Du hast den falschen Kuchen ausgesucht!«

»Wenn du dich endlich entscheiden würdest, hätte ich schon lange mein Törtchen, statt über Statistiken sprechen zu müssen.«

Molly wedelte mit dem Block. »Ich kann später noch mal wiederkommen!«

»Ich nehme ein Chocolate Chip Cookie. Die richtige Variante.« Emily klappte die Karte zu. »Und einen grünen Tee, richtig grün, bitte.«

»Kommt sofort!«, flötete Molly und huschte zwischen den Tischen hindurch in Richtung Theke.

»Du könntest ruhig ein wenig freundlicher sein.« Anina hatte sich bis vor Kurzem etwas darauf eingebildet, so gute Arbeit in der Erziehung geleistet zu haben.

»Beschäftige du dich mal ein paar Nächte mit der Relativitätstheorie und sei dann nett zu allen Leuten.«

Anina sah, wie mitgenommen Emily aussah. Bei all der Unzufriedenheit der letzten Monate hatte sie noch nie so angestrengt gewirkt.

»Und du glaubst, das musst du schon im Detail können? Ich meine ... du bewirbst dich nicht an einer Uni.«

Emily starrte in das Buch, ließ den Zeigefinger über die Zeilen gleiten. »Kann nicht schaden. Wer weiß, was sie bei der Aufnahmeprüfung alles fragen.«

Die unerwartete Prüfung hatte Emily in einen wahren Lernwahn getrieben. Die Schule wollte sichergehen, dass das hohe Niveau den Schülern keine Probleme bereiten würde.

Anina schaute ihre Schwester prüfend an. »So leid es mir tut, du wirst nicht alles Wissen dieser Welt inhalieren können.

Außerdem hat Mr Henderson doch gesagt, dass sie eher auf allgemeines Denkvermögen hin prüfen, nicht auf Allgemeinwissen.«

Emily setzte sich auf und schlug den Wälzer zu. »Du hast ja leicht reden! Du wirst ja nicht geprüft.« Sie blickte stur nach unten und trommelte mit den Fingern auf den Einband.

Anina wünschte, sie könnte ihrer Schwester helfen. Manchmal sah sie so zerbrechlich aus, dass man sie einfach nur knuddeln wollte. Sie wirkte viel zu klein für schwere Bücher und noch schwerere Themen.

Eine junge Frau mit einem Tablett kam auf sie zu. Anina lächelte sie an. Sarah war die Besitzerin des Tearooms und liebte es, Stammgäste persönlich zu begrüßen.

»Ich versüße euch den Tag!«, rief sie ihnen zu und setzte das Tablett ab. »Und weil ihr es seid, gibt's noch ein Shortbread frisch aus dem Ofen dazu.«

Aninas Augen sogen die Köstlichkeiten förmlich auf. »Mein Gott, das ist ein Traum!«

In Sarahs Backstube wurden niemals schlichte Standardrezepte gebacken, sondern alles mit Liebe zubereitet und so hübsch angerichtet, dass man es kaum zerstören wollte. Das Himbeertörtchen war mit winzigen Zuckerstreuseln und feinen Tupfen einer sündigen Creme verziert. In das Shortbread waren kleine Muster eingebacken – wusste der Himmel, wie Sarah das hinbekommen hatte.

»Ich glaube, ich inhaliere jetzt Kuchen statt Albert Einstein.« Emily griff beherzt nach ihrem Cookie und biss hinein. »Danke, Sarah.«

»Keine Ahnung, was es mit Einstein auf sich hat, aber ich hoffe, es schmeckt euch.«

»Ganz sicher!« Anina rührte ihren Cappuccino um. »Gut besucht hier, oder?«

Sarah strahlte. »Nicht nur gut, sondern besser. Wir haben

sogar schon überlegt, ein weiteres Café zu eröffnen.«

»Nicht zufällig in Petersfield?«

»Leider nicht. Obwohl ... ist ja ein niedliches Örtchen. Wir sollten noch mal darüber nachdenken.«

Ein Plärren drang durch den Tearoom und Sarah wandte sich um. »Oh, oh ... ich befürchte, mein Nachwuchs verlangt nach mir. Genießt den Kuchen!«

Anina sah ihr nach und spürte einen Anflug von Neid in sich aufkommen. Wie gern würde sie mit ebenso viel Leichtigkeit durchs Leben gehen. Auch sie konnte strahlen, hatte es sogar perfektioniert – doch nichts konnte eine so natürliche Freude ersetzen.

Emily griff nach Aninas Teller.

»Hey!« Anina schlug ihr auf die Finger. »Das ist meiner!«

»Du hättest dich beeilen sollen, statt nur zu träumen und dich umzuschauen.« Schon hatte Emily einen Bissen des besten Törtchens Colbridges in den Mund geschoben.

Anina zog den Teller zurück. »Du weißt, ich tue alles für dich, aber das ist eine Grenze.«

»Ich nehme dir nur ein paar der bösen Kalorien ab. Ich befinde mich schließlich im Wachstum.«

Es war, als würden die Lebensgeister in Emily erwachen. Manchmal ging doch nichts über einen ordentlichen Zuckerschub.

»Machen wir heute einen gemütlichen Fernsehabend?« Seit Tagen hatte sie sich darauf gefreut, eine neue Folge »Sherlock Holmes« zu sehen. Sie beide hatten eine ausgeprägte Begeisterung für Benedict Cumberbatch entwickelt.

»Geht nicht. Hab schon was vor.«

Anina meinte beinahe, durch Emilys vollgestopften Mund falsch verstanden zu haben.

»Wie bitte?«

»Wie ich es gesagt hab: Ich hab keine Zeit.«

»Aber ...«

»Bloß nicht aufregen.« Sie hatte den Bissen hinuntergeschluckt und spülte ihn mit einem Schluck Tee nach. »Ich bleibe heute in Colbridge und besuche eine Informationsveranstaltung.«

Anina hätte nicht erstaunter sein können, wenn Emily plötzlich Ballettschuhe oder einen Baseballschläger ausgepackt hätte.

»Aber ...«

»Was ist? Ich bin alt genug. Ich schaue mir das an und komme mit dem Bus zurück.«

Anina legte ihre Kuchengabel ab. »Das geht nicht.«

Emily hob die Brauen. »Weil ...?«

»Es nicht geht! Du bist zu jung dafür!«

»Dreizehn. Das bekomm ich schon hin.«

»Wir sollten über so was reden!« Sie hatte das Gefühl, ihre Stimme klang zu laut und schrill in dem kleinen Café.

»In den Bewerbungsunterlagen stand, soziales und gesellschaftliches Engagement gibt Pluspunkte. Auf der Schiene hab ich eindeutig Nachholbedarf.«

Anina war die Lust auf Kuchen vergangen. Emily ... ihre kleine Schwester ... sie ging eigene Wege! Ohne es zuvor mit ihr abzusprechen! Eine Woge von Nostalgie überkam sie: Sie dachte zurück an die Zeit, in der Emily völlig auf sie angewiesen gewesen war und sich fröhlich in ihre Arme gestürzt hatte. Auch wenn sie nur die große Schwester war, verstand sie, wie sich Eltern fühlen mussten, sobald ihr Nachwuchs sich abnabelte.

Sie dachte an all die Dinge, die Emily durchgemacht hatte, und hätte sie am liebsten wie eine dicke Mutterhenne beschützt. Sie blickte hinüber und sah, dass ihre Schwester statt des Tellers wieder ihr Buch vor sich liegen hatte. Der Entschluss stand sofort fest: »Okay, ich komme mit.«

Anina fühlte sich wie eine Tänzerin – und zwar eine sehr dilettantische und extrem unelegante Version.

Sie presste ihr Telefon ans Ohr und versuchte gleichzeitig ihre Strumpfhose nach oben zu ziehen, ohne eine Laufmasche zu fabrizieren. »Was hast du gesagt?«

Nora am anderen Ende wiederholte ihre Worte: »Dass ich keine Ahnung hab, was es mit meinem neuen Kunden auf sich hat. Man wird schon ein wenig paranoid.«

Anina zog die Strumpfhose auch über das andere Bein. »Verhält er sich irgendwie komisch?«

»Na ja ... zumindest sehr ... flirty, würde ich sagen. Als ob er es drauf anlegt, dass ich mich auf ihn einlasse.«

»Aber solche Kunden sind nichts Neues, oder?«

»Nicht direkt. Klar, es gibt immer diejenigen, die ExAd als billige Agentur ansehen und meinen, sie kaufen unseren Körper gleich mit. Aber irgendwie ... wie gesagt, vielleicht bin ich nur paranoid.«

Anina verstand ihre Kollegin nur zu gut. Nora hatte ihr vor einigen Tagen gebeichtet, was Anina vage vermutet hatte: Dass sie sich keineswegs an die No-Sex-Policy von ExAd hielt – und Spaß an der Sache hatte. Sie wusste, was ihre Kunden erwarteten, und verdiente sich ein nettes Zubrot. Was bisher ein Spiel gewesen war, ließ nun Sorge in Anina aufsteigen. Nora hatte ebenfalls keine Ausbildung, eine Kündigung würde sie hart treffen.

Sie selbst musste sich nichts vorwerfen. Doch ihre und Dexters Vergangenheit war zu sehr belastet, als dass sie die neuen Regeln für sich als harmlos einstufen konnte.

Anina sah sich im Spiegel an. Die Strumpfhose lag hauchzart an ihren Beinen an und komplettierte ihr heutiges Abend-Outfit. Das dunkelrote, eng geschnittene Kleid musste nur noch mit dem luftigen Bolero ergänzt werden, und sie wäre ausgehfertig. Zerstreut nahm sie wahr, dass Nora sie etwas gefragt haben musste.

»Was? Sorry, ich hab hier gerade –«

»Im Herausputzstress, was? Ich hab nur gefragt, wie es mit deiner Sahneschnitte läuft.«

Anina hatte die Frage befürchtet. Sie musste nicht überlegen, wen Nora meinte. Gut aussehende Kunden weckten immer die Aufmerksamkeit ihrer Kollegin. Doch ... was sollte sie antworten?

»Ganz okay.«

Sie hätte wissen müssen, dass dies die falsche Reaktion war. Nora kicherte. »Oh ... so gut, ja? Wenn du dich nicht über einen deiner Helden beschwerst, muss er ja echt Eindruck gemacht haben.«

»Hat er nicht, er –«

»Ach, red dich nicht raus. Sonst darf ich mir immer ellenlange Klagelieder über jede einzelne Marotte deiner Begleiter anhören. Ich hätte auch gern mal einen spannenden Typen!«

Anina runzelte die Stirn. »Wozu? Es ist ja nicht so, dass du mehr als einen Kunden suchst, oder? Das wäre echt zu kompliziert.«

»Der gut aussehende Kerl macht es also für dich kompliziert?«

»Das hab ich nicht gesagt!«

Nora lachte. »Du hast dich verraten. Solange ich nichts davon höre, dass er sich heimlich am Hintern kratzt oder leise rülpst, gehe ich davon aus, dass du zur Abwechslung mal anregende Abende verbringst.«

»Er kratzt sich am Hintern!«

»Zu spät! Das hast du bisher nur über deinen alten Knacker gesagt, der dich ins Herz geschlossen hat.«

»Er heißt George. Und er hat mich heute eingeladen.«

»Wie das klingt! Beinahe persönlich! Bist du sicher, dass er nicht mehr von dir will?«

Jetzt war es an Anina, aufzulachen. George Porterfield als der große Charmeur? Ganz sicher nicht.

»Ich werde vorsichtig sein und nicht in seinem Bett landen, keine Sorge.«

»Das hoffe ich auch für dich. Dexter wartet nur auf so eine Situation, um dich rauszukicken.«

»Ich weiß. Und jetzt muss ich mich beeilen. Wir hören uns, ja?«

Nora flötete ihr einen Abschiedsgruß ins Ohr und beendete das Telefonat.

Anina betrachtete sich noch immer im Spiegel. Ja. So konnte sie ausgehen. Mit George, bei dem sie sich keine Sorgen machen musste – ganz im Gegensatz zu einem anderen Kunden, der sich viel zu häufig in ihre Gedanken schlich.

Sie verließ das Badezimmer. »Emily? Ich muss los!«

Ein unbestimmtes Brummen drang aus der abgeschlossenen Tür zu Emilys Zimmer.

»Ich komme spät zurück, okay? Geh einfach schlafen, wir sehen uns morgen früh.«

Dieses Mal hoffte sie vergeblich auf eine Antwort. Seit dem Termin bei der Schule hatte sich Emily in die Bücher gestürzt. Auf keine andere Art hätte sie deutlich machen können, wie wichtig ihr ein Platz in der Edwardian School war.

Noch vor wenigen Tagen hatte sie darüber nachgedacht, ihnen beiden einen Umzug zu gönnen. Nun trampelte sie den Funken in ihrem Inneren aus. Kein anderer Job, keine neue Wohnung. Sie würde das tun, was sie seit Jahren tat: sich schick machen, Zeit in diesem unmöglichen Job verbringen, Männern schöne Augen machen – und dafür sorgen, dass Emily glücklich war.

Anina hätte sie zu gern mehr unterstützt. Es war frustrierend, nichts tun zu können – weder ihr beim Lernen zu helfen noch ihr abends eine Ablenkung zu bieten. Statt Emily beizustehen, machte sie sich schick, hing als hübsches Anhängsel am Arm eines betagten Herren und kam erst spät in der Nacht zurück. Eine tolle große Schwester war sie.

Sie versuchte alles richtig zu machen, für Emily da zu sein. Der Abend im Community Centre hatte ihr jedoch einmal wieder deutlich gemacht, wie wenig sie über die Welt wusste. Fast im ganzen Gebäude waren Stände unterschiedlicher Vereine und Organisationen aufgebaut gewesen, die um Unterstützer buhlten. Was positiv gemeint war, wirkte auf Anina schrecklich einschüchternd: Was für eine begrenzte Weltsicht sie doch hatte! Ja, sie wusste von hungernden Kindern in Afrika. Oder den aussterbenden Elefanten. Verbrachte tagsüber viele Stunden, sich im Internet und Fernsehen über wichtige Themen zu informieren, um ihr Hirn nicht komplett einschlafen zu lassen. Doch die Plakate der vielen kleinen Verbände, die irgendeine seltene Vogelart auf der Isle of Wight oder Weideflächen in den South Downs schützen wollten – die hatten sie überfordert. Es gab so viele Probleme und schützenswerte Dinge auf dieser Welt – wo sollte sie anfangen? Zu gern hätte sie die Möglichkeit gehabt, etwas zu bewegen. Nun ... zumindest könnte sie dafür sorgen, dass ihre Schwester diese Chance wahrnehmen konnte.

Emily hatte sich ins Getümmel gestürzt und war mit einem Stapel Prospekte zurückgekehrt, die noch immer auf dem Küchentisch lagen – mit Klebezetteln und Notizen versehen.

Emily konnte es einmal wirklich zu etwas bringen, nicht wie sie selbst. Sie hatte Ideen, packte an und hatte die Intelligenz und den Drang, Großes zu vollbringen.

Ein letzter Blick in den Spiegel zeigte Anina deutlich, worin ihre Aufgabe bestand: Sie würde es ihrer Schwester ermöglichen, das Leben ihrer Träume zu führen. Sie selbst mochte nicht allzu viel dafür in die Waagschale werfen können – doch ihre begrenzten Vorzüge würde sie mit aller Kraft einsetzen.

Schon heute Abend würde sie die nächste Möglichkeit dazu haben.

4

Kunstausstellungen waren etwas für Kenner, das zumindest erkannte Anina immer wieder. Warum um alles in der Welt stellten manche Leute etwas als Kunst dar, das sich niemand gern ins Wohnzimmer hängen würde? Vermutlich hatte sie schlichtweg keine Ahnung. Die alte Dame dort drüben schob jedenfalls gerade ihre Brille nach unten und musterte eines der Gemälde mit Kennermiene.

Anina schaute sich um. Die Galerie gehörte nicht zu den renommierten ihrer Art, rühmte sich aber damit, junge Talente zu fördern und ihnen zum Durchbruch zu verhelfen. Die Räume waren beengt, wirkten durch die fehlenden Möbel jedoch trotzdem geräumig genug, um verschiedenen Kunstwerken Platz zu geben. Heute wurden Gemälde eines nervös wirkenden Künstlers ausgestellt, der nach Aninas Meinung noch ein wenig üben sollte.

»Heute Abend haben wir einiges vor. Ich muss ein paar Gespräche führen, bei denen du mir helfen kannst.« George Porterfield kam mit zwei Gläsern zu ihr zurück und reichte ihr eines.

Sie musterte den Kunden, dem sie vermutlich noch immer ihre Stelle zu verdanken hatte. Seit Monaten buchte er sie regelmäßig und scheute auch keine zusätzlichen Ausgaben für kurzfristige Arrangements. Wenn sie das beste Pferd im Stall von ExAd darstellte, war er der Vertreter des alten Adels, der sie gern reiten wollte – im übertragenen Sinne. Obwohl er sie unverkennbar gern an seiner Seite hatte, hatte er sich bisher immer korrekt verhalten, zumindest wenn sie allein waren. Nach außen hin schmückte der untersetzte ältere Herr sich gern mit seiner jungen Begleitung und machte auf Veranstaltungen wie heute allen klar, dass sie zu ihm gehörte.

Was sie anderen Männern nicht durchgehen ließ, ging bei ihm in Ordnung – immerhin handelte es sich um George. Etwas an seiner tapsigen Art hatte sie von Beginn an gemocht. Er wirkte oft ein wenig unbeholfen, hatte ein Talent dafür, sich Soße auf das Hemd zu kleckern, und sprach mit glühender Leidenschaft über seine Pferde. Wenn er es nun noch unterlassen würde, auf Veranstaltungen eine faltige Hand auf ihren Hintern zu legen, wäre er der perfekte Kunde.

Sie zwang sich zu einem Lächeln. »Vielen Dank. Worum geht es? Sollte ich irgendetwas wissen?«

George strich sich über den beinahe kahlen Kopf, der nur an den Rändern ein paar verbliebene graue Haare aufwies. »Ich muss meinen Besitz schützen. Es geht um Ländereien, die schon seit Generationen im Eigentum meiner Familie sind.«

»Wer will sie dir streitig machen?«

George rümpfte die Nase und machte eine abwehrende Handbewegung. »Streitig machen gar nicht. Aber dafür sorgen, dass ich sie nicht so nutzen kann, wie ich möchte. Ich habe dir von der neuen Umgehungsstraße erzählt?«

»Die den Verkehrslärm in Arundel eindämmen soll?«

»Genau die. Es gibt eine Gegenbewegung, die mir gestohlen bleiben kann.«

Anina erinnerte sich: George hatte schon vor Wochen davon berichtet, endlich mehr Ruhe in den Ort zu bringen, in dem seine Familie seit Ewigkeiten lebte. Er gehörte zu der früher bevorzugten Bevölkerungsschicht, die immer mehr von ihren Privilegien abgeben musste.

»Soll ich mich irgendwie besonders verhalten?«

Er strahlte sie an und strich ihr über die Wange, was Anina beinahe das Lächeln vom Gesicht wischte. »Du benimmst dich so wie immer, Anabelle. Wir beide sind ein unschlagbares Team.«

Seine Augen wirkten freundlich, ein angenehmer Gegensatz zu den Blicken anderer Kunden, unter denen sie sich nackt und verwundbar fühlte. Er war harmlos und mochte es lediglich, sich mit ihr in der Öffentlichkeit zu zeigen. Immer wieder verlor er bewundernde Worte über ihr Talent, Menschen miteinander ins Gespräch zu bringen und genau die richtigen Fragen zu stellen. Sie selbst konnte das nicht als außergewöhnliche Begabung ansehen, doch immerhin war es ein Kompliment, das über ihr Aussehen hinausging.

Ein klein wenig hatte sie sich mehrfach bei dem Gedanken überrascht, wie ihr Leben mit einem Mann wie George Porterfield als Vater verlaufen wäre. Gewiss würde sie einen vernünftigen Beruf haben, ihr würde nicht das Stigma ihrer Familie anhaften.

Ab und zu beschlich sie die Angst, er könnte ihrer überdrüssig werden, sie nicht mehr buchen. Sofort schob sie den Gedanken beiseite, fing einen seiner Blicke ein und lächelte ihn strahlend an.

George drückte leicht ihren Arm. »Der schottische Lachs soll ausgezeichnet sein. Holen wir uns etwas davon?«

Anina blinzelte kurz, fühlte sich in ihren Gedanken ertappt. »Gern. Hast du schon jemanden gesehen, den wir umgarnen sollten?«

Sie machten sich manchmal einen Spaß daraus, auf gemeinsamer Mission Menschen in Gespräche zu verwickeln, die Anina so führte, wie George es ihr vorgegeben hatte.

»Mr Preston dort drüben redet gern über die andauernde Diskussion über die Fuchsjagd. Du solltest eine Pro-Meinung vertreten und ihm möglichst viele Fragen stellen.«

Anina schaute in die angedeutete Richtung – und erstarrte. An der Wand gegenüber stand der genannte Mr Preston und neben ihm ein weiterer Mann, der genau in diesem Moment den Kopf hob und sie mit einem erstaunten Blick durchbohrte.

Was um alles in der Welt tat er hier?

Noch nie hatte sie einen Kunden in der Öffentlichkeit getroffen, wenn sie mit einem anderen Begleiter unterwegs war. Warum passierte ihr das ausgerechnet mit Mark Corwin zum ersten Mal?

Er wirkte ebenso erstaunt, das kurze, überraschte Aufflackern in seinen Augen verriet ihn. Doch sofort wandte er sich wieder seinem Gesprächspartner zu. Neben dem untersetzten Mr Preston wirkte Mark Corwin noch eindrucksvoller als ohne diesen Vergleich: Aufrecht und selbstsicher stand er dort, als würde er jeden Abend Veranstaltungen wie diese besuchen. Er hatte die Hände lässig in die Hosentaschen gesteckt und wirkte dennoch viel souveräner als alle anderen Männer in diesem Raum, deren Manieren deutlich ausgefeilter waren.

In einem Beruf wie dem ihren war es von großem Vorteil, regelmäßig in verschiedene Städte Englands eingeladen zu werden, in denen die Wahrscheinlichkeit gering war, einem weiteren Kunden über den Weg zu laufen. Das Engagement mit Mark Corwin war ihr auch aus diesem Grund unangenehm – Treffen in Colbridge und Umgebung lagen ihr viel zu nah am eigenen Wohnort. Nie hätte sie allerdings befürchtet, ihm heute hier in London zu begegnen. Offenbar war die Welt doch so klein, wie es immer hieß.

Bisher ließ Mark Corwin seinen Charme nicht spielen. Er musste die Situation ebenso unerfreulich finden wie sie – er traf sicher nicht alle Tage auf eine Frau an der Seite eines anderen Mannes, für deren Begleitung er bezahlte. Hoffentlich ließ er sich nicht aus seiner bemerkenswerten Ruhe bringen und brachte George auf Gedanken, die sie lieber nicht ausdiskutieren wollte.

George war ihr Kunde.

Mark Corwin war ihr Kunde.

Sie brauchte dringend eine schlüssige Geschichte, woher

sie die beiden kannte, falls jemand das Gespräch darauf lenken würde. Am liebsten wollte sie der Konfrontation aus dem Weg gehen. Ihr war, als läge ein riesiges, unsichtbares Etwas zwischen Mark Corwin und ihr, das sie auf Abstand hielt.

George hatte jedoch andere Pläne. Ihrer Gefühle völlig unbewusst, führte er sie in Richtung der beiden Männer, die vor einem kreischend roten Gemälde standen, das Anina wie das Höllenfeuer erschien. Das imaginäre Etwas presste sich immer stärker zusammen und steigerte den Druck auf Aninas Magen.

Die Hand auf ihrem Rücken fühlte sich eisig kalt an, wie etwas, das sie gegen ihren Willen dem Abgrund entgegendrückte. Ein Gedankenfetzen schwirrte durch Aninas Kopf, eine leuchtend helle Erinnerung an eine andere Hand auf ihrem Rücken. In Hillsborough Manor war es Mark Corwin gewesen, der mit seiner Berührung dafür gesorgt hatte, dass sie sich gleichzeitig sicher und innerlich kribbelnd gefühlt hatte.

Ganz anders jetzt.

Jeder Schritt kostete sie Mühe, steigerte das Verlangen, wegzulaufen.

Doch es gab keinen Ausweg.

»Guten Abend, die Herren«, meldete sich George forsch zu Wort, als wäre es in Ordnung, ein Gespräch zu unterbrechen.

Mr Preston schaute auf und lächelte breit. »George, schön, dich zu sehen!«

Die beiden Herren kannten sich offensichtlich und nickten sich freundschaftlich zu.

George zog Anina näher an sich. »Darf ich vorstellen? Das ist die wunderschöne Anabelle, das hübscheste Mädchen des Abends.«

Noch nie hatte Anina es mehr gehasst, so vorgeführt zu werden. Mr Prestons Glubschaugen nahmen ihr Aussehen in sich auf, ein lobendes Nicken signalisierte seine Zustimmung.

Doch solche Blicke war sie gewöhnt, konnte damit umgehen.

Vor Mark Corwins Reaktion hatte sie jedoch aus unerklärlichen Gründen … Angst – auch wenn sie nicht wusste, warum sie so stark auf ihn reagierte.

»George, das ist ein befreundeter Anwalt, Mark Corwin.«

Seinen Namen ausgesprochen zu hören, schürte Aninas Nervosität. Zu ihrer Überraschung reichten sich ihre beiden Kunden die Hand.

»Wir kennen uns«, meinte George knapp und Anina horchte auf. Konnte das wahr sein? Sie traf in einer riesigen Stadt wie London nicht nur auf zwei ihrer Kunden bei einer zweitklassigen Vernissage, sondern zugleich auf die Tatsache, dass die beiden sich kannten?

»Das passt ja wunderbar zusammen!« Mr Preston klatschte in die Hände.

»Oder auch nicht«, meinte Mark Corwin und meldete sich damit zum ersten Mal zu Wort.

Anina schaute ihn an und bemerkte überrascht, wie sich sein sonst so freundliches Gesicht verhärtet hatte. Ein Blick zu George endete mit dem gleichen Ergebnis: Jegliche Entspannung war aus seiner Miene gewichen.

Bevor sie sich fragen konnte, was zwischen den beiden nicht stimmte, sah sie sich Mark Corwins Blick ausgesetzt – und zuckte innerlich zusammen. Sie spürte, wie er Georges Hand auf ihrem Rücken wahrnahm, und fühlte sich noch verwundbarer als zuvor. Zum ersten Mal stellte sie sich vor, wie sie von außen wirken mussten: der betagte George, der sich mit einer jungen Schönheit schmückte, die nichts anderes konnte, als gut auszusehen.

Das Bedürfnis, wegzulaufen, wurde übermächtig.

Bei ihren ersten Treffen hatte es sich wunderbar angefühlt, dass ihr ein Mann zur Abwechslung in die Augen schaute – heute hätte sie vieles darum gegeben, das vermeiden zu können. Doch Mark Corwin hatte andere Pläne: Ihre Blicke trafen sich und Anina fühlte sich durchleuchtet wie niemals zuvor. Seine Mundwinkel zuckten leicht, bevor er den Mund öffnete: »Schön, Sie kennenzulernen, Anabelle.«

Anina schluckte. Die Art, wie er ihren Künstlernamen betont hatte, ließ etwas in ihr verkrampfen. Wusste er, dass dies nicht ihr wahrer Name war?

»Ist sie nicht eine Schönheit?« George zog sie noch fester an sich und sie musste gegen den Drang ankämpfen, sich aus seiner Umarmung zu befreien. Es war eine Sache, zwischen alten Männern vorgeführt zu werden, eine andere, wenn es vor Mark Corwin geschah.

»Zweifellos«, bestätigte dieser die Aussage und hielt noch immer den Augenkontakt mit ihr.

Irgendetwas in ihrem Inneren setzte ihren Selbsterhaltungstrieb in Gang. Sie hatte sich etwas vorgenommen und würde es auch unter erschwerten Bedingungen nicht aufgeben.

»Mr Preston, ich habe gehört, Sie sind ein begeisterter Anhänger der Fuchsjagd! Wissen Sie, ich liebe solche Traditionen!« Die Worte fühlten sich falsch und richtig zugleich an: Sie ermöglichten es ihr, einen Teil der Kontrolle zurückzugewinnen, gleichzeitig jedoch klang ihre Stimme künstlicher als jemals zuvor.

Der Angesprochene legte die Hände hinter seinem Rücken zusammen und streckte die Brust nach vorn, als hätte er soeben einen Orden bekommen. »Wie schön, wenn sich so junge Damen für solche traditionellen Bräuche interessieren.«

»Selbstverständlich! Ich finde es ungemein wichtig, uns nicht von unserer Geschichte zu entfernen, sondern Traditionen zu wahren.«

Sie meinte ein leises Schnauben von links zu hören, wagte es jedoch nicht, Mark Corwin anzusehen. Stattdessen tat sie das, was sie gut konnte: oberflächlichen Small Talk halten, auch wenn dieser noch fader schmeckte als sonst.

Nur ... heute legte sich nicht die typische Entspannung über die kleine Gruppe. Anina war es gewöhnt, mit einem Lachen und ein paar lockeren Worten Menschen zusammenzuführen. Doch die Barriere zwischen George und Mark Corwin erwies sich als größer als gedacht. Obwohl sie alles dafür tat, zumindest George in das belanglose Gespräch über englische Traditionen einzubeziehen, gelang es ihr nicht.

Mr Preston schien dies ebenfalls zu spüren. »Mark, was meinst du zu dem Thema?«

Mark Corwin warf Anina einen kurzen Blick zu, bemerkte noch einmal Georges Hand, die sie an sich gezogen hatte. Dann wandte er sich direkt an George: »Ich meine, dass dieser nette Herr mal wieder zeigt, dass sein eigenes Wohl ihm wichtiger ist als das der Allgemeinheit.« Er nickte ihnen zu. »Entschuldigt mich bitte, ich habe dort drüben einen angenehmeren Gesprächspartner entdeckt.«

Mark Corwin schenkte ihr einen letzten Blick, entfernte sich von der Gruppe und ließ Anina sprachlos zurück.

Mark Corwin hatte sich den Abend anders vorgestellt. Zum einen hatte er sich offensichtlich im Programm geirrt: Statt eine Fotoausstellung der aufstrebenden Landschaftsfotografin Josephine Cumberland vorzufinden, fand er sich zwischen Gemälden wieder, die diese Bezeichnung nicht verdienten. Er mochte kein Kunstexperte sein, doch zumindest ein paar gefällige Formen und Farben würde man wohl erwarten können.

Viel schlimmer war jedoch diese Farce, in die er sich hineinmanövriert hatte. Nicht nur traf er ausgerechnet George Porterfield, von dem er vor Kurzem öffentlich als »Umweltzwerg« bezeichnet worden war. Er begegnete auch der Frau, die ihn mehr als alles andere in seinen Gedanken verfolgte.

Es war beinahe ein Schock gewesen, sie hier zu sehen.

Wohnte sie nicht irgendwo bei Colbridge, wo er sie viel wahrscheinlicher hätte treffen können? Stattdessen trafen sie hier in London aufeinander – was sie kein bisschen zu überraschen schien. Sie wirkte so abgebrüht wie eine Frau, die genau wusste, was sie wollte. Eine solche Sicherheit konnte niemand spielen – sie steckte in einem drin oder nicht.

Vielleicht war es gut so. Wäre sie zum schüchternen und stammelnden Mäuschen mutiert, hätte das für alle Beteiligten unangenehm werden können – von dem glücklich unwissenden Henry Preston einmal abgesehen.

Er wollte besser nicht ergründen, worüber er sich so ärgerte – und woran das lag. Es musste dieser verbohrte Porterfield sein, den er heute nicht zu treffen vermutet hatte. Oder die sagenhaft schlechten Bilder an den Wänden.

Oder ... diese vertrockneten und zugleich schleimigen Hände von dem alten Knacker auf dem Körper der Frau, die sich Anabelle nannte.

Es sollte ihn nicht stören. Schließlich bestätigte der heutige Abend alles, was er über sie gehört hatte. Hatte Spike ihm nicht berichtet, wie gern sie sich an betagte Männer heranmachte, um Vorteile daraus zu ziehen? Es war kein Zufall, dass sie ausgerechnet mit einem vermögenden Typen hier aufgetaucht war, der ihr sicher den einen oder anderen Klunker überreichte.

Wie sie ihn anlächelte. Es war widerlich, mit anzusehen, wie sie ihn bezirzte – und wie er sich darauf einließ. Jeder an diesem Abend musste sich über die beiden lustig machen, zumindest über sie tuscheln. Sie gaben das perfekte Paar aus einer schlechten Fernsehsendung ab. Am liebsten hätte er verächtlich in eine Ecke gespuckt.

Der alte Porterfield tat ihm beinahe leid, obwohl er ihm selten positive Gefühle entgegenbrachte. Ohne dessen kompromisslose Ansichten zum Thema Naturschutz hätte Mark ein Problem weniger. Doch Porterfield verhielt sich wie viele

Vertreter des alten Adels: Unbewusst der Veränderungen, die durch die Gesellschaft gingen, beharrten sie auf Rechten, die längst überholt waren. Dies allein könnte Mark sogar nachvollziehen – jedoch nicht die Art und Weise, mit der speziell Porterfield über die Bemühungen vieler Menschen hinwegwalzte.

Mittlerweile hatte sich eine kleine Traube um Porterfield und seine hübsche Begleitung geschart – kein Wunder. Die Gemälde taugten gerade einmal als Brennstoff für den alten Kachelofen im Haus seiner Großeltern.

Eines musste er Anabelle lassen: Sie verstand es, andere zu beeindrucken. Sogar die zurückhaltenden Gäste wurden galant in die Konversation einbezogen – eine Begabung, die er selbst mühsam hatte lernen müssen und an der er noch immer arbeitete. In seiner Position war es unabdingbar, ein gutes Verhältnis zu unterschiedlichsten Menschen aufbauen zu können. Wenn er an den eingeschüchterten Cambridge-Studenten zurückdachte, musste er beinahe grinsen. Viel war davon nicht mehr übrig geblieben und dafür war er dankbar. Er wusste auch, was es ihn gekostet hatte, seine Befangenheit abzulegen.

Doch wenn er nicht völlig unrecht hatte, ging es ihm nicht allein so. Nicht nur einmal meinte er, einen Funken Unsicherheit in ihr zu sehen, den sie sofort mit ihrem perlenden Lachen überspielte. Kleine Momente, in denen er etwas zu erblicken schien, das durch die Fassade der Dame von Welt hindurchschimmerte. Da war etwas, das er nicht verstand, als würde mehr in ihr stecken, als sie nach außen hin zeigen wollte.

Er schüttelte den Kopf und schnaubte in sich hinein. Er dachte ohnehin schon viel zu oft an sie. Gedanken über ihre Fähigkeiten waren so überflüssig wie ein Kropf, ebenso wie dieser extrem unerwünschte Funken Bewunderung für sie – den er sofort mit einem Fußtritt im Keim erstickte.

Er wollte nicht bemerken, wie unerhört gut sie in ihrem Kleid aussah, das weder zu aufgetakelt noch zu dezent wirkte.

Das jede Rundung ihres Körpers hervorhob, die Fantasie anregte, ohne aufdringlich oder gar unanständig zu wirken. Er dachte an die Momente zurück, in denen er seine Hand auf ihren Rücken gelegt hatte, und die unerwartete Hitze, die ihn durchströmt hatte. Seine Augen verengten sich. Warum verriet ihn sein Körper und reagierte auf diese Frau, obwohl er Dinge über sie wusste, die jedes positive Gefühl aufhalten müssten?

Es waren diese Empfindungen, die ihn an diesem Abend am meisten ärgerten: der unwillkommene Reiz, den er in sich spürte, wenn er sie betrachtete – und der zutiefst verunsicherte Ausdruck in ihren Augen, als sich ihre Blicke heute zum ersten Mal getroffen hatten.

»Meine liebe Anabelle, es war mir wie immer ein Vergnügen!« George, ganz Gentleman der alten Schule, griff nach Aninas Hand und hauchte ihr einen Kuss darauf. Er war der einzige ihrer Kunden, der tatsächlich ihre Haut mit dem Mund berührte, statt den Handkuss dezent mit ausreichendem Abstand anzudeuten.

»Vielen Dank für die Einladung. Ich habe mich sehr amüsiert.« Wenn sie die Gemälde und die beunruhigende Begegnung mit Mark Corwin ausklammerte, stimmte das sogar. Es war ihr gelungen, sich auf das zu konzentrieren, was sie gut konnte: Menschen mit unterschiedlichen Interessen und Hintergründen in Gespräche zu verwickeln und ihnen das Gefühl zu geben, sich uneingeschränkt wohlfühlen zu können.

Im Ausgleich dazu fühlte sie sich nun ausgelaugt wie ein leerer Luftballon. Ein solcher Abend kostete Kraft, saugte ihre Energie aus. Sie wollte nach Hause und hoffte, George würde sie nicht bis Petersfield begleiten.

Der Chauffeur hielt ihnen mit stoischer Miene die Türen auf und Anina und George nahmen auf den Rücksitzen der blank polierten Limousine Platz. George machte eine fahrige Handbewegung, woraufhin der Fahrer diskret eine Scheibe nach oben ließ, die den Rückraum des Wagens abtrennte.

Anina fühlte sich von der Welt abgeschnitten, als würden alle Geräusche wie durch Watte an sie dringen. Wenn sie nicht aufpasste, würden ihr sofort die Augen zufallen. Doch ihr Abend war noch nicht beendet: George mochte es, ihre Treffen auszuwerten und ihr seine Sicht der Dinge über die Gäste mitzuteilen – falls sie sich bei einer späteren Gelegenheit erneut über den Weg liefen.

»Ich muss dich heute leider Robert überlassen. Er setzt mich in Arundel ab und bringt dich nach Hause«, meinte George und seine Stimme klang entschuldigend.

Anina jubelte innerlich. Das hieß, sie würde viele herrliche, selige Minuten allein auf den weichen Rücksitzen verbringen und schlafen können.

»Kein Problem, du hast morgen sicher einiges zu tun.« Sie versuchte nicht zu erleichtert zu klingen.

»In der Tat, in der Tat. Ich habe heute beunruhigende Dinge gehört. Die Sache mit der Straße, mit meinem Land … dieser Corwin … ich muss dem nachgehen.«

Anina horchte auf. »Welche Probleme gibt es da genau?«

Er wehrte ab. »Ich will dich nicht damit belästigen. Nur so viel: Manche Leute kennen einfach nicht die Prioritäten und interessieren sich nicht für Privateigentum. Du würdest auch nicht wollen, dass dir jemand in deinen Vorgarten ein Kernkraftwerk stellt.«

Anina runzelte die Stirn. Das passte nicht zusammen. Arbeitete Corwin nicht für Future Trust? Er würde wohl kaum auf Georges Ländereien ein Kraftwerk errichten wollen. Doch sie kannte ihn gut genug, um zu wissen, dass sie heute nicht mehr aus ihm herausbekommen würde.

»Nein, natürlich nicht. Ich drück dir die Daumen.«

»Danke, meine Liebe«, meinte er schläfrig, und in diesem Moment sah sie ihm jedes seiner fast siebzig Jahre an. »Aber ich wollte noch etwas anderes mit dir besprechen.«

Anina wurde angesichts des Tonfalls hellhörig. »Was meinst du?«

Er seufzte leise. »Nur ... Ich finde, wir sind ein gutes Team.«

Er klang ungewöhnlich ernst und Aninas Herzschlag beschleunigte sich. Er schaute sie an. »Ich wollte dir nur sagen, dass ich dich gern an meiner Seite habe.«

Aninas Mund wurde trocken. Sie konnte seine Stimme nicht deuten und zog sich auf ihre professionelle Schiene zurück. »Sehr gern. Weißt du schon, wann du mich für den nächsten Termin benötigst?«

Er starrte weiter aus dem Fenster, sah sie nicht an. »Noch nicht genau. Ich bin nicht gut mit Worten. Vielleicht will ich dir einfach sagen, dass ich deine Begleitung sehr schätze. Und dass ich für dich da bin, falls du meine Hilfe brauchst.«

Sie musste irgendetwas erwidern ... nur ... sie räusperte sich. »Danke«, sagte sie schließlich vorsichtig, unsicher, in welche Richtung sich das Gespräch bewegte. »Das weiß ich sehr zu schätzen.«

George lächelte müde und schaute sie zum ersten Mal direkt an. Ihr wäre es lieber gewesen, sie hätten beide weiter aus dem Fenster schauen können. »Du musst mich für einen senilen alten Mann halten. Doch glaub mir: In meinem Alter weiß man es zu schätzen, wenn man sich mit Menschen ungezwungen unterhalten kann, ohne Sorge haben zu müssen, hinters Licht geführt zu werden.«

Anina lächelte zurück und schlug einen neckenden Tonfall an. »George Porterfield. Wagen Sie es nie wieder, sich als alten Mann zu bezeichnen.«

Erleichtert bemerkte sie sein Lächeln. Er zuckte mit den Schultern und begann unvermittelt ein Gespräch über sein neuestes Pferd, in das er große Hoffnungen für die nächsten Rennen setzte. Anina atmete innerlich auf. Die eigenartige Stimmung war verflogen – zwischen ihnen war alles okay. Er verlor sich in dem Thema, bis er sich an seinem Zuhause von ihr verabschiedete.

Die frische Abendluft und der nun verwaiste Rücksitz gaben ihr das Gefühl, wieder freier atmen zu können.

Doch sie fühlte sich unglaublich müde. Zu ausgelaugt von diesem Abend, der ihr mehr als genügend Stoff zum Nachdenken gegeben hatte. Sie hoffte inständig, ihre Gedanken in Ruhe ordnen zu können, bevor sie einen ihrer beiden Kunden wieder treffen musste.

»Ich hab mich entschieden«, verkündete Emily beim Frühstück ein paar Tage später.

»Hm?« Anina blickte sie müde an.

»Aber mich ständig als Morgenmuffel bezeichnen wollen!«

Anina schaute ihre Schwester ungläubig an. Seit wann war sie morgens ansprechbar? Sie waren es gewöhnt, ihr Frühstück schweigend einzunehmen, falls es Emily überhaupt schaffte, sich pünktlich aus dem Bett zu bewegen. Oft warf Anina im letzten Moment ein Lunchpaket in Emilys Schultasche, damit sie etwas zwischen die Zähne bekam. An einem Samstag wie heute begegneten sie sich oft erst am späten Vormittag.

»Kann ja nicht ahnen, dass du plötzlich zum Frühaufsteher mutierst.«

»Mein Leben steht an einem Scheideweg. Ich habe beschlossen, dass Schlaf überbewertet wird. Wenn ich jetzt alles richtig mache, kann ich die Weichen für meine Zukunft stellen.«

Anina gab noch einen Löffel Kakaopulver in ihr Müsli. Sie hatte das Gefühl, sie könnte es brauchen, um den großen Worten ihrer Schwester folgen zu können. Sie wusste, Eltern sollten immer ein offenes Ohr für ihre Kinder haben. Also würde sie sich zusammenreißen und ihre eigene Müdigkeit nach draußen verbannen.

»Okay. Von vorn. Worum geht es eigentlich? Und wofür hast du dich entschieden?«

Emily richtete sich auf und gestikulierte mit ihrem Löffel. »Ich werde mich für Umweltthemen engagieren. Lebensräume für Tiere. Ich finde, das passt am besten zur Edwardian. Ich dachte zuerst an was Soziales, aber das scheint mir nicht geeignet zu sein. Es wäre gut, wenn ich ein wenig Grips in die Sache investiere.«

Anina schaute ihre Schwester leer an, die das Thema unter Garantie schon seit Tagen intensiv durchdacht hatte. »Und was heißt das genau?«

Dass du mich gleich nach Colbridge bringen musst, weil jetzt noch kein Bus fährt. Und gegen 17 Uhr darfst du mich wieder abholen.

»Seit wann haben wir ein Auto?«

»Frag Mrs Peterson! Sie hat es dir doch schon mal geliehen.«

»Da hattest du einen schlimmen Asthmaanfall!« Anina dachte nur ungern an diesen Tag zurück, an dem sie panisch bei Mrs Peterson geklingelt hatte.

»Das heute ist mindestens genauso wichtig. Es geht um das Projekt, für das ich mich engagieren möchte.«

»Und das wäre?«

»Ponys!«

Anina hätte nicht überraschter sein können. Wie sie ihre Schwester kannte, hätte sie ein Projekt über ethisches Wirtschaften, neueste Technologien zur Müllverwertung oder angewandte Philosophie vermutet.

»Ponys?«

»Hab ich doch gesagt! Lokal und gleichzeitig mit Aussagekraft für das ganze Land, akut und zugleich langfristig. Mit

Potenzial zum Anpacken.«

»Ich kann dir nicht folgen.«

»Ich erzähl dir alles im Auto.«

»Dann musst du Mrs Peterson fragen!«

»Du bist meine Mum!«

Anina zuckte zusammen und eine unerwartete Rührung überkam sie. Sie war nicht Emilys Mum und wollte sie nie sein. Sie wollte nur alles tun, um die beste große Schwester zu sein, die Emily verdient hatte.

Emily schien zu merken, was sie angerichtet hatte. Sie stand auf, kam um den Tisch herum und umarmte Anina. »Und wenn du jetzt nicht heulst, helfe ich dir auch die ganze nächste Woche über beim Abwasch.«

Anina lachte. Mit kleinen Frotzeleien konnte sie besser umgehen als mit solch rührenden Aussagen. »Wann musst du in Colbridge sein?«

»In einer halben Stunde.«

»Einer was?!«

»Hab ich vergessen zu erwähnen, dass wir uns beeilen müssen?«

Anina hastete ins Bad. Seit Langem schien sich Emily für etwas zu begeistern. Sie würde diese Begeisterung nicht dadurch ersticken, dass sie zu spät aus den Federn gekommen war. Sie betrachtete sich im Spiegel – heute war keine Zeit zum Hübschmachen. Sie band die Haare zu einem losen Zopf und verzichtete auf das übliche Make-up. Dazu passend schob sie ihre Beine in ausgewaschene Jeans und zog sich ein ausgeleiertes Shirt mit dem Aufdruck der Universität von Washington über. Wie entspannend, so locker in den Wochenendmodus schlüpfen zu können.

Sie trat aus dem Bad und eine grinsende Emily stand vor der Tür. In ihrer Hand baumelte ein Schlüssel. »Wir können los!«

»Wie hast du das so schnell hinbekommen?«

»Ich hab Mrs Peterson versprochen, dass du sie heute zum Kaffee besuchst.«

»Das hast du nicht!«

»Irgendein Opfer müssen wir ja bringen.«

»Muss ICH bringen, meinst du wohl?«

»Aber du machst es gern!«

Anina grunzte und riss Emily den Schlüssel aus der Hand. »Das werde ich dir heimzahlen, verlass dich drauf.«

Die ganze Fahrt nach Colbridge über warfen sie sich Worte um die Ohren – und Anina genoss es unendlich. Die schweigsame, brütende Emily war ihr aufs Gemüt geschlagen, hatte ihr ständig das Gefühl vermittelt, etwas dagegen tun zu müssen. Wenn sie mit Mrs Peterson Kaffee trinken musste, um Emily weiter so lebhaft zu sehen, würde sie es liebend gern tun.

»Wohin genau?«

»Busbahnhof. Von dort aus startet die Exkursion.«

»Ich dachte, du bist den ganzen Tag über in Colbridge?«

»Wir fahren raus in die South Downs. Wenn du magst, kannst du mitkommen.«

»Sagst du mir endlich, worum es genau geht?«

»Hab ich doch schon, Ponys!«

Anina seufzte. »Ponys reiten? Füttern? Fotografieren? Zeichnen?«

»Sehr kreativ, aber nein. Eher alles darüber lernen, die frei laufenden Ponys zu schützen.«

»Frei laufend?«

»Du klingst heute wie ein Automat, der alle meine Sätze mit Fragen beantwortet. Ja, frei laufend, wild! Hab ich doch gesagt. Und die Tatsache, dass du nichts davon weißt, zeigt eindeutig, dass du mitkommen solltest.«

Anina dachte an den Wäscheberg in ihrer Wohnung, an die ungeputzten Fenster und den Abwasch.

»Ich muss leider mit Mrs Peterson Kaffee trinken.«

Emily schlug sich mit der Hand gegen die Stirn. »Stimmt! Das ist natürlich wichtiger. Sonst leiht sie dir womöglich nicht ihr Auto, um mich wieder abzuholen.«

Anina bog auf den großen Parkplatz am Busbahnhof ein. Es war nicht so voll wie an Wochentagen, doch auch heute nutzten viele Menschen Colbridges zentrale Lage, um sich mit National Express-Bussen in andere Landesteile bringen zu lassen.

»Dort drüben muss es sein!« Emily deutete auf einen Kleinbus, an dem ein seltsam vertrautes Logo prangte: Es zeigte einen stilisierten Baum in einem grünen Kreis – Future Trust.

Ein ungutes Gefühl legte sich über sie. Sie hatte es sich so in ihrem Wochenendgefühl gemütlich gemacht, dass sie im ersten Moment Probleme hatte, das Bild vor sich zu interpretieren: Inmitten einer Gruppe von Menschen stand Mark Corwin.

Das unangenehme Gefühl drängte sie dazu, weiterzufahren, Emily sofort wieder mit nach Hause zu nehmen.

»Hier anhalten!«, rief Emily.

Anina suchte nach einer günstigen Haltemöglichkeit etwas abseits, die es ihr ermöglichen würde, Emily aussteigen zu lassen, ohne selbst ins Rampenlicht zu geraten. Wie der Teufel es wollte, waren alle Parkplätze besetzt – bis auf zwei direkt neben dem Kleinbus. Sie stöhnte innerlich auf.

»Hier ist doch was frei, nun mach schon!« Emily schnallte sich bereits ab.

Anina blieb keine andere Wahl. Beherzt schwenkte sie in die Parklücke ein.

Emily riss die Tür auf, griff nach ihrem Rucksack und trat um das Auto herum. »Los, ich stell dich vor!«

Nicht auch das noch! Anina schüttelte den Kopf. »Ich muss wieder los. Mrs Peterson wartet bestimmt schon.«

»Bitte? Es ist noch nicht einmal Mittag. Komm schon!« Sie öffnete die Fahrertür und zog an Aninas Arm. »Sei nicht so störrisch. Du wolltest doch wissen, worum es hier geht.«

»Ja, aber –«

»Dann los.«

Anina blickte sich um und wurde sich bewusst, welch eigenartiges Bild sie abgeben mussten: Ein dünner Teenager zerrte mit aller Kraft am Arm einer Frau, die sich keinen Millimeter von ihrem Sitz wegbewegen wollte. Mittlerweile zogen sie die Blicke der kleinen Menschentraube auf sich.

Was war das kleinere Übel? Emily anzufauchen und mit quietschenden Reifen wegzufahren oder sich kurz wie eine Erwachsene zu benehmen?

Die Entscheidung war schon gefallen, bevor sie den Gedanken zu Ende gedacht hatte. Sie schnallte sich ab und kletterte aus Mrs Petersons betagtem Vauxhall.

Emily nahm ihre Hand und zog sie hinüber zu dem Kleinbus, in dem bereits einige Leute Platz genommen hatten.

Die eine Person, der Anina nicht begegnen wollte, stand jedoch unerschütterlich vor der Fahrertür und schaute ihr unverwandt entgegen.

Aninas Wochenendgefühl verabschiedete sich grußlos ins Nirwana. Sie hatte gewusst, dass es schiefgehen musste, einen Kunden direkt vor der Haustür zu haben! Schon immer hatte sie sich dagegen gewehrt, wollte sich in Petersfield und Colbridge frei bewegen können. Es war absehbar gewesen, dass sie ihm ständig über den Weg laufen würde.

Sie wünschte, sie wäre früher aufgestanden und hätte mehr Zeit in ihr Aussehen investiert. Hatte sie sich vorher herrlich entspannt gefühlt, kam ihr das Outfit wie ein alter Kartoffelsack vor.

»Bin ich zu spät?«, rief Emily Mark Corwin zu.

»Überpünktlich, aber wir hätten auf dich gewartet.«

Anina entging nicht, dass er zwar Emily geantwortet hatte, sein Blick jedoch fest auf sie geheftet war. Sie fühlte sich unwohl, hätte sich am liebsten eine dicke Strickjacke übergezogen, um sich vor ihm zu schützen.

Einige Meter vor dem Kleinbus blieb sie stehen, brachte es nicht über sich, ihn persönlich zu begrüßen. »Wann soll ich dich wieder abholen?«

»Etwa 17 Uhr. Hier. Freu mich!« Emily umarmte sie noch einmal und eilte zum Kleinbus. »Das ist übrigens meine Schwester«, verkündete sie fröhlich.

Anina dankte allen Göttern, dass Emily nicht ihren richtigen Namen genannt hatte. Nichts wäre ihr unangenehmer gewesen.

Mark Corwin musterte sie undurchdringlich, als wüsste er ebenfalls nicht, wie er auf sie reagieren sollte.

Etwas passierte zwischen ihnen. Etwas, das sich angenehm hätte anfühlen können, wenn sie sich unter anderen Vorzeichen kennengelernt hätten.

Schließlich lächelte er ihr knapp zu und setzte sich auf den Fahrersitz des Kleinbusses. Gegen ihren Willen lächelte sie ihm ebenfalls zu und fragte sich, warum ihre Lippen in seiner Gegenwart ein Eigenleben zu entwickeln schienen.

Der Bus fuhr an und Emily winkte ihr von einem der Seitenfenster aus zu. Anina blieb allein auf dem Parkplatz zurück und wusste, sie würde heute keine Ruhe finden, bis sie Emily wieder sicher zurückhatte.

Der Tag hatte sich in die Länge gezogen wie eine Menschenschlange vor einem Marktstand, an dem kostenlos Kuchen verteilt wurde.

Anina hatte sich redlich um Ablenkung bemüht: Die Wohnung glänzte, wie eine altmodische, dunkle Wohnung nun einmal glänzen konnte, die Wäsche hing im Garten auf der Leine zum Trocknen und Mrs Peterson war glücklich, weil sie ausführlich über das Leben ihrer Söhne berichten konnte, ohne unterbrochen zu werden.

Die ganze Zeit über schwirrten Aninas Gedanken um den Nachmittag und die unvermeidliche Begegnung mit Mark Corwin. Warum konnte sie nicht lockerer damit umgehen? Er war nur ein Kunde, verdammt! Sie stellte sich doch sonst nicht so an. Wobei ... sonst begegnete sie ihren Kunden auch nicht in ihrer Freizeit, so nah an ihrem Zuhause. Und übergab ihnen erst recht nicht die Verantwortung für ihre Schwester. Es fühlte sich falsch an, ihn so nah an ihrem Privatleben zu sehen.

Nun manövrierte sie den klapprigen Vauxhall über die engen Straßen in Richtung Busbahnhof und hoffte inständig, eine einsame Emily vorzufinden, die bereits sehnsüchtig auf sie wartete.

Ihr Wunsch erfüllte sich nicht – was sie nicht überraschte. Stattdessen bot sich ihr das Bild, das sie insgeheim befürchtet hatte und das sie gleichzeitig nur zu gern mit einem Fingerschnippen beseitigt hätte. Mark Corwin und Emily standen am gleichen Ende des Busbahnhofes wie heute Morgen, von den anderen war niemand zu sehen. Ihr vorsichtig zurechtgelegter Plan B würde nicht aufgehen: Sie hatte Emily von Weitem zu sich winken wollen, um bloß nicht in die Verlegenheit zu geraten, mit ihm sprechen zu müssen. Angesichts der Tatsache, dass die beiden allein beisammenstanden und auch sonst um diese Uhrzeit nur wenig los war, würde das Vorhaben reichlich seltsam wirken.

Wenn sie schon in ihrer Freizeit auf ihn treffen musste, so hatte sie es zumindest geschafft, die kleine Rebellin in ihr zu beruhigen: Sie trug die gleiche legere Kleidung wie heute Morgen. Sie hatte mit dem Gedanken gespielt, sich passender zu kleiden, die Idee jedoch verworfen. Dies war ihr Samstag, ihre Schwester und ihre Lieblingsgarderobe. Er sollte nicht denken, sie würde sich für ihn schick machen – ganz abgesehen von

Emilys fragenden Kommentaren, die garantiert nicht ausgeblieben wären. Nur einen Hauch Lidschatten und Lipgloss hatte sie zur Befriedigung ihrer Eitelkeit aufgelegt.

Ein wenig fühlte sie sich in die Vernissage von vor einer Woche zurückversetzt: Auch da hatte sie ihn unverhofft getroffen und war von George zu ihm geleitet worden, selbst wenn sich alles in ihr gegen das Treffen gesträubt hatte.

Heute war es beinahe noch schwerer – sie war diejenige, die sich ihm nähern musste, ohne Einwirkung von außen. Doch warum machte sie sich überhaupt so einen Kopf? Er war ihr Kunde, mehr nicht. Sie würde Emily abholen und mit ihr nach Hause fahren. Ganz einfach!

Es waren diese Gedanken, die ihr das einflößten, was sie Fake-Vertrauen nannte: diese abgebrühte Attitüde, die sie zum Überleben in ihrem Job benötigte. Sie straffte ihre Schultern und verwandelte sich in die Frau, der alle Männer nachschauten – und die es genoss.

Emily dachte nicht daran, es ihr leichter zu machen, indem sie ihr entgegenkam. Im Gegenteil: Sie sah ihre große Schwester kommen und winkte sie zu sich.

»Es war so toll!«, rief ihr Emily entgegen. »Beim nächsten Mal musst du mitkommen!«

Anina konzentrierte sich auf Emily, was ihr nicht schwerfiel: Wann hatte sie ihre kleine Schwester zum letzten Mal so strahlen sehen? Es war Ewigkeiten her!

»Du scheinst ja einen schönen Tag gehabt zu haben.«

»Schön? Sogar großartig! Und ich muss dir jemanden vorstellen!« Sie zog Anina noch näher zu sich und machte eine raumgreifende Geste mit dem Arm. »Das ist Mark. Er setzt sich für das Pony-Projekt ein. Du kannst sicher sein, dass er gewinnen wird. Er ist der Beste.«

Anina konnte nicht anders, als ihn anzuschauen. Andere Männer hätten vielleicht angesichts Emilys überschwänglichem

Kommentar Unsicherheit gezeigt, nicht so Mark Corwin: Gelassen stand er da, grinste sie an und zuckte mit den Schultern. »Wo sie recht hat, hat sie recht.«

Es war dieses Lächeln, das in Anina etwas auslöste. Er hätte ihr dieses Treffen deutlich schwerer machen können. Auch das letzte bei der Vernissage, wenn sie genau darüber nachdachte. Stattdessen deutete er mit keiner Silbe an, dass sie sich kannten – und in welchem Verhältnis sie zueinander standen. Doch statt sich zu entspannen, verunsicherte sie sein Verhalten.

Sie sagte das Einzige, was ihr einfiel, und wandte sich an Emily: »Wollen wir dann los?« Es war immer praktisch, bei schwierigen Gesprächen ein Kind oder einen Hund an der Seite zu haben.

Ihre Schwester schaute auf die Uhr. »Der Laden im Bahnhof macht gleich zu. Lass mich noch schnell eine Tüte Kettle-Chips holen!«

Ehe Anina sie aufhalten konnte, eilte Emily bereits davon und kramte in ihren Hosentaschen nach Kleingeld.

Nun war Aninas einziger Rettungsanker verschwunden. Sie würde nicht vermeiden können, mit Mark zu sprechen. Dies war eine neue Situation und sie war dankbar dafür, noch nie zuvor einem Kunden im Alltag begegnet zu sein. Worüber redete man, wenn niemand klare Spielregeln vorgab?

Sie konnte nicht ewig schweigend in Richtung Bahnhof schauen in der Hoffnung, Emily würde in Windeseile zurückkehren. Also wandte sie sich ihm zu – und sah sich erneut diesem selbstsicheren Lächeln gegenüber, das Jungen aus gutem Hause in die Wiege gelegt wurde.

Ohne es zu wollen, lächelte sie zurück. »Emily scheint einen schönen Tag gehabt zu haben, vielen Dank.«

Er machte eine abwehrende Geste. »Ich bin froh, jemanden wie sie an Bord zu haben.«

Unter seinem unverwandten Blick fühlte Anina die

Nervosität stärker in sich aufsteigen. Trotzdem konnte sie den Blick nicht von ihm abwenden. Sie schauten sich in die Augen, ohne dass einer von ihnen etwas sagte.

Falls er ähnlich nervös war wie sie, zeigte er es nicht. Anina zeigte sich innerlich selbst den Vogel: Warum sollte er nervös sein? Er war der zahlungskräftige Kunde, der sie jederzeit buchen konnte. Für ihn spielte es keine Rolle, ob sie sich zufällig an einem Samstag hier trafen. Sie schaute sehnsüchtig in Richtung Bahnhof, wünschte sich Emily herbei, um endlich nach Hause fahren zu können.

»Du siehst gut aus heute«, sagte er so nebensächlich, als würde er über den Asphalt unter ihren Füßen sprechen.

Mit dieser Aussage bewegte er ihr vorsichtiges Herantasten auf die Ebene, die sie gern vermieden hätte. Dank Fake-Vertrauen konnte sie jedoch so reagieren, wie eine geübte Abendbegleitung es tat: Sie lächelte ihm kokett zu und griff sich an die Haare. »Vielen Dank für das Kompliment, ich werde beim nächsten Gala-Dinner auch so auftauchen.«

Seine Mundwinkel zuckten. »Du wärst der Star des Abends, Anabelle.«

Dieser Name.

Er gehörte hierher – und doch wieder nicht. Sie konnte seinem Blick nicht mehr standhalten und blickte erneut in Richtung Bahnhof.

Gott sei Dank ... da kam Emily.

»Darf ich dich auf einen Kaffee einladen? Irgendwann nächste Woche vielleicht?« Seine Stimme klang plötzlich drängend, als wolle er dieses Thema klären, bevor Emily bei ihnen war.

Anina nahm sein unergründliches Lächeln wahr. »Natürlich. Buche einfach über –«

»Ohne Buchung. Nur wir zwei.«

Aninas Mund öffnete sich ... schloss sich wieder. Sie blickte zur Seite, von wo Emily in eiligen Schritten auf sie zukam. »Das ... geht leider –«

»Okay. Dann offiziell. Du hörst von mir.« Seiner Miene ließ sich nicht entnehmen, was er von ihrer Ablehnung hielt.

»Wir können los!«, rief Emily ihnen entgegen. »Hat gerade noch so geklappt!« Sie erreichte den Gehsteig, auf dem Anina und Mark standen, und schaute prüfend zwischen ihnen hin und her. »Habt ihr euch gelangweilt? Hat länger gedauert, als ich dachte.«

Mark Corwin reagierte wie der Mann von Welt, den nichts aus der Ruhe bringen konnte. »Ich kann mir nicht vorstellen, dass es mit deiner Schwester langweilig werden könnte.«

Emily runzelte kurz die Stirn, grinste dann jedoch breit. »Außer wenn sie mir bei den Hausaufgaben helfen will.« Sie knuffte Anina in die Seite. »Wir können dann. Bis nächste Woche, Mark!«

Sie winkte ihm zu und sie konnten endlich den Heimweg antreten. Liebend gern hätte Anina einen glänzenden Neuwagen statt des betagten Vauxhalls gefahren. Nicht, dass sie auf derartige Dinge Wert legte, doch jetzt spürte sie den Blick Mark Corwins auf ihrem Rücken und wusste, er würde jeden noch so kleinen Rostflecken mit den Adleraugen eines Anwalts wahrnehmen, so wie er jedes ihrer Gefühle zu erkunden schien.

Sie setzte sich ins Auto, ließ den Motor an und blickte sich noch einmal um. Wenig überraschend, stand er weiterhin an dem Kleinbus und schaute zu ihnen herüber.

Anina deutete ein Winken an, verließ die Parklücke und steuerte die Hauptstraße an – immer in dem Bewusstsein, dass Mark Corwin ihnen nachsehen würde, bis sie um die Kurve verschwunden sein würden.

»Du solltest auch mal mit zu einem der Treffen kommen!«

Anina seufzte. Seit gestern Nachmittag lag ihr Emily mit diesen Worten in den Ohren. Die Exkursion hatte Spuren hinterlassen. Spuren, für die Anina glücklich gewesen wäre, wenn sie nicht in Verbindung mit diesem undurchschaubaren neuen Kunden gestanden hätten, an dem Emily einen Narren gefressen hatte.

»Du weißt, ich hab keine Zeit dafür.«

»Keine Lust, meinst du wohl! Ehrlich, das würde dir Spaß machen! Und Mark ist total nett.«

Wie oft dieser Satz seit gestern gefallen war, wollte Anina nicht mehr zählen. Stattdessen stellte sie Emily eine Tasse mit heißem Kakao auf den Tisch. Besser schnell das Thema wechseln. Emily musste nicht wissen, dass die beiden sich kannten und dass ihr göttergleicher Mark dafür bezahlte, mit ihr Zeit verbringen zu können – so harmlos und anständig ihre Treffen auch sein mochten.

»Mich wundert es immer noch, dass ausgerechnet du auf den Pony-Trip gekommen bist.«

Emily rollte die Augen. »Weil ich kein typisches Mädchen bin, meinst du? Sehr taktvoll von dir, wirklich.« Sie zog die Nase kraus, so wie immer, wenn ihr irgendetwas missfiel.

»Du weißt genau –«

»Schon gut. Es geht außerdem gar nicht um Ponys an sich.«

»Und warum fällt dann dieses Wort ständig?«

Emily rührte ungeduldig in ihrer Tasse. »Natürlich geht es um Ponys – aber nicht nur. Sie sind ein Bild für die schützenswerten Objekte in unserem Land. Ein Sinnbild für den Zerstörungswahn unserer Gesellschaft. Wir sollten viel mehr auf die Umwelt achten und am besten direkt vor unserer Haustür anfangen, statt großen Organisationen Geld zu spenden, das vielleicht am Ende für rote Teppiche ausgegeben wird.« Sie hob ihre Stimme, als wolle sie eine Rede halten.

»Und vor unserer Haustür gibt es Ponys?«

»Wusste ich auch nicht! Aber in den South Downs leben einige Herden wilder Exmoor-Ponys sowie die frei laufenden Ponys im Dartmoor. Ist das nicht toll? Und sie sind nicht nur aus Spaß da!« Sie hob einen Daumen: »Sie helfen die Ausbreitung von Farnen zu verhindern. Außerdem lockern sie den Boden auf und begünstigen einen besseren Wasserabfluss. Die Ufer von kleinen Teichen werden auf natürliche Weise gepflegt, sodass Mikro-Lebensräume für seltene Insekten geschaffen werden. Sie knabbern an Birken und sorgen dafür, dass die Graslandschaften offen und sonnig bleiben.« Mit jedem Argument hatte sie einen weiteren Finger in die Höhe gereckt. »Und am wichtigsten: Das Projekt ist nicht nur ein Umweltding, es geht um Schlüsselbiotope und bringt Generationen zusammen: Menschen aller Altersstufen unterstützen die Ansiedlung weiterer Ponys und es werden ständig Freiwillige gesucht.«

Anina hob die Hände. »Moment, so schnell bin ich nicht. Hast du etwa jedes Wort auswendig gelernt?« Insgeheim war sie beeindruckt, war sich sicher, Emily hatte jeden Satz, jedes Argument in sich aufgesogen und könnte sie problemlos herunterbeten.

»Klar! Darum geht's doch! Also, was sagst du?«

Anina fühlte sich überfahren. Zum einen, weil sie das Pony-Thema als Mädchenfantasie abgestempelt hatte. Dabei hätte sie wissen müssen, dass Emily wie immer ein großes Gesamtbild im Kopf hatte. Zum anderen fühlte sich ihre Wohnung seit Langem einmal wieder so an wie früher: lebhaft, fröhlich, ein klein wenig bockig. In Emily leuchtete wieder das Feuer, das sie als kleines Mädchen so ausgezeichnet hatte.

Wenn Mark Corwin jetzt vor der Tür stehen würde, würde Anina ihm ohne Zögern um den Hals fallen. Der Gedanke löste einen winzigen, hitzigen Stoß in ihrem Innern aus – und sie verscheuchte ihn schnell nach draußen. Aber … sie würde ihm danken. Ganz zivilisiert und zurückhaltend. Natürlich würde er abwehren und das Kompliment an Emily zurückgeben, doch er konnte nicht wissen, wie gut die Veränderung tat, die er in ihrer kleinen Schwester ausgelöst hatte.

»Am Freitagnachmittag muss ich wieder hin. Dann fahren auch Busse und du musst dich nicht für Mrs Petersons Auto opfern.« Emily hatte ihren Kakao ausgetrunken und trug die Tasse zu Aninas Erstaunen zur Spüle.

»Das hast du also schon beschlossen?«

»Du unterstützt doch sicher meine Ambitionen! Außerdem bin ich alt genug.« Sie machte sich etwas größer, wie um ihre Worte zu unterstreichen.

»Wir sollten absprechen, wenn du allein irgendwo hinfährst.«

»Tun wir doch gerade! Außerdem handelt es sich um eine von einem Anwalt geführte Ausfahrt, nicht um eine wilde Strandparty.«

Beim Gedanken an Mark Corwin fragte sich Anina für einen kurzen Moment, welche Alternative ihr lieber wäre.

»Wer ist noch alles dabei?«

Emily rollte die Augen. »Mach dir nicht ständig Sorgen! Ich fahre nach der Schule hin und komme abends mit dem letzten Bus nach Petersfield. Ich bin schon groß, vertrau mir!«

Anina sah das Mädchen im Wachstumsschub vor sich, blickte auf die mageren und viel zu langen Arme und Beine. »Ich will nur, dass es dir gut geht.«

»Das tut es. Ehrlich.« Emily kam näher und schloss sie in die Arme. »Und dir wünsche ich dasselbe.«

»Mir geht es gut«, antwortete Anina automatisch.

»Deshalb triffst du dich auch mit lauter geschniegelten alten Typen und bereitest ihnen einen schönen Abend. Klingt nach einem Traumjob.«

Anina wollte nicht mit Emily über ihren Job sprechen. »Wer

ist noch mal alles am Freitag bei dem Treffen dabei?«

»Lenk nicht ab!« Emily schaute zu ihr herauf. »Wir sollten darüber reden. Ich bin kein Kind mehr, weißt du?«

Den Beweis dafür spürte Anina gerade überdeutlich. Im Alltag vergaß sie schnell, dass Emily ihr mittlerweile bis über die Schultern reichte.

»Ist doch perfekt! Ich komme viel rum, kann leckere Sachen essen und für unser Leben bezahlen. Was will man mehr?«

Emily löste sich aus der Umarmung und schaute sie ernst an. »Klingt nach einem Beruf, der zu dir passt und dich total zufrieden macht. Du kannst mir nicht erzählen, dass du dich gern mit diesen Typen triffst. Ich hoffe nur, dass sie dich immer anständig behandeln.«

Anina mochte die Richtung nicht, in die sich das Gespräch entwickelte. Sie vermied es, zu sehr in die Details über ihren Job zu gehen. Sie wandte sich zur Spüle.

»Es läuft alles bestens. Und ... was wollen wir heute Abend im Fernsehen schauen?«

»Du lenkst schon wieder ab!« Emilys Stimme klang frustriert. »Wir müssen darüber sprechen!«

Anina lehnte sich seufzend an die Küchenzeile. »Okay, zu deiner Beruhigung: Alle meine Kunden verhalten sich anständig und niemand kommt mir zu nahe. Es gibt sogar ein neues Gesetz, das das vorschreibt.« Emily musste ja nicht wissen, dass manche ihrer Kolleginnen es anders hielten. »Außerdem gibt es keine einfachere Variante, Geld zu verdienen.«

Emily schaute sie ungläubig an, wirkte plötzlich viel jünger. »Du machst das nur wegen mir, oder?«

Anina war bestürzt. »Nein! Wie kommst du darauf?«

»Wenn du mich nicht hättest, bräuchtest du weniger Geld und müsstet das nicht tun.«

Anina schüttelte vehement den Kopf. Sie musste diesen Gedanken aus Emilys Kopf vertreiben! »Das ist Blödsinn! Selbst wenn es dich nicht gäbe, ist ExAd der perfekte Arbeitgeber für mich. Ehrlich! Wie könnte ich einfacher für meinen Lebensunterhalt sorgen?«

»Aber du solltest dich nicht verkaufen müssen!« Emily stampfte mit dem Fuß auf den Boden, einen empörten und überraschend verletzlichen Gesichtsausdruck auf ihrem Gesicht.

Die Worte fühlten sich wie ein Schlag in die Magengrube an. Sie starrte Emily in die Augen, wusste nicht, was sie erwidern sollte. Emily schien zu spüren, was sie ausgelöst hatte, und kam erneut auf sie zu. »Das meinte ich nicht ... du weißt schon.«

Anina schluckte. Sie mühte sich um einen festen Tonfall. »Ich verkaufe mich nicht. Niemals. Ich begleite diese Kunden auf Veranstaltungen, steige danach in ein Taxi und fahre nach Hause. Mehr nicht. Niemals.«

Emily zögerte, nickte dann. »Versprochen?«

»Versprochen.«

»Das hast du nämlich nicht nötig, weißt du? Und auch wenn du das alles für mich machst –«

»Ich –«

»Lass das. Ich weiß, du willst, dass ich glücklich bin. Aber glaub mir: Wenn du dafür Dinge tun müsstest, die dein Leben kaputt machen, würde meins gleich mit zusammenbrechen.«

Anina ließ die Worte auf sich wirken. Sie klangen so ernsthaft, so erwachsen. Dabei wollte sie Leichtigkeit in Emilys Leben bringen. Sie wollte so ein Gespräch nicht führen. Wollte Emily eine unbeschwerte Jugend ermöglichen, ohne Gedanken an ihr Einkommen – und erst recht nicht an Männer, die zu viel von Anina verlangen könnten.

»Es ist alles gut«, sagte sie schließlich mit fester Stimme. »Wir sind ein tolles Team und bekommen das hin.« Sie wusste, sie hätte bessere Worte finden sollen, um ihre Schwester zu beruhigen. Hätte wissen müssen, dass Emily viel mehr sah, als sie vermutet hätte. In Zukunft würde sie noch stärker versuchen müssen, Job und Privatleben zu trennen.

Mark Corwin und seine Einladung schossen durch ihren Kopf. Er drang gerade auf verschiedenen Seiten in ihr Leben ein und würde es ihr schwer machen, diesen Vorsatz einzuhalten.

5

Mark Corwin blickte aus dem Fenster seines Büros in Colbridge. Jemand hatte ihn einmal gefragt, ob er damit leben könnte, in einem schicken Bürogebäude zu arbeiten, obwohl Future Trust von Steuer- und Spendengeldern finanziert wurde und das Geld für Wichtigeres eingesetzt werden konnte. Ob er sich nicht heuchlerisch vorkam. Obwohl er sich vorher nie darüber Gedanken gemacht hatte, ließ ihn die Frage seitdem nicht mehr los. Würde ein Bauwagen für seine Aufgaben nicht ausreichen?

Er tröstete sich mit der Tatsache, dass nicht er sich hier eingemietet hatte, sondern ihm dieses Büro zugewiesen worden war.

Es klopfte an der Bürotür. Ohne auf eine Reaktion zu warten, trat Morton Olsson ein, Verantwortlicher des Future Trust-Büros in Südengland und Marks Vorgesetzter.

Der norwegischstämmige Mann wirkte wie ein Umweltaktivist, der sich jederzeit an Bäume ketten würde, um ein Abholzen zu verhindern. Hinter der grobschlächtigen Fassade steckte jedoch ein extrem wacher Kopf, der Future Trust mit Geschick leitete und in den letzten Monaten viel bewegt hatte.

»Wir müssen reden.«

Mark grinste. Noch nie hatte er eine andere Gesprächseröffnung erlebt. Der unverhohlene Kommandoton gehörte zu seinem Chef wie die derben Lederschuhe.

»Leg los!«

»Es geht um die Sache in den South Downs. Ich habe mitbekommen, dass die Bauanträge vom Council geprüft werden.«

Mark lehnte sich zurück. »Soweit ich weiß, stimmt das. Ich habe letzte Woche mit einem der Entscheider gesprochen, der wollte mich jedoch nicht an sich ranlassen.«

»Dieser Antrag muss gestoppt werden.« Morton verlor nie zu viele Worte, brachte seine Aussagen stets auf den Punkt.

»Das sehe ich genauso. Leider geht es nicht um einen trivialen Fall: Grundlegende Fragen zu Eigentum von Ländereien und öffentliche Interessen treffen aufeinander. Solche Fälle sind selten eindeutig in Gesetzen geregelt.«

»Heißt das, es läuft auf einen Prozess hinaus?«

Mark nickte bedauernd. »Der könnte sich Jahre hinziehen und Unsummen verschlingen.«

»Wie lautet dein Plan?«

Mark hatte schon immer gefunden, dass Morton Olsson einen vorzüglichen Anwalt vor Gericht abgeben konnte: Seine messerscharfen Fragen brachten so manchen Gesprächspartner aus dem Konzept.

»Ich würde gern genügend öffentlichen Druck erzeugen, sodass die Landeigentümer von sich aus zurücktreten und die Umgehungsstraße vom Tisch ist.«

»Weiter?«

Nun würde Mark ins Schwimmen geraten. Wenn er das so genau wüsste, könnte er besser schlafen. »Öffentlichkeitsarbeit ist ein wichtiger Aspekt. Das Projekt mit den wilden Ponys läuft gut an, wird Aufmerksamkeit erzeugen.«

Mortons Augenbrauen richteten sich gen Himmel. »Ponys sollen ein Problem lösen, mit dem wir uns seit Jahren herumschlagen?«

Unter den scharfen Blicken seines Chefs fragte sich Mark, ob die Idee wirklich so gut gewesen war. Dachte er zu klein? Doch er würde einen Teufel tun und seine Unsicherheit nach außen scheinen lassen. »Das Thema ist emotional und gesellschaftsfähig. Viel mitreißender, als den Leuten zu erzählen, dass wir eine simple Weidefläche schützen wollen, zu der niemand einen Bezug hat.«

»Du weißt, unsere Gelder sind begrenzt.«

Mark konnte nicht anders, als dies als Warnung aufzufassen. »Was willst du mir damit sagen?«

»Dass Future Trust ständig auf der Kippe steht. Die politischen Strömungen sind besorgniserregend. Erschreckenderweise scheinen immer weniger Politiker etwas für den Naturschutz tun zu wollen. Diese kurzfristig denkenden Idioten machen mich krank.«

Dem stimmte Mark uneingeschränkt zu. Schon seit Jahren mussten sie immer verbissener um ihre Finanzierung kämpfen.

Morton trat ans Fenster. »Ich hatte vorgestern ein Gespräch mit einem Freund, der im House of Commons in einem Umweltausschuss sitzt. Wenn er recht hat, stehen wir unter Beobachtung.« Er wandte sich zu Mark um. »Und ganz besonders das South Downs-Projekt. Diese Typen fragen sich, ob die Steuergelder gut in einen Verein investiert sind, der kaum etwas bewegt.«

Mark spürte, wie Unwille in ihm aufstieg. »Interessieren die sich überhaupt für unsere Arbeit? Schauen genau hin, was wir tun?«

Morton winkte ab. »Natürlich nicht. Für die zählen Erfolge, öffentlichkeitswirksam. Wenn wir die vorweisen können, sonnen die sich in unserem Licht.«

»Sehr motivierendes Konzept.«

»So läuft es nun mal. Wir sind jedenfalls gut beraten, mal wieder auf uns aufmerksam zu machen. Sonst ... wird uns schnell der Hahn zugedreht, zumal wir dem einen oder anderen Geschäftsmann immer mal im Weg sind.«

Mark hasste diese Abhängigkeit von Leuten, die sich nicht mit Umweltthemen auskannten, die sich noch nicht einmal dafür interessierten, obwohl es ihr Job wäre.

»Irgendwelche Vorschläge?«

»Sorge dafür, dass die Umgehungsstraße nicht gebaut wird, und schlachte das öffentlich aus. Ich statte jetzt unserem lieben

Kollegen Malcolm einen Besuch ab.« Ohne auf eine Antwort zu warten, verließ er Marks Büro.

Mark grinste in sich hinein. Der arme Malcolm würde gleich eine ebenso deutliche Ansage bekommen – und er war bei Weitem weniger widerstandsfähig als Mark. Sein aktuelles Projekt zum Schutz von natürlichen Waldbeständen ohne Forstwirtschaft machte Fortschritte, lief jedoch immer unauffällig im Hintergrund. Wie Mark seinen Chef kannte, würde er Malcolm einen ordentlichen Tritt in den Hintern verpassen.

Ein Vogelpärchen vor dem Fenster weckte seine Aufmerksamkeit. Er liebte seinen Job, liebte dessen Bedeutung für die Zukunft der Region und sogar der ganzen Menschheit – wenn er einmal groß dachte. Es ging sowohl um ein paar winzige Vögel wie diese als auch um globale Veränderungen, die von jedem Einzelnen beeinflusst werden konnten.

Er sah Bilder vor sich ... von seinem Großvater, der in den South Downs eine kleine Farm betrieben hatte. Von dem Leben in der Natur, die er als Junge in sich aufgesaugt hatte. Es war ihm egal, wenn er als Umweltzwerg bezeichnet wurde, wenn ihm nahegelegt wurde, er solle sich als Anwalt von Konzernen verdingen, wo er das Zehnfache seines jetzigen Gehalts bekommen konnte.

Doch das war nicht er.

Sein Großvater hatte schon damals im Kleinen gegen Großgrundbesitzer gekämpft, hatte die Einwohner seines Dorfes mobilisiert und es geschafft, viele Menschen dafür zu sensibilisieren, wie wichtig die Natur für sie alle war.

Mark wollte diese Mission fortführen. Vielleicht nicht mehr mit einem Spaten auf dem Feld, sondern mit Füllfederhalter und Gesetzestexten. Er hatte die Fähigkeit erlernt, Paragrafen für das Gemeinwohl zu nutzen. Wenn ihn das zu einem »grünen Schwächling« machte, nahm er diese Rolle gern an.

Er tippte mit dem Stift auf den Schreibtisch. Es fiel ihm

schwer, zuzugeben, dass ihm seine Gesetze aktuell nur wenig halfen. Morton hatte ihm noch einmal klargemacht: Es ging nicht darum, einen Prozess mit allerlei Spitzfindigkeiten zu führen. Er musste andere Werkzeuge finden, um das Projekt in den South Downs erfolgreich für Future Trust abzuschließen.

Was er dafür brauchte? Darüber musste er nicht lange nachdenken: Kontakte. Die richtigen Gespräche mit den richtigen Personen. Er würde sich in eine Gesellschaft hineinwühlen und von innen überzeugen müssen.

Er wusste auch schon, wer ihm dabei helfen konnte.

Immer wieder waren in den letzten Tagen seine Gedanken zu Anabelle geschweift – und das nicht nur aus beruflichen Gründen. Das Bild von ihr in Freizeitsachen, ungeschminkt und mit diesen wunderschönen Haaren ging ihm sehr zu seinem Missfallen nicht mehr aus dem Kopf. Wie konnte eine Frau, die er herausgeputzt in Galakleidung kennengelernt hatte, in Jeans und T-Shirt so viel anziehender aussehen?

Er schüttelte den Kopf. Gedanken an sie brachten ihn nicht weiter. Doch sie könnte eine viel größere Rolle spielen, als er zunächst gedacht hatte. Bisher hatte er lediglich seinen Freund nicht enttäuschen wollen. Wenn sie ihm nun außerdem dabei helfen konnte, auch sein Projekt für Future Trust voranzutreiben, wäre ihm das nur recht.

Beide Themen konkurrierten um seine Aufmerksamkeit, was ihn sich ungewohnt zerstreut fühlen ließ. Seine überhastete Einladung am letzten Samstag war der beste Beweis, dass er momentan nicht rational genug denken konnte. Es war an der Zeit, sein Vorhaben genauer zu planen.

War ein Treffen zu Kaffee und Kuchen eine gute Idee? Vermutlich nicht. Trotzdem hatte Anina zugesagt – schließlich handelte es sich um einen Job. Dass dieser Job sie zu keinem ihrer üblichen Anlässe führte, musste sie vorübergehend ausblenden.

Mark Corwin hatte sie wie vereinbart offiziell über ExAd gebucht. Bis sie den Anruf ihrer Kollegin erhalten hatte, waren einige Tage vergangen. Tage, in denen sich ein unruhiges Kribbeln in ihrem Nacken ausgebreitet hatte, das sie nicht wieder loswurde. Sie hätte das Thema »Mark Corwin« ignorieren können, hätte nicht Emily ständig den Namen erwähnt, jedes Mal begleitet von leuchtenden Augen.

Sie wollten sich in Colbridge treffen. Er hatte The Captain's Tearoom vorgeschlagen, was sie jedoch glücklicherweise hatte abwenden können. Dieses Café war einer ihrer persönlichen Rückzugsorte, den sie niemals mit einem Kunden besuchen wollte.

Sie sah ihn schon von Weitem – und er sie. Entgegen ihrer Annahme trug er keinen Anzug, sondern zu ihrem Missfallen die gleichen legeren Sachen wie an dem Samstag vor einer Woche. Sie wünschte, er würde sich förmlicher kleiden, als könnte ein schicker Zwirn die Distanz zwischen ihnen aufrechterhalten. Sie selbst hatte alles dafür getan, sich einem frühlingshaften Nachmittag in einem Café entsprechend angemessen zu kleiden: schwarze Stoffhose, schmal geschnittene Boots, ein Shirt sowie ein Blazer, der zwar schlicht, aber hochwertig aussah. Ein pastellfarbenes Tuch in Minze und ihre Ledertasche komplettierten das Outfit einer weltoffenen Frau, die sich zu einem Halb-Business-halb-privat-Termin in der Stadt mit einem gut aussehenden Mann traf.

Und gut aussehend war er, wie sie zu ihrem Ärger feststellte. Er hätte beinahe langweilig-gut aussehen können, wäre da nicht das leicht unregelmäßige Kinn und diese unerschütterliche Souveränität, die den Drang in ihr weckte, sich in seine Arme zu werfen und sich von seiner Unerschütterlichkeit von allen Gefahren abschirmen zu lassen.

Sie schüttelte kurz den Kopf, als wollte sie lästige Fliegen vertreiben. Was für ein dämlicher Gedanke.

Sie straffte sich und trat ihm gegenüber. »Da bin ich!«

»Und du versüßt mir den Tag! Schön, dich zu sehen!« Er beugte sich zu ihr und hauchte ihr einen Kuss auf die Wange.

Überrascht von der unerwarteten Nähe sog sie den bereits bekannten Hauch seines Aftershaves auf. Es ergänzte sich eigenartig angenehm mit dem Geruch nach Frühling: nicht blumig, sondern der inspirierende Duft nach Sonne, die zum ersten Mal auf feuchte Erde fiel und die Pflanzen zum Wachsen brachte.

»Lass uns reingehen, ich hatte heute noch kein Mittagessen.« Er öffnete die Tür und ließ sie in das Café Bellington eintreten.

Anina war noch nie zuvor hier gewesen, fühlte sich jedoch auf Anhieb wohl. Die Räume waren weniger traditionell eingerichtet als in The Captain's Tearoom, aber ebenso liebevoll. An den Wänden hingen unzählige Aquarellbilder und Zeichnungen. Insgesamt wirkte es wie ein Künstlercafé, dessen Eindruck von den ausliegenden Flyern unterstützt wurde.

Anina schaute sich um. »Finden wir überhaupt noch einen Platz?«

»Wir müssen! Wenn ich noch länger auf Essen warten muss, breche ich zusammen.« Mark Corwin deutete auf einen einsamen Tisch am Fenster, von dem gerade zwei andere Gäste aufstanden. »Das ist unserer!«

Sie steuerten den Tisch an, der für Aninas Empfinden einen Tick zu winzig wirkte. Das Problem bestand jedoch nicht in der Größe an sich, sondern in der Gestaltung der Sitzecke: Statt auf zwei sich gegenüberstehenden Stühlen würden sie auf einer halbrunden Couch Platz nehmen müssen, was erschreckend viel Körperkontakt mit sich bringen würde.

»Ich schätze, wir haben keine Wahl.« Mark Corwin nickte dem älteren Paar zu, das sich gerade die Jacken überstreifte, und wies Anina auf die Couch: »Nach dir!«

Anina hatte das Gefühl, in den Polstern zu versinken. Noch viel stärker war sie sich der Bewegung der Kissen bewusst, als er sich neben sie setzte – viel zu nah nach ihrem Geschmack. Sie rückte ihre Beine weg von ihm in der Hoffnung, genügend Distanz zwischen ihnen zu schaffen.

Nachdem sie einen Fruit Scone mit Clotted Cream für sich und zwei Stück Zitronenkuchen für ihn bestellt hatten, befürchtete Anina ein verlegenes Schweigen. Sie hatte sich vorgenommen, sich bei ihm zu bedanken. Sein diskretes Verhalten während der Vernissage und bei den Treffen mit Emily war für sie nicht selbstverständlich.

Doch sie kam nicht dazu: Mark Corwin war offensichtlich in Redelaune.

»Ich hatte eine höllische Woche. Es tut gut, zur Abwechslung einen normalen Menschen zu treffen.«

Anina lächelte. »Stress im Job?«

Er nickte und blickte sehnsüchtig zur Theke. Er wirkte wie ein übereifriger Junge, der seinen Kuchen nicht erwarten konnte. Der Anblick löste ein wenig die Anspannung in Aninas Schultern. »Mein Kollege und ich schlagen uns gerade mit Gesetzestexten zur Einfuhr gentechnisch veränderter Lebensmittel herum.«

»Klingt spannend!«

»Ist es. Aber auch anstrengend. Das Schwierigste bei Future Trust ist es, unterschiedliche Interessen abzuwägen und die Gratwanderung zwischen unseren Zielen und denen der Politik oder Wirtschaft zu schaffen.« Er blickte sie an und sie sah, wie müde er wirkte. »Aber ich hab dich nicht eingeladen, um dich damit zu langweilen.«

Anina hätte ihn gern mehr darüber sprechen lassen. Ihrer Erfahrung nach war es für sie am unkompliziertesten, den Kunden den Löwenanteil des Gesprächs zu überlassen – umso weniger nahe kamen sie ihr. Statt ihm jedoch mitzuteilen, dass er über die spannendsten Themen der Welt sprach, bahnte sich die logische Frage den Weg aus ihrem Mund: »Wofür hast du mich dann eingeladen?«

Er lehnte sich leicht in ihre Richtung und zwinkerte ihr zu. »Weil ich dich gern sehen wollte.«

Ihre Blicke trafen sich und Anina spürte wieder diese Chemie, die sich zwischen ihnen ausbreitete. Hinter der Müdigkeit in seinen Augen leuchtete etwas auf, worüber sie zu gern mehr wissen wollte – und das gleichzeitig den Drang in ihr weckte, sich zu verabschieden.

Sie suchte fieberhaft nach einer geeigneten Reaktion, doch ihr Fake-Vertrauen hatte sich anscheinend vor dem Café auf eine Bank gesetzt. »Weil ... du über die nächsten Termine sprechen möchtest?«, fragte sie schließlich vorsichtig.

Er lächelte. »Weil ich Zeit mit dir verbringen wollte.«

Etwas Warmes breitete sich in ihrem Bauch aus, das angesichts ihrer Situation dort nicht hingehörte: Er bezahlte dafür, sie hier zu treffen, es war ihre Aufgabe, ihn zufrieden zu stimmen. Die Kellnerin rettete sie aus ihrer Verlegenheit und servierte ihre Bestellungen.

Statt sich sofort auf den Kuchen zu stürzen, wandte er sich noch einmal Anina zu und schaute ihr fest in die Augen. »Lass uns einfach einen entspannten Nachmittag verbringen und nicht an unsere Jobs denken.« Sein Lächeln wirkte so aufrichtig, dass sich etwas in Anina löste. Obwohl eine Stimme ihr zuraunte, sie solle sich einem gewieften Anwalt gegenüber vorsichtig verhalten, lehnte sie sich innerlich zurück und nickte ihm zu. Was sprach dagegen, die Zeit zu genießen? Hier würde nichts passieren, was sie nicht wollte – und alles in ihr sehnte sich danach, sich zur Abwechslung zu entspannen. Sie war sich dieses Bedürfnisses noch nicht einmal bewusst gewesen, doch seine Anwesenheit befeuerte den Wunsch, ganz Anina zu sein.

Sie war sich sicher, dass dies keine gute Idee war – und doch schenkte sie ihm ihr erstes ehrliches Lächeln.

Zwei Kaffee und unzählige Gesprächsthemen später schaute Anina auf die Uhr und erschrak. Sie saßen schon mehr als zwei Stunden hier! Irgendwie hatte Mark es geschafft, ihren Alltag vergessen zu lassen. Sie konnte sich nicht erinnern, wann sie zum letzten Mal einen derart entspannten Nachmittag erlebt hatte. Ihr war, als hätte er langsam, aber sorgfältig alle verspannten Knoten in ihren Schultern herausmassiert – ohne sie zu berühren. Sie sah sich sprechen, lächeln, ihm mehr als einmal interessierte Blicke zuwerfen.

Sie musste ehrlich zu sich sein: Dieser Mann war der anziehendste Mann, den sie seit Langem getroffen hatte. Nein: der anziehendste Mann überhaupt. Wie konnte sie auch nicht auf jemanden reagieren, der sie so unverhohlen begehrlich anblickte, ohne sie zu bedrängen? Seine Blicke sprachen Bände – seine Worte blieben jedoch angenehm distanziert.

Ihr Gespräch hatte sich unverfänglichen Themen zugewandt und Anina musste zugeben, dass sie sich lange nicht so angeregt unterhalten hatte. Bei anderen Kunden drehte sich alles um deren Leben, deren Interessen. Mark hingegen hatte nicht dieses Mitteilungsbedürfnis, fragte stattdessen nach ihrer Meinung zu verschiedensten Themen, ohne dass sie sich ausgefragt fühlte.

Es war diese angenehm entspannte Stimmung, die zu einem solchen Wohlbefinden geführt hatte, dass der Tisch mit der schmalen Couch nicht mehr zu eng wirkte, sondern genau richtig.

Sie wusste nicht, wann es passiert war, doch mittlerweile spürte sie deutlich seinen Oberschenkel, der sich gegen ihren drückte. In dem belebten Café fühlte sie sich wie in einer Blase, in der sich nur sie beide befanden – gestört nur von den sporadischen Fragen der Kellnerin, was sie ihnen noch bringen durfte.

Anina wusste, sie musste vorsichtig sein. Nie zuvor war sie in Gefahr gewesen, Beruf und Privatleben miteinander zu vermischen – bei ihm sah das jedoch anders aus. Sie war sich überdeutlich seiner Berührung bewusst, spürte kleinste ruckartige Bewegungen seiner Beine, wenn er sprach. Er selbst schien völlig entspannt, schien den Körperkontakt nicht einmal zu bemerken.

»Wie lange hast du für mich Zeit?«, fragte er, als er ihren Blick auf die Uhr bemerkte.

Beinahe hätte sie »Solange du willst!« geantwortet, riss sich jedoch zusammen. »Ich würde gern den Abend mit Emily verbringen.«

Er grinste. »Sie ist großartig. Sie bringt Schwung in unsere Gruppe, rüttelt die Alteingesessenen auf. Es kann nicht immer leicht sein, mit einem Superhirn wie ihr zu leben.«

Aninas Kopf nickte instinktiv. »Es ist auch nicht leicht für sie, mit einem Spatzenhirn wie mir zu leben.«

Sofort als die Worte ihren Mund verließen, hätte sie sie am liebsten zurückgenommen. Einmal zurückspulen bitte! Wo war das denn hergekommen? Sie spürte Röte in ihre Wangen steigen und wagte nicht, ihn anzusehen.

Mark sagte eine Weile nichts.

Sie suchte fieberhaft nach einem Thema, einem flotten Kommentar, irgendetwas, das die Stille durchbrechen könnte.

Schließlich spürte sie seine Hand an ihrem Kinn, zuckte beinahe zurück. Doch sie tat es nicht, ließ ihn ihr Kinn heben, bis sie einander anschauten.

Die Intensität seines Blickes traf sie unvorbereitet. Sie hatte diese Energie in ihm gespürt, doch jetzt traf sie zum ersten Mal in Aufmerksamkeit gebündelt auf sie. Sie wünschte, er würde sprechen, irgendetwas sagen. Stattdessen schaute er sie weiter an, als suche er etwas in ihren Augen.

Sein Lächeln vertiefte sich. »Du bist eine bemerkenswerte Frau.« Er sprach die Worte so absolut aus, dass sie sie fast geglaubt hätte. »Ich schätze meine Menschenkenntnis als ziemlich gut ein. Und diese sagt mir eindeutig, dass ich eine Frau mit vielen Talenten vor mir sitzen habe – und einem besonders großen Herzen.«

Anina saß wie erstarrt vor ihm, konnte sich nicht bewegen. Die Worte klangen ... fast übertrieben, wie auswendig gelernt. Und doch berührten sie sie auf einer tiefen Ebene. Kaum jemals sagte ihr jemand etwas Positives – ihr Aussehen einmal ausgenommen.

Mark Corwin jedoch fuhr fort: »Ich weiß nicht viel über Emily und dich. Ich kann aber ohne Zweifel sagen, dass sie überglücklich sein kann, dich zu haben. Sie spricht ständig über dich und alles, was du für sie tust.«

Anina schluckte, der Kloß im Hals wuchs an. Das hier war ... privat. Passte nicht in ihr Arrangement, ging viel zu weit. Und doch tat es unsäglich gut, von jemandem Bestätigung zu erhalten.

Er strich sanft mit den Fingern über ihr Kinn und ihre Wange. Sie konnte nicht anders: Sie schloss die Augen, gab sich einen Moment dem gnadenlos überwältigenden Gefühl hin, völlig akzeptiert zu werden – und begehrt.

Ohne es gemerkt zu haben, war er näher zu ihr gerutscht, sodass sie seinen Körper an ihrem Arm spüren konnte. Er strahlte Kraft aus, Sicherheit – und eine gehörige Portion Hitze, die sich in ihr spiegelte.

Das hier ... ging zu weit. Sie musste sich zusammenreißen. Irgendwo tief in ihrem Hinterkopf rief ihr eine mahnende Stimme etwas zu – doch Anina hielt sich die Ohren zu. Das alles ... es fühlte sich so wahnsinnig gut an.

»Noch einen Kaffee?« Die Worte der Kellnerin ließen Anina zusammenzucken und die Blase mit einem lauten Knall platzen. Anina richtete sich auf und schüttelte den Kopf.

»Für mich auch nicht«, hörte sie Mark sagen, der nicht im Mindesten von den letzten Minuten beeindruckt schien. Er wandte sich wieder ihr zu. »Ich will dich nicht länger aufhalten. Emily hat an einem Samstag auch ein wenig Zeit mit ihrer Schwester verdient.«

Anina nickte, unfähig, etwas zu erwidern.

Er griff nach seinem Portemonnaie und strich über das schwarze Leder. »Ich ... ich hab noch eine Frage.«

Zu ihrer Überraschung wirkte er beinahe unsicher. »Ja?«

»George Porterfield.« Er schaute sie an, sein Blick deutlich weniger warm als zuvor. »Ihr seid ...«

»Ein Kunde.« Sie biss sich auf die Lippen. Irgendwann hatte das Thema aufkommen müssen. »Schon seit Langem. Und da wir gerade dabei sind ... vielen Dank für die Diskretion letztens in London. Das hat mir sehr geholfen.«

Er lächelte unergründlich. »Ich hielt es für besser, unser ohnehin angeschlagenes Verhältnis nicht noch stärker zu strapazieren.«

Er sprach ein Thema an, das sie seit der Vernissage beschäftigte. »Ihr ... kennt euch?«

»Allerdings. Nicht immer im Guten.«

Diese Tatsache war nicht von der Hand zu weisen. »Magst du mehr darüber erzählen?«

Er schüttelte den Kopf. »Er scheint dich zu mögen.« Er schaute ihr in die Augen, als suche er die Antwort dort.

»Er ist ein Kunde«, wiederholte sie. »Nicht mehr.«

Seine Miene entspannte sich, als hätte er anderes befürchtet. »Gut.« Wieder breitete sich ein Lächeln auf seinem Gesicht aus. »Ich hätte schließlich Probleme, mit einem Adligen zu konkurrieren.«

Anina kämpfte dagegen an, sich in seinen Augen zu verlieren. Was meinte er damit – zu konkurrieren? Er meinte nicht ernsthaft ... also ...

Sie schüttelte den Kopf, bereit zur Flucht. »Ich muss jetzt los.« Sie hielt nach der Kellnerin Ausschau.

Mark schien zu spüren, dass ihr Treffen beendet war. »Grüße Emily von mir. Und ... sei vorsichtig.«

Sie schaute ihn fragend an.

Er lächelte ein weiteres seiner unergründlichen Lächeln. »George Porterfield ist nicht immer der nette ältere Herr, der er vorgibt zu sein.«

Anina schnürte ihre Laufschuhe fest zu und trat vor die Haustür. Sonst verbrachten Emily und sie jede freie Minute an Wochenenden gemeinsam, doch seit das Pony-Projekt aufgetaucht war, investierte Emily viele Stunden in die Gruppe von Future Trust.

Das Treffen mit Mark war eine Woche her, lange Tage, in denen Anina viel Zeit zum Nachdenken gehabt hatte – zu viel. Eine gemütliche Laufrunde an der frischen Luft würde ihr guttun, den Kopf frei blasen und Raum für logische Gedanken geben.

Momentan war die Auftragslage bei ExAd ungewöhnlich entspannt – sehr zum Missfallen ihrer Vorgesetzten. Auch sie selbst hätte sich lieber mehr Aufträge als weniger gewünscht, schlichtweg um sich mit anderen Menschen zu umgeben und nicht daran denken zu müssen, was gerade in ihrem Leben passierte.

Irgendwie war sie aus ihrer Routine gerissen worden. Emilys Bewerbung an der Edwardian School hing bis zur Aufnahmeprüfung weiter in der Schwebe. Bis es bei diesem Thema eine Entscheidung gab, lagen Gedanken an einen Umzug nach

Colbridge auf Eis – finanziell wäre dieser ohnehin ausgeschlossen, sobald Emilys Wunsch mit der Edwardian School in Erfüllung ging.

Und dann war da Mark. Dieser undurchschaubare Mann, um den ihre Gedanken viel zu oft kreisten. Das Treffen im Café war ein Fehler gewesen, das war nicht zu verleugnen. Ja, es mochte als regulärer Kundentermin begonnen haben – doch im Laufe des Nachmittags hatte sie eindeutig zu viel ihrer Distanz aufgegeben.

Und er hatte es genau darauf angelegt.

Rückblickend schien es ihr so klar: Von Beginn an hatte er keinen Hehl aus seinem Interesse an ihr gemacht. Im Gegensatz zu anderen Männern schaffte er es jedoch, seine Absichten so aufrichtig und charmant zu verpacken, dass sie keinen Weg fand, sie mit ihrer üblichen Professionalität abzuwehren.

Immer wieder rief sie sich in Erinnerung, dass er als Anwalt vor Gericht vermutlich genau dies tat: sich Menschen gegenüber so zu verhalten, dass sie sich in Sicherheit wiegten, sich ihm öffneten.

Genau das war ihr passiert – und es war ihr unsäglich unangenehm. Ein Teil von ihr wollte glauben, er wäre wahrhaftig an ihr interessiert. Wollte ihm vertrauen und die Gefühle ausleben, die er in ihr weckte. Er ließ sie nicht kalt, es wäre albern, sich das einreden zu wollen. Doch es gab diesen riesigen, zweifelnden Brocken in ihr, der sich nicht wegdiskutieren ließ.

Warum war dieser Charmeur ausgerechnet aufgetaucht, nachdem es bei ExAd eine klare Ansage gegeben hatte? Was, wenn er tatsächlich auf sie angesetzt war?

Sie lachte sich innerlich aus, fand den Gedanken so abwegig, wie er war. Vermutlich war sie einfach paranoid geworden – Anspannung hatte sie schon immer auf seltsame Ideen gebracht. Weshalb sollte sich ein erfolgreicher Anwalt für so etwas hergeben?

Doch selbst wenn ihr keine Falle gestellt werden würde: Es war zurzeit gefährlich, sich mit Kunden einzulassen.

Anina schaute sich um, überquerte die Straße und bog auf einen kleinen Feldweg ein. In Colbridge war sie immer im Princesshay Park gejoggt, hier draußen hatte sie die mit Hecken begrenzten Wiesen und Weiden zu schätzen gelernt. Es tat gut, zur Abwechslung aus ihrem Gedankenkarussell auszusteigen und dem Zwitschern der Vögel zu lauschen, die sie anzufeuern schienen.

Doch sie war viel zu aufgewühlt, um den Gedankenberg allzu lange ignorieren zu können.

Was wollte Mark von ihr? Sie war davon überzeugt, dass er sie begehrte, wenngleich sie an seinem Interesse an ihrer Persönlichkeit zweifelte. Oder war das nur wieder ihre Art, sich kleinzureden? Konnte ein Mann sie nicht auch unabhängig von ihrem Äußeren attraktiv finden?

Sofort dachte sie an Emily, an ihre Veränderung, seit sie sich mit den Ponys beschäftigte. Sie war nun offiziell in den Pony Grazing Trust eingetreten und arbeitete regelmäßig als Freiwillige mit. Es tat unglaublich gut, zu sehen, wie ihre sonst so bücherfixierte Schwester aufblühte, ihre käsige Haut Farbe bekam und die Augen so hell leuchteten wie die Frühlingssonne. Nach jedem Treffen schwärmte sie in den höchsten Tönen von Mark, der aus Emilys Sicht zu einem Helden aufgestiegen war. Schon sah sie sich als Anwältin arbeiten und selbst die Welt verändern.

Konnte ein Mann, der einen solchen Eindruck auf ihre Schwester hatte, wirklich falsch sein? Und was verband ihn mit George? Er hatte nicht ins Detail gehen wollen, doch die Warnung war unüberhörbar gewesen.

Anina beschleunigte ihre Schritte, wollte vor ihren wirren Gefühlen davonlaufen und endlich zu einem Punkt kommen, an dem sie ihre Situation klar vor Augen sah.

Doch ihr Wunsch erfüllte sich nicht. Immer wieder verlor sie sich in ihren Gedanken und wünschte zum wiederholten Male, sie könnte Dinge so eindeutig durchschauen, wie Emily es konnte. Doch so gern sie es gewollt hätte: Ausgerechnet mit ihrer Schwester konnte sie nicht über diese Themen sprechen. Ein unangenehmes Ziehen durchzog ihre Brust, als sie an ihr Gespräch zurückdachte. Emily hatte angedeutet, dass Anina ihr Leben nur für sie wegwarf. Auf keinen Fall würde sie noch einmal eine Diskussion in diese Richtung aufkommen lassen.

Emily sollte alle Ruhe der Welt haben, sich auf ihre Prüfung und ihre Ausbildung zu konzentrieren. Was konnte sie schon dafür, dass Anina ihr Kuddelmuddel im Kopf nicht auflösen konnte?

Mark joggte durch den Princesshay Park in Colbridge und hatte seit Tagen zum ersten Mal das Gefühl, frei denken zu können. Er hatte sich gewünscht, Ordnung in seinen Gedankenwirrwarr zu bringen, und das war ihm auch gelungen. Er blickte auf die Familien, Pärchen und älteren Menschen im Park, die alle die ersten Sonnenstrahlen des Jahres in sich aufsogen.

Vor einer Woche war er auf anderer Mission gewesen, hatte sich in einem Café mit der schönsten Frau getroffen, der er je begegnet war. Viel zu häufig hatte er an das Treffen zurückgedacht. War es so gelaufen wie geplant?

Ja. Erfolg auf ganzer Linie, das konnte er sich bescheinigen.

Es war ihm gelungen, ihre aufgesetzte Fassade zum Einsturz zu bringen, hinter die Mauer zu schauen, die sie für ihre Kunden errichtete. Wie konnte eine junge, talentierte Frau sich nur freiwillig für solche Treffen hergeben? Erst recht mit solchen Idioten wie George Porterfield?

Er wünschte trotzdem, sie würde eine nicht derart harte Nuss darstellen. Er war möglichst unauffällig näher gerückt, konnte der Versuchung nicht widerstehen, ihren Körper an seinem zu spüren. Was ihm eine ungemeine Erregung beschert hatte, hatte sie jedoch anscheinend völlig kaltgelassen – was seinem männlichen Ego einen gehörigen Dämpfer erteilte.

Die Musik in seinem Kopfhörer verstummte und machte dem Klingelton Platz, den er für Spike reserviert hatte: Smoke on the Water, in Erinnerung an wilde Nächte in Cambridge, die ihm einiges eingebrockt hatten, das er heute bereute.

»Was gibt's?«, schnaufte er in das Mikro, das auf wundersame Weise seine Stimme über die Umgebungsgeräusche hinweg übertrug.

»Bist du gerade unterwegs?«

»Ich jogge im Park. Fass dich kurz!«

»Ich wollte nur mal ranhören, wie es so läuft.«

Mark dachte an das Treffen mit Anina im Café.

»Alles bestens.«

»Sie wird also weich?«

Mark dachte an Aninas große Augen, an ihren verwundbaren Blick, und spürte ein leichtes Ziehen in seinem Herzen.

»Weicher als ein Wattebausch. Ich denke, ich bin auf einem guten Weg.«

»Hervorragend. Aber denk an meine Warnung und verlieb dich nicht in sie."

»Keine Sorge, du kannst dich auf mich verlassen.«

»Und das Balg steht nicht im Weg?«

Mark sah Emily vor sich, die mit glühender Miene einen Flyer gestaltet und ihm stolz präsentiert hatte – und das Ziehen in seinem Herzen wurde stärker.

»Ich hab es schon mit schwierigeren Kalibern aufgenommen.«

Sein Freund lachte ihm ins Ohr. »Wohl wahr. Dann meld dich, wenn du Informationen oder Hilfe brauchst. Oder wenn es Erfolge zu vermelden gibt. Du denkst an unsere Abmachung, ja? Spaß ja, Liebe nein!«

»Mach ich. Und jetzt lass mich noch ein wenig schwitzen.«

»Gib Gas, Junge!« Er lachte kurz auf, bevor er das Telefonat beendete.

Mark starrte auf den mit Kieseln bedeckten Weg und hatte mit einem Mal das Gefühl, Bleigewichte an seinen Knöcheln zu haben. Er konnte sich einreden, was er wollte: Die Sache lief aus dem Ruder. Er war weit entfernt davon, die nötige Distanz zu bewahren.

Er wurde nicht schlau aus ihr!

Alle Vorwürfe gegen sie schienen sich zu bestätigen. Ließ sie sich nicht von einem George Porterfield begrapschen, um endlich das süße Leben genießen zu können? Ließ sie sich nicht auf einen erfolgreichen Anwalt ein – so sehr sie sich auch dagegen wehrte?

In dem letzten Gespräch mit ihr hatte er sich seiner Menschenkenntnis gerühmt. In Wahrheit jedoch schien ihn diese zu verlassen, sobald er mit Anina Elliot in Kontakt kam.

Der rationale Jurist in ihm konnte die Fakten eindeutig auf den Tisch legen: ihr Beruf, ihr Verhalten den Kunden gegenüber, ihre Vergangenheit mit seinem besten Freund.

Er lief schneller, als könnte seine Schrittfrequenz sein Denken ankurbeln und ihn der Lösung näher bringen.

Die Wahrheit war ... er wollte diese Argumente nicht glauben. Wollte sich auf das verlassen, was er spürte, wenn er mit ihr zusammen war: Natürlichkeit, Echtheit. Er hatte gesehen, wie sie sich bei offiziellen Anlässen verhielt: selbstsicherer als die souveränsten Männer zog sie alle Blicke auf sich und jonglierte mit ihrer Umgebung wie ein geübter Zirkusakrobat.

Doch er hatte auch diese andere Seite an ihr gesehen: Sie war verletzlich, verunsichert – und in diesen Momenten so unglaublich anziehend, dass er sie am liebsten an sich ziehen und alles mit ihr tun würde, das er mühsam zu verdrängen versuchte.

Er war gewarnt worden ... gewarnt vor der Gefahr, die von ihr ausging. Doch konnte er sich wirklich so täuschen? Er verließ sich ungeachtet aller Gesetze, Fakten und Paragrafen gern auf sein Bauchgefühl. Dieses vermeldete ihm momentan irritierende Gefühle, mit denen er nicht umgehen wollte – und es auch nicht konnte.

Sein Bauch kämpfte gegen seinen Verstand.

Irgendwie musste er das Thema abhaken. Es lenkte ihn von seiner Arbeit ab und trübte sein Denkvermögen. Er wusste, wie Frauen auf ihn reagierten. Vielleicht sollte er sich endlich darum kümmern, ihr endgültig nahezukommen.

Die Tüten mit den Lebensmitteleinkäufen zogen schwer an Aninas Armen. In Petersfield gab es nur einen dieser Mini-Läden, in dem sie jedoch fast alles bekam, was sie und Emily benötigten. Das redete sie sich zumindest ein. Was für andere eine lästige Pflicht war, hatte sie schon immer gern erledigt: all die kleinen Dinge einzukaufen, um Emily und sich den Alltag zu versüßen, ohne die Gesundheit zu vernachlässigen. Dies führte regelmäßig zu einer bunten Mischung aus Süßkram und frischem Obst und Gemüse. Wenn sie ab und zu die Möglichkeit hatte, in einem der großen Sainsbury's oder Tesco in Colbridge zu shoppen, garnierte sie ihren Einkaufswagen mit besonderen Kleinigkeiten wie der anbetungswürdigen Schokolade mit Meersalz, die sie beide so liebten.

Ein Vibrieren in ihrer Tasche ließ sie innehalten. Wenn das mal nicht Oliver mit einem neuen Auftrag für sie war. Doch sie hatte sich getäuscht: »Nora« blinkte ihr in weißer Schrift entgegen, begleitet von einem Schnappschuss, der Nora zeigte, die ihr die Zunge herausstreckte.

»Was gibt's?«

»Ich wollte hören, wie es mit deiner Sahneschnitte läuft!«

Anina verspürte das Bedürfnis, Nora durch das Telefon ebenso die Zunge rauszustrecken. »Wir haben wild rumgeknutscht und hatten letzte Nacht heißen Sex.«

»Dachte ich mir! Wobei nachts ja beinahe langweilig ist. Ich hätte etwas Gewagteres erwartet.«

Anina grinste. Mit Noras Stimme im Ohr kam ihr der feuchtkalte Frühlingstag deutlich freundlicher vor. »Du sprichst aus eigener Erfahrung?«

»Wenn ich einen Typen wie diesen Corwin abbekommen würde, käme ich in Versuchung!«

»Wir können gern tauschen.«

»Lieber nicht! Ich will ungern meinen Job aufs Spiel setzen. Du kennst mich ja, ich war bisher nicht die Vorsichtigste. Außerdem ruf ich genau deshalb an.«

Anina bog in den Magnolia Crescent ein. »Gibt's News?«

»Eher Gerüchte, nichts Konkretes. Wollte nur mal ranhören, ob bei dir alles in Ordnung ist. Ob du das Gefühl hast, dass irgendwas im Busch ist.«

Anina wusste nicht, wie viel sie ihrer Kollegin erzählen sollte. »Alles läuft wie immer, nichts Besonderes.«

»Ich dachte nur … schließlich hast du ja einen Traummann als Kunden. Wenn ich an Mr Hobson denke, bin ich nicht in Versuchung, aber bei dir sieht das ja anders aus.«

»Hast doch gehört, ich bin schon schwach geworden.«

Noras kehliges Lachen drang durch den Hörer. »Blödsinn. Selbst wenn etwas passiert wäre, würdest du nicht darüber reden, du elende Geheimniskrämerin.«

»Ich hab eben nichts zu verheimlichen.«

Noras Stimme klang ernster. »Vielleicht erzählst du mir trotzdem irgendwann, warum zwischen Dexter und dir die Eiszeit ausgebrochen ist.«

»Vielleicht.«

»Oder auch nicht, stimmt's?« Da war es wieder, dieses Lachen, das Anina das Gefühl gab, sie könnte sich entspannen. Genau dieses Gefühl ließ das Bedürfnis in ihr aufsteigen, mit jemandem über die Vergangenheit zu sprechen.

»Stimmt. Du ... ich bin gleich zu Hause. Sehen wir uns bald?«

»Wann bist du denn das nächste Mal in London?«

»Kommt auf meine Termine an. Ich halt dich auf dem Laufenden.«

»Gebongt! Und ... Sei vorsichtig. Ich höre an deiner Stimme, dass die Sahneschnitte dir nicht so gleichgültig ist, wie du tust.«

»Der Empfang ist plötzlich ganz schlecht!«

Anina hörte noch Noras charakteristisches Lachen, bevor sie auflegte.

Verrücktes Huhn. Vielleicht könnten sie Freundinnen werden. Es wäre schön, jemanden an ihrer Seite zu haben, dem sie ihr Herz ausschütten konnte. Emily würde immer für sie da sein, doch Anina konnte sie nicht mit ihren Problemen belasten. Beim nächsten Kundentermin in London würde sie ein Treffen mit Nora arrangieren. Es war dringend nötig, sich mit normalen Menschen zu umgeben, die nicht für ihre Anwesenheit bezahlten.

Mrs Peterson war glücklicherweise im Haus verschwunden und kümmerte sich nicht mehr um die Beete mit Frühblühern, zwischen denen bereits das erste Unkraut sprießte. Anina hatte sich angewöhnt, so schnell wie möglich durch den Garten zu huschen, um der redebedürftigen Dame aus dem Weg zu gehen. Das Gartentor quietschte und Steine knirschten auf dem Weg unter ihren Füßen.

Sie öffnete die Tür zur Kellerwohnung. »Bin wieder da!«, rief sie Emily entgegen, die hatte zu Hause bleiben und lernen wollen. Dabei hätte ihr etwas frische Luft wirklich gutgetan.

»In der Küche!«

Anina schob sich durch den Flur und überlegte, ob Kartoffelbrei mit Fischstäbchen ein ausreichendes Mittagessen für einen Teenager darstellte.

Sie öffnete die Küchentür – und erstarrte.

In ihrer unaufgeräumten, ungeputzten, mit nicht zusammenpassenden Möbeln eingerichteten Küche saßen ihre Schwester – und Mark Corwin.

Dieses Lächeln. Dieses verdammte Lächeln, das sie kaum noch aus dem Kopf bekam. Jetzt erschien es ihr wie blanker Hohn.

Was zum ...

Was tat er hier??

Warum saß er in ihrer Küche, trank ihren Tee und hatte seine Arme auf ihrem Tisch abgelegt?

Und noch viel schlimmer: Weshalb verbrachte er Zeit mit ihrer Schwester?

Ein Bild stieg vor ihrem inneren Auge auf ... ständig verdrängt und doch nie vergessen. Eine andere Wohnung ... eine andere Jahreszeit ... ein anderes Leben.

Ein anderer Mann – aber ihre Schwester.

Emily.

Emily, die sie Hilfe suchend anschaute, etwas rief, das Anina nicht verstehen konnte.

Alle Gefühle von damals stiegen in ihr auf, ließen eine unbändige Wut in ihr hochkochen – und sie sah rot.

»Was fällt dir ein?«

Sie erschrak sich selbst vor der Stimme, die viel zu laut klang und die von einer Fremden zu stammen schien. Sie ballte ihre Hände zu Fäusten, wollte auf den Eindringling losgehen – aber sie konnte sich nicht rühren.

Anina meinte, einen Anflug von Verunsicherung in seiner

Miene zu lesen – doch diese wich sofort wieder dem Lächeln, das sie einmal als anziehend empfunden hatte.

»Wir besprechen nur etwas –«

»RAUS!«

Noch lauter, noch fremder hallte das Wort in der kleinen Küche.

Emily schaute sie mit großen Augen an. Anina konnte sich nicht erinnern, jemals in der Gegenwart ihrer Schwester die Fassung verloren zu haben.

»RAUS, SAGE ICH!«

Endlich konnte sie sich bewegen. Sie trat auf den Tisch zu, hätte Mark am liebsten am Kragen gepackt und hochkant aus der Wohnung befördert.

Emily stand auf, kam ihr entgegen und griff ihren Arm. »Was ist denn los? Wir wollten doch nur –«

»Halt dich da raus!« Aninas Stimme glich einem Fauchen. »Geh zu Mrs Peterson«

»Aber –«

»Zu Mrs PETERSON!« Die Worte donnerten durch den Raum, sodass vermutlich sogar die alte Dame eine Etage über ihnen sie deutlich hören konnte.

Anina konnte kaum an sich halten. Wie konnte er es wagen, auf diese Weise in ihre Privatsphäre einzudringen? Es war alles ihre Schuld gewesen: Sie hatte ihn zu nah an sich herangelassen – und damit Emily in Gefahr gebracht.

Emily schaute sie verstört an, als erkenne sie ihre Schwester nicht wieder.

»Geh nach oben.« Anina flüsterte die Worte beinahe.

Emily verengte die Augen, warf Mark Corwin einen prüfenden Blick zu und ließ Aninas Arm los. An einem anderen Tag hätte sie vielleicht diskutiert, auf ihrer Meinung bestanden. Doch sie schien zu spüren, dass etwas ganz und gar nicht stimmte.

»Es ist nicht so, wie –«

»Bitte.« Ein leichtes Flehen lag in Aninas Stimme.

Emily sackte in sich zusammen und gab ihre Gegenwehr auf. »Du holst mich, wenn du mich brauchst.«

Anina nickte steif und nahm wahr, wie sich Emily langsam aus der Küche entfernte.

Ein winziges bisschen löste sich die Anspannung in Aninas Brust. Das Schlimmste hatte sie verhindert. Jetzt musste sie nur noch dafür sorgen, dass er verschwand – so schnell wie möglich.

Mark hatte den Wortwechsel zwischen den Schwestern schweigend verfolgt. Aus seiner Miene war keine Reaktion abzulesen. In diesem Moment wirkte er wie der abgebrühte Anwalt vor Gericht. Er stand auf und kam auf Anina zu.

»Verlasse sofort meine Wohnung.« Eiskristalle lagen in ihrer Stimme.

Langsam schüttelte er den Kopf, kam Schritt für Schritt näher. »Ich weiß nicht, was hier los ist, aber –«

»RAUS!« Erneut hatte sie ihre Stimme erhoben, fast schmerzte sie in ihren Ohren.

Er hob abwehrend die Hände. »Hey ... ganz ruhig, ich –«

»Ich möchte, dass du gehst. Sofort.« Sie presste die Worte zwischen schweren Atemzügen hindurch hinaus.

»Lass mich zumindest erklären, warum ich hier bin«, schlug er vor.

Sie starrte ihn fassungslos an. Was fiel ihm ein, mit ihr verhandeln zu wollen? Er war gegen ihren Willen hier eingedrungen und sollte sich gefälligst ohne Diskussion vom Acker machen!

Er verzog das Gesicht zu einem vorsichtigen Lächeln, das sie erneut in einen längst vergangenen Tag zurückversetzte. Sein Anblick verschwamm mit dem des anderen Mannes, den sie so sehr hasste.

In dem Moment brannte etwas in ihr durch.

Sie ging auf ihn los und schlug ihm hart gegen die Brust. »DU. SOLLST. VERSCHWINDEN!«

Es war nicht sie selbst, die handelte, sondern ein Teil von ihr, der seit Jahren darauf wartete, freigelassen zu werden. Immer wieder hämmerten ihre Fäuste auf ihn ein.

Mark wehrte sich nicht, schien zu spüren, dass etwas ganz und gar nicht stimmte. Er trat einen Schritt zurück, versuchte mit leisen Worten, sie zu beruhigen.

Doch sie wollte sich nicht beruhigen, konnte nicht.

Er schien sich nicht anders helfen zu können: Im nächsten Moment fühlte sie, wie sich kräftige Hände wie Schraubstöcke um ihre Handgelenke legten.

»Genug!«, donnerte er und hielt sie fest.

Anina wollte ihm wehtun, ihn verletzen und dafür sorgen, dass alles Böse dieser Welt ihn verfolgte. Sie wand sich, konnte jedoch seiner Kraft nicht viel entgegensetzen. Die Hilflosigkeit machte sie noch wütender, noch rasender.

»Hey, hey …« Er hielt sie fest, drängte sie nach hinten gegen die Wand und versuchte ihre Raserei zu bändigen.

Sie wollte … konnte nicht …

»Ich bin's nur«, sagte er mit ruhiger Stimme, als würde er einen Gegenpol zu ihr aufbauen wollen.

Sie starrte ihn an. Es waren diese simplen Worte, die etwas in ihr besänftigten. Mit besorgtem Blick schaute er zu ihr herab, erforschte ihre Augen nach einer Antwort auf ihren Ausbruch.

»Ich bin's nur«, wiederholte er. Er schien zu spüren, wie sie sich beruhigte, ließ ihre Hände jedoch nicht los. »Alles ist gut.«

Nur drei Worte. Drei dämliche, banale Worte, die eine Mutter einem Kleinkind zuflüstern würde. Anina fühlte sich verhöhnt – und seltsam getröstet zugleich.

All ihre Kraft verebbte mit einem Mal. Sie spürte, wie ihre Muskeln sich entkrampften, ihre Schultern nach unten sackten, ihre Beine nachgeben wollten. Sie fühlte sich unsäglich müde. Zusammenbrechen war keine Option: nicht, wenn sie von einem Mann gehalten wurde, den sie meilenweit weg wünschte, weg aus ihrem Haus, aus ihrem Leben.

Anina wollte ihn nicht anschauen, nicht seinem besorgten Blick begegnen, der gleichzeitig unerwartet viel Sicherheit ausstrahlte. Sie schloss die Augen und atmete tief durch.

»Du gehst jetzt besser«, flüsterte sie.

Zunächst reagierte er nicht, lockerte dann jedoch den Druck von ihren Handgelenken. Sie atmete innerlich auf, sehnte sich nach Ruhe, um das gerade Geschehene zu verdauen. Sobald er die Wohnungstür hinter sich geschlossen hatte, würde sie sich in ihr Bett verkriechen können.

Sie hörte seine Stimme, leise, fragend. »Willst du wirklich, dass ich gehe?«

Sie blickte auf – und sah eine viel bedeutendere Frage in seinen Augen.

Anina konnte nicht antworten. Erwiderte seinen Blick.

Sie fühlte sich umfangen. Seine Hände hatten ihre Handgelenke nicht freigegeben, um sich von ihr zu entfernen, sondern um sie an sich zu ziehen. Starke Arme legten sich um ihren Körper, verringerten die Distanz zwischen ihnen, schufen eine neue Stimmung.

Nähe.

Anina wusste, sie sollte sich gegen ihn wehren, sich von ihm lösen, ihn aus der Wohnung werfen. Doch ihr Ausbruch hatte sie ausgelaugt, ihr jede Kraft genommen.

Und so gab sie sich einem Gefühl hin, an das sie sich nicht mehr erinnern konnte: Sie ließ sich fallen. Spielte nicht die starke, große Schwester, die strahlende Abendbegleitung, die unangreifbare Schönheit. Sie kämpfte nicht gegen ihn an, sondern ließ ihn gewähren. Ließ zu, als er sie eng an sich zog, sanft mit den Händen über ihren Rücken strich und seinen Kopf an ihren legte. Er sagte kein Wort – über nichts in der Welt wäre sie dankbarer gewesen. Es waren Sekunden oder auch Minuten, in denen sie an nichts dachte, als wäre das wilde Karussell in ihrem Kopf schlagartig zum Stehen gekommen.

Geräusche drangen an ihr Ohr: das Zwitschern der Vögel vor dem gekippten Fenster, das leise Gluckern des Wasserhahns, ein weit entferntes Hundebellen. Doch all dies schien weit weg zu sein – hier drinnen herrschte Stille.

Es tat so gut, zur Abwechslung einmal gehalten zu werden, nicht die Starke spielen zu müssen. In diesem Moment war ihr alles egal: dass dieser Mann ihren Job gefährden konnte, dass er in ihre Privatsphäre eingedrungen war, dass sie ihm nicht so nah kommen sollte. Es zählte nur das Gefühl, sich anlehnen zu können.

»Soll ich immer noch gehen?«

Seine ruhige, sanfte Stimme ließ etwas in ihr aufflackern. Ja, er sollte gehen. Sollte sie allein lassen und niemals wiederkommen. Sollte die letzten Minuten aus seinem Gedächtnis radieren und ihr die Möglichkeit geben, den Vorfall ebenfalls zu vergessen.

Langsam schüttelte sie den Kopf.

Sie spürte, wie sein Gesicht sich zu einem vorsichtigen Lächeln verzog. »Das hätte ich auch nicht gewollt.«

Sie hätte ihn wegschicken können – hätte es müssen. Doch noch immer standen sie hier – und ihre Zustimmung schien etwas zwischen ihnen zu verändern.

Seine Hände lagen nicht mehr nur sanft auf ihrem Rücken, sondern wurden aktiver: strichen über ihre verspannten Muskeln, wanderten tiefer, zogen sie so eng an sich, dass ihre Körper sich auf voller Länge berührten.

Es waren nicht mehr die Geräusche, die in ihr Bewusstsein

drangen, sondern sein unnachahmlich anziehender Duft, das Klopfen seines Herzens, sein leicht beschleunigter Atem.

Er drehte den Kopf und hauchte einen Kuss auf ihr Haar, erkundete ihre Schläfen mit seinen Lippen, bewegte sich tiefer.

Ihre Lippen fanden sich – und etwas in Anina schmolz dahin. Seit Jahren spürte sie zum ersten Mal wieder die weichen und zugleich festen Lippen eines Mannes auf ihren – doch nichts hatte sie auf die Empfindungen vorbereitet, die in ihr aufflammten.

Er ließ sich Zeit, als wolle er ihr die Möglichkeit geben, sich an ihn zu gewöhnen. Jeden einzelnen winzigen Moment kostete sie aus ... ließ die Gefühle auf sich wirken – und wollte mehr. Sie bewegte ihre Lippen, wollte ihn schmecken und herausfinden, was er ihr noch geben konnte.

Auf diese Einladung hatte er gewartet: Mit einem Stöhnen umfasste er ihren Hinterkopf und küsste sie nicht mehr vorsichtig tastend, sondern so wie ein Mann, dessen Geduld zu lange auf die Probe gestellt worden war.

Anina ließ sich mitreißen. Sie spürte seine Zunge in ihrem Mund, begegnete ihr und stimmte in den wilden Tanz ein.

Er wollte sie.

Seine Hände glitten nach unten, legten sich um ihren Po und zogen sie an ihre Hüften, wo seine Erregung deutlich spürbar war. Seine Erektion drückte gegen ihren Bauch und sandte Hitzeströme durch ihren Körper, von denen sie vergessen hatte, dass es sie geben konnte.

Er könnte alles mit ihr tun.

Es war dieser Gedanke, der sie in die Wirklichkeit zurückholte. In einem Anflug von Entschlossenheit unterbrach sie den Kuss und drückte ihn von sich weg.

Er atmete schwer und schaute sie durch leicht geschlossene Lider an, einen fragenden Ausdruck in seiner Miene.

Es war, als hätte jemand den ahnungslosen Schleier von ihr

genommen. Vor ihr stand wieder Mark Corwin – einer ihrer Kunden. Dem es untersagt war, sich ihr zu nähern. Zu dem sie dringend Distanz aufbauen musste. Nicht nur wegen ihres Jobs, sondern um sich zu schützen.

Und Emily.

Eine Woge schlechten Gewissens spülte über sie hinweg. Emily musste völlig verstört sein! Wie kam sie auf die Idee, sich einem Mann hinzugeben, während ihre Schwester eine Etage über ihnen jede Sekunde auf eine Nachricht von ihr warten musste?

Sie trat einen Schritt zurück, musste die Distanz zwischen ihnen wieder herstellen.

Sein Unterkiefer mahlte, als wolle er etwas sagen. Er legte jedoch nur den Kopf schief und schaute sie an.

Was ging in ihm vor? Er hatte sie gewollt, hatte von ihrem ersten Treffen an keinen Hehl daraus gemacht, dass er sie attraktiv fand. Doch … erkannte sie Verunsicherung in seinem Blick? Sie kannte ihn zu wenig, um ihn sicher lesen zu können, zumal er ihr gegenüber bisher nichts als den souveränen Anwalt präsentiert hatte.

Ihr wurde bewusst, wie verwundbar sie sich gezeigt hatte, wie viel sie ihm gerade erlaubt hatte. Ihr Grundbedürfnis nach Schutz protestierte aufs Heftigste. Das hier war kein harmloser Junge, sondern laut George ein gewiefter Typ, der alles tat, seine Ziele zu erreichen.

Diese Gedanken legten einen Schalter in ihr um – und ihr Drang nach Selbstschutz übernahm wieder das Kommando. Sie wollte ihn loswerden, und zwar auf die elegantest mögliche Art und Weise. In ihr flackerte das definitive Bedürfnis auf, sich dem gegenüber abzuschotten, was gerade passiert war. Er sollte auf keinen Fall das Gefühl haben, dies hier könnte ihr etwas bedeutet haben.

»Nett!« Sie lächelte ihn abschätzig an. »Ausbaufähig, aber

nett.« Die Worte fühlten sich giftig in ihrem Mund an.

Er hob die Brauen und richtete sich auf. Sie hatte auf eine Erwiderung gehofft – doch er sah sie nur schweigend an.

Was konnte sie noch sagen?

»Ich muss mich noch um die Wäsche kümmern. Ich denke, du gehst besser.«

Um dem Gesprächsabschluss Nachdruck zu verleihen, wandte sie sich in Richtung Küchentür.

Er stieß ein leises Schnauben aus. Sie blickte zurück, wartete auf eine Antwort. Doch er schaute sie nur an und verzog den Mund zu einem schrägen Lächeln, das sie an ihm noch nie gesehen hatte.

Es war diese sonderbare Mischung aus Unsicherheit und Verletzlichkeit, die alles in Frage stellte, was sie über sich und ihn gedacht hatte.

6

Mark liebte intensive Sitzungen. Mochte es, wenn sich Menschen mit unterschiedlichen Positionen Argumente entgegenwarfen und sich die Köpfe heiß diskutierten. Der Besprechungsraum von Future Trust war seine Spielwiese, auf der er Kniffe antestete, die ihm vor Gericht helfen konnten. Er starrte auf seinen Notizblock, der seltsamerweise bis auf ein paar Kringel noch leer war.

»Mark, was meinst du dazu?«

Die Stimme seines Chefs riss ihn aus seinen Gedanken.

»Was?«

Er sah sich der kritischen Miene Morton Olssons gegenüber. »Alles klar mit dir? Du bist nicht bei der Sache.«

Mark richtete sich auf. Morton hatte recht. Er fühlte sich nicht wie er selbst, konnte sich nur schlecht konzentrieren.

»Sorry. Kopfschmerzen.«

»Dann wirf dir ein paar Pillen ein. Wir haben keine Zeit, nachzulassen, und auch nicht dafür, süße Blümchen zu zeichnen.

Mark hätte ihn auf den feinen Unterschied zwischen Blümchen und Kringeln hinweisen können – doch er unterließ es. An der Grundaussage ließ sich nicht rütteln – er war nicht bei der Sache. Genau genommen ... war dies schon seit dem letzten Wochenende der Fall, dem Vorfall, der ihn über alle Maßen verwirrt zurückgelassen hatte.

Er musste sich konzentrieren, um sich zumindest beruflich an etwas festhalten zu können. Er schlug die Seite des Notizblockes um und sah seinen Chef fest an. Es war an der Zeit, sich dem zu widmen, wofür er tagtäglich eintrat.

»Porterfields Initiative scheint zu wirken. Geld ... Einfluss

… die beiden Dinge könnten für ihn den Unterschied machen. So wie es immer ist.«

»Das heißt?«

»Dass er seine Kontakte in die Politik nutzt und bemerkenswert gute Lobbyarbeit leistet. Er argumentiert geschickterweise nicht in erster Linie mit seinem Recht auf Grundeigentum, sondern mit Lärmbelästigung und den gesundheitlichen Auswirkungen.«

»Und wirbt damit für die Umgehungsstraße, die wir um jeden Preis verhindern wollen.«

»Es ist nicht nur diese eine Straße. Es geht letztendlich um alle Nationalparks und wie wichtig sie für uns sind. Der Fall wird ein Grundsatzurteil nach sich ziehen. Verlieren wir, werden in zehn Jahren alle unangetasteten Naturgebiete Englands mit Beton vollgepflastert sein.«

Morton sah ihn scharf an. »Mir musst du das nicht erzählen. Mich interessiert nur, wie unsere Lösung aussieht.«

Wenn Mark endlich eine zündende Idee hätte, wäre er schon deutlich weiter. Er hob entschuldigend die Hände. »Um ehrlich zu sein …«

»Sag mir nicht, du hast keinen Plan. Falls wir scheitern, dreht uns die Politik endgültig den Geldhahn zu.«

Mark seufzte. »Sehr praktisch, dass Porterfield um die Aufmerksamkeit der gleichen Leute buhlt, die auch uns bezahlen.«

»Vielleicht benötigen wir einfach die schlagkräftigeren Argumente.«

Mark blickte aus dem Fenster. Seiner Erfahrung nach zählten Argumente bei Umweltthemen erschreckend wenig. Der Mensch war offenbar nicht dafür geschaffen, einen kritischen Blick in die Zukunft zu werfen und darauf basierend sinnvolle Entscheidungen zu treffen. Stattdessen schienen immer die Dinge zu zählen, die in der Gegenwart den größten Komfort und die geringste Mühe versprachen.

»Ich denke, die haben wir schon.« Mark zeichnete einen neuerlichen Kringel in sein Notizbuch. »Nur müssen wir dafür sorgen, dass sie auch gehört werden.«

Morton Olsson blickte ihn an. »Alles okay mit dir?«

Mark runzelte die Stirn. »Wieso?«

»Nicht, dass es mich etwas angeht, aber dir scheint der übliche Biss zu fehlen.«

Mark spürte, wie er eine innerliche Mauer hochzog. »Du hast recht, es geht dich nichts an.« Er erwiderte den Blick des Norwegers fest. In seinem Beruf gab es keinen Raum für Schwäche.

Morton zuckte mit den Schultern. »Wie du meinst.« Er erhob sich und wandte sich in Richtung Tür. »Ich bin die nächsten Tage in Edinburgh, Konferenz, du weißt schon. Wenn ich zurück bin, erwarte ich mehr als ein paar schlaue Worte.« Er nickte Mark zu und ließ ihn allein.

Mark lehnte sich zurück und verschränkte die Hände hinter seinem Kopf.

Was für eine dämliche Situation. Future Trust war in einer denkbar ungünstigen Lage: Öffentlich geförderte Einrichtungen waren ständig von der Unterstützung der Politik abhängig und hingen damit an einem Tropf, der jederzeit versiegen konnte. Dagegen halfen nur gute Beziehungen – und vor allem nachweisbare Erfolge. Kein Parlamentarier konnte Gelder für Projekte verantworten, die niemandem Vorteile einbrachten.

Sie mussten den Bau dieser dämlichen Straße verhindern, die so viel mehr als eine Straße war und deren Bau das Landschaftsbild in ganz England dauerhaft verändern konnte.

Es machte ihm zu schaffen, noch immer keinen juristischen Kniff entdeckt zu haben, der ihm helfen würde.

Doch eine andere Wahrheit lag ihm schwer im Magen und übte einen immer stärkeren Druck aus. Er hatte etwas in der Hand, das Porterfield enormen Schaden zufügen konnte.

Dieser Schaden war so umfassend, dass er den Bau der läppischen Straße mit hoher Wahrscheinlichkeit verhindern könnte – womit ein wichtiger Brocken aus dem Weg geräumt sein würde.

Er könnte sein Wissen gegen Porterfield verwenden, doch es gab einen monumentalen Nachteil: Er würde nicht nur George Porterfield ans Messer liefern, sondern auch sich selbst – und Future Trust gleich mit.

Er blickte aus dem Fenster und sah, wie seine Gedanken in eine weit zurückliegende Zeit zurückschweiften.

Cambridge

Ein Traum war wahr geworden. Er, der Junge aus einer Metzgerfamilie in den Midlands, hatte es geschafft, in den elitären Kreis der Universität aufgenommen zu werden. Zwar mit einem Stipendium, auf das die Studenten aus gehobenem Hause naserümpfend herabschauten – aber mit unendlich viel Elan und Stolz ausgestattet. Zumindest hatte er dies nach außen demonstrieren wollen: Wer nicht mitspielte, kam unweigerlich unter die Räder.

Im Nachhinein fragte sich Mark, ob er die Ereignisse hätte verhindern können. Vielleicht ... wenn er ein stärkerer Mann gewesen wäre und sich nicht hätte beeinflussen lassen ... womöglich wäre dann niemals all das passiert, was ihn noch heute so mitnahm.

Schnell hatte er damals feststellen dürfen, dass er sein Stipendium zu Recht erhalten hatte: Die Vorlesungen waren anspruchsvoll und forderten ihn heraus – doch genau das hatte er sich gewünscht. Er wollte endlich beweisen, dass er mit harter Arbeit alles erreichen konnte. Beinahe mehr als das Studium an sich waren es die Aktivitäten nebenbei, die für ihn Neuland waren: das Netzwerken, Sport- und Debattierclubs – immer in Gesellschaft von Studenten, die in einer anderen Schicht als er aufgewachsen waren.

Er fand Freunde, von denen er heute wusste, dass sie niemals Freunde gewesen waren. Er verbrachte Zeit mit ihnen, wollte dazugehören und verfiel in eine Art Rausch: Die Vorlesungen gerieten zur Nebensache, stattdessen traten Partys, Mädchen und immer häufiger Drogen an die Tagesordnung. Wenn seine Eltern von seinen wilden Nächten gewusst hätten, hätten sie ihn ohne Zögern von der Uni geholt, zurück in die Provinz, in die elterliche Metzgerei. Ihnen gegenüber gab er sich wie der strahlende Student, der es als Erster in der Familie zu etwas bringen würde.

Doch in ihm drin tobten die Schuldgefühle, wenn er wieder einmal nach einer Nacht im Delirium aufgewacht war, statt sich an die Bücher zu setzen.

Trotzdem war es ihm wie die grandioseste Zeit seines Lebens erschienen. Obwohl ein Teil von ihm wusste, dass er geradewegs auf eine Katastrophe zusteuerte, wollte der Rest von ihm ausbrechen, sich eine Zukunft aufbauen, die seine Familie ihm niemals hätte geben können.

Wenn er es geschafft hätte, sich wie viele seiner Kommilitonen nur dem süßen Leben hinzugeben, wäre vielleicht nichts von dem passiert, was ihn noch Jahre später belasten sollte.

Doch er war in einen Strudel hineingeraten, den er mehr als alles andere in seinem Leben bereute: Er hatte den Stoff nicht nur konsumiert, sondern seinen mageren Geldbeutel durch kleine Verkäufe aufgebessert. Pikanterweise war es einer der Dozenten gewesen, der im Zentrum der Gruppe derjenigen stand, die in Gettos von Großstädten als Drogenbande bezeichnet worden wären. In Cambridge hingegen betrachteten sie sich als elitären Club, sahen es als Spiel an, als Möglichkeit, die Grenzen auszuloten, und verspürten einen Kick, sie bewusst zu übertreten.

Rückblickend kannte er den jungen Mann nicht, der er damals gewesen war. Er hatte sich dumm verhalten ... unsäglich naiv und hatte sich von Leuten vor den Karren spannen lassen, die sich aufgrund ihrer Herkunft alles erlauben konnten.

Hätte er damals das Wissen von heute gehabt, wäre vielleicht nichts von dem passiert, was ihn nach wie vor belastete.

Die Katastrophe war über ihn hereingebrochen. Natürlich. Wie immer, wenn man Dinge tat, von denen man insgeheim wusste, wie schädlich sie für sich und andere waren.

Marks Körper krampfte sich zusammen, wenn er sich an die Gerüchte erinnerte, die eines Morgens durch die edlen Gemäuer des ehrwürdigen Colleges geschwebt waren: Catherine Falston war tot.

Gestorben.

An einem Unfall unter dem Einfluss von Marihuana.

Er war an dem Morgen noch nicht ganz von der letzten wilden Nacht genesen und hatte lange gebraucht, bis er das Ausmaß der Katastrophe realisiert hatte.

Sie war eine seiner Kundinnen gewesen, ein unbedarftes und nettes Mädchen, das ebenso wie er aus einfachen Verhältnissen nach Cambridge gekommen war. Ein dunkler Schleier hatte sich über ihn gelegt, den er tagelang nicht loswurde. Er hatte nur aus Trauer bestanden, unüberwindbaren Schuldgefühlen und der ständigen Ungewissheit, die an ihm genagt hatte. Wäre sie auch ohne seinen Stoff gestorben? Würde sie ohne sein Zutun noch leben?

Und dann war da noch die Angst.

Er hatte jede Minute gefürchtet, zum Prinzipal seines Colleges zitiert zu werden, der ihn der Polizei ausliefern würde. Jedes unbekannte Geräusch hatte ihn zusammenzucken lassen, bis er zu einem Nervenbündel mutiert war, das sich auf keine

Vorlesung mehr konzentrieren konnte.

Die Untersuchungen waren angelaufen, ohne dass sie Ergebnisse geliefert hätten. Die eingeschworene Gemeinschaft am College war Fluch und Segen zugleich: Sie sog junge Menschen in sich auf, die sich selbst kaum wiedererkannten – und schützten sie gegen die Welt von draußen, die diese Gemeinschaft gefährden wollte.

Doch er war keiner von »denen« gewesen, die unantastbar waren. Dies galt nur für die Studenten, die mit einem goldenen Löffel im Mund geboren worden waren, denen niemand etwas anhaben konnte.

Er war nur der junge Mark Corwin, der zwei Jahre zuvor noch jeden Tag im Laden seiner Eltern ausgeholfen hatte. Schuldgefühle und Angst hatten ihn aufgefressen, bis seine Leistungen eingebrochen waren. Er hatte mit dem Gedanken gespielt, alles hinzuwerfen und als Backpacker die Welt zu bereisen – doch die imaginären enttäuschten Blicke seiner Familie hatten ihn davon abgehalten.

Es war die schlimmste Zeit seines Lebens gewesen.

Bis jemand ihm einen Ausweg angeboten hatte.

Schon vom ersten Tag in Cambridge hatte ihm Spike zur Seite gestanden. Selbst aus gutem Hause stammend, sah er es als Pflicht an, seine Kommilitonen zu unterstützen – entgegen des Verhaltens vieler anderer Studenten. Mark hätte sich keinen besseren Freund vorstellen können.

Wie tief die Freundschaft reichte, hatte Mark jedoch erst in dem Moment realisiert, als sich die Schlinge der Untersuchungen rund um Catherines Tod immer enger gezogen hatte. Er hatte gewusst, dass ihn irgendwer verpfeifen würde, hatte sich schon mit hängenden Schultern zu Fuß den Heimweg antreten sehen.

Doch Spike hatte etwas getan, was er ihm nie vergessen würde: Er hatte ihn angegrinst, sich in die Höhle der Löwen begeben und kurzerhand die Schuld auf sich genommen. Hatte eine Geschichte erfunden, die alle anderen des elitären Clubs vor Schaden bewahrte, und sich selbst als alleinig Schuldigen dargestellt, der einen kleinen Fehler begangen hatte.

Jeder hatte ihm geglaubt.

Spike hatte seine Zukunft aufs Spiel gesetzt und war mit mehr Glück als Unglück dem Rauswurf aus Cambridge entgangen. Ein Elternhaus der Upper Class schützte ihn vor den Konsequenzen, die Mark hätte tragen müssen.

Trotzdem nahm es Mark noch immer den Atem, an diese Tage zurückzudenken. Wie konnte ein Mensch so selbstlos handeln, ohne eine Gegenleistung zu verlangen?

Zugegeben: Einen Ausgleich hatte Spike sich doch gewünscht – und dies war mehr als angemessen. Er hatte Mark auf die Schulter geklopft und gemeint, er könne es irgendwann wiedergutmachen. Selbst ohne diese Bitte wäre dies für Mark selbstverständlich gewesen.

Jahr um Jahr hatte er darauf gewartet, sich endlich revanchieren zu können. Spike hatte sich verändert, er selbst hatte sich verändert. Mark war nicht immer glücklich mit den Wegen gewesen, die sein Freund eingeschlagen hatte – zu weit hatten sich ihre Einstellungen voneinander entfernt. Doch es gab Ereignisse, die zwei Leben stärker miteinander verbanden, als er jemals geglaubt hätte. Er sehnte sich jeden Tag danach, seine Schuld begleichen zu können, um sich endlich frei zu fühlen.

Ein Flackern einer der Deckenleuchten im Büro holte Mark in die Gegenwart zurück. Wie lange hatte er hier gesessen, versunken in seine Gedanken?

Er dachte nicht gern an diese Zeit, würde sie am liebsten aus seinem Leben streichen – und trug die Last doch täglich mit sich herum. Wie hieß es so schön? Besonders die schweren

Zeiten brachten einen Menschen weiter? Für ihn galt das zweifellos.

Catherines Tod hatte ihn wachgerüttelt. Hatte aus ihm den Mann geformt, der er heute war: mit starken Prinzipien und dem unbedingten Willen, etwas in der Welt zu bewegen. Er hatte Fehler gemacht und wollte sie nicht auf seine Jugend und Unerfahrenheit schieben. Immerhin war er volljährig gewesen und alt genug, richtige Entscheidungen treffen zu können. Doch er versuchte, sich selbst mit dem nötigen Abstand zu betrachten, um sich nicht ständig in Schuldgefühlen zu suhlen.

Spike hatte ihm immer wieder eingebläut, dass er nicht der Einzige gewesen war, der ihr Drogen verkauft hatte. Offenbar war allgemein bekannt gewesen, dass sie zu Dummheiten neigte, wenn sie etwas geraucht hatte. Unabhängig von Marks Verhalten wäre das nicht mehr lange gut gegangen. Die Worte lösten Marks Selbstvorwürfe nicht in Luft auf, verschafften ihm jedoch die Möglichkeit, die Ereignisse rückblickend mit einer gewissen Distanz zu sehen.

Vielleicht hätte sie sich in jener lauen Nacht auch ohne Dope auf den Asphalt der Schnellstraße gelegt und die Sterne angeschaut. Womöglich hätten die drei Pints schon gereicht, dass sie alles um sich herum vergaß und das Auto nicht kommen sah.

Er legte es nicht darauf an, seine Reue gänzlich verschwinden zu lassen, doch er gestaltete sein Leben aktiv, um in der Gesamtbilanz zumindest einen winzigen Teil seines Fehlers wieder aufzuwiegen.

Apropos Fehler ...

Unweigerlich flatterten seine Gedanken zurück in eine kleine Küche in Petersfield. Es war ihm wie eine gute Idee erschienen, Anina endlich privat näherzukommen, wie eine Abkürzung zu seinem Ziel. Wie hätte er wissen sollen, dass er einen wunden Punkt bei ihr drücken würde, der sie derart die Fassung verlieren ließ? Bisher hatte er sie über alle Maßen selbstbewusst kennengelernt, regelrecht abgebrüht.

Die Furie in der Küche hatte jedoch nichts mehr gemeinsam gehabt mit der Dame von Welt, die Männer um den kleinen Finger wickeln konnte. Stattdessen hatte sie einen Teil der Verrücktheit an den Tag gelegt, vor der er gewarnt worden war. Hatte sie nicht jedes Bild bestätigt, das er von ihr gehabt hatte? Eine durchgeknallte Frau, die in der Öffentlichkeit eine Rolle spielte, um endlich den großen Wurf zu landen – und einen reichen Kerl zu heiraten?

Alle Indizien sprachen gegen sie, der Fall schien eindeutig. Doch …

Sein Bauch meldete nachdrücklich Bedenken an – ebenso wie sein Herz.

Er hatte keine Verrückte gesehen, sondern eine zutiefst verletzte Frau, die innerlich litt. Die nicht anders konnte, als einen Teil ihres Schmerzes an ihm auszulassen. Er hatte keinen Schimmer, was sie durchgemacht hatte – doch alles in ihm hatte danach geschrien, ihr Linderung zu verschaffen.

Als sie zitternd vor ihm gestanden hatte, auf ihn losgegangen war, hatte er ein Feuer in ihr gespürt, das niemand vorspielen konnte. Er hatte auf die einzige Art und Weise reagiert, die ihm eingefallen war: Er war ruhig geblieben. Hatte gehofft, ein wenig ihrer Energie aufsaugen zu können, bis sie sich wieder beruhigen konnte. Und ein weiterer Wunsch hatte eine Rolle gespielt: Egal, auf wen sie in diesem Moment so wütend gewesen war – er war nicht die Zielperson gewesen. Sie hatte einen anderen vor sich gesehen, davon war er fest überzeugt. Obwohl er durch seinen Beruf an Anfeindungen gewöhnt war, hatte es ihm viel bedeutet, in ihren Augen nicht der Bösewicht zu sein.

Eigentlich hatte er sie nur besänftigen wollen.

Oder …

Vielleicht war das auch nur ein Vorwand gewesen, um

endlich das auszuleben, was seit Wochen in ihm schlummerte: das unstillbare Bedürfnis, sie zu berühren. Er wollte sie spüren, wissen, wie sich dieser Wahnsinnskörper unter seinen Händen anfühlte. Womöglich machte es ihn zu einem oberflächlichen Kerl, wenn er sich ihr ausgerechnet in einer schwachen Minute näherte. Doch er hatte nicht anders gekonnt und gleichzeitig die untrügliche Gewissheit gespürt, dass auch sie diese Nähe gebraucht hatte.

Der Kuss hatte ihn tief erschüttert. Sie beide hatten nicht sanft ihre Lippen berührt, sondern alles gegeben, was sich in ihnen aufgestaut hatte: Verlangen, Leidenschaft, der Wunsch, den anderen kennenzulernen.

Sie hatte ihn abservieren, ihn verletzen wollen. Ihm zeigen, dass ihr der Kuss nichts bedeutet hatte. Doch er spürte, dass dies die Werte der Frau waren, die sich nach außen abschottete.

Er konnte es nicht erwarten, sie wieder zu spüren.

Er lachte freudlos auf.

Warum konnte das Leben es ihm nicht leicht machen? War er noch immer der dumme Junge, der geradewegs auf eine Katastrophe zusteuerte? Der sich trotz aller Gegenargumente auf eine Frau einließ, die nicht gut für ihn war? Er hatte keine Ahnung, wie er sich weiter verhalten sollte. Er war noch nicht aus der Sache raus, das war ihm klar: Spike war deutlich in seinen Äußerungen gewesen, ein Kuss würde nicht ausreichen.

Doch konnte er sich ihr weiter nähern, nachdem er einen Einblick in ihr Seelenleben erhalten hatte?

Es ging nicht. Er konnte sich nicht auf seinen Job konzentrieren, wenn sie in seinem Kopf herumspukte. Denn nicht nur Gedanken an sie ließen ihn sich wie einen planlosen Trottel verhalten.

Das Schicksal machte sich einen Spaß daraus, ihn auf die Probe zu stellen: Warum begegnete er nach all den Jahren mit George Porterfield ausgerechnet dem Mann, der ihm damals die Drogen verkauft hatte? Derjenige, der allzu gern die Studenten für sich einspannte, die sich aus der Working Class nach Cambridge eingeschlichen hatten?

Nach Catherine Falstons Tod hatte Mark Porterfield unmissverständlich klargemacht, dass ihr Verhältnis beendet war, dass es keine weiteren Geschäfte mehr geben würde. Porterfield hatte ihm gedroht, ihn auffliegen zu lassen – doch Spike hatte mit seinem Geständnis dafür gesorgt, dass Mark unbescholten aus der Sache herauskam.

Die restlichen Jahre in Cambridge hatte Mark alles getan, Porterfield aus dem Weg zu gehen. Er hatte versucht Neuankömmlinge zu warnen und doch immer wieder gesehen, wie sich einer nach dem anderen vor den Karren spannen ließ. Hätte er den Mund aufmachen, aufbegehren sollen? Porterfield hatte seine Position ausgenutzt, naive Studenten unter Druck gesetzt. Wäre Mark damals der Mann von heute gewesen, hätte er womöglich anders gehandelt, hätte nicht geschwiegen.

Heute könnte er die Sache wieder ans Licht bringen. Porterfields Ruf wäre ruiniert – aber sein eigener gleich mit. Selbst wenn Porterfield beim Thema Straßenbau seine Unterstützer in der Politik verlieren würde, träfe das ebenso auf ihn und Future Trust zu – schließlich diskreditierte die alte Geschichte sie beide.

Wenn es nur um ihn selbst gehen würde, stünde die Entscheidung fest: Er würde endlich reinen Tisch machen. Irgendwie würde es ihm gelingen, jegliche negative Auswirkungen auf seinen Arbeitgeber zu verhindern – zu viel stand auf dem Spiel.

Er stand auf und lief im Besprechungsraum auf und ab. Es ging nicht nur um ihn. Sogar eine Kündigung würde nicht helfen, da selbst dann seine Vergangenheit auf Future Trust ausstrahlen und den Verein in Misskredit bringen würde. Es musste einen Weg geben, den er noch nicht sehen konnte, musste einfach. Doch wohin führte er?

Niemals könnte sich Anina vorstellen, dauerhaft in London zu leben. Ihr zweifelhafter Job führte sie immer wieder in die Metropole, die ähnlich wie New York nie zu schlafen schien, auch wenn sie im Vergleich beinahe provinziell wirkte. Nicht dass Anina New York mit eigenen Augen gesehen hatte – doch zumindest im Fernsehen sah es so aus.

Sie steuerte gerade die U-Bahn-Station Tottenham Court Road an, von wo aus sie geradewegs zur Victoria Station und von dort aus nach Hause fahren würde. Hinter ihr lag ein erschreckend ermüdendes Abendessen in einem viel zu edlen Restaurant, das in Anina den Wunsch nach Fish & Chips aufkommen ließ.

Sie zog ihr Telefon aus der Tasche und drückte die Kurzwahl für Emilys Nummer. Nach nur einem Klingeln hörte sie die Stimme ihrer Schwester, als würde sie neben ihr stehen.

»Was gibt's, Chefin?«

Anina rollte die Augen. »Lass das! Alles okay bei dir?«

Sie sah Emilys genervtes Gesicht vor sich. »Hausaufgaben sind erledigt, falls du das meinst.«

»Und sonst?«

»Frag doch genau, was du wissen willst!«

Anina seufzte. Sie mussten dringend miteinander sprechen. Seit dem Vorfall von vor zwei Wochen hatte sie es nicht übers Herz gebracht, mit Emily offen über das zu reden, was geschehen war.

»Ich wollte nur hören, ob es dir gut geht.«

»Tut es. Und jetzt muss ich weiter lernen.«

»Mach nicht zu lange, okay?«

»Ich bin schneller fertig, je weniger wir reden. Ist ja sowieso dein Ding.«

Der Vorwurf tat weh, doch Anina konnte ihn Emily nicht verübeln. Seit Tagen sperrte sie sich gegen das unvermeidliche Gespräch. Emily reagierte verunsichert und zeigte dies, indem sie die Krallen ausfuhr.

»Wir sehen uns zum Frühstück, okay?«

»Geht klar.«

Und schon war die Verbindung unterbrochen.

Anina zweifelte seit Jahren an sich und ihren begrenzten Möglichkeiten, Emily eine Zukunft zu bieten. Doch zum ersten Mal legte sich ernsthaft das Gefühl des Versagens auf ihre Schultern. Alles nur wegen Mark Corwin, dem unerwarteten Treffen – und vor allem ihrem Unvermögen, über die Vergangenheit zu sprechen oder auch nur nachzudenken.

Sie konnte die Ereignisse nicht ewig beiseiteschieben. Emily war kein Kind mehr, sah und wusste viel zu viel. Ihr musste klar sein, warum Anina überreagiert hatte. Sie dachte an den fatalen Samstag zurück und ihr Magen zog sich schmerzhaft zusammen.

Wie hatte alles so aus dem Ruder laufen können?

Sie war erwachsen, hätte sehen müssen, dass keine Gefahr drohte. Und doch hatte sie derart die Kontrolle verloren, wie es nie zuvor passiert war.

Weil er da gewesen war.

Mit ihrer Schwester.

Sie wand sich innerlich bei der Erinnerung, wie sie auf ihn losgegangen war. Er musste sie für eine irre Furie halten, die nicht mehr alle Tassen im Schrank hatte.

Andererseits ... er schien ihr nicht wie ein Mann, der sich auf eine Verrückte einlassen würde. Und doch hatte er sich ihr genähert. Nicht weil er sie beruhigen wollte, sondern weil er sie wirklich und wahrhaftig begehrt hatte.

Und sie ihn.

Es schmerzte, sich das einzugestehen. Doch sie war auch nur ein Mensch, eine Frau mit Bedürfnissen, die sie viel zu lange in sich vergraben hatte. Musste ausgerechnet Mark Corwin diese Sehnsucht ans Licht bringen und ihr so deutlich vor Augen führen, worauf sie in den letzten Jahren freiwillig verzichtet hatte?

Der Kuss hatte sie bewegt und tiefer berührt, als sie für möglich gehalten hatte. Sie hatte sich endlich als Frau gefühlt, nicht als große Schwester, Ersatzmutter oder käufliche Ware, die auf Galaveranstaltungen vorgeführt wurde.

Doch wenn sie etwas an diesem Samstag rückgängig machen könnte, wäre es der Kuss. Mit viel Mühe konnte sie vor sich rechtfertigen, die Kontrolle verloren und ihm unrecht getan zu haben. Ihre Vergangenheit gab ihr genügend Entschuldigungen in die Hand.

Aber den Kuss ... für den konnte sie sich nicht rechtfertigen. Sie hatte sich geschworen, sich nie wieder auf einen Mann gefühlsmäßig einzulassen – zumindest solange Emily nicht auf eigenen Beinen stand und sie nicht mehr in Gefahr war, unter Aninas Fehlentscheidungen zu leiden.

Seit Tagen herrschte Funkstille zwischen Mark und ihr. Dieser fehlende Kontakt zehrte an ihren Nerven, ließ sie schlecht schlafen und grübeln, was als Nächstes auf sie zukommen würde.

Obwohl sie sich Marks Interesses sicher war, zögerte er offenbar selbst, versuchte eine gewisse Distanz zu halten – was sie gleichzeitig verwirrte und beruhigte. In schwachen Momenten hatte sie befürchtet, wegen ihres Kusses sofort die Kündigung zu erhalten – hatte sogar etwas in Dexters schmieriges Grinsen hineininterpretiert.

Doch bislang war nichts passiert.

Was hieß das?

Dass er ein normaler Kunde war, der ihr nichts anhaben konnte – zumindest nicht beruflich gesehen? Dass er nur viel zu tun hatte? Oder dass er sich für eine andere Begleitung von ExAd entschieden hatte?

Ein schmerzhafter Stich fuhr durch ihr Herz bei dem

Gedanken, er könnte von ihr genug haben. Genau das wäre richtig, würde ihre Probleme lösen. Sie könnte sich wieder ganz auf ihre und Emilys Zukunft konzentrieren.

Doch zunächst würde sie mit ihrer Schwester reden. Sie hatten nur noch einander, umso wichtiger war ihr Harmonie zwischen ihnen. Die Zeit des Schweigens musste endlich vorbei sein.

Die Stimmung in der Wohnung fühlte sich wie ein nebliger Novembermorgen an. Anina hätte am liebsten die Fenster geöffnet, um die grauen Nebelschwaden herauszulassen.

Doch das würde nichts nützen.

Emily und sie schlichen umeinander herum, lebten nebeneinander her. In den letzten Jahren hatten sie so eng zusammengelebt und sich aufeinander verlassen, dass sich die aktuelle Stimmung wie ein Verlust anfühlte.

Anina musste das ändern.

Für heute hatte sie sich vorgenommen, endlich Klartext zu sprechen. Sie schnippelte ein paar Möhren und Gurken, arrangierte sie hübsch auf Tellern und löffelte Emilys liebsten Käsedip in eine Schüssel. Vermutlich machte sie eine viel zu große Sache daraus, doch sie wollte das Thema nicht zwischen Tür und Angel ansprechen.

Emily brütete wieder über einem der Bücher. In wenigen Wochen würde sie endlich die Aufnahmeprüfung absolvieren können, danach wäre hoffentlich Schluss mit dem Marathonlernen. Anina war sicher, dass ein solcher Aufwand nicht nötig war, doch in dieser Hinsicht ließ Emily nicht mit sich reden.

Sie stellte Teller und Schälchen auf ein Tablett, balancierte es durch den schmalen Flur und klopfte an Emilys Tür. Sie erwartete nicht mehr als ein Brummen und sah ihre Vermutung bestätigt. Immerhin darauf war Verlass.

»Kleine Pause für die fleißige Schülerin!«

»Ich hab zu tun«, brummte Emily, ohne den Kopf zu heben.

»Auch nicht, wenn es Nacho Cheese Dip gibt?«

Das verleitete Emily zumindest zu einem interessierten Blick, der jedoch sofort wieder in den Wälzer wanderte, den sie gerade studierte.

Dieses Mal würde Anina sich nicht abwimmeln lassen. Sie stellte das Tablett auf Emilys Schreibtisch ab und setzte sich demonstrativ daneben auf das Bett. Sie ließ den Blick über die rosafarbene Einhorn-Bettwäsche schweifen, die so gar nicht zu ihrer Schwester passen wollte – außer man kannte sie näher.

Niemand sagte etwas und Emily ließ sich nicht in ihrer Arbeit stören. Anina lächelte. Für sie war offensichtlich, dass Emily nicht mehr bei der Sache war. Der zuckende Zeigefinger verriet sie.

Sie nahm ein Stückchen Möhre, tunkte es in den Dip und hielt es vor Emilys Nase. »Iss mich!«

Emily setzte sich auf und konnte nicht anders als aufzulachen. »Du willst mich nur vom Lernen abhalten!« Sie griff nach der Möhre und schob sie sich in den Mund.

»Eigentlich will ich mit dir sprechen.«

Emily schaute sie misstrauisch an. »Über die Schule?«

»Über letzten Samstag.«

Damit hatte sie Emilys Aufmerksamkeit, obwohl sie weiterhin skeptisch wirkte. »Willst du mir noch einmal sagen, dass mich das alles nichts angeht?«

Anina hätte es gern getan – aber das würde sie nicht weiterbringen. Sie schüttelte den Kopf.

Emily setzte sich auf und verschränkte die Arme vor der Brust. »Dann schieß los.«

Anina verzog das Gesicht. Leicht würde ihre Schwester es ihr nicht machen. Doch sie hatte sich vorgenommen, zur Abwechslung alles auszusprechen, was ihr auf dem Herzen lag

– und das würde sie durchziehen.

Sie holte tief Luft. »Letzten Samstag ... ich ... ich hab mich falsch verhalten.« Gut. Die ersten Worte waren gesagt.

Emily nickte. »Ich trau mich gar nicht mehr, zur Future Trust-Gruppe zu gehen.«

Anina hob die Hand. »Lass mich bitte reden. Das fällt mir nicht leicht.«

Emily wirkte nicht zufrieden, nickte jedoch erneut.

»Ich weiß nicht, ob du dich erinnerst ... aber es gab mal ... eine Situation. Ist schon ein paar Jahre her. Damals war ich noch mit ... mit meinem Ex zusammen.« Sie brachte es nicht über sich, seinen Namen auszusprechen. »Es war keine gute Beziehung. Anfangs schon, aber später wurde es ... komplizierter. Er hat mich nicht so behandelt, wie ein Mann eine Frau behandeln sollte.«

»Er hat dich geschlagen.«

Anina starrte ihre Schwester an. Diese nüchternen Worte aus Emilys Mund zu hören, fühlte sich beinahe ebenso schlimm wie die Schläge an, die sie mehr als einmal kassiert hatte.

»Woher ...«

Emily schüttelte den Kopf. »Denkst du, ich bin blöd? Ich war auch damals schon kein kleines Kind mehr.«

Anina fühlte sich wie vor den Kopf geschlagen. Sie hatte immer das Gefühl gehabt, alles gut vor Emily verbergen zu können – was offensichtlich nicht gelungen war. Sie hatte ihre blauen Flecken versteckt, Ausreden gefunden.

»Ich wollte nicht, dass du etwas davon mitbekommst. Du warst noch so klein und dann ...« Sie brachte es nicht über sich, den Tag zu erwähnen, an dem sie zum ersten Mal in ihrem Leben rotgesehen hatte.

Emily schien zu wissen, worauf sie hinauswollte. Sie beugte sich nach vorn.» Es ist nichts passiert damals, gar nichts!«

Bilder schossen vor Aninas Augen, die sie nicht mehr sehen

wollte. Wie sie nach Hause gekommen war, eine Tüte mit Muffins in der Hand. Wie sie nach Emily gerufen hatte, nur um ein ersticktes Keuchen zu hören. Wie sie die Tür geöffnet und gesehen hatte, wie ihr abgrundtief verachtenswerter Ex-Freund Emily festhielt, die sich unter ihm wand. Noch heute wurde ihr speiübel bei dem Gedanken.

»Nichts passiert?« Aninas Stimme klang schrill in ihren Ohren. »Das nennst du nichts?«

Emily zuckte mit den Schultern. »Nichts! Keine Schläge, kein ... nichts Schlimmeres. Du warst doch da!«

Anina konnte nicht glauben, dass Emily dieses Ereignis so abtat. Was, wenn sie fünf Minuten später nach Hause gekommen wäre? Oder eine Stunde? »Aber ich hätte dich schützen müssen!«

»Hast du doch! Er hat mir nichts getan und du hast ihn nie wieder in unsere Wohnung gelassen.«

»Aber ich bin schuld, dass es überhaupt so weit kommen konnte!«

Emily schüttelte den Kopf. »Hast du ihm gesagt, er soll sich an mich ranmachen? Wohl kaum.«

»Darum geht es doch gar nicht.«

»Find ich schon.« Emily verschränkte wieder die Arme vor der Brust. »Es gibt nur einen, der an der Sache Schuld hat, und das ist er.«

Anina wollte dagegen anreden, wollte ihre Schwester davon überzeugen, dass ...

Was eigentlich? Dass Anina doch die Schuldige war? Dass er nicht das Schwein war?

Emily rutschte von ihrem Stuhl hinüber auf das Bett und legte den Arm um Aninas Schultern. »Ich weiß, du redest nicht gern über solche Sachen, also verschone ich dich mit Gefühlsduselei. Aber die Wahrheit ist ... ich kann mir keine bessere Schwester vorstellen als dich. Ich kann mich auf dich verlassen, du unterstützt mich bei allem und du würdest mich auch vor wild gewordenen Nashörnern beschützen.«

Anina spürte, wie ihr die Tränen kamen. »Aber ... das hätte nicht passieren dürfen!«

Emily strich ihr über den Rücken. »Ganz ehrlich? Ich hatte Angst damals. Aber ich war immer sicher, dass du mich retten wirst. Und genauso ist es gekommen! Ich weiß, dass alles gut wird, weil du eben du bist!«

Anina konnte nicht anders ... sie ließ den Tränen freien Lauf. »Letzter Samstag ...«

»Mark ist nicht wie dein Schwein von Ex. Wirklich nicht.«

Seinen Namen zu hören, versetzte Anina einen Stich. Sie hatte ihn viel zu nahe an sich herangelassen. »Ich bin nach Hause gekommen und hab die ganze Sache von damals vor mir gesehen. Oh Gott ... das ist mir so peinlich.« Sie legte ihr Gesicht in ihre Hände.

Emily blies ihre Backen auf. »Ich schätze ihn als nicht sehr nachtragend ein. Vielleicht ... kannst du es ihm erklären?«

Anina lachte freudlos auf. »Soll ich ihm sagen, dass ich Wahnvorstellungen habe und ihn mit einem anderen verwechselt habe?«

»Er scheint mir ein verständnisvoller Typ zu sein. Die Wahrheit könnte gut funktionieren.«

Anina schüttelte den Kopf. »Das kann ich nicht.«

»Dann erkläre ich es ihm. Ich hab keine Lust, das Projekt mit den Ponys aufzugeben, nur weil es ein kleines Missverständnis gab.«

Typisch Emily, Aninas peinlichen Zusammenbruch als »kleines Missverständnis« zu bezeichnen. Sie dachte zurück an Marks unerschütterliche Ruhe, selbst im Moment ihres größten Aufruhrs. Daran, wie sicher und getröstet sie sich in seinen Armen gefühlt hatte. Vermutlich hätte er wirklich Verständnis – wenn er denn der war, der er vorgab zu sein.

»Ich muss das selbst machen«, entschied Anina – und meinte es so. Sie konnte nicht Emily die Verantwortung für etwas übergeben, das sie sich selbst eingebrockt hatte.

Emily stand auf. »Dann haben wir das ja jetzt geklärt. Und nun kommen wir zu meinem Problem.«

Anina horchte auf. Emily hatte nie Probleme – zumindest thematisierte sie diese nie. Stattdessen vergrub sie sich in ihr Zimmer oder tat so, als wäre alles in Ordnung. Ihre Jammereien über ihre aktuelle Schule zeigten eindeutig, wie sehr sie unter der Situation litt.

Anina schaute ihre Schwester stirnrunzelnd an. »Sind wir schon fertig mit unserem Gespräch?«

»War doch kein Ding! Du hast etwas viel Größeres daraus gemacht, als es das war. Wenn du jetzt noch die Sache mit Mark klärst, ist alles erledigt, oder?«

Nur Emily konnte eine Aussprache mit Mark als einfach bezeichnen. Sie musste nicht vor einem Mann ihr Inneres offenbaren, vor dem sie professionell und abgeklärt erscheinen wollte. Und doch fühlte es sich unglaublich befreiend an, wenn Emily Dinge als Kleinigkeiten darstellte, die sie jahrelang mitgenommen hatten. Sie zweifelte niemals an Emilys Worten: Wenn diese ihr sagte, dass sie sich in Aninas Gegenwart absolut sicher fühlte, dann glaubte sie ihr. Hatte sie es vielleicht doch geschafft, ihr diese Sicherheit zu vermitteln? Nachdem sie sich seit Ewigkeiten als Versagerin gesehen hatte, würde es eine Weile brauchen, bis sich eine solche Erkenntnis in eine Überzeugung verwandeln würde.

Den Knoten in ihrem Inneren würde sie nicht sofort lösen können, doch womöglich war heute ein Prozess in Gang gesetzt worden.

Vielleicht war ein Themenwechsel ganz gut. »Du hast also

ein Problem.«

Emily verzog das Gesicht. »Ich eigentlich nicht direkt ... eher ... mein Direktor.« Sie öffnete eine Schublade ihres Schreibtisches, zog einen Briefumschlag hervor und reichte ihn Anina.

»Von der Schule?«, fragte Anina mit Blick auf den Umschlag. Dies war nicht das edle Wappen der Edwardian School, sondern von der Secondary School um die Ecke. »Der Brief ist ja schon offen.«

»Ich muss doch wissen, was sie an dich geschrieben haben.«

Anina warf ihr einen tadelnden Blick zu und zog den Briefbogen hervor. Ihre Augen flogen über die Worte und Unglaube machte sich in ihr breit. Das musste ein Missverständnis sein! Sie konnten nicht Emily meinen, ihre vorbildliche, eifrige, wohlerzogene Schwester!

Sie ließ das Anschreiben sinken und schaute Emily an, die trotzig ihre Nase gehoben hatte, um den Ausdruck von Schuldbewusstsein zu überspielen.

»Das hast du nicht getan!« Anina konnte es nicht glauben.

»Irgendjemand musste etwas tun. Und ich bin stolz drauf.« Ihre Stimme hatte den Klang angenommen, den sie schon als Kleinkind angewendet hatte, wenn sie etwas angestellt hatte.

»Dir ist klar, dass es Sachbeschädigung ist, Graffiti an Wände zu sprühen!«

Emily sprang auf. »Hast du dich mal damit beschäftigt, worum es in dem Pony-Projekt geht? Die Ponys sind nur ein kleiner Aufhänger für die Zerstörung der englischen Landschaft! Wenn wir nicht aufpassen, sind in ein paar Jahren alle heutigen Natur- und Weideflächen zugepflastert mit Straßen und Ortschaften! Was das für unsere Gesundheit bedeutet, kann sich keiner ausmalen. Die Ponys sind ein Sinnbild für unsere Zukunft, für die ganze Menschheit!« Sie unterstrich ihre Worte mit raumgreifenden Gesten.

Anina war unbeeindruckt. »Bist du fertig?«

»Ich könnte noch ewig drüber reden.«

»Das glaub ich«, antwortete Anina trocken. »Und du meinst ernsthaft, mit einem Graffiti an der Schulmauer erreichst du etwas? Vor allem, wenn es so etwas Fundiertes wie ›Stoppt den Bauwahn – Rettet die Ponys‹ sagt?«

Emily verzog das Gesicht und ließ sich auf ihren Schreibtischstuhl fallen. »Jede Aufmerksamkeit ist gut. Hat Mark gesagt.«

Anina hob die Brauen. Mark. Immer wieder Mark. Warum spielte er momentan in all ihren Lebenslagen eine Rolle? Hatte sie eben noch daran gedacht, wie sie ihm ihren Ausbruch erklären konnte, traten nun Bilder vor ihre Augen, wie sie ihn erwürgte. Er hatte ihre Schwester dazu angestiftet, Sachbeschädigung zu begehen! Eine solche Tat war so un-Emily-mäßig, dass die Idee ihr nur von außen eingepflanzt worden sein konnte.

»Ich finde, die Strafe wird dir gut bekommen.«

Emily sah sie empört an. »Ich hatte gehofft, du hilfst mir, da rauszukommen!«

Anina schüttelte den Kopf. »Meiner Meinung nach kommst du noch sehr gut weg. Das Zeug abzuschrubben wird dir keinen Spaß machen und dich daran erinnern, so was nie wieder zu tun.«

»Aber ich muss lernen!«

»Du tust seit Wochen nichts anderes. Die Aufnahmeprüfung schaffst du mit links! Außerdem darfst du gern lernen, dass die eigenen Handlungen Konsequenzen haben.«

Emily sah enttäuscht aus. »Gerade hab ich dir gesagt, dass ich mich immer auf dich verlassen kann. Scheint wohl doch nicht so zu sein.«

Doch auf diese Schiene würde sich Anina nicht einlassen. »Fang mir bloß nicht so an. Für Fehler muss man einstehen, auch das ist eine wertvolle Lektion.«

Emily stand wieder auf und lief in ihrem Zimmer auf und ab. »Du klingst total streng. Außerdem ... irgendwas muss ich doch tun.«

»Du hast dich schon als freiwillige Helferin gemeldet, oder?«

»Aber das reicht nicht. Klar, ich kann schauen, ob die Tiere ausreichend Wasser haben und ob alles okay ist, aber das ist nicht genug. Es geht eben nicht nur um ein paar Ponys, sondern um etwas viel Größeres.«

Anina spürte, dass Emily wusste, was sie falsch gemacht hatte – selbst wenn sie es nicht zugeben würde. »Wenn es wirklich um etwas so Großes geht, hilft ein Graffiti an einer Dorfschule auch nicht.«

»Bessere Ideen?«

Anina hatte keinen Schimmer – aber sie hatte sich auch noch nie mit dem Thema auseinandergesetzt.

»Siehst du?«, meinte Emily. »Es ist nicht einfach, etwas Gutes zu tun.«

Anina lehnte sich zurück und schaute an die Decke. »Okay. Dann erzähl mir, wo das Problem liegt.«

Anina war daran gewöhnt, sich lange und ausschweifende Gespräche anzuhören. Sie hatte an so vielen Abenden den Unterhaltungen von Politikern, Wirtschaftsgrößen und sonstigen mitteilungsfreudigen Menschen gelauscht, dass es ihr leicht fiel, sich in Emilys Gedankenwelt hineinzufinden.

Sie waren von Emilys Zimmer ins Wohnzimmer umgezogen. Sie selbst hatte es sich auf der Couch bequem gemacht, während ihre Schwester wie ein hibbeliges Küken im Raum umherlief.

»Ich kann besser denken, wenn ich rumlaufe«, meinte sie immer wieder.

»Dann fass doch noch mal zusammen: Worin besteht das Hauptproblem?«

Emily stemmte die Hände in die Hüften. »Es gibt zwei. Einmal hat Future Trust das Problem, von Fördergeldern abhängig zu sein. Das ist natürlich schlecht, wenn die gleichen Politiker darüber entscheiden müssen, ob neue Ortschaften und Straßen gebaut werden. Sie wollen ja Arbeitsplätze schaffen und wiedergewählt werden, mit Umweltthemen ist das meistens schwer.«

Das war nachvollziehbar. »Und das zweite Problem?«

»Dass sich immer nur eine kleine Gruppe von Menschen für so ein Projekt interessiert. Nehmen wir mal die Ponys: Leute in der Umgebung finden es schon wichtig, das Naturschutzgebiet zu erhalten. Aber wenn jemand nur hundert Kilometer weiter weg wohnt, interessiert ihn das wenig.«

»Die Leute denken also nur an Probleme vor der eigenen Haustür?«

»Zumindest viele, ja.«

Anina schwirrte der Kopf. Selbst Emilys Zusammenfassung brachte sie nicht der Lösung näher. Wie auch? Schlaue Menschen zerbrachen sich schon seit Ewigkeiten den Kopf über solche Themen. Wie sollten sie jetzt auf die zündende Idee kommen?

»Und wenn Future Trust von woandersher Geld bekommt? Irgendwer muss doch außer der Politik ein Interesse daran haben, Natur zu erhalten.«

Emily sah sie fragend an. »Wer zum Beispiel?«

Anina zuckte mit den Schultern. »Keine Ahnung. Irgendein Konzern vielleicht, der das Ganze als PR-Kampagne sieht? Oder ein Tourismusverband? Ich würde die Wirtschaft reinziehen und irgendwelche Galionsfiguren in die erste Reihe setzen. Schauspieler oder Sportler. Irgendwer, zu dem die Leute aufschauen. Mit einem Politiker motivierst du niemanden, sich für die Natur einzusetzen.«

Emily starrte sie an, als würde sie eine fremde Sprache sprechen.

Anina lehnte sich zurück und schloss die Augen. »Was ihr braucht, ist ein Konzept, Geld und Aufmerksamkeit. Alle drei Dinge gehen Hand in Hand. Wenn es einen zahlungskräftigen Unterstützer gibt, kann der mit den nötigen Verbindungen und Marketing Aufmerksamkeit auf euch lenken. Dann müsst ihr es nur noch schaffen, eine breite Masse zu mobilisieren. Das geht am besten mit Belohnungen: Was könnte jeder Einzelne davon haben, wenn die grünen Landschaften erhalten werden? Machen so was wie Tier- oder Baumpatenschaften Sinn? Ich meine ... anonyme Spenden sind okay, aber ihr wollt die Leute doch für eure Sache gewinnen.«

Anina schaute auf und blickte in die ungläubigen Augen ihrer Schwester. Sie kam sich blöd vor, einfach darauflos- geplappert zu haben. Was wusste sie schon? Solche Überlegungen sollte sie Menschen überlassen, die sich mit derartigen Themen auskannten.

Emily lief in Richtung Fenster und rieb sich mit der Hand über die Stirn. »Wir waren echt zu festgefahren.«

»Hm?«

Emily drehte sich zu ihr um. »Wir haben immer nur in eingefahrenen Bahnen gedacht! Also ... Mark und ich. Die anderen der Gruppe freuen sich über niedliche Ponys, denken aber nicht weiter. Offensichtlich bin ich in eine ähnliche Falle getappt.«

Anina verstand nur Bahnhof. »Geht's auch deutlicher?«

»Na, du hast vollkommen recht! Warum gräbt Mark in irgendwelchen Gesetzen nach der Lösung und wieso sprühe ich ein paar dämliche Worte an eine Schulwand? Weil wir auch nicht über den Tellerrand geschaut haben. Wir müssen größer denken!«

Sie schoss auf Anina zu und umarmte sie heftig. »Danke, danke, danke. Du bist die Beste.« Sie sprang wieder auf und eilte in ihr Zimmer.

»Was hast du vor?« Anina fühlte sich überfahren.

»Aufschreiben! Alles, was du gesagt hast!«

Anina sah ihr kopfschüttelnd nach und ließ den Kopf nach hinten sinken. Emily war ein besonderes Mädchen. Was auch immer sie aus ihren wirren Gedanken herausgelesen haben mochte, es war wohl kaum sonderlich originell gewesen.

Sie hörte, wie Emily in ihrem Zimmer in ihrem Schreibtisch herumkramte, und schloss die Augen. Der heutige Tag hatte sie überraschend stark ausgelaugt. Wobei ... so überraschend war das nicht angesichts der Tatsache, dass sie vor Emilys Beichte ein Thema angesprochen hatte, das sie seit Jahren wie einen schweren Sack mit sich herumtrug.

Hatte sie sich wirklich jahrelang umsonst Gedanken gemacht? Sich zu Unrecht die Schuld gegeben? Nein. So sehr Emily ihre Sorgen auch abtat, es konnte keine Lappalie sein, vom Freund der eigenen Schwester belästigt zu werden – wenngleich am Ende nichts passiert war. Doch Emily hatte ihr trotzdem eine gehörige Portion Erleichterung verschafft. Schon immer hatte sie ihr vertraut und dieses Vertrauen schien auch nicht durch den fatalen Vorfall zerstört worden zu sein. Die Erkenntnis ließ Anina freier atmen und den Wunsch aufkommen, sie hätte schon früher darüber gesprochen.

Sie schaffte es nicht, ihrer Schwester wegen des Graffitis ernsthaft böse zu sein. Die angemessene Bestrafung erhielt sie bereits von der Schule. Im Grunde war Anina froh, Emily endlich einmal aus der Rolle der braven Musterschülerin ausbrechen zu sehen.

Je länger sie über den heutigen Tag nachdachte, desto mehr Entspannung breitete sich in ihr aus. Sie würde das für die Zukunft für sich mitnehmen: Themen mussten offen und ehrlich angesprochen werden, sonst fraßen sie einen innerlich auf.

Nun stellte sich nur die Frage, wie sie mit der Erkenntnis in Bezug auf Mark Corwin umgehen sollte. Sie hatte Emily versprochen, die Sache mit ihm zu klären. Leider kehrte diese Vorstellung ihre Entspannung schlagartig ins Gegenteil um. Wie sollte sie das Vorhaben angehen, ohne sich ihm erneut so verwundbar zu zeigen?

7

Der Startschuss zog ein Raunen der Zuschauer nach sich. Hengste aus teuren Züchtungen schossen über die Startlinie und fegten über die Bahnen des Reitstadions.

Anina hatte sich nie sonderlich für Pferderennen interessiert. Vielleicht taten ihr die Tiere einfach leid. Oder war es natürlich, die Pferde so durch die Gegend zu hetzen? Womöglich waren sie ja wie Huskys, die sich gern bewegten und ohne diese Rennen kaum leben konnten.

Doch an einem Tag wie heute wirkte sie nach außen begeistert wie eine Frau, die sich nichts Schöneres vorstellen konnte, als ihre Zeit in diesem Stadion zu verbringen. Mit etwas Abstand betrachtet, war es auch nicht übel: Die Sonne schien, der Duft nach frischen Knospen und Wärme lag in der Luft, am Buffet ein paar Meter weiter gab es winzige Kuchenhäppchen, von denen sie bergeweise hätte verschlingen können.

Fehlte nur noch die perfekte Begleitung. Sie dachte an Pretty Woman und wünschte sich Richard Gere an ihrer Seite, dessen Bild sich unverständlicherweise mit dem von Mark Corwin vermischte.

Blödsinn.

Immer wieder tauchte sein Gesicht vor ihrem inneren Auge auf. Wenn sie ehrlich zu sich war, spürte sie sogar seine Hände auf ihrem Körper, kurz bevor sie einschlief, und sehnte sich danach, seine Lippen erneut auf ihren spüren zu können. Er hatte etwas in ihr zum Sprießen gebracht, das sie kaum bändigen konnte.

Das durfte nicht noch einmal passieren. Sie saß wie auf glühenden Kohlen, weil der Kontakt zu ihm eingeschlafen war. Streng betrachtet hatte sie sich mit einem Kunden eingelassen

– was sie ihren Job kosten konnte. Doch sie hatte nichts von ihm gehört: keine Einladung, kein neuer Termin.

War das Thema für ihn abgehakt? Selbst Emily hatte ihn nicht getroffen, weil die letzten Treffen für die Pony-Initiative von einem seiner Kollegen geleitet worden waren.

So sehr sie das klärende Gespräch mit ihm von sich wegschieben wollte, so sehr wünschte sie, es hinter sich zu haben.

»Amüsierst du dich, meine Liebe?«

Anina blickte zur Seite und sah, wie George sich einen beinahe unanständig vollen Teller mit Kuchenhäppchen genommen hatte.

Sie strahlte ihn an, als wäre soeben ihre Sonne aufgegangen. »Sehr sogar. Es ist herrlich, an einem Tag wie heute hier zu sein.«

»Find ich auch. In einer Stunde wird es ernst. Mein Windjammer ist einer der Favoriten.«

»Ist das der, den du in Frankreich gekauft hast?«

»Genau der. Das beste Pferd im Stall.«

Anina zuckte zusammen und dachte daran, wie Nora Anina genau mit diesen Worten beschrieben hatte. Manchmal fühlte sie sich wie sein bestes Pferd im Stall – wobei er die Vierbeiner vermutlich immer vorziehen würde.

»Wie schön! Ich drücke alle Daumen, die ich habe! Darf ich?« Sie zeigte auf den Teller.

»Na, na. Bloß nicht zu viel davon. Wir wollen doch, dass du weiter in diese herrlichen Kleider passt.« Er kniff ihr spielerisch in die Taille und sie kämpfte dagegen an, das Gesicht zu verziehen.

Es war sein Recht, eine gut aussehende Begleitung zu erwarten, schließlich bezahlte er dafür. Warum sollte er sie engagieren, wenn er genauso gut eine übergewichtige Frau mittleren Alters einladen konnte? Dies hier war ihre Rolle und sie würde sie erfüllen. Vielleicht könnte sie auf dem Heimweg noch ein

Stück Zitronenkuchen besorgen.

Sie ließ den Blick über die vielen Zuschauer schweifen und ihre Miene hellte sich auf. Dort drüben stand Benjamin McEwan, den sie schon häufiger auf Veranstaltungen getroffen hatte. Der Schauspieler galt als zurückgezogen, bewahrte gern seine Privatsphäre. Trotzdem waren sie bereits mehrfach ins Gespräch gekommen und sie freute sich immer, ihn zu sehen. Vor Kurzem hatte sie in der Zeitung gelesen, dass er eine Künstlerin geheiratet hatte und Vater geworden war. Obwohl er in den Medien früher als Bad Boy dargestellt worden war, hatte sie ihn als bescheidenen und bodenständigen Typen kennengelernt. Sie hatte gerade beschlossen, auf ihn zuzugehen, als George ihren Arm ergriff.

»Gehen wir eine Runde?«

Anina packte ihren professionellen Modus aus und strahlte ihn an. »Sehr gern!« Überhaupt nicht gern. Endlich sah sie mal einen Menschen, den sie gern gesprochen hätte, und schon hielt George sie davon ab.

Er nahm ihre Hand und Anina spürte die faltigen Finger in ihren. Ein wenig unbeholfen führte er sie beiseite und sie bemerkte nicht zum ersten Mal das beinahe warme Gefühl ihm gegenüber in sich aufsteigen. George war ein guter Kerl. Vielleicht einen Tick zu versessen auf Schönheit und Jugend, aber das konnte sie ihm verzeihen.

»Ich habe nachgedacht«, meinte er, nachdem sie sich vom größten Trubel entfernt hatten.

»Worüber?«, fragte sie vorsichtig.

»Über mein Leben, mein Alter. Alles. Und über uns.«

Anina schluckte. Uns. Gab es ein »uns«? Schon vor Kurzem hatte er ihre sorgfältige Grenze zwischen Beruf und Privatleben angetastet. Sie hielt es für besser, zu schweigen und ihn sprechen zu lassen.

»Ich bin nicht gut mit großen Worten. Also sage ich es

einfach geradeheraus: Ich werde nicht jünger und wünsche mir jemanden an meiner Seite.«

Ein kalter Schauer durchlief Anina, gleichzeitig bildete sich ein feiner Schweißfilm auf ihrer Stirn. Sie sollte sich zusammenreißen. Eine solche körperliche Reaktion auf ein paar belanglose Worte war mehr als unangemessen. Doch in seinem Satz schien eindeutig mehr mitzuschwingen als eine Auftraggeber-Kunden-Beziehung.

Sie zwang sich zu einem Lächeln. »Das kann ich gut verstehen.«

Er wandte sich ihr zu. »Ich habe mich gefragt, ob du ein wenig mehr Zeit mit mir verbringen möchtest.«

Aninas Herz schlug schneller – was sich nicht gut anfühlte. Doch hier war sie als Angestellte von ExAd unterwegs und auf dieser Ebene würde sie das Gespräch belassen. »Ich ... bin vertraglich eingeschränkt. Es ist mir untersagt, mich privat mit Kunden zu treffen. Allerdings ... es gibt da die Möglichkeit, mich exklusiv zu buchen.«

George blickte sie prüfend an, wirkte unsicher und eventuell ein wenig enttäuscht angesichts ihrer Reaktion. Dann schaute er in die Ferne, über die Koppeln und Weiden. »Vielleicht wäre das eine Lösung.«

Anina schluckte und versuchte Erleichterung zu empfinden. Würde er sie exklusiv buchen, wäre ihr Job zumindest auf absehbare Zeit gesichert. Sie könnte für Emily sorgen. Gleichzeitig würde sie sich an einen einzigen Mann binden müssen – etwas, das sie nie wieder tun wollte.

Fieberhaft überlegte Anina, wie sie reagieren sollte. Ihn ermutigen? Zurückhaltung demonstrieren? Sie wusste selbst nicht, was sie wollte. Ein Bild von Emily schob sich vor ihr inneres Auge. Auf jeden Fall musste sie sicherstellen, ihn als Kunden zu behalten.

»Ich verbringe gern Zeit mit dir.« Die Worte purzelten aus

ihrem Mund, ehe sie darüber nachdenken konnte. Immerhin hatte sie überhaupt etwas gesagt – doch war es das Richtige?

Er blickte weiter in die Ferne. »Ich werde mir das überlegen. In meinem Alter trifft man keine übereilten Entscheidungen.«

Immer noch auf der Suche nach der passenden Antwort, schob Anina ihre Hand hinüber und legte sie auf Georges. »Wir haben Zeit.«

Sie zuckte zusammen, erschrocken über ihre eigene Reaktion. Es war eine Sache, sich in der Öffentlichkeit zu berühren, um anderen etwas vorzuspielen. Es sah anders aus, diese Nähe in einem beinahe privaten Gespräch zuzulassen – sie sogar selbst zu forcieren.

Ein leises Lachen entfuhr ihm. »Ich wollte es nur gesagt haben. Auch wenn wir nur ... nun ja ... beruflich miteinander zu tun haben – ich bin auch sonst für dich da.«

Sie konnte nicht einschätzen, in welche Richtung ihre Unterhaltung verlief. Dachte an Noras Kommentar, er könnte irgendwann mehr von ihr wollen. Sorgte sich um ihre Zukunft und schämte sich angesichts des kurzen Gedankens, er könnte die Lösung vieler Probleme sein.

»Ich habe eine Schwester«, platzte es aus ihr heraus. Oh Gott ... eigentlich hatte sie etwas anderes sagen wollen. Warum sprach sie jetzt dieses Thema an? Es ging nur um einen Exklusivvertrag! Doch vielleicht wollte sie ihm irgendetwas von sich geben, etwas, das ihm bewies, dass nicht nur er einen Schritt auf sie zu machte.

Er hob die Brauen. »Das heißt?«

Jetzt hatte sie angefangen, nun konnte sie es auch zu Ende bringen. »Sie ist dreizehn. Und unsere Mutter ... kann sich nicht um sie kümmern. Deshalb lebt sie bei mir. Dauerhaft.« Sie betonte das letzte Wort, um ihm klarzumachen, was das bedeutete. Auf seltsame Weise fühlte es sich befreiend an, ihm zum ersten Mal etwas aus ihrem Privatleben zu erzählen.

Sein Gesicht leuchtete auf. »Die junge Lady kann sich glücklich schätzen. Vielleicht kann ich sie sogar irgendwann einmal kennenlernen.« Er lächelte ihr aufmunternd zu.

»Ja, irgendwann.« Sie lächelte vage zurück und hoffte, dass es niemals dazu kommen würde. Es war eine Sache, etwas von sich preiszugeben, eine andere, etwas Privates mit ihm zu teilen.

»Vielleicht treffen wir uns gemeinsam beim nächsten Pferderennen.«

Anina nickte vorsichtig und sah gleichzeitig Emily vor sich, die naserümpfend die huttragenden Damen betrachtete und über Tierschutz sprach. Sollte es jemals so weit kommen, würde sie ihre Schwester vorher genau instruieren müssen, was sich auf solchen Veranstaltungen gehörte und was sie tunlichst bleiben lassen sollte.

»Ich würde mich jedenfalls freuen, wenn wir uns häufiger sehen würden«, meinte George. »Und jetzt gehen wir zurück und schauen uns an, wie Windjammer die Konkurrenz hinter sich lässt.«

Anina nickte ihm freudig zu, als könne sie es kaum erwarten. Gleichzeitig schossen ihr unzählige Fragen durch den Kopf, mit denen sie sich nicht auseinandersetzen wollte. Er hatte nichts von ihr verlangt – lediglich Gedanken in eine bestimmte Richtung gelenkt. Dieses Gespräch könnte ihr eine neue Perspektive eröffnen – für ihr eigenes Leben und das von Emily. Exklusivität war ein Zustand, den einige ihrer Kolleginnen anstrebten – versprach er doch Sicherheit und Stabilität. Es wäre ein großer Schritt für sie, einer in eine sorglosere Zukunft – und doch wollte in ihr keine Begeisterung aufkommen.

Sie würde abwarten. Zunächst musste George eine Entscheidung treffen und sich anschließend mit ExAd einig werden. Zumindest kurzfristig würde sich nichts ändern.

Die folgenden Tage verbrachte Anina in einer Art Traumzustand. Sie hatte das Gefühl, ihr Leben wollte einen neuen Abschnitt beginnen und hatte vergessen, sie vorher um Erlaubnis zu fragen.

George hatte schneller Nägel mit Köpfen gemacht, als sie gedacht hätte. Schon am Tag nach dem Pferderennen hatte Oliver sie angerufen und ihr von Georges Wunsch nach einem Exklusivvertrag berichtet.

Es war beinahe ein Schock gewesen – was sie mittlerweile als völlig übertrieben ansah. Immerhin ging es nicht darum, ihr Leben aufzugeben. Ein paar bereits gebuchte Treffen würde sie noch mit anderen Kunden absolvieren, danach würde sie ihre Leistungen ausschließlich auf George beschränken – mehr nicht. Kein Grund zum Ausrasten. Vermutlich würde sie noch mehr freie Zeit für sich haben, Zeit, die sie vielleicht damit verbringen könnte, eine Fernausbildung zu beginnen, sich endlich weiterzuentwickeln.

Doch sie konnte das unbestimmte Gefühl nicht unterdrücken, dass sich ihr Leben grundlegend ändern könnte – auch wenn sie noch nicht wusste, in welche Richtung.

Das Telefon vibrierte in ihrer Tasche und riss sie aus ihren Gedanken. Sie hatte nicht mehr wahrgenommen, dass sie schon im Magnolia Crescent angelangt war und Mrs Petersons Haus beinahe vor sich sehen konnte.

Sie lächelte, als sie Noras Bild auf dem Display erkannte. »Hey, du!«

»Hast du es schon gehört?«, fragte ihre Kollegin ohne Begrüßung.

»Dass der neueste Film mit Benjamin McEwan ein Erfolg ist?«

»Hä? Wie kommst du auf den? Nein ... mir geht es um Elvira!«

Anina wusste nicht, wovon Nora sprach. »Was ist mit ihr?«

»Gefeuert!«

Was? Elvira war eine der Kolleginnen, die seit Jahren für ExAd arbeitete. Wäre Anina nicht gewesen, würde sie vermutlich als »bestes Pferd im Stall« bezeichnet werden.

»Wieso?«

»Ich war vorhin im Büro. Sie hat sich angeblich auf einen Kunden eingelassen und die Chefs haben es rausbekommen.«

Anina runzelte die Stirn. »Aber ... wie?«

»Wie wir es vermutet haben! Ich glaub es echt nicht!« Anina sah förmlich vor sich, wie Nora gegen etwas trat, schlug oder sich sonst wie Luft verschaffte. »Ich hab sie getroffen. Sie hatte einen neuen Helden, der sich wohl sehr ... um sie gekümmert hat, würde ich sagen. Sie hat durchblicken lassen, dass sie sich nicht zum ersten Mal auf so was eingelassen hat. Ist schließlich ein nettes Taschengeld.«

Anina schüttelte den Kopf. War sie zu vorbildlich? Zu naiv? Sie selbst hatte die Regeln immer befolgt, wäre nie auf die Idee gekommen, sie zu überschreiten – und war davon überzeugt gewesen, ihre Kolleginnen würden ebenso handeln.

»Aber sie hätte doch wissen müssen, dass es gefährlich ist!«

Nora schnaubte. »Sonderlich helle ist sie ja noch nie gewesen. Heute war sie jedenfalls total aufgelöst. Hättest sie mal sehen müssen.«

Anina stand vor Mrs Petersons Haus und starrte in den Himmel. Nora schien vergessen zu haben, dass sie durch ihr Verhalten in ähnlicher Gefahr schwebte.

»Meinst du, der Kunde hatte es darauf angelegt? Im Auftrag von den Chefs?«

»Nein, das nicht. Der Idiot hat sie ungewollt reingerissen. Hat sich überschwänglich bei der Agentur für den tollen Service bedankt und durchblicken lassen, dass sie eine Granate im Bett ist.«

Anina stöhnte innerlich auf. »Ich glaub das nicht ... Und

nun?«

Nora lachte freudlos. »Wir sollten auf der Hut sein. Vor allem vor gut aussehenden Anwälten, die freundlicher sind, als sie sein sollten.«

Anina spürte, wie etwas in ihr erstarrte. »Anwälte?«

»Zumindest war Elviras Typ einer von denen. Ich hab doch schon immer gesagt: Trau nie einem Anwalt!«

Anina wollte das nicht hören, düngten diese Worte doch den Nährboden für ihre Zweifel. »Weißt du mehr über den Kunden?«

»Nada. Aber ich wollte dir auf jeden Fall die neuesten Infos stecken.«

»Danke, das ist lieb. Du ... ich muss Schluss machen. Emily wartet auf mich.«

»Kein Thema. Wir hören uns!«

Anina war froh, dass Nora zu den Personen gehörte, mit denen man Gespräche leicht beenden konnte. Sie brauchte dringend Zeit zum Nachdenken.

Nachdem sie zwei Wochen nichts von Mark gehört hatte, traf Anina eine Entscheidung: Obwohl sie Emily versprochen hatte, ihm ihren Ausbruch zu erklären, würde sie keine Anstrengungen in diese Richtung unternehmen. Warum auch? Emily ging auch so wieder zu den Treffen und mit etwas Glück würde Anina ihm nie wieder begegnen. Sie würde es Emily in klaren Worten erklären – ihrer neuen Offenheit sei Dank.

Vielleicht kam ein Abend mit einem Michael Fendridge gerade recht. Der junge Börsenmakler hatte sie in der Vergangenheit schon mehrfach gebucht und zu ihrem Glück gab es unangenehmere Kunden: Michael war charmant und unkompliziert. Wäre da nicht seine Vorliebe für übermäßigen Körperkontakt, hätte sie ihn beinahe zu ihrem Lieblingskunden ernennen können.

Heute führte er sie in Cambridge aus, wo an der Universität ein neuer Hörsaal eingeweiht werden sollte. Als ehemaliger Student war auch Michael eingeladen und dazu auserkoren worden, eine Rede zu halten.

Dies sollte ein unkomplizierter Abend werden. Einer, an dem sie sich zur Abwechslung amüsieren und alle Gedanken an die Georges und Marks dieser Welt ausblenden wollte.

Anina mochte ihr heutiges Outfit: Der Nicht-ganz-Kaschmir-Pullover umspielte locker ihren Oberkörper, ohne sackartig zu wirken, und harmonierte optimal mit der schmal geschnittenen Hose. Wären die winzigen eingewebten Glitzersteine nicht gewesen, wäre ihr Erscheinungsbild zu schlicht ausgefallen, doch so konnte sie das tun, was ihre Aufgabe war: an der Seite eines Mannes funkeln und glänzen.

Michal hatte angeboten, sie mit dem Wagen von Petersfield abzuholen, aber sie hatte abgelehnt. So freundlich er auch war: Mehrere Stunden mit ihm gemeinsam auf einem engen Rücksitz zu sitzen, würde sie nicht riskieren. Eine umständliche Zugfahrt, ergänzt mit einem Taxi, war eindeutig die sicherere Alternative.

Michael wartete bereits vor dem Gebäude auf sie und öffnete die Wagentür.

»Ich dachte schon, du versetzt mich.« Er grinste sie freundlich an und sie musste erneut feststellen, dass sie ihn ernsthaft mochte.

Anina lachte. »Niemals! Wo du doch mein liebster Begleiter bist.«

»Du schmeichelst mir, Anabelle!« Er nahm ihre Hand, half ihr aus dem Taxi und reichte dem Fahrer seine Kreditkarte. »Du siehst toll aus. Wirst mein Glücksbringer heute Abend.«

»Als ob du das nötig hättest. Ich hab dich schon öffentlich sprechen hören.«

Er griff um ihre Taille und zog sie an sich. »Siehst du? Immer wenn du dabei warst, läuft alles reibungslos.«

Anina versuchte sich ein wenig von ihm zu lösen. Wenn der Abend bereits mit so engem Körperkontakt begann, blieb nicht mehr viel Raum für die restlichen Stunden.

Wieder in Besitz seiner Kreditkarte, führte Michael sie in das Gebäude, das aus dem 19. Jahrhundert stammen musste. Hunderte Kerzen brannten an den Wänden und tauchten den Saal in ein warmes Licht. Er hätte wie eine Kirche wirken können, wären nicht die schweren Teppiche und unzähligen Stehtische gewesen.

»Wow!«, meinte Anina, obwohl sie die Gestaltung des Raumes einen Tick zu übertrieben empfand.

Er griff nach ihrer Hand. »Beeindruckend, oder? Ich kann kaum glauben, dass es schon fast zehn Jahre her ist, seit ich hier studiert habe.«

»Und worüber sprichst du heute?«

»Über die unendlichen Möglichkeiten, die ein Absolvent heutzutage hat. Eine gesunde Mischung aus Selbstbeweihräucherung und Loblied auf die Uni.«

»Gibt's auch was zu essen?« Anina knurrte der Magen. Sie hatte vergessen etwas für die Fahrt einzuplanen.

»Keine Ahnung. Aber du achtest doch bestimmt auf deine Figur.« Er ließ seinen Blick an ihr herunterwandern und Anina verspürte nicht zum ersten Mal Unwillen in sich aufsteigen. Warum dachten diese Typen immer, sie würde nur von Luft leben? Sie aß wie jeder andere Mensch auch. Für ihren Körper und ihren Stoffwechsel hatte sie nichts Besonderes geleistet und einfach Glück gehabt. In jedem Fall könnte sie jetzt ein ordentliches Stück Pizza vertragen. Vielleicht … auf dem Heimweg am Bahnhof?

Doch bis dahin würden noch einige Stunden vergehen. Stunden, in denen sie Michael optimal in Szene setzen musste.

»Muss ich irgendwas für heute Abend wissen?«, raunte sie ihm zu und ließ es so wirken, als würde sie ihm liebevolle Worte ins Ohr flüstern – so wie er es mochte.

Er schenkte ihr einen tiefen Blick. »Sei einfach wie immer, genau dafür hab ich dich gebucht.«

Gut, damit konnte Anina umgehen. Michael wünschte sich seine Begleitung flirtend, schmeichelnd und ständig darauf bedacht, ihn zumindest mit einem Körperteil zu berühren.

Michael führte sie durch die Tische, blieb hier und da stehen und wechselte ein paar Worte mit alten Bekannten. Nur zu gern setzte er sie in Szene. Obwohl er sie nie als seine Freundin vorstellte, zeigte er deutlich, dass »Anabelle« ihm gehörte.

Wenig später begannen die Reden. Entgegen Aninas Hoffnung, nur Michael würde heute vor den Gästen sprechen, hatte sie zu ihrem Entsetzen eine ganze Armada von Rednern auf einer Liste ausmachen können. Dies half zwar dabei, anstrengenden Gesprächen aus dem Weg zu gehen, schob aber ein potenzielles Abendessen viel zu weit nach hinten. Beim nächsten Mal würde sie an eine Notration in ihrer Handtasche denken müssen. An irgendetwas, das nicht an den Zähnen klebte.

»Wollen wir nach vorn gehen? Dann komme ich schneller auf die Bühne.« Michael wartete nicht auf eine Antwort, sondern zog sie mit sich. Vorn sprach gerade ein älterer Herr, der sicher schon seit Jahrzehnten als Professor hier lehrte.

Anina fragte sich, ob sie Michael von unten schmachtend anschauen und ihm applaudieren sollte, als sie im Augenwinkel eine Bewegung wahrnahm, die sie innehalten ließ.

Dort drüben stand Mark Corwin im Gespräch mit einem anderen Mann.

Und er hatte sie ebenfalls entdeckt.

Ihre Blicke verhakten sich.

Schmerzlich dachte Anina an ihr letztes Treffen zurück, an ihre kleine Küche, die Schläge – ihren Kuss und die verbotenen süßen Gefühle, die er in ihr geweckt hatte. Seine Berührungen waren gleichzeitig tröstlich und ungemein erregend gewesen, bis sie die Notbremse gezogen hatte.

Sie hatte sich ihm erklären wollen, sich jedoch nach dem Gespräch mit Nora umentschieden.

Was, wenn Mark auch so ein Prahlhans war? Jede Annäherung wäre ein enormes Risiko. Die Sache mit Elvira zeigte deutlich, auf welchem Niveau die meisten ExAd-Kunden tickten. Warum sollte er anders sein? Obwohl sie mit diesen Kunden ihren Lebensunterhalt bestritt, loderte ab und zu ein Funken Verachtung vor Männern in ihr auf, die eine Frau bezahlten – selbst wenn es sich nur um eine unschuldige Begleitung handelte.

Womöglich war Mark anders, als seriöser Anwalt war er sicher keiner, der mit seinen Bettgeschichten prahlte. Doch diese Stimme sprach nur leise und kam nicht gegen das Misstrauen an, das sich von Beginn an in ihr aufgestaut hatte.

All diese Gedanken flogen durch ihren Kopf, ohne dass sie den Blick von ihm abwenden konnte. Er bewegte die Lippen, als würde er sich weiter mit seinem Gesprächspartner unterhalten, aber er löste seine Augen nicht von ihr.

Aninas Herz pochte schneller und sie hatte das dringende Bedürfnis, sich Luft zuzufächeln. Sie wollte ihn nicht treffen, nicht in der Öffentlichkeit. Warum begegnete sie seit Neuestem ständig anderen ExAd-Kunden, wenn sie beruflich unterwegs war?

Mark schien sich von seinem Gesprächspartner verabschieden zu wollen und Anina zuckte zusammen. Er würde sie nicht direkt konfrontieren – oder? Doch genau das schien er vorzuhaben. Er lief in ihre Richtung, die Augen fest auf sie geheftet.

»Jetzt scheint es loszugehen«, raunte ihr Michael ins Ohr

und schaffte es, ihr überraschend nahe zu kommen.

»Was?« Anina schaute ihn mit leerem Blick an.

»Die Reden! Der Erste geht schon nach oben.«

Anina folgte seinem Blick und sah aufatmend, wie Mark auf die Bühne trat. Er hielt mehrere Zettel in der Hand, die ihr zuvor nicht aufgefallen waren. Er hatte gar nicht mit ihr sprechen wollen. Unendliche Erleichterung überkam sie. Wenn sie ihm schon begegnen musste, dann bitte nicht hier. Sie wollte sich vorbereiten und angemessen gewappnet sein.

Michael überflog die Liste, auf der die Redner des heutigen Abends notiert waren. »Irgendein Jurist, war vor meiner Zeit hier. Bin gespannt.« Er umfasste erneut ihre Taille und zog sie an sich. »Schade, dass es hier drinnen nicht dunkler ist«, meinte er mit einem durchtriebenen Grinsen.

Sie lachte ihn spielerisch an, nicht ohne aus dem Augenwinkel Mark zu betrachten – der viel zu nah auf der niedrigen Bühne vor ihnen stand.

Er schaute zu ihr herunter.

Warf Michael einen abschätzigen Blick zu, nahm die Nähe zwischen ihnen wahr und hob unmerklich die Brauen, während ein Prinzipal ihn als Redner ankündigte.

Anina fühlte sich, als würde er ihr Verhalten missbilligen. Wie heuchlerisch. Er bezahlte doch ebenfalls für ihre Begleitung. Oder … er hatte dafür gezahlt.

Trotzig hob sie das Kinn und musste an Emily denken, die diese Geste perfektioniert hatte. Schon aus Prinzip hauchte sie Michael ein Kompliment ins Ohr, das ihn auflachen ließ.

Bildete sie sich das ein oder verhärtete sich Marks Gesichtsausdruck? Doch sie würde nie darauf eine Antwort erhalten, denn nun übernahm er das Mikrofon – und verwandelte sich in einen anderen Menschen.

Sie erinnerte sich an die Fernsehsendung, während der sie ihn zum ersten Mal gesehen hatte. So selbstbewusst und charismatisch er damals gewirkt hatte, so stellte er sich auch heute dar. Sie konnte nicht anders, als ihn bewundernd anzuschauen. Er schaffte es mühelos, das Publikum für sich einzunehmen – das bewies ein Blick auf die umstehenden Leute, unter denen besonders die Frauen mit glänzenden Augen zu ihm aufsahen.

Ein feiner Stich durchfuhr ihr Herz, als würde sie den anderen nicht erlauben wollen, ihn ebenfalls anzuhimmeln. Denn dieses Wort traf ziemlich genau das, was sie am liebsten getan hätte: diesen Mann mit Blicken ununterbrochen anzuschauen und sich von seiner Energie mitreißen zu lassen.

Zu ihrer Schande bekam sie kein Wort von der Rede mit. Sie nahm einzig die Souveränität und das einnehmende Lächeln wahr, mit denen er die Zuhörer für sich einnahm. Die feinen Fältchen neben seinen Augen, die leichten Bartstoppeln.

»Er ist ein Blender«, meinte Michael schlicht.

»Was?« Anina brauchte einen Moment, den Blick von Mark lösen zu können.

»Typisch Jurist. Könnte auch Staubsaugervertreter sein: schön lächeln und den Leuten alles verkaufen.«

Es war untypisch für Michael, negativ über andere zu sprechen. Hatte er etwa ihre Blicke bemerkt?

»Ich bin gleich danach dran. Wirst sehen, ich hab ein paar gute Sprüche vorbereitet.«

Anina wusste nicht, ob sie sich auf die Rede freuen sollte. Michael war ... eben Michael. Ein wenig unbeholfen und einen Tick zu übereifrig. Im Vergleich mit Mark Corwin wirkte er wie ein Schuljunge, der in einen zu großen Anzug gesteckt worden war.

Mark wurde mit einem tosenden Applaus von der Bühne verabschiedet, nickte den Gästen ein letztes Mal zu und Anina hatte das untrügliche Gefühl, er suchte ihren Blick. Instinktiv klammerte sie sich an Michael, der ihre Anhänglichkeit wohlwollend erwiderte.

Die nächste Rednerin war eine ehemalige Absolventin, die einen langatmigen Vortrag über ihre Studienzeit hielt und die im Alltag garantiert in einem Einzelbüro saß und niemals öffentlich sprach. Doch von Langeweile konnte zumindest für Anina keine Rede sein: Am liebsten hätte sie wie ein Chamäleon ihre Augen ausgeklappt, um herauszufinden, wo Mark war. Aus dem Saal gegangen? Im Gespräch irgendwo weiter weg? Oder direkt hinter ihr? Es machte sie nervös, nicht zu wissen, ob sie jeden Moment mit ihm rechnen musste.

Der nächste Applaus brandete auf, wenngleich deutlich schwächer als der erste.

»Drück mir die Daumen, Süße!« Michael drückte ihr einen Kuss auf die Wange, wie um allen zu demonstrieren, dass sie ihm gehörte, und bewegte sich in Richtung Bühne.

Sobald Michael die ersten Worte gesprochen hatte, legte sich eine kräftige Hand um Aninas Handgelenk.

Anina musste nicht lange überlegen, wer hinter ihr stand, wusste genau, wer ihr Handgelenk umfasste.

»Wir müssen reden.« Sie spürte seinen Atem an ihrem Hals und schüttelte instinktiv den Kopf.

Vor ihr stand Michael auf der Bühne, der ihre Abwesenheit zweifellos bemerken würde. Er hatte sie für den heutigen Abend gebucht und musste sich auf ihre Unterstützung verlassen können.

Doch Mark dachte nicht daran, ihre viel zu schwache Gegenwehr ernst zu nehmen. »Wir können es unauffällig machen oder die Aufmerksamkeit auf uns ziehen. Du hast die Wahl.«

Sie schaute ihn wütend an. Er wusste genau, welche Entscheidung sie treffen würde. Er umfasste ihr Handgelenk stärker und zog sie an sich. Anina warf einen Blick auf Michael, der glücklicherweise gerade mit seinen Kärtchen beschäftigt war. Vielleicht würde er nicht bemerken, wenn sie kurz weg war? Und sie könnte endlich die Sache mit Mark klären?

Mark führte sie durch die Schar der Gäste, legte ähnlich wie Michael zuvor den Arm um ihre Taille, was jedoch gänzlich andere Gefühle in ihr weckte. Obwohl sie sich gegen die Erinnerungen wehrte, dachte sie zurück an seine Berührungen in ihrer Wohnung, an sein Stöhnen, an seine Erregung. Sie spürte seinen sehnigen Körper an ihrem und gab sich alle Mühe, unbeteiligt und entspannt zu wirken.

Er führte sie um eine der massiven Säulen herum und schlagartig sank der Geräuschpegel. Nur wenige Meter weiter unterhielten sich Hunderte von Menschen oder lauschten Michaels Rede – doch diese Nische schien sie wie eine unsichtbare Wand von den anderen Gästen zu trennen.

Anina überlegte, wie sie das Gespräch beginnen sollte. Sollte sie zuerst fragen, ob er sie noch als Kunde buchen wollte? Oder sich entschuldigen für die Szene in ihrer Wohnung? Erklären, warum sie so ausgerastet war? Alles erschien ihr seltsam unpassend, besonders nach der Funkstille, die ihr wie eine Ewigkeit vorgekommen war.

Bevor sie sich für eine der Varianten entscheiden konnte, wurde sie mit dem Rücken gegen die Säule gepresst und fand sich in einem Kuss wieder, der nur aus einem ihrer Träume stammen konnte. Mark küsste sie wie ein Mann, der ungeduldig auf diesen Moment gewartet hatte, der keinerlei Geduld für Finessen hatte. Er öffnete ihren Mund mit seiner Zunge, erforschte sie, als wolle er sie ganz und gar einnehmen. Sein überfallartiger Kuss knipste den Schalter in ihr aus, der für rationale Gedanken zuständig war – und ihr Körper reagierte instinktiv. Sie presste sich an ihn, erwiderte den Kuss mit allem, was sie geben konnte. Die Tatsache, dass sie jederzeit entdeckt werden konnten, steigerte den Reiz ins Unermessliche.

Ein Stöhnen drang tief aus seiner Kehle, er strich über ihren Rücken, ihren Po, ließ die Hände unter ihren Pullover gleiten.

Diese Hände …

Zum ersten Mal spürte sie sie auf ihrer Haut und niemals wollte sie sie wieder gehen lassen. Ganz im Gegenteil: Er sollte sie überall berühren, endlich ihre Brüste umfassen, die vor Erregung kribbelten. Sie drängte sich an ihn, rieb ihren Körper gegen seinen und musste dagegen ankämpfen, sich für ihn auszuziehen.

»Ups!« Eine hohe Stimme drang an ihr Ohr, gefolgt von einem verlegenen Kichern.

Anina sah gerade noch eine ältere Dame die Hand vor den Mund legen und sich diskret entfernen.

Gott … was tat sie hier?

Sie waren in der Öffentlichkeit! Sie begleitete einen Kunden, der soeben auf der Bühne stand – oder vielleicht bereits nach ihr suchte? Statt ihren Job zu erledigen, knutschte sie hier mit einem Mann, der ebenfalls zu ihren Kunden gehörte. Wobei … er war mehr als das. Schon vom ersten Treffen an hatte er etwas in ihr zum Leben erweckt, das weit über eine ihrer üblichen Kundenbeziehungen hinausging – auch wenn sie es nicht hatte wahrhaben wollen.

Mark ließ ein leises Lachen vernehmen und legte seine Stirn gegen ihre. Sein Atem hatte sich noch nicht wieder beruhigt und er zog sanft die Hände unter ihrem Pullover hervor.

»Gott … was machst du nur mit mir …«

Anina hob den Blick und sah ihn fragend an.

Er zeigte sein schiefes Grinsen, mit dem er vorhin auf der Bühne die gesamte weibliche Gästeschar für sich eingenommen hatte. »Irgendwie verliere ich immer den Kopf, sobald ich dich sehe.«

»Dabei bewahren Anwälte doch immer einen kühlen Kopf, oder?«

Er hauchte ihr einen Kuss auf die Wange. »Nur dass in deiner Gegenwart der Mann in mir die Übermacht übernimmt.«

Seine Worte klangen spielerisch, neckend. In diesem Moment hätte Anina alles dafür gegeben, eine normale Frau sein zu dürfen, ihn unter ganz gewöhnlichen Umständen kennengelernt zu haben.

»Ich will dich«, stieß er aus.

Diese schlichte Aussage berührte Anina mehr als schicklich war. Sollte er sie nicht umwerben, ihr langsam näherkommen? Doch es war diese simple Ehrlichkeit, die den Funken in ihr zu einer ausgewachsenen Flamme auflodern ließ.

Sie drückte ihn von sich weg. »Ich kann nicht.«

»Wegen diesem Affen?« Er deutete mit dem Kopf auf die Bühne.

Anina biss sich auf die Unterlippe. »Er ist ein Kunde.«

Mark trat einen Schritt zurück. »So wie ich.«

Vorsichtig nickte sie. Sah, wie sich seine Augen verdunkelten.

Sein Kiefer mahlte, bis er erneut den Blick hob. Sie sah den Ärger in seiner Miene, ergänzt von einem durchtriebenen Funkeln seiner Augen. Und noch etwas ... Bedauern? Sie wies ihn zurück, was ihm deutlich zu missfallen schien.

Er richtete sich auf. »Dann viel Spaß noch mit deinem Kunden.« Er zog das letzte Wort betont in die Länge. Er senkte den Kopf, bis sie seinen Atem in ihrem Gesicht spüren konnte. »Aber glaub ja nicht, dass wir miteinander fertig sind. Ich weiß, dass ich nicht der Einzige von uns beiden bin, der mehr als einen Kuss will.« Er drängte bedeutungsvoll seine Hüfte gegen ihre und sandte einen solchen Hitzeschwall durch ihren Körper, dass sie sich beinahe erneut an ihn gepresst hätte.

Er hatte recht. Sie wollte ihn ebenso wie er sie.

In diesem Moment löste er sich endgültig von ihr und ließ sie allein zurück. Anina ließ sich gegen die Säule sinken. Sie hatte sich ihr Treffen in verschiedenen Szenarien ausgemalt, hatte geplant, wie sie ihm ihren Ausbruch erklären konnte. Nichts hatte sie auf einen weiteren Kuss vorbereitet, einen, der ihr überdeutlich die Chemie zwischen ihnen vor Augen geführt hatte.

Sie hatte ihm eine Abfuhr erteilt. Schon wieder. Obwohl sie vorsichtiger sein wollte. Doch statt sich abschrecken zu lassen, hatte er deutlich gemacht, dass es noch nicht vorbei war.

Mark fand es erholsam, sich im geordneten Umfeld des Community Centres aufhalten zu dürfen. Die schlichten Räume waren eine willkommene Abwechslung in seinem Alltag.

Er hatte keine Ahnung, warum sein Leben mit einem Mal so kompliziert geworden war. Es war, als hätte er vor vielen Jahren die Weichen für etwas gestellt, das ihn nun in einem großen Knäuel einholte.

Wenn er für Porterfield damals nicht die Drecksarbeit gemacht hätte, würde er heute nicht in Spikes Schuld stehen und könnte Porterfield als stinknormalen Widersacher auf juristischer Ebene ansehen. Stattdessen grübelte er tagein, tagaus darüber, ob er sein Wissen von damals gegen den alten Sack verwenden konnte. Die Frage beantwortete sich jedoch selbst: Er konnte es nicht, solange er sich und Future Trust gleichermaßen in den Abgrund reißen würde.

Also musste es eine Lösung geben, wie er das Projekt in den South Downs für Future Trust zum Erfolg führen konnte, ohne die alten Geschichten aufzuwärmen. Doch was, wenn sie die einzige Chance wären? Was, wenn er sein und Porterfields Verhalten von damals thematisierte? Wenn er klar sagen würde, dass er vor vielen Jahren der jungen Studentin den Stoff verkauft hatte?

Dann wäre es vorbei mit seiner Karriere.

Würde die Seriosität von Future Trust einen gehörigen Schlag abbekommen.

Und er würde der Geschichte mit der unergründlichsten und aufregendsten Frau auf Erden eine neue Wendung geben.

Sie brachte ihn um den Verstand. Nach nur wenigen Treffen hatte er sich von dem pragmatischen Anwalt in einen liebestollen Jüngling verwandelt, der an nichts anderes mehr denken konnte, als sie endlich zu besitzen. Nachts wachte er auf und wühlte sich schmerzhaft erregt durch Träume, in denen er alles mit ihr anstellen konnte.

Anabelle. Anina.

Sie war zu einem Fixpunkt seiner Gedanken geworden – obwohl er sich mit wichtigeren Problemen herumschlagen sollte.

Je länger diese absurde Geschichte lief, desto weniger konnte er Spikes Einschätzung vertrauen. Ja ... sein Freund hatte schwer unter der Trennung gelitten. Sie hatte ihn über Monate betrogen und ihn fast in den Abgrund gerissen. Doch ... irgendwie waren all diese Anschuldigungen vergessen, sobald er in ihre Augen blickte.

Machten Menschen nicht immer Fehler? Was, wenn er nur eine Seite der Geschichte kannte? Wenn er seinem Bauch trauen konnte und sie nicht die hinterhältige Schlampe war, als die Spike sie darstellte?

Dann durfte er sie nicht verführen.

Doch ... bei Gott ... er würde es tun.

Nicht für ein Versprechen, nicht, um eine Schuld zu begleichen. Sondern einzig und allein, um endlich seinem enormen Verlangen Raum zu geben. Um sie zu spüren und sich in ihr zu vergraben. Wenn sie ihn anschließend bei lebendigem Leibe auffressen würde, hätte es sich trotzdem gelohnt.

Er dachte an den Abend vor ein paar Tagen in Cambridge zurück und spürte, wie Erregung in ihm hochkochte. Es hatte ihn krank gemacht, wie dieser Affe sie berührt hatte. Keinem anderen als ihm selbst sollte es erlaubt sein, sie anzufassen. Sein Wunsch, sie ganz zu besitzen, machte ihm beinahe Angst.

Im Grunde waren es genau die Gefühle, die Spike ihm beschrieben hatte. Das passierte mit einem Mann, der sich auf sie einließ. Er sollte eigentlich schlauer sein, die Warnungen ernst nehmen. Doch selbst wenn sie ihn kaltblütig zerschmettern könnte, war er bereit, das Risiko einzugehen.

Er konnte nicht anders.

Seine Miene verfinsterte sich.

Und dann gab es da noch eine offene Rechnung, eine alte Schuld, die er begleichen musste.

Ein lautes Rufen riss ihn aus seinen Gedanken. Er schaute auf und musste unwillkürlich lächeln. Zumindest gab es ein paar Menschen, mit denen das Zusammensein unkompliziert war – allen voran ein mageres Mädchen, das zu intelligent für ein Umfeld war, in dem das neueste Telefon und die angesagte Teeny-Band alles zählten.

Gerade jetzt kam Emily Elliot auf ihn zugelaufen, das für sie übliche Leuchten im Gesicht. Noch war die Ähnlichkeit zu ihrer Schwester nur vage zu erahnen, doch in ein paar Jahren würde sie zu einer Schönheit heranwachsen, die jeden Mann um den Finger wickeln konnte.

Bei ihm war es ihr schon jetzt gelungen.

Nach nur wenigen Future Trust-Treffen hatte sie sich zu einer Art kleiner Schwester entwickelt, die er nie gehabt hatte. Es war ein eigenartiger Gegensatz, ein zierliches Mädchen vor sich sitzen zu haben, das in einem Moment wie ein Erwachsener mit ihm diskutierte und im nächsten davontanzte, um einen Schokoriegel zu kaufen. Noch bei ihrem ersten Treffen war sie ihm verschlossen vorgekommen, was sich jedoch schnell gegeben hatte. Bei den wöchentlichen Meetings zur Unterstützung des Pony-Grazing-Projektes hatte sie schnell eine führende Rolle eingenommen – ungeachtet ihrer Jugend.

Wenn mehr junge Leute so wie sie wären, würde er sich nicht mehr um die Menschheit sorgen.

»Da bin ich! Wo sind die anderen?«

Er schüttelte ihre Hand. »Kommen sicher gleich. Wir sind heute nur zu viert.«

Emily schaute sich verwundert um. »Was ist mit dem Rest?«

Er zuckte mit den Schultern. »Falls du länger an solchen Projekten teilnimmst, wirst du noch merken, dass es jedes Mal ähnlich abläuft: Erst begeistern sich viele Leute für ein Thema, am Ende bleiben nur ein paar Einzelne zurück.«

Emily wirkte verärgert, ihre Miene hellte sich jedoch gleich wieder auf. »Umso besser. Dann haben wir Zeit zum Reden.«

Mark wusste nicht, worauf sie hinauswollte. Wegen verschiedener Termine hatte er die letzten Treffen an einen Kollegen übertragen müssen, sodass er Emily seit seinem Besuch in ihrer und Aninas Wohnung nicht mehr getroffen hatte. Wollte sie über ihre Schwester mit ihm sprechen? Er hatte das Gefühl, das Thema zuerst mit Anina klären zu müssen – falls er jemals zum Reden kommen würde, ohne sie vorher in sein Bett zu schleifen.

»Worum geht's?«, fragte er vorsichtig.

»Moment!« Emily kramte in ihrem Rucksack und zog einen knallgrünen Hefter hervor. »Tadaaaa! Unsere Rettung!«

»Ein Hefter?«

Sie schüttelte den Kopf. »Nicht nur ein Hefter. Ich habe mir Gedanken gemacht und weiß jetzt, wie wir Future Trust aus der Misere helfen. Wie die Ponys weiter grasen dürfen und überhaupt alles großartig wird.«

Mark wusste nicht, wie er mit dieser Begeisterung umgehen sollte. Junge Leute wollten für ihre Ideen ermutigt werden, das schon. Aber war es nicht auch ratsam, ihnen ein wenig mehr Realitätssinn mit auf den Weg zu geben?

»In dem Hefter steckt eine ganz simple Lösung?« Er konnte

das Misstrauen in seiner Stimme nicht verbergen.

Emily nickte unbeeindruckt. »Nicht simpel, aber genial. Ich erklär es dir.« Sie lehnte sich gegen den Kleinbus und Emily spulte eine beinahe einstudiert wirkende Rede ab.

Marks Skepsis verwandelte sich in jedem Moment zu etwas anderem, das er nicht erwartet hatte: Bewunderung – und Hoffnung.

8

Für einen kurzen Moment war Anina stolz auf etwas gewesen, das sie ohne Hilfe fabriziert hatte. Sie schüttelte lächelnd den Kopf, als sie an Emilys wirres »Konzept« dachte, das sie in Windeseile für Future Trust zusammengeschustert hatte.

So intelligent ihre kleine Schwester auch war – manchmal merkte man ihr die dreizehn Jahre mehr als deutlich an. Nach ihrem Gespräch vor Kurzem hatte Emily sich in ihr Zimmer verzogen und war kurz darauf mit einer chaotischen Zusammenstellung von Statistiken herausgekommen.

Als ob damit jemand hätte etwas anfangen können. Anina hatte sich eine volle Nacht um die Ohren geschlagen und die Informationen in eine sinnvolle Ordnung gebracht: mit Argumenten, Potenzialen, Analysen. Sie hatte mit ihrem antiken Computer gekämpft und ihre Recherchen sogar mit ein paar Diagrammen untermalen können. Sie war zufrieden mit sich gewesen. Und wenn sie Emilys Aussagen Glauben schenken durfte, war Mark gebührend beeindruckt von ihrem Konzept.

Doch es war wie immer in ihrem Leben: Kaum hatte sie das Gefühl, etwas lief in eine richtige Richtung, geriet es wieder aus den Fugen.

Es war ein schlichter Brief, der ihre ohnehin schon wacklige Gemütsverfassung endgültig zum Einsturz gebracht hatte. Immer wieder huschte ihr Blick zu dem Schreiben, das sie am liebsten mit spitzen Fingern in den Kamin geworfen hätte – wenn denn ihre Wohnung damit ausgestattet gewesen wäre.

Seit Jahren krähte kein Hahn nach Emilys Wohl und plötzlich sollten ihre »Verhältnisse überprüft« werden? Auf einmal war es wichtig, ob Emily »angemessen betreut« wurde und sie sich gut um sie kümmerte?

Seit ihre Mutter vor fünf Jahren ihre Haftstrafe angetreten hatte, war Emily nie ein Thema für die Behörden gewesen. Insgeheim hatte sich Anina immer gefragt, ob sie durch irgendein Raster gefallen war, weil es so einfach gewesen war, Emily allein aufzuziehen.

Nun jedenfalls würde es nicht mehr einfach sein.

Wenn sie die Sichtweise einer außenstehenden Person einnahm, dann sah sie eine Frau ohne Ausbildung und mit fragwürdigem Beruf vor sich, die ihre kleine Schwester an vielen Abenden allein ließ und ihr nicht bei den Hausaufgaben helfen konnte.

Keine sonderlich erbauliche Einschätzung.

Sie musste etwas tun, konnte nicht abwarten, bis jemand auf die Idee kam, sie und Emily zu trennen. Obwohl in dem Schreiben keine Dringlichkeit vermittelt worden war, fühlte Anina sich, als hätte sie jemand an der Kante eines Abgrunds platziert. Vielleicht reagierte sie über – doch wenn es um Emily ging, musste sie auf Nummer sicher gehen. Sie tigerte durch die Wohnung, suchte nach einer Lösung und wünschte sich gleichzeitig, der Brief und die damit verbundene Untersuchung würden sich in Luft auflösen.

Doch es gab etwas, das ihr helfen konnte.

Oder besser gesagt: jemand.

Sie blickte auf ihr Telefon und fragte sich, ob sie das wirklich tun konnte. Sie bat ungern um Dinge, hatte auf die harte Tour lernen müssen, dass niemand ihr jemals etwas ohne Gegenleistung gab.

War dies ein Moment, ihn auf die Probe zu stellen?

Sie griff nach dem Display und wählte mit zitternden Fingern die Nummer des Mannes, der ihr helfen konnte.

Nur zwei Stunden später stand sie mit wackligen Knien vor dem Gebäude, das sie noch nie betreten hatte. George hatte ihr einen Fahrer geschickt, wollte nichts davon wissen, sie mit dem Bus kommen zu lassen.

Das Anwesen war ... beeindruckend. Nicht so alt und riesig wie Hillsborough Manor, aber mit dem gleichen altehrwürdigen Charme, den viele Herrenhäuser ausstrahlten. Alles wirkte eine Nummer kleiner: die große Holztür, der winzige Park, ein einziger Springbrunnen. Hinter dem Gebäude ragten Stallungen auf, der Beweis für Georges größte Leidenschaft.

»Anabelle, meine Liebe!« Er trat aus der Haustür, gekleidet in Cordhosen und ein kariertes Hemd, als hätte er soeben einen ausgedehnten Spaziergang über ein einsames Moor absolviert.

Anina unterdrückte ihre Anspannung und ging auf ihn zu. »Vielen Dank, dass du so schnell Zeit für mich hattest.«

Seine Miene wirkte besorgt. »Du klangst aufgewühlt. Außerdem hab ich gesagt, du kannst dich jederzeit an mich wenden.«

Kurz darauf saßen sie in einem Raum, dessen Wände mit dunklem Holz vertäfelt waren. Die Fensterscheiben bestanden aus einem eigenartig milchigen Glas, das nur einen Teil der herrlichen Frühlingssonne ins Innere ließ. Trotz der milden Temperaturen draußen herrschte im Haus eine Kühle, die Anina frösteln ließ.

George hatte ihr aufmerksam zugehört. Wenn sie Sorge gehabt hatte, er könnte sie für ihre Familie verurteilen, so hatte sie sich getäuscht. Aus seinem Blick sprach nichts außer Verständnis.

»Aber, aber. Das ist doch kein Weltuntergang.«

Seine Stimme klang so beruhigend, dass Anina ihm beinahe geglaubt hätte. Sie schaute ihn zweifelnd an. »Das meinen die Behörden sicher nicht. Würdest du jemandem wie mir das Recht zusprechen, für einen Teenager sorgen zu können?«

George nickte. »Selbstverständlich. Jeder, der dich kennt, würde das tun.«

»Nur dass die Leute mich nicht kennenlernen werden. Sie beurteilen nur die Fakten. Und die sehen nicht sonderlich gut aus. Aber ich hatte gehofft ...« Es fiel ihr schwer, die Worte auszusprechen. »Vielleicht hast du ja irgendwelche Beziehungen oder so.« Noch nie hatte sie gern um etwas gebeten und die Worte kamen ihr mühsam über die Lippen.

Seine Miene nahm einen entschuldigenden Ausdruck an. »Meine Liebe ... meine Kontakte spielen sich leider in ganz anderen Bereichen ab.«

Aninas Herz sank. Sie hatte gehofft, bei ihm an der richtigen Stelle zu sein. Vermutlich war es von Beginn an eine dumme Idee gewesen. Sie hatte ihm ihr Privatleben komplett umsonst offenbart.

Er blickte sie an und wirkte, als würde er über etwas nachdenken. Dann stand er auf und ging zum Fenster. Er sprach mit dem Rücken zu ihr: »Vielleicht kann ich dir auf andere Weise helfen.«

Anina schaute auf. Was meinte er?

Er fuhr fort: »Wenn es darum geht, dich in ein besseres Licht zu rücken ... das könnten wir hinbekommen. Gemeinsam.« Er drehte sich um. »Schmeiß einfach deinen Job hin und zieh bei mir ein.«

Die Autos vor der Fensterscheibe in Georges Wagen rasten so schnell an ihr vorbei wie die Gedanken in ihrem Kopf. Nie wäre sie auf die Idee gekommen, ihr Gespräch könnte auf diese Weise ausgehen.

George hatte darüber gelacht, als er ihr entgeistertes Gesicht gesehen hatte. Hatte sie beruhigt und erklärt, was er vorhatte: Wenn sie ohnehin schon exklusiv an ihn gebunden war, könnten sie und Emily vorübergehend bei ihm einziehen. Sein Haus war groß genug und er würde sich über Gesellschaft freuen.

Es müsste nur zur Überbrückung sein – bis die Sache mit dem Jugendamt ausgestanden war. Das alles klang plausibel – wie die perfekte Lösung für ihr Problem.

Und doch ... sie wurde das unbestimmte Gefühl nicht los, dass da noch mehr auf sie wartete. Dass sie in etwas hineinschlitterte, das sie nicht aufhalten konnte, wenn sie sich darauf einließ.

Was, wenn er sich mehr von ihr erhoffte? Nicht zum ersten Mal wanderten ihre Gedanken in diese Richtung.

Aber vielleicht war dieses »Mehr« schlichtweg ein platonisches Zusammenleben. Seit ihre Mutter ihr endgültig die Verantwortung für Emily übertragen hatte, hatte sie sich nur von einem Thema antreiben lassen: ihrer Schwester ein sicheres Leben bieten zu können. Eines, in dem sie ihre Potenziale auf einer passenden Schule ausleben konnte, in dem sie nicht das Geld für einen Kinobesuch zusammenkratzen musste und in dem Emily alles aus ihrer Zukunft machen konnte, was sie wollte.

Ein Leben an Georges Seite könnte ihr das ermöglichen.

Der Gedanke drehte sich immer und immer wieder in ihrem Kopf. Vielleicht kostete Emilys Sicherheit ein Opfer. Doch Emily war jedes Opfer wert.

Anina ließ die Stirn gegen die Scheibe sinken und fragte sich, weshalb sie ständig das Schlimmste annehmen musste. George hatte ihr einen harmlosen Vorschlag unterbreitet – mehr nicht. Er wollte ihr lediglich helfen und sie nicht sofort in sein Bett zerren. Warum regte sie sich so auf?

Weil sie mit Emily reden musste und noch nicht sicher war, wie sie das anstellen sollte.

Der Duft nach frisch gebackenem Kuchen zog durch die Wohnung. Wenn Anina nicht mehr weiterwusste, warf sie den Backofen an und ließ sich von herrlichen Gerüchen trösten.

Trost hatte sie bitter nötig.

Ein Bild machte sich in ihr breit, das ihre Situation deutlich aufwerten würde: Sie sah sich den Vertretern der Behörden die schwere Holztür eines Anwesens öffnen, das zehn Mal so groß war wie Mrs Petersons Haus. Das mit einem Park und Stallungen umgeben war. Emily würde ihre Hausaufgaben in der eigens für sie eingerichteten Bibliothek erledigen und eine der besten Schülerinnen der Edwardian School sein.

Niemand könnte auf die Idee kommen, diese Verhältnisse wären nicht angemessen.

War der Brief der endgültige Wink des Schicksals, der sie in die richtige Richtung treiben sollte? George hatte ihr in den letzten Tagen zwei Mal Blumen geschickt, die prominent auf dem Küchentisch standen und deren Duft Emily hatte die Nase rümpfen lassen.

Vielleicht erhoffte er sich eine Reaktion von ihr, wollte wissen, ob sie sein Angebot annehmen würde. Sie hatte sich noch nicht entschieden, brachte es nicht über sich, sich in eine solche Abhängigkeit zu begeben.

Eines wusste sie jedoch sicher: Sie musste dringend mit Emily sprechen. Ihre Schwester hatte in ihren schwachen Momenten häufiger ihre Sorge geäußert, jemand könnte auf die Idee kommen, sie beide zu trennen. Ein Brief wie dieser würde das Gefühl der Unsicherheit deutlich verstärken. Es erleichterte Anina, vielleicht schon eine Lösung in der Tasche zu haben.

Sie hörte die Klinke der Eingangstür und Emilys Schritte im Flur. »Riecht gut!«

»Du darfst probieren, wenn du magst!«

Emily verzog misstrauisch das Gesicht. »Hast du was ausgefressen? Sonst darf ich nie an frischen Kuchen!«

Anina hätte wissen müssen, dass ihre Schwester sofort Lunte riechen würde. So konnte sie gleich mit offenen Karten spielen: »Ich muss mit dir reden.«

Emily schaute begehrlich auf den Kuchenteller und holte zwei Teller und Kuchengabeln aus dem Schrank. »Schieß los!«

Anina hätte sich ein paar Worte zurechtlegen sollen. Wie sollte sie anfangen? Am besten ... gerade heraus. Emily war ohnehin nicht wie andere Kinder.

»Ich ... also ... es gibt da etwas.«

Na, wenn das mal kein Gerade-heraus-Ansatz war ...

Emily schob sich das erste Stück Kuchen in den Mund. »Geht's auch etwas genauer?«

Es musste raus. Kurz und schmerzlos. Sie sprach über den Brief, die Prüfung ihrer Lebensverhältnisse, darüber, dass Emily sich keine Sorgen machen musste. Emily legte die Gabel wieder auf den Tisch und hörte aufmerksam zu, ohne eine Regung erkennen zu lassen.

Anina redete immer schneller, wollte Emily unbedingt die Sicherheit geben, dass alles gut werden würde. »Und deshalb hab ich auch schon eine Lösung!«

Emily hob die Brauen. »Du hast im Lotto gewonnen?« Ihre Stimme klang so wie immer, wenn sie Stärke demonstrieren wollte, sich aber innerlich wie ein kleines Mädchen mit einem Teddybären im Bett verkriechen wollte.

Anina atmete tief durch. »Nicht ganz. Es ... gibt da einen Mann.«

»Mark?« Emilys Augen leuchteten auf.

»Was?« Anina verstand nicht. Wie kam ihre Schwester ausgerechnet auf ihn?«

Emily zuckte mit den Schultern. »Ich dachte nur ... vielleicht ... er ist immerhin heiß! Und er will dich rumkriegen.«

»Emily!«

»Ist doch wahr! Ich hab's genau gesehen. Auch wenn er

vermutlich nicht drauf steht, angebrüllt zu werden.«

»Bitte ...«, jammerte Anina. Sie wollte nicht schon wieder über diesen unsäglichen Tag reden.

»Ich meine ja nur. Wenn er an mir interessiert wäre, würde ich ihn nicht rausschmeißen.« Emily zeigte mit der Gabel in Aninas Richtung.

Anina schloss die Augen und schüttelte den Kopf. Dieses Gespräch verlief nicht in ihrem Sinne. Sie wollte ihrer Schwester doch mitteilen, dass es eine Chance für sie beide gab! »Nein. Nicht Mark. Er heißt ... George.«

»Klingt alt.«

Emily machte es ihr nicht leicht. »Er ist ... nicht mehr der Jüngste, das stimmt. Aber sehr nett. Und großzügig.«

»Willst du ihn mir anpreisen?«

Ja. Nein. Oder doch? Ein wenig wollte sie Emily von der Idee begeistern, auch wenn sie das dumme Gefühl hatte, es völlig falsch anzugehen. »Du könntest ihn kennenlernen.«

Emily sah sie mit offenem Mund an, das nächste Stück Kuchen vor ihr schwebend. »Wie bitte? Er ist einer deiner Kunden, oder?«

Anina wand sich. »Schon ... aber vielleicht ... auch mehr.«

Emily ließ die Gabel sinken und richtete sich auf. »Was heißt das?«

»Dass er eine Art Freund ist. Und ... du ihn kennenlernen solltest. Du wirst ihn mögen. Bestimmt! Er hat einen Stall und so. Und eine eigene Bibliothek. Stell dir vor, was das Jugendamt sagen würde.« Sie hörte die Worte in ihren Ohren und spürte, wie schäbig sie klangen.

Emilys Gesicht verschloss sich. »Wir brauchen ihn nicht.« Sie verschränkte die Arme vor der Brust.

Anina hätte wissen müssen, dass Emily nicht sofort in Jubel ausbrechen würde – trotzdem hatte sie gehofft, das Gespräch würde ihr leichter fallen. »Es geht nur um einen Nachmittag.

Wir treffen uns, reden ein wenig, fahren wieder nach Hause.«

»Und dann?«

»Dann ...« Was dann? Anina wusste selbst nicht genau, wie es weitergehen würde. »Vielleicht ... ziehen wir um. Raus aus diesem Mauseloch. Nur vorübergehend.«

Emily stand auf, den Kuchen vergessen. »Das ist nicht dein Ernst.«

»Warum nicht? Es wäre eine super Möglichkeit, den Behörden zu beweisen, dass ich für dich sorgen kann.«

Emily verschränkte die Arme vor der Brust. Und wenn ich ihn nicht mag?«

»Du wirst ihn mögen.« Anina sah Emily vor sich, wie sie mit dem armen George über die Relativitätstheorie zu diskutieren versuchte.

»Nur damit ich das richtig verstehe: Er ist einer deiner Kunden, stimmt's?«

Anina nickte.

»Dann brauchen wir nicht weiter darüber sprechen. Männer, die ihre Frauen kaufen müssen, kann ich nicht ernst nehmen.« Sie erhob sich und ging in Richtung ihres Zimmers. »Ich muss lernen und möchte nicht gestört werden.«

Das Türknallen klang endgültig.

Anina schloss die Augen. Dieses Gespräch war ganz und gar nicht nach Plan verlaufen.

Mark hatte das Gefühl, jemand hätte ihm die Scheuklappen abgenommen. Warum war man manchmal so in seine gewohnten Gedankengänge vertieft, dass man das Offensichtliche nicht mehr wahrnahm?

Wenn ihn nicht alles täuschte, hatte eine Dreizehnjährige ihm vor ein paar Tagen die Antwort auf seine Probleme geliefert. Nicht, dass sich alle Schwierigkeiten in Luft auflösten, das keinesfalls. Doch immerhin sah er ein Licht am Ende des Tunnels, einen Ausweg, den er eigentlich hätte allein finden sollen, wäre er nicht so vernarrt in seine Paragrafen gewesen.

Manchmal waren nicht die Gesetze die Lösung, sondern der gesunde Menschenverstand.

Emily hatte in ihrer messerscharfen Argumentation keinen Zweifel daran gelassen, was er tun musste: Future Trust sollte sich nicht wie ein Bittsteller auf öffentliche Gelder aus der Politik verlassen, sollte sich stattdessen auf eigene Beine stellen. In der Vergangenheit hatte es mehrfach Bestrebungen in diese Richtung gegeben, doch diese waren immer im Sand verlaufen.

Emily hatte es auf den Punkt gebracht: Es zählte nicht nur irgendein Partner, sondern der richtige. Zu seinem unglaublichen Erstaunen hatte sie in einer Anlage mögliche Konzerne recherchiert, die in ihrer Marketing-Ausrichtung perfekt zu Future Trust passen würden, inklusive Umsatzzahlen, potenziellen Werbemaßnahmen und Ansprechpartnern.

Jede Unternehmensberatung hätte Unsummen für ein solches Dossier verlangt – jemand wie Emily produzierte das scheinbar im Handumdrehen. Sein Respekt gegenüber der jungen Dame war ins Unermessliche gewachsen. Ihm wurde noch einmal klar, was das Internet denen für Möglichkeiten bot, die es zu nutzen wussten. In seiner Jugend wäre so etwas nicht machbar gewesen.

Emily hatte ihre Überlegungen mit einer groß angelegten PR-Kampagne garniert, um die Bevölkerung zu mobilisieren. Um der »menschlichen Natur« zu entsprechen, hatte sie Belohnungen als Anreize ausgearbeitet, wie zum Beispiel personalisierte Dankespostkarten. Nicht alle der Ideen waren realistisch und manche beinahe kindlich, doch sie rissen ihn aus seinem gewohnten Denkmuster und zeigten ihm neue Wege auf.

Eine Welle von Bewunderung brandete in ihm auf – und ein enormes schlechtes Gewissen. Wie konnte er Emilys Ideen für seine Zwecke verwenden, wenn er es gleichzeitig auf ihre große Schwester abgesehen hatte. Er wurde nicht schlau aus Anina, die sich ihm in einer Sekunde hingab und ihn kurz darauf als x-beliebigen Kunden bezeichnete. Er dachte daran, was er vorhatte ... wozu das führen könnte ... und fragte sich, ob er versuchte, zwei nicht zueinander passende Geschichten zusammenzuführen.

Jetzt in diesem Moment ging es einzig und allein um Future Trust. Und Emily könnte ihm den entscheidenden Schritt in die richtige Richtung gewiesen haben. Wenn es ihm gelingen würde, den Verein auf sichere Beine zu stellen und auf diese Weise den Bau der richtungsweisenden Umgehungsstraße zu verhindern, könnte er die persönliche Geschichte zwischen Porterfield und ihm außen vor lassen. Niemanden würde interessieren, was vor vielen Jahren geschehen war. Er würde endlich wieder in eine aktive Rolle schlüpfen, statt sich von seiner Vergangenheit und der politischen Lage herumschubsen zu lassen.

Und er wusste auch schon, was er tun würde. Wenn es ihm gelingen würde, eines der angesehensten Unternehmen Britanniens für die Aktion zu gewinnen, würden die paar Pfund von der Regierung Peanuts im Vergleich sein.

Einen Favoriten hatte er sogar schon ausgemacht. In der Liste der größten Konzerne waren Banken und Versicherungen sehr präsent, die er jedoch ausschloss: zu unemotional, zu wenig mitreißend. Wenn sich eine Bank für frei laufende Ponys einsetzen würde, käme selbst ihm das ... gespielt vor.

Nein.

Er benötigte etwas anderes.

Immer wieder wanderte sein Blick zu Tesco, der größten Einzelhandelskette auf der Liste. Er kannte niemanden, der nicht ab und zu dort einkaufte. Lebensmittel und den täglichen Kleinkram brauchte jeder und selbst in kleinen Orten gab es oft einen winzigen Laden. Was noch besser war: Tesco war international aufgestellt.

Was, wenn er mithilfe dieses Konzerns endlich die große Aufmerksamkeit auf die Arbeit von Future Trust auf sich ziehen konnte? Er müsste es nur schaffen, die Idee den Tesco-Leuten schmackhaft genug zu machen. Wenn er es richtig anstellte, würden beide Seiten davon profitieren: Die Supermarktkette könnte ihr Image gehörig aufpolieren, das von Nachrichten über Niedriglöhne und Preisdumping nicht gerade glänzte. Und Future Trust würde nicht nur einen Vorteil aus den Geldern ziehen, sondern vor allem auch von der Nähe zur Bevölkerung.

Er sah es vor sich: großflächige Plakate, Sammelheftchen, Spendengläser. Beinahe musste er lachen … hatte er dafür so viele Jahre studieren müssen? Früher hatte er gedacht, mit juristischen Spitzfindigkeiten die Welt erobern zu können, nun dachte er an Sticker und Gewinnspiele.

Doch vielleicht waren die einfachen Dinge genau die Lösung, nach der er so lange gesucht hatte. Gesetzestexte und Studienergebnisse motivierten niemanden, sich für ein Thema zu engagieren – mitreißende Plakate und Bonuspunkte schon.

Doch noch fehlten zu viele Puzzleteile, um die Idee seinem Chef vorlegen zu können. Besonders ein Schwachpunkt lag ihm schwer im Magen: Er musste irgendwie Kontakt zu den wichtigen Personen herstellen. Seiner Erfahrung nach wartete der Erfolg nie auf dem offiziellen Weg auf ihn, zumal er zum Klinkenputzen keine Zeit hatte.

Nein. Er brauchte die Abkürzung, den direkten Weg in die Chefetage.

Eine Anmerkung in Emilys Dokument hatte ihn aufmerksam werden lassen. Vielleicht lag die Abkürzung genau vor ihm. Und wenn er es richtig anstellte, könnte er zwei Fliegen mit einer Klappe schlagen.

Eine halbe Stunde später lehnte er sich zufrieden auf seinem

Schreibtischstuhl zurück. Der erste Schritt war getan.

Anina beendete das Telefonat und ließ das Telefon sinken. Sie hatte gewusst, dass dieser Anruf kommen würde. Mark hatte keinen Hehl daraus gemacht, dass sie sich wiedersehen würden. Und sie wusste genau, worauf er aus war.

Sie konnte damit umgehen.

Tat sie das nicht seit Jahren? Aufdringliche Kunden exakt im passenden Abstand von sich fernhalten? Sie bezirzen, mit ihnen flirten, aber im richtigen Moment die Grenze ziehen?

Doch bei ihm war alles viel schwieriger, war es vom ersten Augenblick an gewesen. Noch nie war es ihr derartig schwergefallen, eine emotionale Distanz zu wahren. Und das, obwohl sie ihn nach wie vor nicht durchschauen konnte.

Emily stellte ihn als großen Helden dar, den Retter der Welt. George hatte ihn als arroganten und gewieften Anwalt bezeichnet. Sie selbst hatte ihn als charismatischen und mitreißenden Redner erlebt, der nicht nur sie tief beeindruckt hatte. Ihre Kollegin Elvira war einem hinterlistigen Schauspieler auf den Leim gegangen – war er das ebenfalls gewesen? Sie dachte an seine fordernden Küsse, an die Berührungen, sein Begehren, sie besitzen zu wollen.

All diese Facetten von ihm könnte sie sogar zu einem passenden Bild zusammensetzen. Schließlich waren die wenigsten Menschen eindimensional und zeigten allen Menschen gegenüber die gleichen Gesichter.

Doch sie hatte ihn noch auf eine weitere Weise kennengelernt: zärtlich. Verständnisvoll. Beinahe liebevoll. In dem Moment ihrer größten Schwäche hatte er sich genau richtig verhalten ... oder auch falsch. Denn es waren diese wenigen Augenblicke gewesen, die es ihr nun so schwer machten, ihr Herz vor ihm zu verschließen. Wenn ein Mann sich so um sie kümmern und die Augen ihrer kleinen Schwester zum Leuchten bringen konnte – war er dann nicht liebevoll und zuverlässig? War er dann nicht vielleicht sogar ihr Traumprinz?

Sie dachte an Elvira. Manche Traumprinzen entpuppten sich als Luftblase.

Nichts passte zusammen.

Gern hätte sie sich etwas mehr Zeit vor ihrem nächsten Treffen gewünscht – doch nun würde es bereits heute Abend geschehen. Sie blickte auf das Telefon, durch das sie soeben die Mitteilung für ihre ExAd-Buchung erhalten hatte. Sie fragte sich, wie Mark es gelungen war, diesen Termin zu bekommen: Sie hatte erwartet, dass außer George kein anderer Kunde sie mehr würde buchen können.

Ein Empfang in Hillsborough Manor. Schon wieder. Wenn die Dinge kompliziert wurden, dann aber auch geballt. Treffen direkt vor der eigenen Haustür wirkten sich nicht gerade förderlich auf ihre Entspannung aus. Sie dachte daran, wie nah George an Petersfield wohnte und dass sie ihn vermutlich häufig in diesem Teil Englands begleiten würde, sobald sie exklusiv für ihn tätig war.

Sie stand im Bad und sah, wie ihr Spiegelbild über dem Waschbecken den Kopf schüttelte. Die Lösung war simpel: Sie musste sich einfach korrekt verhalten, so wie die letzten Jahre über. Solange sie sich nichts zuschulden kommen ließ, könnte ihr niemand etwas anhaben.

Doch ihr Körper wollte etwas anderes.

Mark Corwin hatte Bedürfnisse in ihr geweckt, die jahrelang verschüttet gewesen waren. Wie junge Knospen im Frühling waren sie erst langsam gesprosst, um schließlich mit voller Kraft in der Sonne zu hellgrünen Blättern zu explodieren. Wie viele Männer sie in den letzten Jahren berührt hatten ... oftmals intimer, als sie es sich gewünscht hätte. Doch niemals hatte sie sich so intensiv nach einer Berührung gesehnt wie nach der von Mark. Schon ein Blick von ihm genügte, ihr Innerstes vibrieren zu lassen, sich mehr zu wünschen.

Letztlich war genau dies das Hauptproblem: Wenn sie sich weiter auf ihre innere Stärke verlassen könnte, müsste sie sich keine Sorgen um ihre Zukunft machen.

Doch ihr Körper – und ein nicht unerheblicher Teil ihrer Seele – wehrten sich mit aller Macht gegen die Vernunft und die jahrelang aufgebaute Fassade: Sie wollte endlich eine Frau sein. Keine, die begehrt wurde und sich wie eine Schaufensterpuppe herumführen ließ, sondern eine, in der selbst das Verlangen brannte. Tief in ihr drin sehnte sie sich nach dem Verbotenen.

Doch das würde ihre Zukunft aufs Spiel setzen.

Emily.

Sie musste an ihre Schwester denken, deren Ausbildung. Der Brief vom Jugendamt lag zwar versteckt in einer Schublade, nagte jedoch ständig an ihrer Aufmerksamkeit. George hatte ihr einen Ausweg geboten – doch dafür musste sie ihren makellosen Ruf mit allen Mitteln bewahren.

Sie durfte ihrem Verlangen nicht nachgeben. Um Emily zu schützen – und ihr eigenes Herz. Heute Abend würde sie die Fähigkeiten anwenden, die sie sich in den letzten Jahren angeeignet hatte. Nur so würde sie Mark auf Abstand halten können. Irgendwann in der Nacht würde sie nach Hause zurückkehren und zu Bett gehen – allein.

Hillsborough Manor erinnerte Anina erneut an das Überbleibsel aus einer vergangenen Zeit, das es auch war. Als hübsche Dame, die außer Tanzen und Gutauszusehen nicht viel konnte, fühlte sie sich selbst oft, als wäre sie in eine falsche Ära hineingeboren worden.

Erst vor wenigen Wochen war sie das letzte Mal hier

gewesen, hatte Mark Corwin getroffen. Sie würde dafür sorgen, dass sich der Kreis nicht vollständig schloss.

Sie hatte gewusst, dass er auf sie warten würde. Trotz der kühlen Abendluft stand er vor dem Haupteingang und sah verboten gut aus in dem dunklen Anzug, der ihm so viel besser zu stehen schien als den anderen Anwesenden. Sobald er sie in ihrem Taxi entdeckt hatte, schritt er auf sie zu. Er öffnete die Tür, reichte ihr die Hand, bezahlte den Fahrer. Es hätte ein simpler und unpersönlicher Ablauf sein können, wären da nicht die Blicke gewesen, die er ihr zuwarf und die ihr den Himmel zu versprechen schienen.

Von solchen Gedanken musste sie sich schnellstens verabschieden. Hatte sie sich nicht vorgenommen, sich professionell zu verhalten?

Sie kramte jedes Fitzelchen Selbstbeherrschung aus sich heraus und strahlte ihn an. »Mark, wie schön, dich zu sehen!«

Er stutzte einen Moment, lächelte sie jedoch dann an. »Das Vergnügen ist ganz meinerseits.«

Er reichte ihr die Hand, die sie leicht widerwillig ergriff. Je mehr sie auf Körperkontakt verzichten konnte, desto leichter würde ihr der heutige Abend fallen. Doch gegen ein unschuldiges Händchenhalten war nichts einzuwenden, oder?

Leider war bei Mark Corwin rein gar nichts unschuldig.

Wie bei keinem anderen Mann spürte sie die raue und zugleich weiche Haut seiner Finger, reagierte sensibel auf das kleinste Reiben seiner Daumen. Während er sie durch die Menge führte, bemerkte sie jede Bewegung seines Körpers, als würde er auf sonderbare Weise mit ihr verbunden sein.

Das würde ein anstrengender Abend werden.

»Hast du alles verstanden?«

Anina schaute ihn mit leerem Blick an.

»Wie bitte?« Ihr Lächeln gelang nicht so perfekt wie noch vorhin.

Mark runzelte die Stirn. »Was ich dir gesagt hab. Was wir heute vorhaben.«

Bilder von verschwitzten Laken und einem nackten Mark schossen ihr durch den Kopf und ein Schwall von Hitze durchzuckte sie – der jedoch schnell von der sprichwörtlichen kalten Dusche abgelöst wurde.

Er sprach nicht von ihnen beiden. Sie war so in Gedanken versunken gewesen, dass sie kein Wort von dem mitbekommen hatte, was er gesagt hatte. So viel zum Thema Professionalität!

»Entschuldige ... ich ... ich war abgelenkt. Könnte ich noch einmal die Kurzfassung haben?«

Mark wirkte nicht verärgert, sah sie nur forschend an – mit einem durchtriebenen Funkeln in den Augen. »Offenbar waren meine Ausführungen etwas ermüdend. Dann zusammengefasst: Heute ist einer der Marketingchefs von Tesco anwesend. Unser Ziel: mit ihm ins Gespräch kommen, eine gute Beziehung aufbauen, möglichst einen Termin abgreifen. Du trittst als Vertreterin von Future Trust auf, und damit es glaubwürdiger wird, auch als meine Partnerin.«

Anina war beinahe enttäuscht. Derartige Aufträge hatte es schon unzählige Male gegeben. Und wie gelang so etwas besser als mit einer hübschen Frau als Begleitung? Das Positive war: Mit solchen Dingen hatte sie Erfahrung. Sie musste sich nur wie immer verhalten und so gut wie möglich ausblenden, dass ein extrem anziehender Mann an ihrer Seite stand.

Das würde sie hinbekommen. »Muss ich etwas Besonderes beachten?«

Er schüttelte den Kopf. »Wickel ihn um den kleinen Finger, das kannst du doch so gut.«

Es waren diese Worte, die sie endgültig in den professionellen Modus versetzten und die auch sein Lächeln nicht abmildern konnten. Letztlich sah er in ihr auch nur die hübsche Frau, die er zur Zierde an seiner Seite hatte. Nun: Zumindest das konnte sie.

»Dort drüben ist er.« Mark deutete unauffällig in eine Ecke ein paar Meter weiter.

Ein Mann in den Vierzigern befand sich im Gespräch mit einer Dame gleichen Alters, die allem Anschein nach seine Frau war. Beide hielten ein Glas Sekt in den Händen und schienen noch keine Gesprächspartner gefunden zu haben. Nach Aninas Erfahrung waren dies die perfekten Momente, um den ersten Kontakt aufzubauen.

»Dann auf in den Kampf!«, verkündete sie leise und straffte ihre Schultern.

Mark hakte sich in ihrem Arm unter und führte sie zu den beiden.

Anina hatte es noch nie schwer gefunden, ein Gespräch mit Fremden zu eröffnen. Die einfachste Möglichkeit war es noch immer, den Leuten zu schmeicheln und gleichzeitig vollkommen ehrlich zu sein.

»Entschuldigen Sie die Störung, aber ich musste einfach zu Ihnen kommen. Mein Freund hätte sonst den restlichen Abend über keine Ruhe mehr vor mir gehabt.« Sie ließ ein perlendes Lachen klingen. »Würden Sie mir verraten, von welcher Marke Ihr Kleid ist? Ich könnte für neue Kleider sterben, wissen Sie!« Sie sah im Augenwinkel, wie Mark die Stirn runzelte.

Dennoch zeigte sich wieder einmal, dass formale Vorstellungen eindeutig überbewertet waren. Die Dame wandte sich ihr zu, wirkte definitiv überrumpelt – aber nicht unfreundlich. Der erste Schritt war gemacht.

Anina griff sich an die Brust. »Oh, entschuldigen Sie, wie unhöflich!« Sie blickte Mark an. »Bin ich schon wieder ins Fettnäpfchen getreten? Tut mir leid, Liebling!«

Sie schaute zur Seite. Statt das sonst so präsente belustigte Funkeln in Marks Augen zu sehen, nahm sie zu ihrer Verwunderung etwas anderes wahr: etwa eine leichte Verärgerung?

Egal. Sie wusste, was sie tat.

Bevor er reagieren konnte, meldete sich die Dame zu Wort. »Aber ich bitte Sie, wir sind doch unter uns!« Sie beugte sich verschwörerisch zu Anina herüber. »Um ehrlich zu sein … es ist ein ganz alter Lappen von Michael Kors. Ich dürfte ihn gar nicht mehr tragen, immerhin ist er schon drei Jahre alt.«

Anina hielt sich die Hand vor den Mund und kicherte. »So was tue ich auch manchmal. Aber nicht verraten.«

»Niemals! Ich bin übrigens Regine.« Sie reichte Anina die Hand.

»Anabelle. Schön, Sie kennenzulernen.«

Mark schien von ihrem Versuch des überpersönlichen Anpirschens nicht sonderlich angetan zu sein. Er stellte sich seinem Zielobjekt vor, der sich als Richard Wellington entpuppte.

Bevor Schweigen eintreten konnte, fragte Anina die beiden, ob sie bereits gegessen hätten, wie sie die Speisenauswahl auf solchen Veranstaltungen allgemein und heute im Besonderen fanden. So belanglos es auch klingen mochte: Das Wetter und das Essen waren ergiebige Themen, um ins Gespräch zu kommen – und natürlich Kleidermarken.

»Wenn ich es mir wünschen dürfte, würde ich Fish & Chips und Himbeertörtchen bestellen!«, verkündete sie und lachte erneut ihr perlendes Lachen.

»Ganz meine Meinung«, pflichtete Richard Wellington ihr bei. »Ich bin auch eher der Tesco-Typ und nicht der von Harrods.«

Wenn das mal keine elegante Überleitung war! Anina hatte das sichere Gefühl, das Gespräch in exakt die richtige Richtung zu lenken – wenn nur die finsteren Blicke Marks nicht wären, die sie zu durchbohren schienen.

Anina war in ihrem Element. Warum fiel es anderen Menschen so schwer, Gespräche zu beginnen und die Gesprächspartner bei Laune zu halten? Ihrer Erfahrung nach gab es zwei Erfolgsrezepte: dem anderen Komplimente machen und viele, viele Fragen stellen. Nicht so, dass das Gegenüber sich ausgefragt fühlte, sondern ernsthaft interessiert. Sie hatte einmal gelesen, dass immer derjenige eine Unterhaltung als positiver einschätzte, der den höheren Redeanteil hatte. Genau diese Erkenntnis setzte sie um – und es funktionierte. Selbst die zurückhaltendsten und reserviertesten Menschen ließen sich irgendwann auf die Gespräche mit ihr ein – so auch heute.

Richard Wellington fühlte sich zweifellos geschmeichelt, von einer so hübschen Frau angesprochen zu werden. Der Umweg über seine Frau hatte sich als kluger Schachzug erwiesen. Die Gratwanderung bestand darin, nicht zu anbiedernd oder verzweifelt zu wirken, als würde sie sonst keinen Gesprächspartner finden.

»Sie sind also viel im Ausland unterwegs? Das muss schrecklich anstrengend sein!«, fragte sie, um den Gesprächsfluss nicht abbrechen zu lassen. Oder musste sie sich überhaupt noch bemühen? Die erste Hürde war bereits überwunden.

Richard Wellington hob eine Hand. »Teil des Jobs. Wer tut schon nur Dinge, die ihm Spaß machen?«

»Wohl wahr, wohl wahr«, flötete sie und spürte, wie eine kräftige Hand sich um ihr Handgelenk legte. Welchen schlechten Fisch hatte Mark heute zu Mittag gegessen? Es lief alles bestens! Warum wirkte er so verärgert?

»Wie sieht es aus, wollen wir endlich essen?«, fragte Regine Wellington. »Ich sterbe vor Hunger.«

»Dann sollten wir dringend etwas dagegen tun.« Ihr Mann führte sie in Richtung Buffet. »Begleiten Sie uns?«

»Aber liebend –«

»Wir sind gleich da«, unterbrach sie Mark und hielt sie mit

eisernem Griff fest.

Anina versuchte sich erfolglos daran, gleichzeitig ihren Gesprächspartnern nachzulächeln und ihn verärgert anzuschauen.

»Was ist heute los mit dir?«, fragte sie ihn, als die beiden außer Hörweite waren.

»Das könnte ich dich fragen! Was spielst du hier für eine Rolle?«

Anina schaute ihn fassungslos an. »Ich sorge dafür, dass du mit deiner Zielperson ins Gespräch kommst!«

Mark schnaubte. »Das ist ein schmieriges Theaterstück! Ich hab keine Lust, geschäftlich mit jemandem in Kontakt zu kommen, der meine Freundin für ein dummes Püppchen hält.«

Am liebsten hätte Anina ihm eine geknallt. Was dachte er sich eigentlich? Merkte er nicht, dass der Abend gut lief, sie eine Verbindung aufbauten? Wenn er den Faden endlich aufnehmen würde, wären sie schon viel weiter.

Und außerdem ... Püppchen? Wozu hatte er sie engagiert, wenn nicht genau dafür? Sich von einem Kunden dafür rügen zu lassen, dass sie genau das tat, wofür sie gebucht wurde, das ging selbst ihr zu weit.

Sie straffte sich und schaute ihn direkt an. »Und wie bitte darf ich mich verhalten, damit du zufrieden bist, Chef? Du bezahlst, ich tue alles, was du willst.«

Etwas flackerte in seinen Augen auf und sie war sich sicher, seinen Blick auf ihrem Mund gespürt zu haben. Doch der kurze Moment des Verlangens wurde von dem verdeckt, was er schon den ganzen Abend mit sich herumtrug: Ärger.

»Ich will dich einfach als Begleitung. So wie du bist. Ungespielt.«

Sie lachte freudlos auf. Er hatte ihren Job und seine Rolle noch immer nicht verstanden. Ja – irgendetwas löste er in ihr aus, das bei anderen Kunden nicht geschah. Umso wichtiger war es, ihm ihre Positionen klarzumachen.

»Hör zu ... du hast mich gebucht. Meine Aufgabe ist es, den Abend so erfolgreich wie möglich für dich zu gestalten. Das ist unser Motto bei Executive Adventures.«

Er wirkte frustriert. »Das Motto ist mir so was von egal! Ich will dich heute hier haben, An–«

»Nicht so laut!« Veranstaltungen wie diese waren nicht dafür geeignet, die Stimme zu erheben.

Er fuhr sich durch die Haare, atmete kurz durch. »Bitte.«

Dieses eine Wort ließ sie innehalten.

Mark nahm ihre Hand, führte sie an seinen Mund und hauchte ihr einen Kuss darauf, wie ihn Damen schon in längst vergangenen Zeiten erhalten hatten. Obwohl er sie kaum berührte, fühlte sich diese kleine Geste erschreckend intim an und sie konnte nicht anders, als ihn anzustarren.

Er schaute sie an. »Sei du selbst. Nur für eine Weile.«

Anina wusste nicht, was genau er sich wünschte. Er hatte doch eine Devise ausgegeben, wollte diesen Kontakt herstellen. Weshalb gab er ihr dennoch das Gefühl, sie hätte etwas falsch gemacht?

Und überhaupt ... er konnte nicht ihr wahres Selbst sehen wollen. Warum auch? Hatte er nicht zuvor gesagt, er wolle kein Püppchen an seiner Seite? Genau das wäre sie, wenn sie schweigend neben ihm stand, Langeweile ausstrahlte und womöglich mit ihren Fingernägeln spielte.

Mark trat einen Schritt näher, hielt ihre Hand fest in seiner. Er beugte sich zu ihr hinunter. »Dieser Typ zieht dich die ganze Zeit mit seinen Augen aus. Das macht mich wahnsinnig.« Er ließ ihre Hand los und legte eine auf ihren Po, als würde er zeigen wollen, zu wem sie gehörte.

Anina wurde warm. Diese überraschende Berührung ... diese Worte ... er hatte es so viel leichter als alle anderen, ihr nahezukommen. Sie sollte sich möglichst schnell dem Geschäftlichen zuwenden.

»Das habe ich nicht bemerkt. Außerdem haben wir einen Plan für heute, oder? Wenn du mich fragst, sollten wir uns den beiden zum Essen anschließen.«

Sie versuchte sich seiner Berührung zu entziehen, doch das ließ er nicht zu. Seine Hand zog sie fest an sich, strich über ihren Po. Wenn sie nicht am Rand des Raumes gestanden hätten, hätte es fragende Blicke gehagelt.

Doch er nickte, wenn auch widerwillig. Er sah aus, als hätte er sich soeben erinnert, warum sie hier waren. »Okay. Lass uns essen. Du kannst sicher eine gute Mahlzeit gebrauchen.« Er ließ seine Hand nach oben wandern und strich sanft über ihre Taille.

Anina spürte, wie in ihr etwas zu schmelzen begann. Nur selten hatte sie einen Abend mit einem Kunden verbracht, der tatsächlich wollte, dass sie etwas aß. Die Sprüche über zu viele Kalorien und ob sie lieber einen Salat hätte, könnten ein ganzes Buch füllen. Warum machte er es ihr so schwer, ihn nicht zu mögen?

Kurz darauf lagen Häppchen mit Kaviar, gratinierten Pilzen und Oliven auf ihren Tellern und sie steuerten ihre Zielpersonen an, die sich am Ende einer Tafel niedergelassen hatten.

Mark beugte sich noch einmal zu ihr herunter. »Entspann dich einfach. Lass uns einen entspannten Abend haben.«

Hatte sie schon einmal einen solchen Abend erlebt? Nein. Hatte sie nicht.

Zwei Stunden später saßen sie zwar noch immer am gleichen Ende der Tafel, aber etwas in ihr drinnen fühlte sich vollkommen anders an. Warm, schmelzend – glühend.

Vielleicht waren es Marks Worte, die sie immer wieder zum Essen animiert hatten. Womöglich auch sein Lächeln, das etwas in ihr auslöste, das sie nicht näher betrachten wollte. Woran es auch lag: Zum ersten Mal fühlte sie sich an einem ihrer Abende mit einem Kunden rundum wohl. Irgendwann in den letzten Stunden hatte sie einen imaginären schweren Mantel abgelegt und es gewagt, tatsächlich die zu sein, die Mark sich gewünscht hatte – sie selbst.

Es fühlte sich wagemutig und seltsam fremd an. Diese Anina gehörte nach Hause auf die Couch vor den Fernseher, nicht in einen Saal in einem altehrwürdigen Herrenhaus, zwischen all die Menschen in schicken Kleidern.

Oder doch? Konnte sie auch hierhin gehören, ohne eine Rolle zu spielen, zumindest vorübergehend? Ein Gedanke an George durchzuckte sie, auf das Leben, das sie an seiner Seite erwartete. Doch sie schob die Vorstellung beiseite. Nicht heute. Nicht jetzt. Denn jetzt fühlte sich ... gut an.

Seitdem sie den imaginären schweren Mantel abgelegt hatte, fehlten ihr zu ihrer Überraschung nicht die Worte, kam keine Schüchternheit auf. Stattdessen unterhielt sie sich völlig ungezwungen, ohne sich bei jedem Satz zu fragen, ob es angemessen war. Etwas in ihr entspannte sich. Sie saß hier, ohne die Bürde, etwas leisten zu müssen. Sprach mit interessanten Menschen – mit einem mehr als attraktiven Mann an ihrer Seite, dessen Lächeln sie in ihrem Inneren wärmte.

Sie fühlte sich geschmeichelt, als Richard Wellington interessiert nach ihrer beruflichen Zukunft fragte, ihren Zielen und Ambitionen. »Talenten wie Ihnen stehen unsere Türen immer offen!«, meinte er mehr als einmal.

Dieser Abend war so viel schöner, als sie gedacht hatte.

Mark schien anderer Meinung zu sein. Seine Beobachtung, Richard Wellington würde sie mit Blicken ausziehen, war zwar etwas übertrieben, aber nicht völlig von der Hand zu weisen. Obwohl seine Frau nichts zu bemerken schien, ließ er es sich nicht nehmen, Anina nicht nur in die Augen zu schauen, sondern auch sonst auf Erkundungsreise zu gehen.

Sie war es gewöhnt. Kam damit klar.

Mark nicht.

Äußerlich gelang es ihm gut, das Gespräch aufrecht zu erhalten. Wirkte wie der abgebrühte Anwalt, der er zweifellos war. Doch in ihm loderte eine Anspannung, die nur sie wahrzunehmen schien.

»Was haben Sie heute noch vor?«, fragte Richard Wellington und lächelte sie schief an.

Anina spürte eine harte Hand auf ihrem Oberschenkel und musste sich zusammenreißen, sich nichts anmerken zu lassen. Mark musste doch wissen, dass man ihnen die Berührung ansehen würde! Sie versuchte, die Hand beiseitezuschieben – ohne Erfolg.

Marks Stimme ließ nicht erkennen, was in ihm vorging. »Wir werden uns heute noch einen schönen Abend machen, nicht wahr, Liebling?« Er zog sie an sich und hauchte ihr einen Kuss auf die Wange.

Was sollte das? Gehörte das zum Reviermarkieren unter Männern? Doch obwohl sie ihn durchschaute, reagierte ihr Körper prompt auf die fehlende Distanz zwischen ihnen: Hitze breitete sich aus, drängte sie dazu, näher bei ihm sein zu wollen.

Gut, dass sie hier in der Öffentlichkeit waren.

Richard Wellington grinste sie an. »Schade.« Er warf seiner Frau einen vielsagenden Blick zu. »Wir hätten Sie gern noch zu uns eingeladen.«

Anina spürte, wie sich der Druck auf ihren Oberschenkel verstärkte. Diese Idee fand offensichtlich jemand überhaupt nicht erstrebenswert.

Mark schaute auf die Uhr und schüttelte bedauernd den Kopf. »Ich fürchte, wir müssen uns verabschieden.«

Schon so früh? Hätten sie nicht noch mehr aus dem Gespräch herausziehen können? Doch Mark schien es mit einem

Mal eilig zu haben. Er erhob sich, nahm ihre Hand und zog sie sanft nach oben, nur um sie sogleich wieder an sich zu ziehen.

»Es war schön, Sie kennengelernt zu haben. Wir bleiben in Kontakt.«

Anina kam kaum noch dazu, sich von den beiden zu verabschieden, so schnell zog sie Mark dem Ausgang entgegen.

»Was ist denn jetzt los? Sind wir schon fertig mit ihnen?« Dieser Mann machte sie wahnsinnig.

»Wir müssen gehen«, antwortete er, ohne sie anzuschauen.

»Aber wir hätten vielleicht viel mehr erreichen können! Richard Wellington ist doch genau der Mann, den du gerade brauchst!«

»Er steht auf dich.«

Anina rollte die Augen. »Das können wir doch ausnutzen!«

Mark lachte kurz auf und zog sie schneller durch den Saal, als in diesem Rahmen angemessen war. Sie traten durch die riesige hölzerne Eingangstür und Anina fühlte sich von eisiger Abendluft umgeben. Ehe ihr kalt werden konnte, wurde sie umschlungen. Ganz und gar gefangen genommen von einem Mann, der nichts als Hitze ausstrahlte.

»Heute gehörst du ganz mir.« Seine Stimme klang unnachgiebig und gleich darauf untermalte er seine Worte mit einem so leidenschaftlichen Kuss, der noch viel mehr versprach.

Sie spürte nur noch ihn. Seine Hände auf ihrer Haut, seinen erregten Körper an ihren gepresst. Es spielte keine Rolle, dass sie von einem Fahrer durch die Dunkelheit kutschiert wurden, der am nächsten Morgen vermutlich eine wilde Geschichte zu erzählen hatte.

Es zählten nur noch sie beide, eng umschlungen, vertieft in einen nicht enden wollenden Kuss.

Es war so lange her …

Vor ihm hatte sie sich diese Art von Nähe verweigert, wollte alles dafür tun, sich selbst und ihre Schwester nicht noch einmal in Gefahr zu bringen. Doch nun hatte ihr Körper wiederentdeckt, was es hieß, sich als Frau zu fühlen – und er wollte mehr.

Ebenso wie Mark.

Seit ihren letzten Treffen ... den gesamten heutigen Abend über ... wann immer sie ihn angeschaut hatte, hatte das Verlangen in ihm gebrannt. Jetzt brach es sich seine Bahn. Er ließ ihr keine Zeit zum Denken, löste mit jeder Berührung Stichflammen aus, auf ihrem Rücken, ihrem Po, ihren Oberschenkeln.

»Komm mit zu mir«, stöhnte er in ihren Mund. »Ich kann nicht länger warten.«

Seine Stimme klang verlockend, versprach Genüsse, die Teile ihres Körpers begeistert aufschreien ließen. Instinktiv drängte sie sich enger an ihn. Er hatte fordernd geklungen – und gleichzeitig beinahe hilflos. Als müsste er sie bei sich haben, könnte es nicht ertragen, sie allein aus dem Taxi aussteigen zu lassen.

Es war dieses dringende Bedürfnis, das sie auch in sich selbst fand.

Wäre es so schlimm?

Womöglich würde sie demnächst an der Seite eines alten Mannes durchs Leben gehen. Einem, der niemals solche Gefühle in ihr wecken würde. War es so abwegig, ein einziges, letztes Mal zu erleben, wie es zwischen ihr und jemandem sein konnte, der ständig etwas in ihr entflammte?

Ein großer, viel zu vernünftiger Teil in ihr wollte sich zurückziehen. Sich darüber bewusst sein, wie gefährlich Mark Corwin ihr werden könnte, der sie ihren Job kosten könnte. Noch immer gab es diese Zweifel an seiner Ehrlichkeit – doch hier und jetzt schien er jede ihrer Bedenken wegstreicheln und wegküssen zu können.

Doch es gab einen viel gravierenderen Grund ...

Sie könnte neben ihrem Job auch ihr Herz verlieren.

Würde sie es überstehen, sich einmal auf ihn einzulassen, nur von ihm zu kosten und anschließend weiter allein durchs Leben zu gehen? Ihr vernünftiger Anteil schüttelte heftig den Kopf. Stemmte die Hände in die Taille und blickte sie empört an.

Doch vielleicht hatte sie sich zu lange etwas so Wichtiges versagt.

Sie wollte ihn.

Ihr Körper wollte ihn.

Wenn es ihr gelang, auch nur für eine Sekunde ihre wirren Gedanken abzuschalten, übernahm ihr Körper das Kommando. Immer wenn das geschah, verstummte die vernünftige Stimme in ihr komplett.

»Nur heute. Lass uns nicht an morgen denken.«

Wieder diese Verlockung – die endgültig den Schalter umlegte. Sie küsste ihn leidenschaftlicher, was er mit einem beinahe gequälten Ächzen quittierte.

Heute.

Nur ein Abend, nur eine Nacht. Zu lange hatte sie nur nach rationalen Gründen gelebt – vielleicht war jetzt genau der richtige Moment, sich fallen zu lassen.

So musste es sich anfühlen, wenn man bis über beide Ohren verliebt war. Nur noch Augen für den anderen hatte, keinen klaren Gedanken mehr fassen konnte. Anina badete in diesem Gefühl, schaute ihn begehrlich an, immer in dem Wissen, ihr würde nur diese eine Nacht vergönnt sein. Mark schien zu spüren, dass sich etwas in ihr geändert hatte. Doch sein Blick stellte keine Fragen, riss sie mit sich, immer tiefer hinein in einen Strudel, in dem es nur sie beide gab.

Das Taxi hatte in einem Viertel gehalten, das Anina nur vage wahrnahm. Spielte es eine Rolle, wohin er sie brachte? Er hatte seinen Mantel um sie gelegt, sie durch einen Vorgarten zu einer Haustür geführt, sie

dagegengepresst und mit einem verführerischen Kuss zu sich eingeladen.

Als ob sie nun noch einen Rückzieher machen würde.

Die Entscheidung war gefallen und jede Faser ihres Körpers sehnte sich danach, sich ihm hinzugeben.

Mark gehörte nicht zu den Männern, die lange nach dem Schlüssel suchten, den Lichtschalter nicht fanden oder in das Haus stolperten. Er bestätigte das Bild, das sie von Beginn an von ihm gehabt hatte: das des souveränen Anwalts, der bereits mit dem Selbstbewusstsein eines Löwen auf die Welt gekommen war – einer, in dessen Hände sie sich begeben konnte.

Ein Treppenhaus, eine Wohnungstür, ein gedämpft beleuchteter Flur. Anina nahm diese Dinge nur grob wahr, als wären sie unendlich weit entfernt.

Sie sprachen nicht.

Mussten es nicht.

Kaum fiel die Tür hinter ihnen ins Schloss, schob er seinen Mantel von ihren Schultern, riss mit einem Ruck ihre Bluse auf und ließ seine Hände

daruntergleiten.

Endlich.

Genau danach hatte sie sich gesehnt. Keine verbotenen, beinahe keuschen Berührungen mehr. Stattdessen den Beweis für sein Verlangen, heiß auf ihrer Haut. Erst jetzt unterbrach er den Kuss, schaute an ihr herab, und sie spürte den Blick auf ihren Brüsten, die sich ihm in einem pastellrosa Spitzen-BH entgegenreckten.

Ein bewundernder Ausdruck legte sich über seine Miene. Er schloss kurz die Augen, nur um sie gleich wieder zu öffnen.

Der Blick erwischte sie eiskalt, schien sich eine Antwort von ihr zu wünschen.

Sie antwortete mit einem Kuss, den sie so noch nie geküsst hatte. Einer, der ihm jede Antwort dieser Welt geben musste.

Er verstand.

Mit einem lauten Stöhnen hob er sie an und sie schlang seine Beine um ihn. Er trug sie mühelos durch den Flur ins Wohnzimmer, in dem eine riesige Couchlandschaft auf sie wartete.

Mark legte sie ab, küsste sie noch einmal tief und richtete sich auf. Seine Augen waren dunkel vor Erregung. Ohne Zögern streifte er das Jackett von den Schultern und knöpfte das Hemd auf. Anina leckte sich instinktiv über die Lippen, als sie seinen Oberkörper sah. Kräftig, trainiert, mit einem Tattoo, das sich über die linke Schulter erstreckte.

Wow.

Sie hatte ihn gespürt, doch niemals erwartet, dass sein Anblick ein so sehnsuchtsvolles Ziehen in ihrem Unterleib auslösen würde.

Sein Gesichtsausdruck war entschlossen, als würde er keine Sekunde verlieren wollen. Er öffnete Gürtel, Knopf und Reißverschluss seiner Hose, ließ sie fallen, entledigte sich seiner Socken. Er stand nur noch in seinen Shorts vor ihr, die sich merklich ausbeulten. Sie konnte nicht anders – sie musste ihn anschmachten, ihren Blick zu dem begehrlichen Körperteil wandern lassen.

Mark verzog das Gesicht zu einem trägen Lächeln.

Er würde doch nicht …

Er würde.

Er schob seine Hände in den Bund seiner Shorts, streifte sie nach unten – und stand vollkommen nackt vor ihr. Seine Erregung war deutlich sichtbar, reckte sich ihr entgegen und Anina leckte sich erneut über die Lippen.

»Wenn du das noch einmal tust, ist das hier schneller vorbei, als wir beide es uns wünschen«, sagte er mit rauer Stimme und kam näher.

Sein Striptease hatte nicht mehr als ein paar Sekunden gedauert, doch Anina hatte das Gefühl, ihn schon ewig zu betrachten. Viel zu lang dauerte es, bis er endlich über ihr war und sie ihn berühren konnte.

Glatte, weiche Haut.

Heiß.

»Du bist dran«, murmelte er in ihre Halsbeuge.

Er hätte nicht darum bitten müssen. Alles in ihr schrie danach, ihn Haut auf Haut spüren zu können. Ungeduldig öffnete sie ihre Hose.

»Lass mich das machen.«

Mit der gleichen Sicherheit wie zuvor entkleidete er sie. Was beinahe ruppig wirken könnte, fühlte sich unendlich gut an – als könnte er es ebenfalls nicht erwarten, sie endlich ohne Stoff ansehen zu können. Sie berühren zu können.

Mit einem schnellen Griff öffnete er ihren BH und ihre Brüste reckten sich ihm entgegen.

Noch nie in ihrem Leben hatte sie jemand mit einem so brennenden Verlangen angeschaut. Und noch nie hatte sie das Bedürfnis, sich ihm voll und ganz zu zeigen, ihm alles zu geben.

Einer ihrer früheren Kunden hatte ihr einmal gesagt, sie wäre vermutlich eine hemmungslose Wildkatze im Bett. Als würde jemand mit ihrem Aussehen nicht anders können, als einen Mann nach dem anderen zum Frühstück zu verspeisen.

Die Wahrheit war … sie hatte sich immer gehemmt gefühlt, eingeschüchtert. Als würden Männer etwas von ihr erwarten, das sie nicht geben konnte.

Heute spielte dies alles keine Rolle. Unter Marks glühenden Blicken schien ihr Körper innerlich zu strahlen, die Hand nach ihm zu reichen. Er machte sich über sie her, beugte sich über sie, liebkoste ihre Brüste mit seinen Lippen.

Anina würde das nicht lange aushalten. Sie griff nach ihm, strich endlich über die erhitzte Haut, wollte ihn dazu bewegen, sich anderen, tieferen Regionen zu widmen. Statt sich über sie lustig zu machen, hob er den Kopf und Anina sah die gleiche Ungeduld in seinen Augen, die in ihr tobte.

Keine Lust auf Finessen.

Sie wollte ihn.

Und er verstand.

Er schob ihre Hose über die Hüften und entkleidete sie vollständig. Nahm sich nur kurz Zeit, sie zu betrachten, warf ihr stattdessen einen entschuldigenden Blick zu und kramte in einem Schubfach neben der Couch nach etwas ... ach ja. Es sagte viel darüber aus, dass sie noch nicht einmal an Verhütung gedacht hätte.

Mit geschmeidigen Bewegungen erledigte er die Aufgabe und nach scheinbar endlosen Sekunden ohne seine Berührung lag er auf ihr. Sie spürte ihn zwischen seinen Beinen, wusste, er wollte sie ebenso wie sie ihn.

Ehe sie darüber nachdenken konnte, wie es sich wohl nach so langer Zeit anfühlen würde, war er mit einem Ruck in ihr.

Sie schrie auf, überwältigt von der Intimität der Vereinigung, von längst vergessenen Gefühlen. Er hielt inne, gab ihr Zeit, sich an ihn zu gewöhnen. Küsste sie erst sanft, dann tiefer, fordernder.

Ihre Hüften ließen sich auf das Spiel ein, bewegten sich, luden ihn ein. Er reagierte prompt. Dies war nicht das zärtliche Liebesspiel junger Verliebter, sondern das drängende Verlangen zweier Menschen, die viel zu lange genau auf diesen Moment gewartet hatten.

Er stieß fester zu, erhöhte den Rhythmus, und sie ließ sich von ihm mitreißen. Alles in ihr brannte wie ein Feuer, das sich immer weiter ausbreitete und schon bald in einem Höhepunkt münden würde.

Sie explodierte.

Heftig. Unerwartet. Überwältigend.

Auch er spannte sich an und brüllte die Erlösung heraus. Erst jetzt wurde ihr bewusst, dass auch sie geschrien haben musste.

Die Stille wurde von ihrem schweren Keuchen durchbrochen, das sich nur langsam beruhigte. Er ließ sich auf sie sinken, nahm ihr Gesicht in beide Hände und schaute sie durch leicht geschlossene Augen an.

»War ich zu grob?« Seine Finger strichen über ihre Wangen.

Sein liebevoller Ton brachte einen weiteren Teil in ihr zum Schmelzen.

Sprachlos schüttelte sie den Kopf. Selbst wenn sie den Mund geöffnet hätte, wäre kein Wort über ihre Lippen gekommen.

Dies war ... einmalig gewesen.

Besonders.

Er entledigte sich des Kondoms, zog eine Decke heran und legte sie über sie beide. Dann umschloss er sie mit seinen Armen, bis sie sich geschützt fühlte. Er ließ seine Hände sanft über ihre Haut gleiten, die von einem leichten Schweißfilm bedeckt war. Er malte kleine Muster auf ihren Bauch und jede dieser Berührungen schien sich in sie einzubrennen.

Sie waren sich nah, so unglaublich nah. Nicht nur körperlich. In diesem Moment fühlte es sich beinahe beängstigend an, die mühevoll aufrechterhaltene Distanz überwunden zu haben. Sie war unendlich froh, dass es zumindest ihr Name war, der sie trennte. Für ihn war sie Anabelle, die Schönheit, deren Begleitung er sich erkaufen konnte.

Er kannte nicht die unsichere Anina. Es war diese Erkenntnis, die sie gleichzeitig schmerzte und beruhigte. Wenn er sie nicht kannte, dann könnte sie in dieser Nacht die Frau sein, die sie immer sein wollte.

9

Keine einzige Sekunde würde sie mit Schlaf verschwenden. Sie lagen nebeneinander in einem Bett, in dem sie sich hätten verlieren können. Doch keiner von ihnen schien den Drang zu verspüren, Abstand zwischen sie beide zu bringen – im Gegenteil. Mark hielt sie von hinten fest umschlungen, hatte sie an sich gezogen und schickte seine tiefen Atemstöße auf ihre nackten Schultern.

Er war eingeschlafen. Gut ... so konnte sie sich sammeln, ganz für sich sein ... jede Sekunde auskosten.

Die letzten Stunden waren wie ein Rausch gewesen. Nachdem sie zum ersten Mal übereinander hergefallen waren, hatte er sie in sein Schlafzimmer getragen, wo sie sich erneut geliebt hatten. Langsamer, vorsichtiger, als würden sie sich erkunden wollen. Er hatte ihr leise Worte zugemurmelt, Worte voller Bewunderung, die in ihrem Innersten wie federleichte Schneeflocken gelandet waren. Seine Hände schienen besondere Kräfte zu besitzen, schienen jede Stelle ihres Körpers verflüssigen zu können.

Er war ein aufmerksamer Liebhaber. Im Bett verhielt er sich ebenso, wie sie ihn kennengelernt hatte: Mit sicheren Bewegungen, von sich überzeugt – darauf bedacht, dass sie sich wohlfühlte.

Nun lag sie in seinen Armen, spürte seine um ihren Körper und konnte nicht anders, als sich fallen zu lassen. Während der letzten Stunden hatte sie mehrfach das Gefühl, nicht mehr weiter fallen zu können, doch es war ihm gelungen, Schicht für Schicht ihrer Anspannung abzutragen, bis alles Schwierige in ihrem Leben verschwunden war und nur sie selbst übrig blieb. Es war so herrlich, von jemandem gehalten zu werden, der sie bewunderte, liebkoste und ihr das Gefühl gab, die wunderbarste Frau der Welt zu sein.

Vorhin ... nachdem sie sich das dritte Mal geliebt hatten, hatte er jedoch etwas getan, das sich für immer in ihr Herz einbrennen würde. Er hatte angefangen zu sprechen, hatte Worte fließen lassen, die ihr wie ein Liebeslied vorkamen. Er hatte davon gesprochen, wie sie etwas in ihm bewegte, ihn nicht mehr klar denken ließ. Wie er ihre Fähigkeit bewunderte, Menschen zusammenzuführen. Welchen Respekt er vor ihrer Leistung hatte, ein hochintelligentes Mädchen allein aufzuziehen, das so offensichtlich glücklich mit ihrer großen Schwester war.

Es war der Moment gewesen, in dem sie sich endgültig in ihn verliebt hatte.

Niemals sagte ihr jemand, was sie gut konnte. Alle betonten ihre Schönheit – doch dafür hatte sie nichts geleistet. Es war ihr in die Wiege gelegt worden, zugeflogen. Wollte nicht jeder für etwas geschätzt werden, wofür er etwas getan hatte? Sie hatte nicht gewusst, wie groß ihre Sehnsucht nach solchen Worten gewesen war, bis sie sie gehört hatte.

Anina wagte nicht, sich zu bewegen, wollte diese Momente der Stille so lange auskosten wie möglich. Morgen würden sie wieder getrennte Wege gehen. Allein die Vorstellung bereitete ihr körperliche Schmerzen. Hätte sie diese Nacht verhindern sollen? Vermutlich. Doch ... sie bereute nicht, sich diesen einmaligen Luxus gegönnt zu haben.

Mark seufzte leicht im Schlaf, zog sie noch näher an sich. Sie spürte, wie sich zwischen seinen Beinen etwas regte, bemerkte, wie seine Hände wieder auf Wanderschaft gingen. Sofort flammte ihr Körper erneut auf, wollte noch einmal das erleben, was er mit ihr tun konnte.

»Anina«, flüsterte er in ihr Ohr.

Nur ein Wort, ausgesprochen im Halbschlaf – und sie zuckte zusammen.

Es passte nicht hierher, sollte nicht aus seinem Mund kommen.

Ihr Körper versteifte sich. Die warmen Gefühle verwandelten sich zu etwas Kälterem, das ihre Haut wie ein Schauer überzog. Seine Hände hielten wieder still, sein Atem wurde ruhiger. Träumte er? Und warum zum Teufel träumte er von ihrem Namen? Ihrem wirklichen Namen? Wusste er doch mehr über sie, als sie dachte?

Etwas stimmte hier nicht. Hier war sie Anabelle, niemand anderes. Er sollte ihren wahren Namen nicht kennen. Hatte sie ihn versehentlich doch irgendwann ausgesprochen? Nein, das hätte sie bemerkt. Anabelle war ihr Schutzschild. Obwohl er diesen mehr als einmal durchdrungen hatte, war die letzte Grenze nicht überschritten worden.

Instinktiv verspürte sie das Verlangen, Abstand zwischen ihn und sich zu bringen. Das Gefühl der Sicherheit wich dem Bedürfnis, sich zu schützen. Ihre Zweifel kamen ihr plötzlich wieder berechtigt vor – und der Wunsch nach dem Fallenlassen wie ein dummer Mädchentraum.

Sie musste hier weg. Brauchte Zeit zum Nachdenken – und für ihre Reue, die sie wie ein Eimer mit eiskaltem Wasser überströmte. Wie spät war es? Mitten in der Nacht!

Emily!

Gott … wie konnte sie nur … Emily war allein zu Haus!

Der Gedanke an ihre Schwester löste jedoch den Gedankenknoten in ihrem Kopf: Natürlich! War es nicht logisch, dass Emily ihren echten Namen in seiner Gegenwart erwähnt hatte? Es wäre beinahe unwahrscheinlich, wenn er ihn nicht kennen würde. Sie ließ sich zurück auf die Laken sinken, nahm seinen Arm auf ihren Hüften wahr.

Sie atmete durch, spürte das wohlige Gefühl erneut in sich aufsteigen. Vermutlich wollte er ihren Wunsch nach Diskretion wahren – was ihn in einem noch fürsorglicheren Licht erscheinen ließ. Der kurzfristige Panikanfall war vorüber, ließ sie ein paar Sekunden länger neben dem warmen Männerkörper verharren.

Doch ihr Verantwortungsbewusstsein siegte. Sie sollte Emily nicht ohne Erklärung die ganze Nacht über allein lassen. Sie richtete sich auf, ließ ihren Blick auf der Suche nach ihren Kleidern durch den Raum schweifen und sah, wie auf dem Nachtschrank Marks Telefon lag – und es genau in diesem Moment aufleuchtete.

Sie sagte sich, dass es nicht ihre Art war, zu schnüffeln. Dass sie ohnehin aufstehen wollte und nur zufällig an dem Handy vorbeikam. Vielleicht redete sie sich auch ein, dass sie das leuchtende Display mit dem ihres Telefons verwechselte, mit dem sie Emily eine Nachricht schicken wollte.

Was es auch war: Sie warf einen Blick auf das Display und die Buchstaben brannten sich in ihre Augen:

„Na, hast du sie endlich rumgekriegt?"

Etwas in ihr gefror. Sie schaute ihn an, wie er unschuldig neben ihr lag und schlief, das attraktive Gesicht entspannt.

Er redete mit anderen Männern über sie. Prahlte vermutlich. Tat genau das, wovor sie Angst hatte – und was sie ihm nicht zutrauen wollte. Es fühlte sich an, als hätte er etwas Privates nach außen gekehrt, etwas über sie preisgegeben, das sie als wertvoll erachtet hatte.

Mit einem Mal kam sie sich billig vor, wie die Angestellte einer Begleitagentur, die sich auch für andere Dienstleistungen zur Verfügung stellt. Oder das Objekt einer Wette unter Kumpels, die sich nach einer Nacht wie dieser abklatschten und ihren Triumph feierten.

Ein unangenehmer Geschmack drängte in ihren Mund, ließ die zuvor so einmaligen Stunden schal und bitter erscheinen.

Dazu kam die Gefährdung ihres Jobs – und ihr wurde noch kälter. Hatte die Geschichte mit Elvira nicht bewiesen, auf welch gefährliches Spiel sie sich eingelassen hatte?

Sie musste hier weg.

Sofort.

So vorsichtig wie möglich schob sie sich unter Marks Armen hindurch und kroch aus dem Bett. Bitte, bitte ... er sollte nicht aufwachen. Sie hatte nicht die Kraft, sich mit ihm auseinanderzusetzen. Wollte ihm nicht die Fragen entgegenbrüllen, die in ihr tobten.

Sie schlich auf Zehenspitzen zur Tür des Schlafzimmers. Mark seufzte laut auf – und sie zuckte zusammen. Doch kurz darauf drehte er sich um und schlief weiter.

Sie betrachtete ihn. Er lag nackt vor ihr, ein dünnes Laken über der Hüfte. Ein unvernünftiger, begieriger Teil von ihr wollte sich noch einmal auf ihn stürzen, ihn noch einmal kosten und ihre Hände über seinen muskulösen Körper streichen lassen.

Doch dieser Teil wurde nun endgültig in eine kleine Kammer gesperrt. Ihre Vernunft würde von nun an wieder das Kommando übernehmen. Wohin hatte es sie gebracht, sich entgegen aller Argumente auf ihn einzulassen?

Genau hierhin ... in diesen Moment. Mit dem sicheren Wissen, dass sie sich in einen Mann verliebt hatte, der mehr über sie wusste, als er preisgab, und der es darauf angelegt hatte, sie ins Bett zu kriegen.

Sie verfluchte sich selbst, drehte sich um und machte sich daran, so schnell wie möglich von hier zu verschwinden.

Die Sonne kitzelte Marks Wange und ließ ihn langsam aus dem tiefsten Schlaf erwachen, den er seit Langem erlebt hatte. Etwas war anders heute Morgen, unterschied sich von den üblichen ersten Minuten, nachdem die Müdigkeit ihn verließ.

Ruckartig setzte er sich auf.

Anina.

Er schaute sich um, noch benommen von der Nacht und doch mit der glasklaren Gewissheit, dass sie nicht mehr hier war. Erst gestern hatte er herausgefunden, was ihn von Anfang an so berührt hatte: Es war etwas, das sie in sich trug, eine Art Licht, das auf ihn und andere ausstrahlte. Er musste nicht im Rest der Wohnung nachschauen, um zu wissen, dass dieses Licht nicht mehr hier war.

Oh Mann ... wurde er jetzt zum liebestollen Poeten? Er ließ sich zurück auf das Bett fallen und starrte an die Decke.

Was für eine Nacht.

Er fühlte sich ausgelaugt und voller Energie zugleich. Unglaublich befriedigt und gleichzeitig unbefriedigt. Sein Körper hatte endlich bekommen, was er gewollt hatte – doch es war, als hätte er nur einen Tropfen eines köstlichen Getränks kosten können, obwohl er nach einem ganzen Glas gierte.

Er schüttelte den Kopf. Dies waren wahrlich wirre Gedanken.

Kein Wunder, nach dem, was sie in der letzten Nacht geteilt hatten. Er musste nicht lange nachdenken, um zu wissen, dass er den besten Sex seines Lebens gehabt hatte. Sie war all das gewesen, was er sich je erträumt hatte – und noch viel mehr. Sie hatte all die Leidenschaft, die er immer in ihr gesehen hatte, die sie jedoch im Alltag geschickt verbarg. Sie war liebevoll und wild zugleich gewesen, hatte sich ihm völlig hingegeben, ohne passiv zu sein.

Jetzt in diesem Moment könnte er glücklich sterben.

Oder ... vielleicht doch nicht. Denn er wollte mehr. Mehr von ihr, mehr von sich geben.

Das alberne Geflirte gestern Abend mit Richard Wellington hatte etwas in ihm zum Überkochen gebracht. Seit Wochen beobachtete er sie nun schon, hatte viel zu oft gesehen, wie sie eine Rolle spielte – und ein paar klitzekleine Einblicke in die wahre Anina erhalten. Es waren diese Momente, die ihn zum Glühen brachten, dazu führten, dass er mehr von ihr wollte. Ihr wahres Selbst.

Hatte er das in der letzten Nacht bekommen?

Ja.

Er wusste nicht, woher er die Sicherheit nahm, doch diese Intimität konnte sie nicht gespielt haben.

Vielleicht war er ein Idiot. Ein dummer, liebestoller Typ, der sich entgegen aller Warnungen auf eine Frau einließ, die mit Männern spielte. Spikes mahnendes Gesicht tauchte vor seinem inneren Auge auf, der Anblick seines Kumpels vor ein paar Jahren, gebrochen, zerstört.

War das ihr Werk gewesen?

Würde er ebenso wie sein Freund leiden und das Vertrauen in die wahre Liebe verlieren?

Er dachte an Aninas Stöhnen zurück, an ihre Berührungen, an den Blick aus ihren glasklaren Augen. Mit jeder Faser seines Herzens wünschte er sich, die wahre Anina gesehen zu haben.

Waren das die Gedanken eines Mannes, der sich auf die falsche Frau eingelassen hatte? Immerhin war sie gegangen, kommentarlos. Flirtete vor seinen Augen mit jedem beliebigen Typen, machte sich nicht zum ersten Mal an einen alten Knacker ran – der in diesem Fall ausgerechnet ein Kerl aus seiner eigenen Vergangenheit in Cambridge war.

Diese Überlegungen schoben einen Teil der warmen Gefühle für sie beiseite. Trotz der letzten Nacht: Er durfte nie vergessen, dass es für sie keine Zukunft gab. Wegen Spike, wegen George Porterfield, wegen der vielen unausgesprochenen Themen zwischen ihnen.

Oder redete er sich das nur ein? Könnten sie einander näherkommen, trotz der Hürden? Etwas in seinem Herzen blühte auf wie eine Frühlingsblume. Er wollte sie näher kennenlernen, noch viel näher, als er ihr in der letzten Nacht gekommen war. Wollte entdecken, was in ihr vorging.

Zum Teufel mit Spike und seinen elenden Warnungen. Erst jetzt wurde ihm bewusst, dass er die ganze Zeit genau machte, was sein Freund sagte. Doch gestern, als sie sich im Taxi geküsst hatten, hatte er seinen Gefühlen freien Lauf gelassen, die wirre Geschichte seines Kumpels war in Vergessenheit geraten.

Er könnte noch heute zu Spike gehen und stolz berichten, was in der letzten Nacht passiert war.

Doch er würde es nicht tun.

Konnte es nicht.

Stattdessen fraß sich das schlechte Gewissen wie Säure in seinen Körper.

Mark hatte sich bewusst dafür entschieden, Spike in ihrem Lieblingspub zu treffen. In den letzten Jahren war dies ihr Treffpunkt an vielen Abenden gewesen. Vielleicht waren ihre Lebenswege an einigen Stellen in unterschiedliche Richtungen gelaufen, womöglich hatte Mark sogar das Gefühl gehabt, ihre Freundschaft könnte schwächer werden ... doch die Vergangenheit verband sie wie ein straffer Gürtel. Mark fragte sich, ob er sich ohne diese Verbindung weiterhin regelmäßig mit Spike treffen würde. Ja, vermutlich schon. So wie man einen Bekannten traf, um ein paar Neuigkeiten zu erfahren. Garantiert nicht, um tiefe Geheimnisse zu teilen – zu unterschiedlich hatten sich ihre Werte in den letzten Jahren entwickelt.

»Hey, alter Junge!« Spike kämpfte sich durch die eng beieinanderstehenden Tische an die Bar vor. »Gut, dich zu sehen!« Er klopfte Mark auf die Schulter und setzte sich auf den Barhocker neben ihm. »Ein Newcastle Brown, bitte!«, rief er dem Wirt zu, der sich in aller Seelenruhe um die lautstark geäußerten Wünsche der Gäste kümmerte.

Spike lehnte sich gegen die Theke. »Mann, was für ein Tag. Manchmal wünschte ich, ich würde mit einem Partner zusammenarbeiten, der eher auf meiner Wellenlänge liegt.«

»Läuft nicht nach Plan bei euch?«

Spike wehrte ab. »Muss dich nicht kümmern. Nur eine Meinungsverschiedenheit unter Geschäftspartnern. Solltest du kennen.«

Mark nickte vage. Mit Morton Olsson kam er gut aus, momentan bereiteten ihm eher seine eigenen Probleme Sorgen. Er betrachtete seinen Freund. Nahm die dunklen Schweißflecke unter seinen Armen und die strähnigen Haare wahr. Er schien wirklich angespannt zu sein. Wann hatte er aufgehört, der geschniegelte Cambridge-Student zu sein?

Er wäre kein erfolgreicher Anwalt, wenn er Angst vor Konfrontationen hätte. Doch sein heutiges persönliches Anliegen wollte ihm nicht leicht über die Lippen kommen. Er umfasste sein Glas, spürte die kalte Feuchtigkeit an seinen Händen. Ehe er etwas sagen konnte, kam Spike ihm zuvor.

»Sag mir bitte, dass zumindest du mir etwas Spannendes zu erzählen hast. Wie läuft es mit der kleinen Hexe?«

Mark zuckte zusammen. Hatte Spike schon immer so über sie gesprochen? Ja, vermutlich schon. In den letzten Jahren war Anina allerdings nur eine anonyme Frau gewesen, die seinen Freund unfair behandelt und ihm Leid zugefügt hatte. Doch vielleicht war genau das die Überleitung, die er gebraucht hatte.

Er setzte sich auf. »Um ehrlich zu sein ...« Er schluckte. Das war schwerer als gedacht. »Ich weiß nicht, ob ich die Sache zu Ende bringen kann.«

Nun war es raus. Fühlte sich nicht erleichternd an, sondern wie eine graue Wolke, die sich zwischen ihnen ausbreitete.

Spike hob eine Augenbraue. »Schiss?«

Mark schüttelte den Kopf. Es hatte keinen Sinn, etwas vorzuspielen. »Ich halte es nicht für richtig. Ich kann das einfach nicht.«

Spike wirkte mit einem Mal deutlich wacher. »Weißt du nicht mehr, was sie mir angetan hat?«

Mark erinnerte sich an Spike vor zwei Jahren, ein nervliches Wrack, der alle Gefühle in eine Frau investiert hatte und bitter enttäuscht worden war. Damals war ihm klar gewesen, wer die Schuld an der Misere gehabt hatte.

Trotzdem. Neutral betrachtet handelte es sich um eine Geschichte zwischen zwei Liebenden, die schiefgelaufen war. Er wollte die Vergangenheit nicht aufbohren, nicht darüber urteilen, was wirklich geschehen war. Nur eines war ihm sonnenklar: Er hatte eine andere Anina erlebt als die Frau, die Spike ihm über viele Jahre beschrieben hatte.

Er blickte seinen Freund fest an. »Das ist Vergangenheit. Ich will darin nicht rühren. Sie hat sich damals nicht korrekt verhalten, das weiß ich. Aber ... das können wir nicht ausgleichen, indem ich sie ins Unglück stürze.«

Spike erwiderte seinen Blick und verzog sein Gesicht zu einem trägen Lächeln. »Sie hat dich um den Finger gewickelt.«

Es war keine Frage gewesen und Mark antwortete nicht. Genau diesen Teil wollte er umschiffen.

Spike lachte leise. »Ich hab dir doch gesagt: Sie nutzt jede Möglichkeit, sich an einen Typen ranzumachen. Entweder nur fürs Bett oder für Geld.«

Mark verspürte einen Stich bei diesen Worten. In Spikes Gegenwart kamen viele der alten Geschichten über Anina wieder zum Vorschein, die sein Freund ihm in kreischend-bunten Farben gemalt hatte. Nur ... er konnte sie nicht mit den sanften, feinst abgestimmten Bildern zusammenbringen, die sich in ihm selbst manifestiert hatten, seit er sie näher kannte.

Er schüttelte den Kopf. »Zwischen uns passiert nichts.« Die

Lüge kam unwillig über seine Lippen.

Spike kniff die Augen zusammen. »Irgendetwas verschweigst du mir.«

Sein Freund kannte ihn eindeutig zu gut. Er musste aufpassen, was er sagte. »Vielleicht sollten wir die Sache vergessen.«

Spike starrte ihn weiter an, sagte nichts. Dann richtete er sich auf und verschränkte die Arme. »Vergessen.« Er lachte kalt auf. »Klar, das wäre die angenehmste Lösung, was? Nur ... vielleicht kann ich das nicht. Außerdem ... dir wäre es am liebsten, wir würden gewisse andere Geschichten auch unter den Tisch fallen lassen, oder?«

Mark spürte erneut, wie er innerlich zusammenzuckte. Deutete Spike das an, was er befürchtete? Sprach er zum ersten Mal über das, was in Cambridge geschehen war?

»Manchmal sollte man die Vergangenheit ruhen lassen«, sagte Mark vorsichtig.

»Klar. Das wäre eine sehr elegante Lösung für dich.« Er beugte sich nach vorn. »Ich dachte, wir wären Freunde. Und du hattest mir was versprochen.«

Mark erwiderte den Blick. Ja, das hatte er in der Tat. Spürte den unbändigen Druck von damals, Spikes Opfer wieder gutmachen zu wollen. Und die Erleichterung, nach vielen Jahren endlich eine Möglichkeit gefunden zu haben – doch nun konnte er es nicht mehr.

»Sag mir, was ich tun soll, damit wir quitt sind.«

Spike schüttelte den Kopf. »Du weißt, was zu tun ist. Ansonsten ... muss ich mir überlegen, ob ich damals nicht dem Falschen geholfen habe. Und es gewisse Leute interessieren würde, was wirklich mit Catherine Falston passiert ist.«

Kälte breitete sich in Marks Körper aus. Die Stimmen der anderen Gäste schienen weit in den Hintergrund zu rücken. Diese Worte lösten endlich den Schleier scheinbarer Freundschaft zwischen ihnen auf.

Das hier war kein echter Freund. Keiner, mit dem er gleiche Prinzipien teilte. Ein wahrer Freund würde so etwas nicht von ihm verlangen und ihm gleichzeitig drohen.

»Nun?« Spike wartete auf eine Antwort.

Ja, was nun? Würde sein »Freund« wirklich die alte Geschichte aufrühren? Wenn das geschah, würde das nicht nur auf ihn, sondern auch auf Future Trust zurückfallen. Was wiederum ein schlechtes Licht auf den Verein werfen und die Chancen auf öffentliche Gelder deutlich verringern dürfte – wenn er seinem Chef glaubte. Er durfte nicht zulassen, mit einer alten Privatgeschichte Future Trust zu schaden – zu viel stand auf dem Spiel.

Doch was war die Alternative?

Er dachte an Anina und spürte, wie sich ein Kloß in seinem Hals zusammenballte. Der Gürtel, der zuvor ihn und Spike verbunden hatte, schnürte nun ihn selbst ein.

Er musste irgendetwas antworten, Spike zumindest vorläufig zufriedenstellen. Sein Kopf verselbstständigte sich und er nickte seinem Freund zu. »Du kannst dich auf mich verlassen.« Die Worte waren ausgesprochen, ehe er sie hatte genau durchdenken können.

Spike blickte ihn skeptisch an und grinste schließlich. »Dachte ich es mir doch.« Er erhob sich vom Barhocker. »Ich glaube, unser Gespräch ist für heute beendet.«

Mark wies ihn nicht auf das volle Glas hin, das unberührt auf der Theke stand. Nichts war ihm lieber, als allein mit seiner Misere zu sein.

Spike wandte sich zum Gehen, drehte sich noch einmal um und grinste ihn schief an. »Viel Spaß mit der Kleinen. Sie ist im Bett nicht zu verachten.« Er hob kurz die Hand und verließ den Pub.

Die Tür schlug zu und Mark realisierte erst jetzt wieder die vielen anderen Menschen in dem kleinen Raum. Die Stimmen, die abgestandene Luft, die nach Bier und harter Arbeit roch.

Er war davon ausgegangen, vernünftig mit Spike reden zu können. Doch heute hatte er endgültig bemerkt, was er schon seit Langem insgeheim spürte: Spike war kein echter Freund, sondern ein nachtragender und intriganter Mensch, der die Vergangenheit nicht ruhen lassen konnte.

Und er war ihm ausgeliefert.

Anina hasste die monatlichen Mitarbeitergespräche. Sie hatte noch nie von einem Unternehmen gehört, das so regelmäßig einzeln mit seinen Angestellten sprach. Warum ausgerechnet Executive Adventures? Ihr Job gehörte wahrlich nicht zu den kompliziertesten – doch für ihre beiden Chefs zählten die Gespräche zu den Maßnahmen, um die Qualität von ExAd abzusichern. Als ob auch nur einer der Kunden etwas davon mitbekommen würde.

Jeden Monat wurde sie entweder nach London ins Büro zitiert oder musste sich am Telefon mit einem ihrer Chefs auseinandersetzen. Wichtigstes Thema: Wie lief es mit den Kunden? Am zweitwichtigsten: immer wieder die Erinnerung an den Verhaltenskodex, an den sich alle Mitarbeiterinnen halten mussten.

Bisher war das für sie nie ein Problem gewesen.

Bis jetzt.

Nach wie vor verfluchte sie sich für die Nacht, die ihr in dem Moment so unausweichlich vorgekommen war – und viel zu schön. Zumindest bis er ihren Namen genannt hatte. Bis sie die Nachricht entdeckt hatte.

All ihre Zweifel brannten so hell wie nie zuvor. Konnte sie sicher sein, wer er wirklich war? Vielleicht war er ein dahergelaufener Taugenichts, der einen schicken Anzug anzog und allen etwas vorspielte? Nein … das war unlogisch – immerhin hatte Emily ihn über Future Trust kennengelernt.

Emily ... noch immer lastete das schlechte Gewissen schwer auf ihr. Niemals hätte sie ihre Schwester ohne Nachricht allein lassen dürfen. Sie hatte sich hundert Mal für ihren Fehler entschuldigt – und war auf eine ungläubige Emily gestoßen. Statt ihr böse zu sein, hatte sie mit den Schultern gezuckt und gesagt, dass sie doch ohnehin selten mitbekommen würde, wann genau Anina nach Hause käme. Anschließend war sie zurück in ihr Zimmer gegangen, um weiter für die Prüfung zu lernen.

Emily hatte sie beruhigen wollen, jedoch das Gegenteil erreicht. Was sagte es über sie aus, wenn ihre Schwester es gewöhnt war, ihre Nächte allein zu verbringen?

Sie dachte an den Termin beim Jugendamt und spürte, wie sie sich innerlich verkrampfte. Sie konnte Emily weder beim Lernen unterstützen noch zumindest dafür sorgen, dass sie nachts nicht ohne Aufsicht war. Eine tolle Schwester war sie.

Das Telefon klingelte und Aninas Herz setzte für einen Moment aus. Heute würde ihr Mitarbeitergespräch telefonisch stattfinden. Wie immer hoffte sie inständig, Olivers Nummer auf dem Display zu sehen.

Doch natürlich erfüllte sich ihr Wunsch nicht.

Dexter.

Allein der Name ließ bittere Galle in ihr aufsteigen, fühlte sich stachlig und spitz in ihrem Mund an. Er ließ es sich nur nehmen, sie zu gängeln, wenn es sich nicht vermeiden ließ.

Sie atmete tief durch und griff nach dem Telefon. »Hallo.«

»Wie schön, dich zu sprechen«, sagte die schnarrende Stimme, die in Anina den Drang weckte, ihm an die Gurgel zu gehen.

Sie schwieg. Sollte er doch reden, schließlich war er der Chef.

Er ließ keine lange Stille aufkommen. »Was macht der Satansbraten?«

Dass er es wagte ... Anina schritt durch die Küche und unterdrückte das Bedürfnis, das Telefon gegen eine Wand zu werfen. »Lass es uns hinter uns bringen.«

Das leise Lachen klang unfreundlich. »Die nächste Maniküre wartet, was? Aber wie du willst, lass uns loslegen. George Porterfield?«

Anina bemühte sich, abgeklärt zu klingen. »Laut Oliver wünschte er sich einen Exklusivvertrag für mich. So schnell wie möglich.«

»Schön, schön«, erwiderte er und klang wenig beeindruckt. »Ich gehe recht in der Annahme, dass du dich bei ihm an unseren Kodex hältst?«

Die Routinefrage. Bilder eines faltigen George im Morgenmantel huschten durch ihren Kopf. Sie wären beinahe lustig gewesen, wenn sie nicht für einen winzigen Moment das Gefühl gehabt hätte, in ihre Zukunft zu sehen.

»Selbstverständlich«, presste sie durch die Zähne. Vor einem Monat hätte sie ihren verhassten Chef für verrückt erklärt, überhaupt in diese Richtung zu denken.

»Das will ich hoffen. Oliver hat noch einmal darauf hingewiesen, unter welcher Beobachtung unser Unternehmen zukünftig steht, nur weil wir mit Schmuddelanbietern in einen Topf geworfen werden. Wir verlangen ein absolut korrektes Verhalten, sonst müssen wir Konsequenzen ziehen.«

»Das sagtet ihr bereits.« Anina versuchte den hoffnungsvollen Unterton in seiner Stimme zu überhören. Er wartete nur darauf, ihr endlich kündigen zu können.

»Mark Corwin?«

Anina zuckte zusammen. Obwohl sie gewusst hatte, dass sie über ihn sprechen musste, fühlte sie sich auf dem falschen Fuß erwischt. Nach der gemeinsamen Nacht hatte sie nichts von ihm gehört, was ihr gleichzeitig Erleichterung verschaffte und die Anspannung in ihr steigerte. Beim nächsten Mal würde sie sich einen Spickzettel schreiben.

»Unkompliziert«, sagte sie und spürte, wie sich ihre Kiefer verkrampften. »Bei meinem letzten Termin habe ich ihn auf einen Empfang begleitet.«

»Folgetermine?«

Sie blickte auf. »Sollten sich mit der neuen Regelung mit George Porterfield erledigt haben.«

»Er ist ein guter Kunde. Ich möchte, dass du Kontakt zu ihm aufnimmst und nach weiteren Treffen fragst.«

Anina horchte auf. Warum das? Hatten sie nicht gerade noch über George gesprochen? Es war noch nie vorgekommen, dass sie sich selbst um Termine bemühen sollte. Dexters Wunsch verstärkte ihr ungutes Gefühl.

»Ich weiß nicht, wie ich ihn erreichen kann.«

Dexter überraschte sie erneut. »Ich schicke dir seine Nummer. Er hat ausdrücklich darum gebeten, mit dir persönlich Absprachen treffen zu können. Als gut zahlendem Kunden können wir ihm diese Bitte nicht abschlagen.«

Anina stutzte. Das war ganz und gar untypisch. »Okay«, sagte sie knapp und hoffte, er würde die Routinefrage überspringen.

»Und du hältst dich auch bei ihm an unseren Verhaltenskodex?«

Da war sie. Die Frage, vor der er sie nicht verschonte. Sie hasste es mehr als alles in der Welt, einen Menschen anzulügen. Wusste, dass sie mit feuerrotem Kopf sofort stammelte, sobald sie die Unwahrheit sagte. Doch sie musste es tun – und gleichzeitig vorsichtig sein. Dexter kannte sie viel zu gut.

»Selbstverständlich.«

Hörte er die Lüge schon in diesem einen Wort heraus? Er schwieg, untypisch lang. Oder bildete sie es sich nur ein, weil sie instinktiv die Luft anhielt?

»Ich warne dich.«

Dexters Stimme sandte einen Schauer über ihren Rücken. Er konnte nichts wissen ... oder ... doch?

Durch das Telefon hörte sie, wie er mit Papieren auf seinem Schreibtisch raschelte. »Es wäre nicht das erste Mal, liebe Anabelle.« Er zog ihren ExAd-Namen in die Länge.

Sie hasste dieses Gespräch. Hasste es jeden Monat aufs Neue, wenn er unweigerlich das Thema aufwärmte. Sie hatte es so satt, sich ständig verteidigen zu müssen. Dazu kam ein unsagbar großes schlechtes Gewissen beim Gedanken an Mark, das sich wie Blei auf ihren Schultern anfühlte.

Denn egal, wie nachvollziehbar ihr ihre Argumente vor der gemeinsamen Nacht erschienen waren – dieses Mal hatte Dexter recht. Sie hatte gegen die Regeln verstoßen.

Und sie hatte die untrügliche Vorahnung, dass er davon wissen konnte.

Mark wusste nicht, was er von der Nachricht auf seinem Telefon halten sollte.

»Mein Chef lässt anfragen, ob du mich für weitere Termine buchen möchtest. Anabelle.«

Kurz und knapp, beinahe abweisend. Mit keinem Wort erwähnte sie ihre gemeinsame Nacht. In den letzten Tagen hatte er ständig darüber nachgedacht, wie er weiter vorgehen sollte. Ihr aus dem Weg gehen? Vergessen, was zwischen ihnen geschehen war, und sich auf seine Arbeit konzentrieren? Oder tatsächlich einen Termin mit ihr vereinbaren? Er versuchte mühevoll, jeden begehrlichen Gedanken an entspannte Stunden mit ihr beiseitezuschieben. Seine Situation war verkorkst: Spikes Drohung schwebte wie ein Damoklesschwert über ihm, sein schlechtes Gewissen kämpfte mit dem Wunsch, endlich mit der Vergangenheit abzuschließen. Außerdem sehnte sich sein verräterischer Körper mit jeder Faser nach ihr, wollte sie noch einmal sehen, noch einmal spüren.

Er starrte auf das Telefon, unschlüssig, was er antworten sollte.

Ein Klopfen riss ihn aus seinen Gedanken. Morton Olsson steckte den Kopf durch die Tür. »Unser Gast ist da.«

Mark nickte ihm zu.

Eigentlich hätte er sich auf diesen Termin vorbereiten sollen, statt über sein durcheinandergeratenes Privatleben nachzugrübeln. Wobei sich Beruf und Privates seit Neuestem viel zu stark zu verknüpfen schienen – denn jetzt würde er auf den Menschen treffen, der in seiner persönlichen Vergangenheit eine ebenso große Rolle gespielt hatte wie Spike.

George Porterfield unterhielt sich mit Morton Olsson im großzügigen Besprechungsraum mit Blick über die Stadt. Mark blickte auf den Mann, der durch sein Handeln in Cambridge für einen Großteil aller aktuellen Probleme verantwortlich war. Obwohl sie räumlich nicht weit voneinander entfernt lebten, war es Mark gelungen, ihm in den letzten Jahren aus dem Weg zu gehen. Bis zu dem Abend, an dem eine flirtende Anina am Ellbogen des alten Mannes gehangen hatte.

Doch Privates gehörte nicht hierher. Er versuchte sich auf das zu konzentrieren, wofür er hier war – Future Trust.

»Mr Porterfield.« Er ging auf ihn zu und reichte ihm die Hand.

Porterfield unterbrach das Gespräch, nickte ihm kurz zu und schaute ihn an, als würde er ihn nicht kennen.

Falls Morton nicht bemerkte, dass die beiden sich nicht die Hände gaben, ließ er es sich nicht anmerken. »Setzen wir uns doch!«

Alle drei Männer nahmen auf Stühlen Platz: Morton und Mark auf einer Seite, Porterfield ihnen gegenüber.

»Dann sagen Sie mir hoffentlich gleich, was Sie von mir wollen«, knurrte der Alte.

Morton ließ sich nicht beeindrucken. »Mr Porterfield, ich denke, das wissen Sie. Wir sind immerhin schon seit einer Weile wegen der Umgehungsstraße in den South Downs in Kontakt.«

»Und? Sie kennen meine Position.«

»Und Sie unsere. Bevor die Situation eskaliert, habe ich Sie hergebeten, um eine Lösung zu finden, die für uns alle akzeptabel ist.«

Porterfield verzog keine Miene. »Ich wüsste nicht, worüber wir sprechen sollten. Die Straße soll über meinen Besitz verlaufen – also kann ich entscheiden. Für mich stellt sich keine weitere Frage.«

Mark sah schon jetzt, dass das Gespräch zu nichts führen würde.

Doch Morton hatte seine Hausaufgaben gemacht. »Sie kennen die Alternativen. Es gibt andere Möglichkeiten der Straßenführung, die nicht durch einen Nationalpark laufen.«

»Diese Möglichkeiten sind aber deutlich länger und somit inakzeptabel.«

Mark konnte nicht anders, als sich zu Wort zu melden. »Und vor allem können Sie dann nicht Ihr Land teuer verkaufen.«

Zum ersten Mal wandte sich Porterfield ihm zu. »Was wollen Sie mir damit sagen?«

Mark mahnte sich zur Ruhe, doch dieser Mann machte es ihm schwer, professionell zu bleiben. Er öffnete den Mund – wurde jedoch durch Morton unterbrochen, der ihm einen scharfen Blick zuwarf und erneut das Wort ergriff.

»Ein Schutz des Nationalparks sollte in unser aller Interesse sein. Auch in der öffentlichen Meinung können Sie ein positives Bild vermitteln als ein Mensch, dem die Natur am Herzen liegt.«

Porterfield schüttelte lachend den Kopf. »Jetzt kommen Sie mir nicht wieder mit den paar Ackergäulen, die ach so gefährdet sind.«

»Es handelt sich um Ponys und ja – ich will darauf hinaus. Ihnen scheint nicht bewusst zu sein, welche Aufmerksamkeit dieses Auswilderungsprojekt auf sich zieht. Die Öffentlichkeit wird nicht erfreut sein, wenn die Tiere entweder überfahren oder in einen anderen Landesteil umgesiedelt werden müssen.«

Porterfield lehnte sich zurück und verschränkte die Hände über seinem Bauch. »Sie wollen mir doch nicht erzählen, dass es Sie ernsthaft juckt, wenn einer der Gäule von einem Auto überrollt wird. Was zählt das schon im Vergleich zur Lärmbelästigung im Ort? Ich glaube, einige Gutachten geben mir recht.«

Mark konnte nicht anders und musste sich einmischen. »Die Lärmbelästigung kann durch eine andere Routenführung ebenfalls vermieden werden. Nur Sie haben ein Interesse daran, ausgerechnet das Nationalpark-Land zu bebauen.«

»Es geht um mein Recht als Landeigentümer. Und ich werde gerichtlich dafür kämpfen, darüber verfügen zu können.« Er wirkte nicht im Mindesten beeindruckt. »Ich kenne genügend Leute beim Council und im Parlament, die meiner Meinung sind.«

Der überhebliche Ton machte Mark wahnsinnig. So war Porterfield schon früher gewesen: sicher, dass er sich auf seine Herkunft und adlige Geburt verlassen konnte – und dass niemand ihm etwas anhaben konnte.

Morton Olsson schien ebenfalls zu spüren, dass sie heute nicht weiterkommen würden. Dennoch startete er einen letzten Versuch: »Unter welchen Voraussetzungen wären Sie zu einem Kompromiss bereit?«

Porterfield zuckte mit den Schultern. »Es geht hier um mein Recht und das vieler anderer Familien, die ihres Eigentums beraubt worden sind. Und das wegen solch fadenscheiniger Gründe wie Nationalparks. Besonders Sie als Jurist sollten die Begriffe von Recht und Unrecht kennen.« Er schaute Mark direkt an.

Unglaublich, dass ausgerechnet dieser Typ sich zum Verteidiger des Rechts aufschwang!

Ehe Mark reagieren konnte, zog Morton das Gespräch wieder an sich. »Dann sind wir für heute fertig, schätze ich.« Er erhob sich. »Ich hatte gehofft, zu einer einvernehmlichen Lösung zu kommen.«

Porterfield stand ebenfalls auf. »Ich sehe keinen Grund für einen Kompromiss. Und meine Mitstreiter in London auch nicht.«

Mark verabscheute es, mit welcher Selbstverständlichkeit sich diese Leute auf ihre Verbindungen verließen – und fast immer damit durchkamen.

»Dann beenden wir das für heute. Ich danke Ihnen trotzdem für das Gespräch.« Morton Olsson brachte es fertig, Porterfield die Hand zu reichen, der sie widerwillig ergriff.

»Wenn es für Sie in Ordnung ist, bitte ich noch um ein paar Minuten mit Mr Corwin.«

Mark spürte den überraschten Blick seines Chefs auf sich und erwiderte ihn mit ausdrucksloser Miene.

»Natürlich. Wir hören voneinander.« Mit diesen Worten ließ Morton sie allein zurück.

Zum ersten Mal seit Jahren befand sich Mark mit Porterfield allein in einem Raum – und sofort fühlte er sich zurückversetzt in eine längst vergangene Zeit ... an verstohlene Treffen ... an dunkle Ecken, in denen Umschläge überreicht wurden.

Er mochte das Gefühl der Unterwürfigkeit nicht, das ihn überfiel. Er hatte es zu etwas gebracht, sich geändert. Es gab keinen Grund, sich von Porterfield noch immer einschüchtern zu lassen.

»Ich weiß, was du vorhast«, sagte der Alte schließlich.

Mark erwiderte seinen Blick. »Interessant. Dann klär mich auf.«

Porterfield stieß ein kurzes Lachen aus. »Du weißt, dass mir niemand etwas anhaben kann. Und wenn du versuchst, mir Geschichten von damals anzuhängen, wird das auf dich zurückfallen.«

»Immer noch sicher, dass deine Geburt dich vor allen Problemen bewahrt?«

»Wenn ich es richtig in Erinnerung habe, hat dich nur die noble Herkunft deines besten Freundes davor gerettet, echte Schwierigkeiten zu bekommen. Indirekt warst du also auch Nutznießer der Geburt, wie du es ausdrückst.«

»Die immer weniger zählt.«

Porterfield griff nach seiner Jacke. »Das kannst du dir gern einreden. Aber egal, was du vorhast: Ich komme aus der Geschichte unbescholten heraus. Der Einzige mit Problemen wirst du sein. Und deine kleine Gruppe von Umweltzwergen.«

»Future Trust ist ein landesweit agierender Verein«, verteidigte Mark seinen Arbeitgeber.

»Umso besser, wenn ein anerkannter Jurist national in den Medien sein wird.« Porterfield hatte sich die Jacke übergestreift und nahm seine Aktentasche in die Hand. »Es ist doch schön, zu sehen, dass am Ende immer die Richtigen gewinnen. Ich werde über mein Land entscheiden und in meinem hohen Alter noch einmal heiraten. Du erinnerst dich an die nette Dame, die mich bei unserem letzten Treffen begleitet hat? Die wird demnächst mein Bett wärmen. Und du wirst keine Chance haben, mir diese Zukunft mit aufgewärmten Geschichten zu vermasseln.« Er grinste ein Grinsen, das in Mark den Drang weckte, ihm einen Fausthieb ans Kinn zu verpassen.

»Viel Spaß noch mit deinen Paragrafen!« Mit diesen Worten verließ Porterfield den Besprechungsraum und ließ Mark allein zurück.

Glühende Wut loderte in ihm. Er hasste die Vorstellung, nichts gegen ihn ausrichten zu können, ohne sich und seinem Arbeitgeber zu schaden. War es tatsächlich so, dass am Ende immer die Beziehungen zählten? Dass wirklich wichtige Themen niemanden interessierten?

Doch mehr als alles in der Welt verabscheute er den Gedanken, Porterfield könnte sich an Anina vergreifen – wenn das nicht sogar bereits Realität war.

Die Oberfläche des Stuhls mit der Sitzfläche aus Kunststoff fühlte sich kalt unter Anina an und ließ sie innerlich schaudern. Doch selbst ein plüschiger Sessel hätte keinen Unterschied gemacht: Sie war zu einem Termin beim Jugendamt vorgeladen worden.

Sie war gebeten worden, auf einem der Flure Platz zu nehmen, bis sie aufgerufen wurde. Schritte und Stimmen hallten in dem hohen Raum und trotz der riesigen Fenster drang nur das trübe Licht von draußen ins Innere des Gebäudes. Zumindest das Wetter passte zu ihrer Stimmung: grau, trist, neblig. Typisch englisch.

Der Brief hatte einen überraschend kurzfristigen Termin angesetzt: Erst vor zwei Tagen hatte sie ihn erhalten – und schon heute sollte sie vorsprechen. Die Dringlichkeit ließ dunkle Vorahnungen in ihr aufsteigen und sie schlecht schlafen.

Wozu die Eile? Ging es um mehr als eine Routinebefragung? Jahrelang hatte sie nichts von den Behörden gehört – warum jetzt?

Sie musste sich ablenken, sonst würde sie verrückt werden. Emily war das Wichtigste in ihrem Leben und sie sorgte gut für sie. Doch das würde sie einem verstaubten Mitarbeiter kaum vermitteln können.

Sie zog ihr Telefon aus der Tasche.

Nichts.

Sie schaute entnervt an die Decke. Seit Dexter ihr Marks Nummer gegeben hatte, hatte sie sich zu einem Telefonjunkie entwickelt. Sie hatte ewig mit der richtigen Formulierung gekämpft und sich am Ende für eine neutrale, sachliche Nachricht entschieden. Eine simple Frage – würde er sie noch einmal buchen?

Seitdem hatte sie lediglich eine ebenso knappe Antwort erhalten:

»Ich habe viel zu tun. Ich melde mich.«

Was hatte sie erwartet? Dass er sie mit Liebesschwüren überhäufen würde? Vor Freude außer sich sein würde, dass er endlich direkt Kontakt mit ihr aufnehmen konnte? Sie musste es zugeben: Genau solche Gedanken hatten sich instinktiv vorsichtig hervorgewagt. Dumm, wie unsäglich dumm sie doch war. Sie hatten einmal miteinander geschlafen – und das auf der Basis einer offiziellen Buchung als Abendbegleitung. Wie albern, mehr hineinzuinterpretieren.

Obwohl sie das Telefon soeben erst in die Tasche gesteckt hatte, zog sie es wieder heraus. Er könnte ja … Nein. Hatte er nicht. Sie redete sich ein, sie wäre nur so angespannt, weil sie ihn im Grunde nicht wiedersehen wollte.

»Ms Elliot?«

Anina schreckte auf. »Ja?«

Eine schlanke Frau in marineblauem Kostüm stand in einer der Bürotüren gegenüber und schaute sie an. Blonder, strenger Bob-Schnitt, perfekt manikürte Hände, polierte Pumps. Anina sammelte jeden Krümel Fake-Vertrauen, das sie sonst bei ihren Kundenterminen erfolgreich einsetzte.

»Kommen Sie bitte!«

Anina erhob sich und fühlte sich wie vor einer Zeugenaussage vor Gericht. Marks Bild tauchte vor ihrem inneren Auge auf und sie scheuchte es weg. Hier ging es um Wichtigeres!

Anina betrat das Büro, das ähnlich aufgeräumt wie dessen Besitzerin wirkte: genau eine Grünpflanze mit glänzenden Blättern, genau ein Ordner auf dem Schreibtisch.

»Nehmen Sie Platz. Mein Name ist Anderson.« Sie wies auf den Stuhl ihr gegenüber, lächelte nicht.

»Anina Elliot«, antwortete Anina und setzte sich. Wie blöd – Mrs Anderson kannte ihren Namen doch!

»Sie wissen vermutlich, warum Sie hier sind?«

Anina straffte sich. Sie würde hier nicht wie das kleine Mäuschen sitzen! »Um ehrlich zu sein, nicht direkt.«

Mrs Anderson nickte, als hätte sie diese Antwort erwartet. »Ich habe Akten von einer Kollegin übergeben bekommen und verschaffe mir einen Überblick. Wie Sie sicher wissen, ist es unser Grundanliegen, benachteiligten Kindern und Jugendlichen die bestmöglichen Verhältnisse zu ermöglichen.«

Benachteiligte Jugendliche! Emily war nicht benachteiligt – zumindest nicht aus Aninas Sicht.

Mrs Anderson fuhr fort: »Ich habe mir Ihren Fall angesehen. Ihre Schwester lebt ... seit wie vielen Jahren bei Ihnen?«

»Seit fünf.«

»Und Ihre Mutter ...«

»Sitzt eine Haftstrafe ab.«

Mrs Anderson blätterte durch den Ordner. »Wegen Diebstahl und Betrugs, wie ich sehe.«

Anina hasste es, darüber nachzudenken. Sie hatte ihre Mutter aus ihrem Leben gestrichen. Wer sich nicht einmal um seine eigenen Kinder kümmern wollte, hatte weder ihre Liebe noch Aufmerksamkeit verdient. Sie nickte nur knapp und hoffte, die Beamtin würde bald zum Punkt kommen. Ging es doch nur um eine Routinebefragung?

Mrs Anderson schlug weitere Blätter um, strich mit dem Zeigefinger über die Zeilen, verzog ab und zu das Gesicht. Schließlich schaute sie wieder auf. »Wir sind dazu verpflichtet, regelmäßig die Verhältnisse unserer Schützlinge zu überprüfen. Ihre Schwester hatte es in ihrem Leben nicht leicht und es ist sicher in Ihrem Sinn, ihr einen guten Start in die Zukunft zu ermöglichen.«

Anina nickte vage. Für nichts anderes arbeitete sie tagein, tagaus.

»Laut meinen Unterlagen ist Emily überdurchschnittlich intelligent. Sind Sie der Meinung, dass sie in ihrer jetzigen Schule optimal gefördert wird? Soweit ich weiß, hat sie noch vor einem Jahr eine Sonderklasse in Colbridge besucht.«

Anina fühlte sich unwohl, musste jedoch antworten. »Emily hat einen Platz an der Edwardian International School so gut wie sicher.«

Mrs Anderson hob die Brauen. »So gut wie? Und warum haben Sie überhaupt den Schulwechsel veranlasst?«

Sollte sie die Wahrheit sagen? Dass sie aus Colbridge wegziehen mussten, weil sie die Miete nicht mehr hatte zahlen können? Irgendetwas sagte ihr, dass dies nicht die richtige Antwort wäre.

»Emily hatte schon als Kind leichtes Asthma. Ihr bekommt die Luft außerhalb von Städten besser. Sobald sie ihren Platz an der Edwardian einnimmt, wird sie optimal ausgebildet, und das auf dem Land.«

Mrs Anderson nickte bedächtig. »Darf ich fragen, was Sie beruflich machen?«

Anina hatte diese Frage erwartet und sich eine Antwort zurechtgelegt. »Ich bin als Kundenbetreuerin tätig.«

»Arbeitgeber?«

Anina wand sich. »Ein Unternehmen in London, das sich auf Geschäftskunden spezialisiert hat.« Hoffentlich würde diese Beschreibung ausreichen.

»Name des Unternehmens?«

Anina spürte, wie sich ihr Magen zusammenzog. Das hier wurde zu einem ausgewachsenen Verhör. »ExAd«, antwortete sie und musste einen enormen Willen aufbringen, nicht in sich zusammenzusacken.

Mrs Anderson machte sich eine Notiz. »Ist das eine Abkürzung?«

Wie sollte sie aus dieser Nummer herauskommen? Eine große Schwester, die für eine Begleitagentur arbeitet, machte keinen guten Eindruck – und niemand würde ExAd das makellose Außenbild abnehmen.

Anina beschloss, dass Angriff die beste Verteidigung war. »Was genau wollen Sie von mir wissen? Sie können gern Emily persönlich befragen. Ich bin mir sicher, sie wird Ihnen ein überzeugendes Bild ihrer Situation schildern.«

Mrs Anderson setzte sich auf. »Keine Sorge, das werde ich tun.« Sie schaute Anina durchdringend an, als suche sie etwas in ihren Augen. »Seien wir ehrlich. Wir beide wissen, dass Emily in ihrem aktuellen Umfeld keine optimalen Bedingungen vorfindet. Es gibt Menschen, denen Emily am Herzen liegt – und deren Hinweisen gehen wir nach.«

Anina runzelte die Stirn. Was wollte sie damit sagen? Dass jemand sie gemeldet hatte? Sie sah Dexter vor sich, der ihr schon immer das Leben schwer gemacht hatte. Hatte er nicht vor Kurzem erst nach dem »Satansbraten« gefragt?

»Ich weiß nicht, wem Emily am Herzen liegt. Aber ich kann Ihnen versichern: Ich tue alles dafür, dass es ihr gut geht.«

Das klang selbst in ihren Ohren lahm und Mrs Anderson wirkte entsprechend unbeeindruckt. »Das lassen Sie unsere Sorge sein.«

Anina wollte aufspringen, die Frau anschreien. Ihre Finger krallten sich in die Sitzfläche des Stuhls. Wie konnte sie sich anmaßen, besser wissen zu wollen, was für Emily gut war? Auch nur anzuzweifeln, dass es nicht Aninas größtes Anliegen war, für ihre Schwester zu sorgen?

Doch sie riss sich zusammen. Ein Wutausbruch würde wohl kaum zu ihren Gunsten gewertet werden. Sie zwang sich zu einer ruhigen Stimme. »Sie können sich gern ein Bild machen. Ich bin davon überzeugt, dass Sie nichts zu beanstanden haben werden.«

Mrs Anderson verzog keine Miene. »Ich gebe Ihnen einen Fragebogen mit. Finanzielle Verhältnisse, Rücklagen, Wohnsituation, Schulausbildung und so weiter. Bitte füllen Sie ihn aus und schicken ihn mir schnellstmöglich zu. Ansonsten ... sehen wir uns sicher bald wieder.«

Anina riss ihr das Formular beinahe aus der Hand und hätte es am liebsten zusammengeknüllt und aus dem Fenster geworfen. Schon lange war sie nicht mehr so wütend gewesen!

»Darf ich fragen, wann das nächste Treffen stattfindet?«, presste sie zwischen ihren Zähnen hervor.

Mrs Anderson lächelte milde. »Das dürfen Sie uns überlassen. Sie haben doch sicher nichts gegen einen Hausbesuch? Unangemeldet?«

Anina stand auf. »Natürlich nicht.« Sie schaffte es kaum, die Worte auszusprechen. Sie musste hier raus, ehe sie etwas Unbedachtes von sich gab. Sie drehte sich um und verließ kommentarlos das Büro.

Anina hastete durch den Nieselregen, ohne ihn wahrzunehmen. Zu sehr war ihr Innerstes in Aufruhr, zu schnell wollte sie allem entkommen.

Seit Jahren lebte sie mit der Sorge, jemand könnte genauer auf ihre Lebensverhältnisse schauen. Könnte überprüfen, womit sie ihr Geld verdiente und wie sie lebte. Würde ein Unbeteiligter sehen, wie gut es Emily ging? Nur mit viel Wohlwollen. Wenn sie ihre Lage neutral betrachtete, blieb eine Escort-Dame mit unmöglichen Arbeitszeiten übrig, die ihre Schwester in einer dunklen Kellerwohnung weitab von der optimalen Schule aufwachsen ließ.

Kein vielversprechendes Fazit.

Doch wie könnte die Lösung aussehen? Ihren Job hinschmeißen? Wohl kaum. »Arbeitslos« klang nicht besser als »Escort-Dame« – außerdem könnte sie dann niemals die erhöhten Kosten für die Edwardian School aufbringen. Umziehen? Auch das scheiterte an den finanziellen Möglichkeiten.

Sie konnte es drehen und wenden, wie sie wollte: Ihre einzige Chance hatte einen Namen – George.

Herrenhaus statt Kellerwohnung, Landsitz statt Kuhdorf, Reichtum statt Geldzählen. George würde vermutlich jedem Mitarbeiter der Behörde seine Hunde auf den Hals hetzen.

Etwas in ihr wehrte sich dagegen, dies als alleinigen Ausweg zu sehen. Vielleicht glaubten ihr die Leute vom Amt ja doch? Emily würde sich zweifellos von ihrer besten Seite zeigen. Doch konnte sie dieses Risiko eingehen? Wenn alles schieflief, würde man ihr das Recht absprechen, für Emily sorgen zu können.

Nein.

Dieses Wagnis durfte sie unter keinen Umständen eingehen.

Umso besser, dass sie bereits jetzt auf dem Weg zu ihrem Retter war – auch wenn er einen Regenschirm statt eines Schwerts bei sich trug.

Anina sah George schon von Weitem. Es hatte ihr nicht gefallen, dass er sie ausgerechnet nach ihrem Termin beim Jugendamt hatte treffen wollen – doch jetzt kam ihr sein Angebot wie ein Wink des Schicksals vor.

»Meine liebe Anabelle!«, rief er ihr entgegen. »Warum hast du keinen Schirm?« Er trat auf sie zu, spannte seinen dunkelbraunen Schirm über ihr auf und hauchte ihr einen Kuss auf die Wange. Anina meinte, einen Hauch von Schweinegulasch zu riechen.

»Bitte entschuldige die Verspätung, ich hatte noch einen Termin.«

»Kein Problem! Ich habe das wunderschöne Wetter genossen.« Er blickte gen Himmel, der, statt Nieselregen zur Erde zu schicken, die Schleusen geöffnet hatte.

Anina lachte gegen ihren Willen auf. Das vorübergehende Zusammenleben mit George musste nicht so schlimm werden, wie sie es befürchtete. Schon immer hatte er sie gut behandelt, warum nicht auch in Zukunft?

»Ich schlage vor, wir genehmigen uns einen Tee in The Captain's Tearoom«, meinte George und steuerte das Café an, ohne auf eine Antwort zu warten.

Anina hätte jedes andere Café vorgezogen – The Captain's Tearoom sollte ihr Heiligtum, ihr privater Rückzugsort bleiben. Doch ihr blieb nichts anderes übrig, als George zu folgen, der ihr bereits die Eingangstür aufhielt.

»Hereinspaziert!«, donnerte er und faltete den Schirm zusammen. »Einen Tisch für zwei bitte!«

Anina erkannte Sarah, die auf sie zueilte und mit der sie unter anderen Umständen gern ein paar Worte gewechselt hätte. Sarah strahlte ein Glück aus, nach dem Anina sich auch sehnte. Hier hatte eindeutig jemand seine Berufung gefunden. Die vielen Menschen in dem Tearoom gaben ihrem Konzept recht. »Dort hinten in der Ecke ist noch etwas frei!« Sie zeigte auf einen winzigen Tisch am Fenster.

»Na dann, nichts wie hin«, verkündete George und drängte sich zwischen den anderen Gästen hindurch.

Sie nahmen einander gegenüber Platz. George schaute sich um. »Nicht der hochwertigste Laden, aber bei Regenwetter ausreichend, findest du nicht auch?«

Anina zuckte innerlich zusammen. Sie liebte es, hierher zu

kommen! Gerade Bodenständigkeit und liebevolle Einrichtung machten diesen Tearoom zu etwas Besonderem. »Ich bin gern hier«, antwortete sie vorsichtig und schielte begehrlich nach einem Himbeertörtchen am Tresen.

Sarah tauchte neben ihnen auf. »Was darf es denn sein?«

Ehe Anina den Mund öffnen konnte, ergriff George das Wort. »Zwei Earl Grey und ein Stück Victoria Sponge, bitte. Das wäre alles, vielen Dank.«

Sarah warf Anina einen fragenden Blick zu, doch sie war zu perplex, um zu reagieren. Würde es von nun an immer so laufen? Er entschied, ohne sie zu fragen? Oder ... vermutlich stellte sie sich nur an. Es ging nur um eine Tasse Tee!

»Wir haben frische Himbeertörtchen im Angebot!«, wandte sich Sarah an Anina.

Erneut antwortete George: »Nicht für mich und nicht für meine Begleitung. Wir wollen doch, dass sie weiterhin so hübsch bleibt, nicht wahr?«

Anina zwang ihren Mund zu einem Lächeln. Sie musste immer im Hinterkopf behalten, worum es wirklich ging. Ein nicht gegessenes Himbeertörtchen war nicht das Ende der Welt.

Sarah verließ sie und George lehnte sich auf seinem Stuhl zurück. »Schön, dich zu sehen, meine liebe Anabelle.«

Anina fragte sich, wann sie ihn über ihren wahren Namen aufklären wollte. Noch fühlte es sich nicht richtig an. Irgendwie ... zu früh.

»Ich freue mich auch«, sagte sie und spürte, dass dies sogar die Wahrheit war. Er könnte ihr helfen, ihre Probleme zu lösen.

Plötzlich wurde sein Gesicht ernst und er richtete sich auf. »Ich muss dich etwas fragen.«

Anina nickte ihm ermunternd zu, auch wenn sie sich alles andere als munter fühlte. Würde sie sich jetzt entscheiden müssen?

»Ich ... habe eine Bitte. Einen Gefallen, von dem ich nicht

weiß, ob du ihn mir erfüllen kannst.«

Das hörte sich ernster an, als er aussah. Sie beugte sich nach vorn und strich über seine faltige Hand. »Worum geht es? Wir finden sicher eine Lösung.« Wie schön, dass alles immer so einfach klang, wenn sie sich in den Kunden-Modus versetzte.

Er umschlang einen ihrer Finger mit seinem Zeigefinger. »Ich habe lange nachgedacht. Ich weiß, ich bin vielleicht etwas voreilig ... aber du sollst wissen, dass ich dich sehr gern an meiner Seite hätte. Dauerhaft.«

Anina hielt die Luft an. Das war eine echte Ansage. Wie sollte sie reagieren? Lächeln? Jubeln? Ihm in die Arme fallen? Weglaufen? Oder waren die Worte harmlos? Schließlich würde er sie durch den Exklusivvertrag ohnehin an seiner Seite haben.

Er ließ sich von ihrer fehlenden Reaktion nicht stören und fuhr fort: »Ich weiß, es wäre viel verlangt ... aber wie wäre es, wenn du deinen Beruf komplett aufgibst? Wir hätten sogar beide etwas davon: Sobald ich mich öfter mit dir zeige, können wir uns Gerüchte nicht leisten, wenn du mit anderen Männern gesehen wirst. Und du müsstest nicht mehr für die Agentur arbeiten. Ich würde selbstverständlich für dich sorgen. Für das Jugendamt wäre es sowieso die beste Lösung.«

Aninas wirbelnde Gedanken ließen sie in einer unnatürlichen Starre verharren. Seine Worte klangen plausibel, nachvollziehbar. Doch sie verursachten einen innerlichen Tumult. Ihren Job aufgeben? Bei ihm leben – nicht nur vorübergehend? In einem Punkt hatte er unbestritten recht: Das Jugendamt könnte wohl kaum an dieser Lebenssituation herummäkeln. Sie allein könnte Emily niemals ein solches Umfeld bieten.

Sie nickte vorsichtig, gegen ihren Willen. »Ich ... das verstehe ich gut. Aber ich muss darüber nachdenken.«

Er kratzte sich über den Kopf, wirkte beinahe verlegen. »Hör zu. Ich will offen sein. Ich werde nicht mehr heiraten, aus dem Alter bin ich raus. Allerdings will ich gern meinen

Lebensabend mit jemandem verbringen, der mich versteht. Ich habe das Gefühl, dass genau du dieser Jemand sein könntest.«

Fast hätte Anina hysterisch aufgelacht. Führten sie dieses Gespräch wirklich? Stellte er sich ernsthaft ein echtes Zusammenleben vor? Unabhängig von ExAd? Selbst wenn sie einen guten Draht zueinander hatten: Sie mochte ihn – ja. Aber mehr auch nicht. Wenn er der Meinung war, sie könnte diejenige sein, die ihn verstand, musste sie ihre Rolle wahrlich gut gespielt haben.

Sie zwang sich zu einem Lächeln, das ihre Lippen verkrampfen ließ. »Danke für das Kompliment.« Sie brauchte Zeit zum Denken! Wollte ihn nicht vor den Kopf stoßen und gleichzeitig nicht ermutigen.

Ihre Gedanken rasten, ließen die Worte irgendwo zwischen ihrem Hirn und ihrem Mund stecken bleiben. Doch sie benötigte Klarheit. »Wie genau ... also ... was stellst du dir vor?«

Er nahm ihre Hände in seine, rieb mit seiner faltigen Haut über ihre Finger und sie musste sich zusammenreißen, sie ihm nicht zu entziehen. »Du könntest bei mir einziehen. Offiziell. Wir besuchen Pferderennen, bereisen die Welt, gehen in Casinos. All die Dinge, die du so gern tust.«

Die du so gern tust, wiederholte Anina in ihrem Kopf. Er hatte ein vollkommen falsches Bild von ihr. Sie erwiderte seinen hoffnungsvollen Blick, nahm die Falten in seinem lächelnden Gesicht wahr, die von vielen Lebensjahren zeugten.

Sie musste Klartext reden. Ihm mitteilen, dass das nicht infrage kam. Dass sie ein eigenes Leben führte und er ihr Großvater sein könnte und ... dass es einfach nicht funktionierte!

»Du musst nicht sofort antworten«, meinte George. »Du sollst nur wissen, dass ich für dich da bin und mich freuen würde, wenn du Ja sagen würdest. Und wenn nicht ... dann bleibe ich gern dein verschrobener alter Kunde.« Er schenkte ihr ein warmes Lächeln. »Aber ich bin ein alter Mann und würde gern so viel Zeit wie möglich mit dir verbringen.«

Anina nickte, unfähig, etwas zu sagen.

Erst jetzt wurde ihre Bestellung serviert, die Molly zwischen ihnen abstellte – ein Teller, zwei Kuchengabeln. George zog den Teller zu sich und spießte ein Stück Kuchen auf. »Ich würde gern dich und deine Schwester am Wochenende in mein Zuhause einladen.«

Anina starrte auf den Kuchen, dachte an Emily und sah diese kopfschüttelnd vor sich stehen. Sie nippte an ihrer Tasse und fragte sich, wie sie ihm dezent zu verstehen geben könnte, dass dies keine gute Idee war. Doch ihr Mund schien ein Eigenleben zu entwickeln und verwandelte sich in ein automatisches Strahlen. »Sehr gern!«

Emily war vernünftig. Sie würde ihre Entscheidung verstehen. Ganz sicher.

10

Anina hatte sich genau zurechtgelegt, was sie Emily sagen würde. Sie würden George besuchen – ausschließlich für das Jugendamt. Die Reaktion in ihrem letzten Gespräch war nicht sonderlich erbaulich – doch das musste sie ausblenden. Dieses Mal musste Emily verstehen, dass man manchmal schwierige Dinge tun musste, selbst wenn sie sich unangenehm anfühlten.

Sie lief von der Bushaltestelle nach Hause und probte immer wieder die Worte in ihrem Kopf. Ein wenig fühlte sie sich wie vor einer wichtigen Prüfung, für die sie nicht genügend gelernt hatte. Sie schlich durch Mrs Petersons Garten, öffnete die Wohnungstür und wappnete sich für das Gespräch.

»Ich bin zu Hause«, rief sie in die Wohnung und schloss die Tür hinter sich ab.

Stille.

Emily hatte sich sicher wieder Ohrstöpsel in die Ohren gestopft, um Mrs Petersons Vorliebe für Folkmusik ausblenden zu können. Doch heute war außer dem Vogelzwitschern im Garten nichts zu hören.

Gut. Ein paar Minuten Schonfrist. Anina befüllte den Wasserkocher, bereitete zwei Teetassen vor und suchte im Tiefkühlschrank nach irgendetwas, das Emilys süßen Zahn beglücken konnte. Sie würde die letzten beiden Zimtschnecken aufbacken.

Zehn Minuten später duftete die Wohnung herrlich buttrig-zuckrig und nach einem Hauch Kardamom. Anina entschied sich, Emily doch beim Lernen zu stören. Normalerweise ließ sich ihre Schwester schon von der kleinsten süßen Duftwolke anlocken, doch heute musste sie vollkommen vertieft in ihre Bücher sein.

»Klopf, klopf!« Anina stand vor der Tür zu Emilys Zimmer und wartete.

Keine Reaktion

Sie öffnete vorsichtig die Tür – und sah niemanden.

Der Raum war leer.

Anina runzelte die Stirn und zog ihr Telefon aus der Handtasche. Hatte Emily ihr eine Nachricht geschrieben? Doch das Display schwieg sie ebenfalls an.

Seltsam.

Ein ungutes Gefühl baute sich in ihr auf. Ihre Schwester wusste genau, welche Sorgen sie sich um sie machte. Erst vor Kurzem hatten sie vereinbart, dass Emily sich abmelden sollte, wenn sie ihre Pläne änderte.

Das passte nicht zu ihr. Sie wählte Emilys Nummer, wurde jedoch nur von der lapidaren Ansage begrüßt, der Teilnehmer sei zurzeit nicht verfügbar.

Drei Stunden später fühlte sich Anina nervöser als ein Schauspieler vor einer Theaterpremiere. Sie hatte vergeblich mit Mrs Peterson gesprochen, die Emily heute noch nicht gesehen hatte, ihr aber liebend gern ein Stück Kuchen anbieten wollte. Bloß das nicht. Anina hatte beide Zimtschnecken verschlungen, eine halbe Tafel Schokolade nachgelegt und spürte ein unangenehmes Zuckerhoch in sich aufsteigen, das nicht zur Beruhigung beitrug. Ein Anruf bei der Schule war ebenso erfolglos gewesen wie der bei einer der wenigen Freundinnen.

Es sah Emily nicht ähnlich, sich nicht zu melden!

Anina fühlte sich hilflos. Mittlerweile war es dunkel geworden und noch immer hatte sie nichts von ihrer Schwester gehört.

Fehlte nur noch der unangemeldete Besuch vom Jugendamt. Doch sie würden nicht direkt heute kommen, richtig? Das wären zu viele Zufälle auf einmal.

Je mehr Zeit verging, desto weniger konnte sie sich

beruhigen. Schließlich ließ sie sich erschöpft auf einen der Küchenstühle sinken und legte das Gesicht in ihre Hände.

Was für ein Tag.

Dieser unsägliche Termin bei der Behörde, das verwirrende Gespräch mit George, sein Wunsch, dauerhaft mit ihr zu leben.

Ihre wirren Gefühle Mark gegenüber.

Und nun eine verschwundene Emily.

Etwas in ihr sagte ihr, dass sie sich keine Sorgen zu machen brauchte. Dass Emily alt genug und viel zu vernünftig war, als dass etwas passiert sein könnte. Und doch ... wie immer in solchen Situation erinnerte sie sich an den Moment, als sie Dexter damals erwischt hatte – der Augenblick, der sie geprägt hatte.

Der Gedanke an Mark hatte etwas in ihr zum Klingen gebracht.

Was, wenn er etwas über Emily wusste? Immerhin arbeiteten sie gemeinsam an dem Umweltprojekt.

Das Telefon lag schweigend vor ihr auf dem Tisch. Sie versuchte vergeblich eine Nachricht von Emily herbeizuwünschen. In ihr tobte der Drang, etwas zu tun, irgendetwas.

Sie hatte seine Nummer.

Sie könnte ihn jetzt sofort anrufen, zumindest fragen, ob er etwas von Emily gehört hatte.

Sie würden das erste Mal seit ihrer gemeinsamen Nacht miteinander sprechen.

Mit zitternden Händen griff sie nach dem Telefon.

»Ja?«

Das war sie. Marks Stimme. Nicht warm und sanft, wie sie sie schon gehört hatte, sondern abweisend, als wäre er beschäftigt. Anina hörte Menschen im Hintergrund.

Anina verspürte den Drang, sofort wieder aufzulegen. Was hatte sie sich dabei gedacht, ihn unvermittelt anzurufen? War noch Zeit für einen »Entschuldigung! Verwählt!«-Spruch? Nein. Jetzt konnte sie es auch durchziehen.

»Ähm ... hallo ... hier ist ...«

Oh Gott, mit welchem Namen sollte sie sich vorstellen? Oder hatte er anhand der Nummer gesehen, wer dran war?

»Anabelle«, sagte er und Anina sog die Luft ein. Der offizielle Name war ... gut. Schaffte Distanz.

Ein Rascheln drang durch den Hörer. »Moment, ich muss nur kurz ... okay. Hier ist es ruhiger.«

In jeder anderen Situation hätte sie viel länger nachgedacht, jedes Wort abgewogen. Doch dies war eindeutig ein Ausnahmezustand. »Weißt du, wo Emily ist?«, sprudelte sie heraus. »Ich kann sie nicht erreichen und es ist schon dunkel.« Sie bemerkte, wie schrill ihre Stimme klang.

»Warte einen Moment.«

Anina hörte gedämpfte Laute, als würde er das Telefon mit der Hand abdecken. Warum zum Teufel konnte er nicht einfach antworten? Ihn anzurufen war schwer genug!

»Bist du noch da?«, fragte er, nicht im Mindesten beunruhigt.

»Wo soll ich denn sonst sein?« Anina griff sich an die Stirn. Sie musste sich dringend beruhigen, statt ihn anzufauchen.

Ein leises Lachen drang durch das Telefon, das Anina noch mehr gegen ihn aufbrachte. »Ganz ruhig. Es ist alles okay.«

Anina hatte selten zwei banalere Sätze gehört. Sie holte tief Luft. »Ich hab echt keine Zeit für Belanglosigkeiten. Weißt du, wo sie ist, oder nicht?«

Mark zögerte einen Moment, bis er wieder sprach. »Hast du etwas dagegen, wenn ich gleich bei dir vorbeikomme und dich abhole?«

»Was??« Anina hielt das Telefon von sich weg und starrte fassungslos auf das Display. Erkannte er nicht, dass es hier nicht um irgendein Schäferstündchen ging? Konnte er so schwer von

Begriff sein?

Sie hob das Telefon wieder an ihr Ohr. »Wenn du mal kurz deinen Spaß haben willst, um danach nichts mehr von dir hören zu lassen, vergiss es!«

Stille.

Oh Gott ... wo war das denn hergekommen? Verhielt sie sich gerade wie eine enttäuschte Frau nach einem One-Night-Stand, die sich mehr erhofft hatte? Sie spürte, wie Hitze in ihr aufstieg.

Mark räusperte sich. Seine Stimme klang geschäftsmäßig. »Ich weiß, wo Emily ist. Und ich wollte dich abholen und zu ihr bringen, denn du solltest das mit eigenen Augen sehen.«

Anina verzog das Gesicht.

Wie peinlich. Warum sagte sie in seiner Gegenwart immer unpassende Dinge?

»Danke.« Zumindest dieses eine Wort kam ihr über die Lippen.

»Ich bin gleich bei dir. Gib mir ein paar Minuten.« Damit beendete er das Gespräch.

Anina ließ sich gegen die nächste Wand sinken und rutschte mit dem Rücken an ihr herunter, bis sie auf dem Boden saß.

Sie würde ihn wiedersehen. In wenigen Minuten. Wie viel Zeit würde sie haben, sich auf ihn vorzubereiten, damit sie nicht wieder die Fassung verlor?

Ihre Wohnung erschien Anina viel zu klein. Sie lief auf und ab in der Hoffnung, sich beruhigen zu können, und stieß doch nur gegen die nächste Wand. Vielleicht war dies das Sinnbild ihres Lebens.

Das Telefongespräch hatte sie aufgewühlt, beinahe ebenso stark wie der Termin beim Jugendamt. Wie trat man einem Mann gegenüber, mit dem man eine wilde Nacht verbracht hatte, dem man nicht traute und der einem trotzdem ununterbrochen im Kopf herumspukte?

Am besten mit größtmöglicher Selbstbeherrschung.

Nur ... dass diese in seiner Gegenwart immer ins Koma fiel.

Sie warf sich eine Jeansjacke über, nahm den Wohnungsschlüssel vom Haken, verschloss die Tür von außen und lief in Richtung Straße. Sie wollte um jeden Preis vermeiden, ihn in ihrer Wohnung zu empfangen. Bilder stiegen in ihr hoch vom letzten Aufeinandertreffen in ihrem Zuhause, von ihrem Ausbruch, seiner selbstsicheren Ruhe. Sie schüttelte den Kopf. Sie hatten nie darüber gesprochen – und auch heute würde sie alles tun, das Thema zu umschiffen.

Ein dunkler Audi bog in den Magnolia Crescent ein. Unauffällig, wenig protzig, mit der dezenten Eleganz eines teuren Wagens. Er passte nicht in die kleine Straße und Anina straffte sich. Wenn er sie zu Emily bringen würde, hätte sich die Aufregung gelohnt.

Mark hielt neben ihr an, beugte sich über den Beifahrersitz und öffnete die Tür. »Steig ein!«

Sie nahm Platz, schloss die Tür hinter sich und schnallte sich an. Wurde sich in diesem Moment bewusst, dass sie nur eine verwaschene Jeans und ein T-Shirt mit einem Garfield-Aufdruck trug. Innerlich dankte sie sich dafür, nicht das »I am super sexy«-Shirt aus dem Schrank gezogen zu haben, das Emily ihr zu Weihnachten geschenkt hatte.

Das Auto setzte sich mit sanftem Brummen in Bewegung und Anina blickte auf Petersfield und die engen Straßen. Es war ein hübsches Dörfchen. Wenn sie nicht in einer dunklen Kellerwohnung leben würde, könnte ihr es hier sogar gefallen.

Mark bog an der Kreuzung in Richtung Colbridge ab. Sie fuhren schweigend. Obwohl Anina es angenehm fand, Zeit mit anderen Menschen in einvernehmlichem Schweigen zu verbringen, wünschte sie sich ein Plappermaul auf dem Rücksitz. Oder dass Mark über irgendetwas sprechen würde. Seinen Job vielleicht.

Verstohlen schaute sie zu ihm herüber. Mit sicherer Hand lenkte er den Wagen durch den Verkehr, wirkte weder angestrengt noch nervös, weil sie neben ihm saß. Sie lachte sich innerlich selbst aus. Warum sollte er nervös sein? Sie war diejenige, die sich wie eine enttäuschte Flamme aufgeführt hatte.

Wie gut er aussah. Aber auch müde, als würde ihn etwas belasten. Trotzdem schien er dieses eigenartige Lächeln auszustrahlen, obwohl er ernst auf die Straße blickte.

Sie sollte nicht mit ihm hier sein. Nicht so nah in diesem Auto, in dem sie ihn mit einer einzigen Bewegung berühren könnte. Bisher hatte jeder Körperkontakt etwas in ihr ausgelöst, nach dem sie sich schmerzlich sehnte.

Sie schaute aus dem Fenster auf der Beifahrerseite. Es war wesentlich unverfänglicher, auf die erwachende Landschaft zu schauen, als heimlich seine Lachfältchen zu bewundern.

Sie spürte seine Hand auf ihrer.

Sie hielt die Luft an.

Wagte nicht, sich zu bewegen.

Ein leises Lachen drang durch das Auto. »Es mag kleinlich klingen, aber ich hänge an meinen Ledersitzen.«

Aninas Kopf fuhr herum. Was?

Er drückte ihre Finger, strich über ihre Finger und entkrampfte sie. »Du bist nervös. Und lässt es an den Sitzen aus.« Er deutete mit dem Kopf auf ihre Hand und grinste.

Anina wagte es nicht, den Blick zu heben. Sie würde das Funkeln in seinen Augen entdecken, das auch in seinen Worten mitschwang.

Sie verfluchte sich. Konnte sie sich nicht einmal für ein paar Minuten zusammenreißen?

»Tut mir leid«, sagte sie leise und fragte sich, wofür sie sich entschuldigte.

»Du machst dir Sorgen um Emily, das verstehe ich.«

Anina schluckte. Sie wollte ihm nicht erklären, dass sie

nicht wegen ihrer Schwester nervös war, sondern einzig und allein wegen ihm. Natürlich waren die Gedanken um Emily nicht verschwunden. Doch seit er ihr gesagt hatte, dass mit ihr alles in Ordnung war, fühlte sie sich deutlich entspannter – und aufgeregter zugleich. Und zwar wegen ihm.

Doch das würde sie ihm wohl kaum sagen.

Sie antwortete nicht. Marks Hand schien irgendwelche Wunderwirkungen zu besitzen, denn statt sich noch mehr zu verkrampfen, entkrampften sich ihre Finger unter seinen. Er strich sanft über ihre Haut, rieb ihren Handballen.

Anina wusste nicht, ob sie schon jemals eine Berührung so intensiv gespürt hatte. Sie fuhren schweigend in Richtung Colbridge, saßen unschuldig nebeneinander. Doch gleichzeitig sandte jede noch so winzige Bewegung seiner Finger heiße Strahlen durch ihren Körper.

Das hier war nicht nur eine Autofahrt – es war das Vorspiel zweier Menschen, zwischen denen Flammen loderten.

Nur wenige Minuten später hielt Mark auf einem Parkplatz und stellte den Motor ab. Er wandte sich ihr zu und lächelte sie an. »Da sind wir!«

Anina starrte ihn an. Wie konnte er nur so abgebrüht wirken, als wäre nichts zwischen ihnen passiert? Oder empfand nur sie so stark in seiner Gegenwart?

Als sie nicht antwortete, schnallte er sich ab. »Warst du schon mal hier? Das ist das Community Centre. Und ich schätze, du solltest dir anschauen, was dort drinnen vor sich geht.«

Anina unterdrückte ihren inneren Aufruhr und stieg aus. Es wurde Zeit, wieder an Emily zu denken und den Mann auszublenden, der sie ständig kopflos werden ließ.

Für einen Moment fürchtete sie, er würde erneut ihre Hand ergreifen. Doch er deutete auf den Eingang und sie gingen schweigend auf das schlichte Gebäude zu. Anina war erst einmal hier gewesen. Sarah hatte ihr empfohlen, sich dort nach Weiterbildungen umzuschauen, doch bisher hatte sie es nicht gewagt.

Sobald sie die breite Eingangstür durchquert hatten, drang die unverkennbare Unruhe vieler Menschen an ihr Ohr. Sie hörte ein Klatschen, Rufe. Irgendetwas ging hier vor.

Mark lächelte ihr ermunternd zu und sie erkannte nicht zum ersten Mal, warum sie so auf ihn reagierte: Es war nicht nur sein zweifellos attraktives Äußeres. Es war dieses Gefühl, sich bei ihm in absoluter Sicherheit zu fühlen. Sie musste sich immer wieder daran erinnern, wie trügerisch das sein konnte. Bei Dexter hatte sie sich zu Beginn ebenfalls aufgehoben gefühlt.

Mark deutete auf eine angelehnte Tür am Ende des Flurs. »Dort lang.«

Sie liefen durch das Gebäude, das Anina ein wenig an das Jugendamt erinnerte – nur bunter. An den Wänden hingen Zeichnungen von Kindern, in Regalen standen Fotos von Ausstellungen und Festen.

Sie erreichten die Tür und Mark drückte sie vorsichtig auf.

Anina spürte eine Woge der Energie über sich hinwegschwappen. Was auch immer hier passierte: Hier schwammen viele Menschen auf der gleichen Wellenlänge. Der Raum war gefüllt von mindestens einhundert jungen Menschen, die entweder auf aufgereihten Stühlen saßen oder an den Wänden lehnten. Sie alle starrten nach vorn auf eine Art kleine Bühne.

Und dort stand Emily.

Sie hatte sich an einen Tisch am Kopfende des Raumes postiert und hielt ein Mikrofon in der Hand. Ein Beamer warf eine Grafik an die Wand hinter ihr, auf die sie mit einem Laserpointer deutete. Anina erkannte ein paar der Diagramme, die sie in ihrer nächtlichen Aktion zusammengeschustert hatte.

»Wenn wir jetzt nichts tun, wird der Anteil der Wälder und Weiden in England innerhalb von nur zehn Jahren um vierzig Prozent schrumpfen. Vierzig Prozent! Denkt doch nur mal an die herrlichen Weideflächen, umringt von Steinmauern. An die Schafe und Kühe, die hier grasen. An die Herrenhäuser in winzigen Dörfern, die von Parks umgeben sind. Wir haben so viele kleine Wälder, Moore. Das alles könnte in ein paar Jahren nicht mehr da sein! So wichtige Naturgebiete wie die South Downs werden einfach zugebaut. Hier geht es nicht nur um Ponys! Es geht um unsere Zukunft! Wir können sie nicht von irgendwelchen alten Leuten bestimmen lassen, die nur kurzfristig denken.«

Emilys Stimme war lauter geworden und hallte in einem Moment der Stille nach. Anina fürchtete, das Publikum könnte überfordert sein.

Dann drang Beifall durch den Raum, erst zögerlich, dann kräftiger, als hätte sich etwas gelöst. Anina sah betretene Gesichter, bewundernde Blicke. Emily hatte es offenbar geschafft, den Leuten das Thema nahezubringen, statt nur mit Zahlen um sich zu werfen.

Anina stand der Mund offen. Sie schaute Mark an, der sie angrinste. »Deine Schwester ist schon eine spezielle Person.«

Anina wusste nicht, wohin sie schauen sollte: auf Emily, die sich

daranmachte, die nächste Statistik zu erklären, oder auf Mark, der sie so warm anlächelte, dass sie kaum die Augen von ihm lassen konnte.

Sie entschied sich für Emily – für ihr eigenes Seelenheil. Eine Welle des Stolzes überkam sie. Das war ihre Schwester! Ihre einzelgängerische, strebsame, hochintelligente Schwester, die sich gern in ihren Büchern vergrub. Wie sie dort stand, sicher vor all den Menschen redete – Anina konnte es nicht glauben.

Sie spürte, wie ihr die Tränen kamen. Würde jetzt Mrs Anderson vom Jugendamt hier sein – niemand würde an Aninas Fähigkeiten zweifeln, Emily eine Zukunft ermöglichen zu können. So sah kein »benachteiligtes Mädchen« aus einfachen Verhältnissen aus. Irgendwann würde ihre Schwester es weit bringen.

»Du kannst stolz auf sie sein«, sagte Mark, der plötzlich viel näher zu sein schien als zuvor.

Anina nickte still und hoffte, die Tränen unterdrücken zu können.

Mark griff nach ihrer Hand. Sie spürte seine kräftigen Finger, die warme Haut. Dieses Mal war es keine übermütige Hitze, die durch ihren Körper schoss. Dieses Mal waren es wärmende Sonnenstrahlen, die ihr das eigenartige Gefühl gaben, alles könnte gut werden.

»Ich war sooo gut!«

Emily unterstrich ihre Worte mit einem herzhaften Biss in ihren Burger.

Mark hatte sie zur Feier des Tages in das amerikanische Diner eingeladen, das vor Kurzem in einer Seitenstraße in der Innenstadt eröffnet hatte. Bevor Anina hatte ablehnen können, hatte Emily begeistert zugestimmt.

Und nun saßen sie hier: ausgestattet mit riesigen Burgern, einer noch riesigeren Portion Pommes und unerhört großen Softdrink-Bechern. Wer konnte solche Mengen verdrücken?

Anina warf einen Blick auf Emily, deren Burger schon fast verschwunden war. Offensichtlich konnten magere Dreizehnjährige erstaunlich viel essen, wenn sie über sich hinausgewachsen waren.

»Wir müssen trotzdem ein ernstes Wort miteinander reden«, sagte Anina in dem Versuch, die verantwortungsbewusste

Erwachsene zu sein.

Emily schlug ihr spielerisch auf den Arm. »Ach komm, sei kein Spielverderber!«

»Melde du dich zukünftig, wenn du so etwas vorhast, und du musst dir keine Gardinenpredigt anhören.«

»Die hab ich sowieso nicht verdient. Schließlich bin ich eine Heldin!« Emily stopfte den letzten Bissen ihres Burgers in den Mund.

Anina unterdrückte ein Grinsen. Wann hatte sie ihre Schwester das letzte Mal so aufgekratzt gesehen?

»Trotzdem, junge Dame! Das passiert nicht noch einmal.«

»Sonst was? Erschlägst du mich mit einem deiner Cookies?«

Nun war es an Anina, Emily einen Hieb auf den Arm zu geben. »Wenn du zu Hause gewesen wärst, hättest du eine der letzten Zimtschnecken bekommen!«

Emilys Gesicht schlief ein. »Nein! Du hast sie nicht Mrs Peterson gegeben, oder?«

Anina setzte sich auf und verschränkte die Arme. »Ich habe sie aufgegessen.«

Emily schaute sie fassungslos an. »Das hast du nicht!«

Anina zuckte mit den Schultern. »Du wirst sie vergeblich suchen.«

»Dann gehört der hier jetzt mir.« Ohne zu zögern, griff Emily über den Tisch und zog die Schachtel mit Aninas Burger zu sich heran.

»Das ist meiner!«

Emily grinste sie kauend an. »Du hättest ihn sowieso nicht geschafft.«

Anina kämpfte gegen den Drang, empört dreinzuschauen – oder laut aufzulachen. Sie entschied sich für Letzteres, konnte die Welle der guten Laune nicht unterdrücken – trotz des Ärgers und der Enttäuschung, die sie in den letzten Tagen mit sich herumgetragen hatte. Sobald sie sich gegenübertraten, schien sich ein Teil ihrer Vernunft in Luft aufzulösen und rosaroten Schmetterlingen Platz zu machen.

Sie begegnete Marks Blick – und spürte erneut die Verbindung zwischen ihnen. Er hatte den Wortwechsel der Schwestern mit einem amüsierten Grinsen verfolgt. Seine Augen funkelten, als würde er den unterhaltsamsten Abend seit Langem erleben.

Und irgendwie ... fühlte Anina ebenso. Eine eigenartige entspannte Stimmung legte sich über sie, als würde zumindest heute alles zusammenpassen. Ein normaler Abend einer ganz normalen ... Familie.

Das Wort stand unvermittelt vor ihr und löste ein überraschtes Zucken in ihrer Magengegend aus. Wollte sie das? Eine Familie? Bisher war ihr immer klar gewesen, dass sie allein leben würde, sobald Emily alt genug wäre. Sie hatte zu viel erlebt, als dass sie sich eine eigene Familie vorstellen konnte. Doch ein Abend wie dieser ... veränderte etwas. Sie spürte die Sehnsucht nach gemeinsamen Essen, nach Kabbeleien, Gesprächen über den Tag. Ihr aktuelles Leben schien ihr so fern von dem Normalzustand, den sie sich wünschte.

Sie dachte an George, an die Zukunft, die er sich vorstellte. Vielleicht musste sie vorübergehend einen Kompromiss eingehen, um das Jugendamt zu überzeugen – doch ein dauerhaftes Zusammenleben kam ihr regelrecht absurd vor. Gleichzeitig fühlte sie ein schlechtes Gewissen in sich aufsteigen, das Angebot des alten Mannes nur aus Eigennutz anzunehmen, um sofort wieder auszuziehen, sobald die Sache mit den Behörden geklärt war.

Doch sie wollte nicht an ihre Probleme denken. Dieser Abend war außergewöhnlich und sie würde ihn für immer im Herzen tragen. Beinahe fand sie es lächerlich, ein Essen in einem Diner so zu verherrlichen – doch in ihrem verkorksten Leben nahm es nun einmal eine besondere Rolle ein.

Anina sah, wie sich zwischen Emily und Mark ein Gespräch entwickelte. Die beiden schienen sich gut zu verstehen, unterhielten sich ausgiebig über Emilys Aufnahmeprüfung. Offensichtlich verband sie mehr als die Leidenschaft für die frei laufenden Ponys in den South Downs.

Für einen Moment träumte sie vor sich hin, stellte sich vor, wie schön es wäre, einen verlässlichen Mann an ihrer Seite zu haben. Einen, der sie respektierte, mochte – liebte. Zu ihrer Bestürzung trug der Mann in dieser Vorstellung Marks Gesicht. Sie schrak zusammen und griff nach ihrer Gabel, als müsste sie sich an etwas festhalten.

Der Weg zu Emilys Zukunft führte nicht über Mark, das musste sie sich immer wieder sagen. George war derjenige, der ihr helfen konnte. Sobald sie sich ernsthaft darauf einließ, würde sie Mark nie wieder sehen. Ein Stein schien in ihren Magen zu plumpsen und nach unten zu ziehen. War es wirklich das, was sie wollte? Nie wieder Kontakt zu ihm haben?

In diesem Moment wollten ihr all die Argumente nicht mehr einfallen, wegen derer sie ihm nicht trauen sollte. Sie sah nur ihre glückliche Schwester vor sich, die sich selten in Menschen täuschte.

Mark warf ihr einen Blick zu, der sich tief in sie fraß. Hatte er gespürt, dass sie über ihn nachdachte? Sie schaute verlegen nach unten und nahm einen Schluck ihrer Fanta mit Exotic-Geschmack.

Wenig später verkündete Emily, sie müsse sofort ins Bett. Anina fragte sich, wie viele Eltern angesichts einer solchen Aussage ungläubig dreinschauen würden. Doch Emily hatte schon als Kind Wert darauf gelegt, genügend Schlaf zu bekommen.

Zu Aninas Missfallen bestand Mark darauf, die Rechnung zu bezahlen, und wollte keine Einwände gelten lassen. »Ich muss mich schließlich für Emilys Einsatz bedanken. Betrachtet es als Einladung von Future Trust.«

Emily strahlte und plapperte während der gesamten Heimfahrt mit Mark. Anina hatte sich auf den Rücksitz gesetzt, um genügend Distanz zwischen ihnen zu wahren. Es tat gut, die beiden zu beobachten, wie sie entspannt und gelöst miteinander umgingen.

Wenn nur sie selbst ebenso entspannt wäre ... stattdessen fühlte sie sich aufgewühlt, durcheinander wegen der vielen widersprüchlichen Gefühle, die in ihr tobten.

Nicht zum ersten Mal wünschte sie, sie hätte Mark nie kennengelernt. Er weckte etwas in ihr, das sie nicht fühlen wollte und das sich gleichzeitig viel zu richtig anfühlte, als dass sie es wieder in sich begraben wollte.

Das Gespräch mit Nora kam ihr in den Sinn ... Elviras Kündigung ... der hinterlistige Anwalt ... das untrügliche Gefühl, er könnte ihrem Leben Schaden zufügen.

Mittlerweile war sie davon überzeugt, ihre ersten Gedanken waren aus reiner Paranoia entstanden. Sie fand sich im Nachhinein albern, ernsthaft für einen Moment geglaubt zu haben, ein Anwalt könnte es bewusst darauf abgesehen haben, sie zu verführen.

Doch das Misstrauen blieb – lediglich auf anderer Ebene. Sie dachte an die Nachricht auf seinem Telefon, an das kalte Gefühl, sich billig und ausgenutzt zu fühlen. Zeigte es nicht, dass er nur einer von vielen war? Ein Trophäenjäger, der zeigen wollte, was für ein toller Hecht er war? Sie hatte ihn nicht auf die Nachricht angesprochen – natürlich nicht. Sie würde wie eine Schnüfflerin wirken, die seine Privatsphäre nicht respektierte – etwas, das sie ihm vorwarf.

Doch die Enttäuschung wog noch immer schwer in ihrem Inneren. Erinnerte sie daran, sich nicht zu stark auf ihn einzulassen. War es verwunderlich, wenn sie nach ihrer gemeinsamen Nacht, den intensiven Gefühlen und einem Abend wie heute nicht in Erwägung zog, er könnte doch ehrlich sein?

Ihre Gefühle rissen sie hin und her: Wollte er mit ihr spielen? Mit ihr prahlen? Ein wenig seinen Spaß haben und sie danach fallen lassen?

Diesen Zweifeln stand etwas Großes gegenüber ... etwas, das sich aufbäumte und ihr Herz erfüllte. Das sich in ihr ausbreitete, wenn sie ihn anblickte, sah, wie er mit Emily umging. Diese Gedanken ließen sie innerlich toben und das Bedürfnis ins Unermessliche steigen, das Auto verlassen zu können.

Schließlich hielt Mark vor Mrs Petersons Haus und sie stiegen aus. »Ich muss ins Bett!«, beeilte sich Emily zu sagen, winkte Mark kurz zu und machte sich verdächtig schnell auf den Weg ins Haus.

Sie waren allein.

Stille umgab sie.

Mark wandte sich ihr zu und schenkte ihr einen undurchdringlichen Blick. Sie schaute ihn ebenfalls an, versuchte ihm mit Gedanken zu übermitteln, dass sie nicht wusste, was sie sagen sollte.

Sie hatte keine Ahnung, wie lange sie sich anschauten, ohne dass einer von beiden sprach. Sie spürte, wie sich die Unruhe in ihr ausbreitete, sich der unbändige Drang entwickelte, etwas sagen zu müssen – irgendetwas.

»Nun –«

»Ich –«

Verlegen lächelten sie sich an. Anina wollte sich ihm erklären, sich bei ihm bedanken, ihn ausfragen und ehrliche Antworten verlangen.

Doch Mark kam ihr zuvor. »Ich muss dann mal.« Er trat einen Schritt auf sie zu und hauchte ihr einen Kuss auf die Wange. »Wir sehen uns.«

Damit wandte er sich um, stieg in den Wagen und fuhr davon.

Anina fasste sich an die Wange, spürte seiner Berührung nach.

Der unvernünftige Teil in ihr zog sich enttäuscht in eine Ecke zurück, der andere atmete erleichtert auf.

Wir sehen uns.

Sie fragte sich, ob das eine Drohung oder ein Versprechen gewesen war.

Mark fühlte sich zum ersten Mal seit Langem vollständig mit sich im Reinen. Er hatte eine Entscheidung getroffen, die sein Leben verändern würde – in welche Richtung auch immer.

Woher der Sinneswandel kam ... er wusste es nicht genau. Vielleicht war er nur das Ergebnis seiner vielen Grübeleien. Womöglich auch die Eingebung, auf die er lange gewartet hatte. Sehr wahrscheinlich allerdings wurde seine Idee von einem Mädchen und ihrer großen Schwester ausgelöst, die etwas in ihm verändert hatten.

Die Laufrunde durch den Princesshay Park hatte ihm endlich die Lösung für seine Probleme beschert – und nun würde er die Sache angehen.

Er saß am Schreibtisch seines Büros und starrte auf das Telefon. Bevor er sein Vorhaben in die Tat umsetzte, würde er erst ein paar notwendige Schritte in die Wege leiten. Und dieses Telefonat war der erste davon.

Beherzt griff er nach dem Hörer und wählte die Nummer Richard Wellingtons. Er hatte lange überlegt, ob er den Kontakt von Tesco nutzen wollte. Verärgert dachte er an den Abend in Hillsborough Manor zurück, an dem Wellington Anina mit Blicken ausgezogen hatte – und das in Anwesenheit seiner Frau.

Doch er wollte jetzt nicht an Anina denken, nicht nachdem er sich bereits die halbe Nacht schmerzlich nach ihr gesehnt hatte.

»Das Sekretariat von Richard Wellington, was kann ich für Sie tun?«

Mark fluchte innerlich. Er hätte damit rechnen müssen, ihn nicht direkt erreichen zu können.

»Mark Corwin, Future Trust. Mr Wellington hatte um Rückruf gebeten.« Diese Taktik hatte schon mehrfach zum Erfolg geführt.

»Es tut mir leid«, flötete die Dame am anderen Ende in den Hörer. »Aber Mr Wellington hat mir keine derartigen Instruktionen hinterlassen.«

Mark verdrehte die Augen und sah die Sekretärin vor sich, wie sie sich gelangweilt die Nägel feilte. »Bitte nennen Sie ihm meinen Namen und teilen Sie ihm mit, ich möchte an unser Gespräch in Hillsborough Manor anschließen.«

»Mr Wellington –«

»... hat um meinen Rückruf gebeten.« Mark bemühte sich um seinen autoritärsten Tonfall.

»Einen Moment bitte«, gab sie sich geschlagen.

Mark lehnte sich zurück. Die erste Hürde wäre genommen.

»Wellington«, bellte der Marketing-Verantwortliche von Tesco in den Hörer.

»Mark Corwin, Future Trust. Wir haben uns vor Kurzem –«

»Ich erinnere mich, keine Sorge. Was verschafft mir die Ehre?«

Mark setzte sich auf. Er wusste, dass er mit ausschweifenden Reden nicht

weiterkommen würde. Also wählte er den direkten Weg. »Sie erinnern sich sicher an unser Gespräch darüber, dass die Ziele von Future Trust und einem Konzern wie dem Ihren optimal zusammenpassen. Ich frage mich, ob wir konkreter werden können.«

»Sie wollen unser Geld.«

Mark fühlte sich gut. Mit solchen Typen konnte er umgehen. »Und Sie Aufmerksamkeit und ein positives Image. Passt meiner Meinung nach perfekt zusammen.«

»Sonderlich subtil gehen Sie nicht vor.«

»Ich schätze, wir haben beide Wichtigeres zu tun, als um den heißen Brei herumzureden.«

Wellington stieß einen Laut aus, den Mark vorsichtig als zustimmendes Knurren deutete. »Was genau schwebt Ihnen vor?«

Mark unterdrückte den Drang, die Faust in Richtung Decke zu recken. Er hatte ihn am Haken! Schon in Hillsborough Manor hatte er das Gefühl gehabt, den richtigen Ansprechpartner für sein Vorhaben gefunden zu haben.

»Ich habe ein Konzept erarbeitet, das ich Ihnen gern zuschicken würde. Wenn Sie interessiert sind, melden Sie sich zurück und wir sprechen darüber.« Seiner Erfahrung nach kam er am besten zum Ziel, wenn er seinem Gegenüber etwas in die Hand gab.

»Meine E-Mail-Adresse haben Sie. Und jetzt muss ich mich verabschieden.«

Das war Mark recht. Sie beendeten das Gespräch und er grinste. Noch war nichts gewonnen, doch der erste Schritt war getan.

Er verschickte die Nachricht mit dem Dokument und lehnte sich mit dem entspannten Gefühl zurück, momentan nichts weiter tun zu können, außer zu warten.

Dummerweise spielten seine Gedanken in jeder ruhigen Minute verrückt. Warfen ihm vor, sein Leben wegzuwerfen, wenn er diesen Weg einschlug. Doch er schob die Bedenken beiseite. Es fühlte sich viel zu gut an, endlich aktiv zu werden, statt sich von der Vergangenheit herumschubsen zu lassen.

Unweigerlich schwenkten seine Gedanken zu dem zweiten Thema, das ihn auf Schritt und Tritt verfolgte.

Anina.

Noch vor wenigen Tagen hatte er gemeint, mit ihr die schönste Nacht seines Lebens verbracht zu haben. Doch der Abend mit ihr und Emily hatte dieses Gefühl sogar gesteigert. Dabei war es nichts Besonderes gewesen: Er hatte sie abgeholt, sie hatten gemeinsam Emily bewundert, in einem durchschnittlichen Diner Burger gegessen und sich beinahe schüchtern voneinander verabschiedet. Objektiv betrachtet konnte niemand den Abend als herausragend bezeichnen – doch genau das war er für ihn gewesen. Vielleicht interpretierte er zu viel hinein, doch die wenigen Stunden hatten ihm einen flüchtigen Blick auf etwas ermöglicht, was sein Herz anschwellen ließ: eine Zukunft.

Mit Anina.

Er sah Spike kopfschüttelnd vor sich stehen, der ihm mitteilte, er hätte sich von der männerfressenden Schlampe einfangen lassen. Doch spätestens seit sein Kumpel ihm eindeutig gedroht hatte, hatte sich endlich sein Bauchgefühl durchgesetzt.

Egal, was zwischen den beiden geschehen war: Anina konnte nicht das intrigante und berechnende Monster sein, als das sie ihm beschrieben worden war. Zu empfindsam hatte er sie kennengelernt, zu sehr am Wohl ihrer Schwester interessiert. Sie mochte nicht alles richtig gemacht haben im Leben – aber wer war ausgerechnet er, über sie zu urteilen?

Für ihn zählte die Anina, die er entdeckt hatte.

In die er sich verliebt hatte.

Er schloss die Augen, gab sich für einen Moment dem Gefühl hin. Es fühlte sich nicht so neu an, wie es hätte sein sollen. Vermutlich schlummerte es schon länger in ihm, war von Vorurteilen überdeckt worden.

Ein leiser Ton kündigte eine neue E-Mail an. Mark erweckte den Bildschirm zum Leben und hielt die Luft an, als er eine Antwort von Richard Wellington entdeckte. So schnell hatte er nicht mit einer Reaktion gerechnet. War das ein gutes oder schlechtes Zeichen?

Er überflog die wenigen Zeilen und wusste nicht, ob er jubeln oder aufstöhnen sollte. Der Fisch hatte angebissen. Verlangte mehr von dem Köder und wollte ihn persönlich treffen. Doch die Sache hatte einen Haken.

»Aber du magst doch Pferde!«

»Nicht, wenn sie in einem Stall stehen.«

Anina mühte sich, nicht die Geduld zu verlieren. Seit sie vor zwei Stunden auf George Porterfields Anwesen eingetroffen waren, spielte ihre brave kleine Schwester eine pubertierende Zicke.

George schien für diese Signale glücklicherweise unempfänglich zu sein. »Dieser hübsche Kerl hier wird mir eines Tages ein Vermögen einbringen!« Er deutete auf ein Tier mit glänzender Mähne, das ungeduldig in seiner Box mit den Hufen scharrte.

Emily zuckte unbeeindruckt die Schultern. »Ich stehe mehr auf Ponys.«

George lachte herzhaft auf. »Die junge Dame wird noch in das Thema hineinwachsen, davon bin ich überzeugt.«

Emily hob die Brauen. »Die junge Dame ist alt genug, um das selbst entscheiden zu können.«

Anina kannte diesen Blick. Sie musste dringend eingreifen. »Lass uns wieder nach draußen gehen! Die Sonne scheint so schön!«

George griff nach ihrer Hand und führte sie aus dem Stall, was Emily mit verengten Augen quittierte.

»Kommst du?«, fragte Anina.

Emily brummte. Sie würde heute Abend eine Standpauke zu hören bekommen, die sich gewaschen hatte! Anina hatte sie die ganze Woche über auf das Treffen vorbereitet. Hatte ihr mitgeteilt, wie wichtig es für sie beide war. Aber zur Abwechslung schien Emilys Grips sie verlassen zu haben und sich zu weigern, auch nur ein Argument zuzulassen.

Beim Essen wurde es noch schlimmer.

»Ich hab keinen Hunger«, verkündete Emily und starrte auf den Teller mit sorgfältig angerichteten Häppchen. »Ich mag keinen Fisch.«

»Aber meine Liebe, das ist doch kein Fisch! Das ist Kaviar! Nur das Beste für meine Gäste.«

»Der Stör wird wegen der Gier des Menschen nach Kaviar in ein paar Jahren ausgerottet sein«, behauptete Emily und schob den Teller von sich weg.

Anina trat ihr auf den Fuß. Noch niemals hatte Emily sich so verhalten. Ruhig, in sich gekehrt, das schon. Aber nie offen feindselig. Sie schenkte George einen entschuldigenden Blick.

Dieser war zumindest nach außen hin unbeeindruckt. »Manche Dinge kann man nicht beeinflussen, indem man sich eine Köstlichkeit verwehrt. Greif zu, junge Dame. Der Stör stirbt nicht wegen eines einzigen Abendessens aus.«

Emily schaute ihn an, als wäre er ein dummes Kind, das den Sinn ihrer Worte nicht verstanden hatte.

»Wollen wir nach dem Essen noch durchs Haus gehen?«, fragte Anina in dem verzweifelten Versuch, die Stimmung aufzulockern.

»Aber natürlich. Ich zeige euch gern die Küche, die Bibliothek und die Schlafzimmer.«

Beim letzten Wort verzog Emily angewidert das Gesicht.

»Ich habe eine Reihe von Erstausgaben in der großen Bibliothek. Vielleicht möchte die junge Dame die sich gern anschauen?«

Anina hatte das dumme Gefühl, Emily würde an die Decke springen, wenn er sie noch einmal als »junge Dame«

bezeichnete.

»Ich muss noch lernen. Wir können nicht lange bleiben.«

Anina trat ihr erneut auf den Fuß. Sie hatte sie gebeten, offen und unvoreingenommen hierherzukommen! Doch ihre Worte waren offensichtlich an der neuen Hülle abgeprallt, die sich Emily von ihrem Taschengeld gekauft haben musste.

Der Hauptgang und das Dessert verliefen noch schlimmer. George machte es nicht besser, als er darauf hinwies, dass er spezielle figurfreundliche Damenportionen servieren ließ. Emily quittierte dies mit der Bestellung eines süßen Nachschlags.

Das Treffen war ein einziges Desaster.

Was hatte sie erwartet? Dass die beiden sich in die Arme fielen und über Georges Anwesen spazierten? Das vielleicht nicht ... aber zumindest ... Höflichkeit. Emily kannte ihn doch gar nicht! Er war etwas älter, aber ein netter Mann, der sich sichtlich Mühe gab. Warum konnte Emily das nicht sehen?

Anina atmete innerlich auf, als sie sich viel früher als geplant verabschiedeten. George hatte ihnen seinen Fahrer zur Verfügung gestellt, der sie zurück zu Mrs Petersons Haus brachte. Sobald der Wagen hielt, riss Emily die Tür auf und stürzte ins Haus.

Doch heute würde sie sich nicht hinter ihren Büchern verstecken – Anina war mindestens ebenso sauer.

Anina bedankte sich, folgte Emily nach drinnen und klopfte an die verschlossene Tür. »Wir müssen reden!«

»Vergiss es.«

»Ich erwarte dich in der Küche.«

»Ich muss lernen.«

Anina drückte die Klinke herunter, doch die Tür war abgeschlossen. »Haben wir nicht Regeln vereinbart?«

»Ich rebelliere. Das gehört sich so für junge Damen.«

Anina rollte die Augen. »Lass uns reden und das hinter uns bringen.«

Mit einem Mal riss Emily die Tür auf. Anina hatte sie noch nie so aufgebracht erlebt. »Was hinter uns bringen? Dass wir demnächst in einem riesigen Schuppen wohnen, in den wir nicht gehören?«

»Schuppen ist ja wohl kaum das richtige Wort. Außerdem ist es nur vorübergehend.«

Doch Emily hörte nicht. »Und dann essen wir jeden Tag Kaviar in Damenportionen?«

Anina bemühte sich um Ruhe. »Es geht darum, das Jugendamt von mir zu überzeugen. Es gibt ja wohl Schlimmeres, als wenn dich ein Auto direkt zur Edwardian bringt, du ein viel größeres Zimmer hättest und wir beide mehr Platz haben zum –«

»Zum was? Zum Sticken? Klavierspielen und tanzen lernen? So wie man das früher gemacht hat?«

Anina verstand nicht, warum ihre Schwester nicht begreifen wollte. »Emily! Es geht nicht darum, sich irgendwo einzuschleichen. Es ist eine wunderbare Chance, unser Problem durch einen vorübergehenden Umzug zu lösen.«

Emily starrte sie verächtlich an. »Ich ziehe es vor, mir meine Chancen zu erarbeiten, statt mich von einem alten Knacker antatschen zu lassen.«

Anina erstarrte. Ein Kloß bildete sich in ihrem Magen. Jetzt war es ausgesprochen. Das war also das Bild, das Emily von ihr hatte.

Das Schlimmste war ... in gewisser Weise hatte sie recht. Vielleicht nicht mit dem körperlichen Aspekt – doch zumindest mit der Tatsache, dass sie sich von einem Mann kaufen ließ. Anina spürte, wie Tränen in ihr aufstiegen. Sie würde sich niemals auf George aus Liebe einlassen, sondern einzig und allein, um ihrer Schwester eine bessere Zukunft zu ermöglichen. Sie trat einen Schritt zurück.

»Lauf jetzt bloß nicht weg!« Emily schaute sie an, sah nicht minder mitgenommen aus. »Hast du eigentlich eine klitzekleine Idee davon, wie ich mich fühle? Meinst du, ich sehe nicht, dass du das nur wegen mir tust?«

Anina starrte sie schweigend an.

Emily war noch nicht fertig: »Es ist ein absolut dämliches Gefühl, wenn ich weiß, dass du dich von ihm angraben lässt, nur weil es mich gibt. Du müsstest das alles nicht machen, wenn es mich nicht gäbe.« Ihre Stimme war mit jedem Wort schriller geworden.

Anina blickte sie bestürzt an. Was redete sie da? »Aber ...«

»Nichts aber! Meinst du, ich sehe nicht, wie du dich abrackerst? Wie du jeden Penny zwei Mal umdrehst, nur damit ich irgendein Buch kaufen kann? Dass du dich mit Typen triffst, nur um für mich sorgen zu können? Du denkst nie auch nur einmal an dich und an das, was du gern hättest!«

Die letzten Worte klangen wie ein Vorwurf – und Anina verstand nicht. Wollte Emily ihr sagen, dass sie sich zu viel um ihre Schwester kümmerte?

»Ich möchte, dass du eine gute Zukunft hast.«

Emily schüttelte den Kopf. »Und was ist mit dir?«

Anina wusste nicht, worauf Emily hinauswollte. »Ich komme schon klar!«

Emily stampfte mit dem Fuß auf wie ein Kleinkind. »Genau das ist es ja! Wie fändest du es, wenn ich »schon klar- kommen würde«, nur damit es dir selbst gut geht? Versetz dich doch mal in meine Lage!«

»Machst du mir jetzt zum Vorwurf, dass ich mich um dich kümmere?«

Emily atmete tief durch. »Du verstehst nicht. Du bist nicht meine Mum.«

Anina spürte, wie der Kloß noch größer wurde, und wollte etwas erwidern – doch Emily hielt sie auf. Ihre Stimme klang völlig anders, als sie wieder den Mund öffnete.

»Du bist die beste, großartigste, tollste große Schwester, die ich mir wünschen kann. Wenn es dich nicht geben würde, würde ich in irgendeiner Pflegefamilie oder im Heim leben.« Sie trat einen Schritt auf Anina zu. »Ich bin jeden Tag dankbar dafür, dass es dich gibt, das kannst du mir glauben. Und deshalb ist es umso schlimmer, wenn ich das Gefühl hab, du gibst dein eigenes Leben nur für mich auf.« Sie stand mit hängenden Schultern vor Anina, jede Kampfeslust erloschen.

Anina beugte sich herunter. »Aber ich gebe mein Leben nicht auf. Kein bisschen. Ich versuche nur das Beste für uns beide herauszuholen. Da müssen wir jetzt durch, und danach wird alles wieder gut.«

Emily stürzte sich in Aninas Arme. »Aber doch nicht mit diesem Typen. Bitte. Ich würde es echt nicht ertragen, wenn du das nur wegen mir machst. Oder ... oder magst du ihn wirklich?«

Anina schloss die Augen. Was sollte sie auf diese Frage antworten? »Ich ... mag ihn. Wirklich.« Das war noch nicht einmal gelogen – zumindest nicht komplett. Trotzdem schmeckten die Worte sauer auf ihrer Zunge.

Emily löste sich aus der Umarmung und schaute sie zweifelnd an. »Ehrlich?«

Anina nickte widerstrebend.

Emily verzog das Gesicht und atmete tief durch. »Okaaay ... Also ... dann werde ich mich beim nächsten Mal besser benehmen. Wenn du das wirklich willst und mir versprichst, dass du dich nicht nur für mich opferst.«

Anina zögerte. »Auch wenn es dich nicht gäbe, könnte ich mir vorstellen, Zeit mit ihm zu verbringen.« Beinahe verschluckte sie sich an der Lüge.

Emily nickte, dachte kurz nach, lächelte vorsichtig. »Haben wir noch irgendeinen Kuchen eingefroren? Ich brauche dringend Nervennahrung.«

Anina erwiderte das Lächeln. Für heute hätten sie das Problem gelöst. Doch sie fühlte sich noch schlechter als zuvor.

II

Anina hatte eine Entscheidung getroffen. Sie würde mit George sprechen und ihm mitteilen, dass sie ihren Job nicht sofort aufgeben konnte. Das Gespräch mit Emily hatte ihr gezeigt, dass sie zwar für gewisse Opfer bereit war, ihm jedoch nicht ihr gesamtes Leben anvertrauen wollte. ExAd mochte nicht ihr Traumarbeitgeber sein, doch immerhin war er momentan die einzige Möglichkeit, ihr eigenes Geld zu verdienen und sich nicht vollständig von einem Mann abhängig zu machen.

George würde nicht begeistert sein, aber Anina hatte einen Kompromissvorschlag im Kopf: Sobald sie exklusiv für ihn arbeiten würde, würde sie sich parallel nach einem anderen Job umsehen. Irgendetwas würde sich schon ergeben, vielleicht am Empfang von einem Hotel zum Beispiel. Oder benötigte man dafür auch eine Ausbildung? Sie hoffte, eine Aufgabe zu finden, in der sie mehr mit ihrem Aussehen als mit ihren Qualifikationen punkten konnte.

Was wohl das Jugendamt positiver einstufen würde? Eine Frau ohne Job, die bei einem älteren Herrn lebte, oder jemanden mit regelmäßigem Einkommen als »Kundenbetreuerin«? Anina hatte sich entschieden und war sich mittlerweile sicher, dass sie ihren Job vorerst behalten wollte.

Ständig verfolgte sie das ungute Gefühl, von einem unangemeldeten Hausbesuch überrascht zu werden. Es ging so weit, dass sie nachts aufschreckte, wenn sie ein ungewohntes Geräusch hörte – als ob das Jugendamt zu nachtschlafender Zeit vorbeikommen würde. In den letzten Tagen hatte sie alles dafür getan, die Wohnung auf Hochglanz zu polieren: Jedes noch so kleine Staubkorn war von den Regalen verschwunden, das Bad glänzte wie nie zuvor und sie hatte durch geschicktes

Stapeln versucht, die Räume größer erscheinen zu lassen.

Emily hatte ihre Bemühungen kommentarlos unterstützt – sie wussten beide, was auf dem Spiel stand. Aninas Versuch, ihre Schwester auf das unvermeidliche Gespräch einzuschwören, hatte diese unwirsch abgewehrt. »Ich bin doch nicht blöd. Das bekomm ich schon hin.«

Keine Frage. Emily würde eine solche Befragung deutlich abgebrühter meistern als sie selbst. Und doch hatte Anina in den letzten Tagen Dinge bemerkt, die Emilys Anspannung zeigten: Sie hatte freiwillig ihr Zimmer aufgeräumt, um Milchreis mit Zimt und Zucker gebeten und war um einiges anhänglicher bei ihren Fernsehabenden auf der Couch.

Sie beide schienen zu spüren, dass in ihren Leben große Veränderungen bevorstanden.

Anina schlenderte durch die Straßen Colbridges auf dem Weg zu ihrem Lieblingsobsthändler an der Ecke zur Barnfield Street. Sie wollte Emily mit einem kunterbunten Obstsalat überraschen, den sie gemütlich gemeinsam vor dem Fernseher verschlingen konnten. Der Frühling war endgültig angekommen und überall sprossen Tulpen und Hyazinthen aus den Beeten. Anina sog die frische Luft ein und vergaß für einen Moment ihre Anspannung.

Bis sie ihn sah.

Dort drüben saß Mark. An einem Tisch vor einem der wenigen Cafés, die bereits draußen servierten.

Und neben ihm saß Dexter.

Anina hatte das Gefühl, auf der Stelle zu erstarren, keinen Schritt mehr gehen zu können. Gleichzeitig fühlte sie sich angeleuchtet wie von einem Scheinwerfer. Einer von beiden müsste nur den Kopf drehen und sie mitten in der Fußgängerzone entdecken.

Sie musste hier weg. Sie schaute sich um und trat hinter einen Baum, an dem die ersten Knospen sprossen. Gut, das war nicht das kreativste Versteck, aber zumindest würde sie einem flüchtigen Blick entgehen.

Ihr Herz sprintete, als müsste es ein Rennen gewinnen. Sie blickte vorsichtig hinter dem Baumstamm hervor. Dort drüben saßen sie, keine zehn Meter von ihr entfernt.

Mark.

Und Dexter.

Und sie lachten.

Etwas in Anina gefror.

Dieses Bild schien alle ihre Zweifel, all ihr Misstrauen zu bestätigen. Seit sie Mark Corwin zum ersten Mal begegnet war, hatte sie etwas an ihm gestört. Hatte sie gespürt, dass etwas an ihm nicht stimmte. Sein beinahe übertriebener Charme, seine Versuche, sich ihr zu nähern. Irgendwann war in ihr die Hoffnung aufgekeimt, er könnte ein echtes Interesse an ihr haben. Hatte es nicht diese liebevollen Momente gegeben, in denen ihr Herz ihren Kopf überstimmt hatte?

Doch er kannte Dexter.

Und das war gefährlicher als eine Atombombe.

Sie schienen sich gut zu verstehen, als würden sie sich schon lange kennen. Wirkten wie Freunde, die miteinander scherzten. Wenn Mark Dexter kannte … und Mark ein Kunde von ExAd war … war es dann nicht nur eine Frage der Zeit, bis Mark über die gemeinsame Nacht sprach?

Aninas Gedanken drehten sich viel zu schnell. Sie dachte an die vertrauten Momente zwischen ihnen, an Marks verschwitzten Körper, an den entspannten Abend im Diner. Sie wandte sich um und lehnte sich mit dem Rücken an den Baumstamm.

Ganz sicher sorgte Mark gerade nur wenige Meter weiter dafür, dass sie ihren Job verlor. Berichtete er in allen Details, wie er sie rumgekriegt hatte. War Dexter der Verfasser der Nachricht gewesen, die sie auf Marks Telefon entdeckt hatte? Beinahe wurde ihr übel bei dem Gedanken, wie die beiden sich über etwas unterhielten, das ihr selbst wertvoll und einmalig erschienen war.

Sie dachte an das Jugendamt, an ihren Entschluss, um jeden Preis ihren Job zu behalten. Vielleicht traf gerade jemand anderes die Entscheidung für sie.

Mark hätte sich an dem Frühlingstag erfreuen können, wenn er nicht ein so schwieriges Gespräch führen müsste. Er hatte Spike eingeladen, sich mit ihm auf einen Kaffee zu treffen. Er wollte ihm endlich klarmachen, dass er dessen Wunsch nicht erfüllen konnte – trotz aller Konsequenzen.

Statt das schwarze Gebräu zu genießen, schmeckte es bitter in seinem Mund und er stellte die Tasse wieder ab. Sie hatten die Unterhaltung entspannt begonnen, als würde nichts zwischen ihnen stehen. Spike hatte von seinem neuesten Versuch berichtet, ein paar Kilo zu verlieren, und sie hatten herzlich über sein unerfreuliches Erlebnis auf einem Laufband im Fitnessstudio gelacht.

Doch sie beide wussten, dass ihr Verhältnis mit etwas belastet war, das sich nicht mit einer lustigen Anekdote beiseiteschieben ließ. Am liebsten hätte Mark sein eigentliches Vorhaben aufgeschoben – doch dafür war er nicht hergekommen.

»Ich wollte mit dir sprechen«, leitete er zum Hauptthema über.

»Das dachte ich mir.« Spike hatte ein Stück sahnigen Kuchen bestellt, der seiner Diät sicher nicht zuträglich war. »Schieß los.«

Mark holte tief Luft. »Ich habe eine Entscheidung getroffen. Dein Plan mit Anina war von Anfang an eine absurde Idee. Ich hätte mich niemals darauf einlassen dürfen.«

Spike hob die Brauen. »Du hast etwas in der Art schon letztens angedeutet. Und das heißt konkret?«

»Dass ich deinen Wunsch nicht erfüllen kann. Ich blase die Sache ab.«

Spike schob ein Stück Kuchen in den Mund, kaute und ließ sich Zeit mit seiner Antwort. »Ich dachte, du wüsstest, dass eine Hand die andere wäscht. Und dass du mit einer kleinen Aussage deinen Anteil übernimmst.«

Dieses Mal würde Mark sich nicht mehr einschüchtern lassen. »Ich weiß zu schätzen, was du damals für mich getan hast. Ich will es wiedergutmachen. Aber ... nicht so.«

»Du weißt, ich könnte das Thema wieder aufwärmen.«

»Das ist mir bewusst.« Mark hatte sich lange genug Gedanken darüber gemacht. Doch er hatte es satt, auf den guten Willen anderer angewiesen zu sein.

»Ich dachte, wir sind Freunde.«

Mark kniff die Lippen zusammen. Das hatte er auch einmal gedacht. Die Erkenntnis fühlte sich kalt und schwer in seinem Magen an. Würde er von einem Freund so etwas verlangen? Niemals. Vielleicht waren sie wirklich Freunde gewesen, bis sich im Lauf der Jahre der fröhliche Spike in den abgebrühten Dexter verwandelt hatte.

Vermutlich war genau jetzt der richtige Moment, ihm das mitzuteilen. »Noch einmal, ich bin dir dankbar für damals. Aber ein wahrer Freund tut manche Dinge uneigennützig. Einfach, weil er den anderen unterstützen will.«

Dexter lehnte den Kopf in den Nacken und schaute leise lächelnd in den Himmel. »Da ist er wieder, der überaus korrekte Anwalt, der an das Gute im Menschen glaubt.«

Mark mühte sich, diese Worte als Kompliment aufzunehmen und nicht so abwertend, wie sie gemeint waren. Ja, er glaubte in der Tat, dass in jedem Menschen etwas Gutes steckte. Und er glaubte an Richtig und Falsch. Anina ans Messer zu liefern, gehörte eindeutig in die zweite Kategorie. Wut kochte in ihm auf. Wut darüber, dass er sich selbst in diese Situation manövriert hatte – und dass Spike nicht der war, den er zu kennen geglaubt hatte.

Mark biss die Zähne zusammen und wandte sich Spike zu. »Tu von mir aus, was du für richtig hältst. Ich habe meine Entscheidung getroffen.«

Spike schaute auf. »Weißt du nicht mehr, was sie mir angetan hat? Sie hätte mein Unternehmen zerstören können. Und das nur, weil sie sich einen reichen Typen krallen wollte, der Executive Adventures beinahe verklagt hätte. Mal abgesehen davon, dass sie mich monatelang hinter meinem Rücken betrogen hat.«

Mark erinnerte sich nur zu gut an diese Zeit, an Spikes Augenringe, an seine unendliche Trauer, von der Liebe seines Lebens hintergangen worden zu sein.

Er wählte seine Worte mit Bedacht, wollte die Situation nicht unnötig anheizen, auch wenn er es hasste, wie Spike über sie sprach. »Ich denke, das ist eine Sache zwischen dir und ihr. Ich kann nicht beurteilen, was damals gelaufen ist.«

Spike grinste schief. »Sie hat dich rumgekriegt.«

Mark schüttelte den Kopf. »Ich möchte nicht mehr über sie reden. Sie spielt keine Rolle. Das hier geht nur uns beide etwas an.«

»Also hat sie.«

Mark schüttelte erneut den Kopf. Auf diese Fährte durfte Spike erst gar nicht kommen. »Ich war ein Kunde, sie eine passable Abendbegleitung. Das ist alles.«

Er hasste es, zu lügen, doch begründete er diese Lüge als notwendiges Übel, um die atemberaubendste Frau zu schützen, die er je getroffen hatte.

Spike schaute ihn mit verschlagenem Blick an. »Ich kenne sie. Und ich kenne dich.« Er grinste. »Vielleicht hast du mir ja schon geholfen, ob du willst oder nicht.«

Mit diesen Worten erhob er sich. »Vielen Dank für die

Einladung.« Ohne sich zu verabschieden, schritt er davon.

Mark blickte ihm nach. Er hatte kein Gespür dafür, was Spike jetzt tun würde. Dachte er darüber nach, wie er die alte Cambridge-Geschichte aufwärmen konnte? Doch damit konnte er umgehen. Ein anderer Gedanke ließ etwas in ihm gefrieren: Was hatte Dexter mit den Worten gemeint, er hätte ihm schon geholfen?

Eines war klar: Er musste dringend mit Anina sprechen.

Anina spürte, wie ihr Telefon in der Hosentasche vibrierte. Das musste Emily sein, die momentan überaus anhänglich war. Ohne auf das Display zu schauen, nahm sie den Anruf an.

»Hey, mein Schatz!«

Nach einem kurzen Schweigen hörte sie ein vertrautes und gleichzeitig unwillkommenes Lachen. »Wenn das mal keine nette Begrüßung ist.«

Anina verfluchte sich innerlich. Ausgerechnet mit ihm wollte sie nicht sprechen. »Was willst du?«, fauchte sie und dachte an das Bild von vorhin – mit ihm und Dexter in vertraulichem Gespräch.

»Reden.«

»Dann such dir einen Debattierclub.«

Mark lachte erneut auf, was Anina noch mehr zur Weißglut brachte. Er hinterging sie und besaß die Dreistigkeit, sich so locker und unbedarft wie ein unschuldiger Welpe zu verhalten?

»Hast du kurz Zeit?«

Nein. Hatte sie nicht.

Obwohl ... irgendwer legte einen Schalter in Anina um. Vielleicht hatte sie doch Zeit. Und zwar genau jetzt, bevor ihre Wut verraucht war. Warum sollte sie ihn nicht mit der Wahrheit konfrontieren, statt sie mit nach Hause zu tragen, wo sie sich wie ein schwerer Klumpen in ihrem Magen anfühlen würde?

»Um genau zu sein: Ja. Habe ich. Wo können wir uns treffen?«

Mark schien überrascht von ihrem Sinneswandel, wirkte jedoch erfreut. »Im Black Beans?«

»Ich bin in zwei Minuten da«, sagte sie und legte auf. Mit großen Schritten marschierte sie zu dem kleinen Café um die Ecke. Sie zog traditionelle Tearooms den modernen Cafés mit ihren dunklen, glänzenden Möbeln vor. Wenn er dachte, sie könnten gemütlich ein Stück Kuchen essen, hatte er sich geschnitten.

Dort stand er.

Noch hatte er sie nicht entdeckt, schaute in die entgegengesetzte Richtung. Für einen Moment flackerte der Gedanke in ihr auf, wie gut er aussah: heute in Jeans und Karohemd statt Anzug, mit leicht vom Wind zerzausten Haaren. Doch diese Erkenntnis wurde schnell wieder von ihrem Ärger überdeckt. Genau mit diesem Aussehen hatte er sie für sich eingenommen, das würde ihr heute nicht passieren.

Er drehte sich um, als hätte er gespürt, wie sie sich von hinten näherte. Sein Gesicht verzog sich zu einem warmen, ehrlichen Lächeln, das Anina jetzt in anderem Licht sah. Es war das Lächeln eines Mannes, der sich in seiner Tätigkeit als Anwalt die Fähigkeit angeeignet hatte, Menschen für sich einzunehmen.

»So ein Zufall, dass wir beide Zeit haben!«, begrüßte er sie und öffnete die Arme.

Sie wich der Geste aus. »Ein sehr aufschlussreicher Zufall, ja.«

»Wollen wir uns setzen?«, fragte er mit einem Hauch Verunsicherung in seiner Stimme.

»Nicht nötig. Ich möchte nur eine Sache wissen: Warum?«

Er wirkte verwirrt. »Warum was?«

»Warum ... alles!« Sie wusste, ihre Worte mussten konfus wirken, doch sie war zu aufgewühlt, um sich richtig erklären zu können.

»Ist alles in Ordnung?« Er schaute sie besorgt an.

Beinahe hätte sie hysterisch aufgelacht. »In Ordnung? Ist es in Ordnung, wenn man mit einem Mann geschlafen hat, der einen nur als Trophäe sieht? Der im nächsten Moment bei seinen Freunden darüber prahlt?«

Mark schaute sich um und Anina bemerkte, wie sie die Blicke der Passanten auf sich zogen. Zwei junge Mädchen zeigten auf sie und kicherten.

Mark griff entschlossen nach ihrem Arm und führte sie an den Rand der Straße in einen Hauseingang. Er stellte sich ihr gegenüber und blickte sie durchdringend an. »Sagst du mir jetzt bitte, was das soll, statt einen Aufstand in der Öffentlichkeit zu machen?« Er wirkte nun ebenfalls verärgert.

Sie schnaubte. Es war ihr so was von egal, was andere über sie dachten. »Das soll heißen, dass du ein mieses, verlogenes Arschloch bist!«

Etwas in ihr sagte ihr, dass sie überreagierte, dass die Nachricht auf dem Telefon kein ausreichender Beweis war. Doch die Sorge um ihren Job ließ etwas in ihr durchbrennen.

Sein Gesichtsausdruck verhärtete sich. »Ist das wieder einer deiner Anfälle? Bekomme ich gleich wieder Schläge?«

Die Tatsache, dass er ausgerechnet in diesem Moment ihren Ausbruch in ihrer Wohnung hervorzerrte, brachte das Fass zum Überlaufen. An diesem Abend hatte sie das Gefühl gehabt, sich an ihn anlehnen zu können – doch offensichtlich war auch das gespielt gewesen.

»Es muss sich wirklich großartig anfühlen, mit seinen Bettgeschichten zu prahlen. Und vermutlich hattest du sogar deinen Spaß und hoffst auf eine Wiederholung, sonst wärst du schon aus meinem Leben verschwunden.«

Er schaute sie an, forschend, als wollte er sich endlich einen Reim aus ihren Worten machen. Ein Schatten huschte durch seine Augen ... vielleicht ... ein schlechtes Gewissen?

Er trat einen Schritt zurück und atmete tief durch. »Okay ... ich weiß nicht, was gerade los ist. Aber magst du mir sagen, warum du so sauer auf mich bist?«

»Du kennst Dexter Dankworth«, stellte sie knapp fest und wartete auf seine Reaktion.

Sie sah ein erneutes Flackern in seinen Augen. Dann runzelte er die Stirn. »Ja, das stimmt.«

»Er ist mein Chef.«

Er sah sie fragend an. »Das weiß ich. Er war der Erste, der mein Anliegen nach einer Begleitung bei Executive Adventures bearbeitet hat.«

So wie er es sagte, klang es so unschuldig, als würde sie sich künstlich aufregen. Doch sie hatte Fragen und würde Antworten darauf bekommen. »Und du hast dich nicht zufällig mit ihm getroffen, um ein paar pikante Details unserer Treffen auszuplaudern?«

Er hob kurz die Arme. »Warum sollte ich? Solche Gespräche wurden mir von Anfang an als besondere Leistung von ExAd zugesagt. Deinen Chefs scheint sehr daran gelegen zu sein, dass sich die Kunden wohlfühlen. Fragen regelmäßig nach, ob alles in Ordnung ist.«

Anina spürte, wie Zweifel in ihr heranwuchsen. War alles ganz harmlos? Vielleicht musste sie ein ganz bestimmtes Thema ansprechen. »Dann weißt du auch, dass es klare Regeln gibt. Nur Begleitung, nicht mehr.«

Er nickte. »Das wurde mir von Anfang an gesagt.«

»Wir haben uns nicht daran gehalten.« Anina fragte sich, ob er ebenfalls ihre nackten Körper vor sich sah, ihren keuchenden Atem im Ohr hatte.

Er schaute ihr tief in die Augen. »Was eine der besten

Entscheidungen meines Lebens war.«

Anina versank in seinem Blick, konnte nicht anders, als sich von ihm einfangen zu lassen. Schloss kurz die Augen, musste sich sammeln. Ihr Gespräch war noch nicht beendet. »Die Sache kann mich meinen Job kosten.«

Sie hob die Lider und sah, mit welch aufrichtigem Blick er sie anschaute.

»Nicht, wenn niemand davon erfährt.«

Sie wusste nicht, ob sie ihm glauben konnte. Wie er vor ihr stand ... er wirkte nicht wie der durchtriebene Kerl, der es von Beginn an nur auf das eine angelegt hatte. Sondern wie jemand, dem ernsthaft etwas an ihr lag. Und sie spürte, wie sich etwas in ihr löste.

Er trat einen Schritt näher und legte einen Finger unter ihr Kinn. »Ich würde nichts tun, was dir schaden könnte.«

Anina suchte nach ihren Zweifeln, doch diese hatten sich schmollend in eine Ecke verzogen. Sie bemerkten zu Recht, dass ein anderer Teil in Anina die Überhand gewonnen hatte.

»Dann küss mich«, flüsterte sie.

Er ließ sich nicht zwei Mal bitten. Sie versank in einem leidenschaftlichen Kuss, seinem charakteristischen Duft, seinen Berührungen – und vergaß die Welt um sich herum.

Mark fühlte sich so schäbig wie nie zuvor in seinem Leben. Er wollte mit ihr reden ... wollte ihr alles sagen ... ihr beichten und sich entschuldigen – doch er konnte nicht.

Noch nicht.

Sie lag in seinen Armen, fühlte sich weich und vertraut an. Wie hätte er einen solchen Moment zerstören können? Er hatte das Feuer in ihren Augen gesehen, den Schmerz und die Verzweiflung. Er wollte diese Gefühle wegküssen, dafür sorgen, dass alles gut würde.

Er wusste, er sollte das hier abbrechen. Sollte reinen Tisch machen und mit aller Macht hoffen, sie möge ihm verzeihen.

Und er würde es tun.

Aber nicht jetzt.

Er wusste mit absoluter Sicherheit, dass er sie verlieren würde, wenn er ihr jetzt die Wahrheit sagen würde. Eine leise Stimme flüsterte ihm zu, dass er ihr Vertrauen noch mehr missbrauchte, wenn er länger mit der Wahrheit wartete – doch er schob den Gedanken beiseite.

Vielleicht gab es eine andere Möglichkeit, ihr zu helfen. Womöglich konnte er noch einmal mit Dexter sprechen, alle Gefahren abwenden. Alles in ihm schrie danach, sie zu unterstützen, alles dafür zu tun, niemals wieder Enttäuschung in ihren Augen zu sehen.

Ja: Sie hatten einen ungewöhnlichen Start gehabt. Er hatte eine klare Mission verfolgt, von Beginn an. Hatte sich endlich von seiner Schuld befreien wollen.

Doch mit jedem Treffen hatte sich sein vorgefasstes Bild von ihr gewandelt, hatte dazu geführt, dass er diese großartige Frau vor sich sah, die sich nun in seinen Armen wand, sich an ihn presste, Erinnerungen an ihre gemeinsame Nacht weckte.

Er wusste, irgendwann würde er beichten müssen. Und das würde er tun, allein um ihre Zukunft auf ein ehrliches Fundament zu bauen. Doch er war fest davon überzeugt, dass sie einer Beziehung keine Chance geben würde, wenn er schon jetzt die Wahrheit sagte.

Erst musste er den Schaden abwenden. Dann würde er mit ihr reden und alles dafür tun, damit sie ihm verzieh.

Vielleicht waren moderne Cafés doch nicht so verkehrt. Vielleicht ... konnte man in ihnen so tun, als würde man sich in einer fremden Welt befinden. So innig Anina The Captain's

Tearoom liebte – in ihrer momentanen Gesellschaft würde sie sich unwohl fühlen. Sie hatte sich noch immer nicht entschieden, ob sie Mark vertrauen konnte. Er hatte ihr mehrfach gesagt, dass er ihr nie würde schaden wollen. Dass er Dexter zwar kannte, aber er ihm nie im Leben sagen würde, was zwischen ihnen vorgefallen war.

Nun saßen sie hier, in einer ungestörten Ecke, umgeben von gedämpftem Licht, die Geräusche der hektischen Einkaufsstraße ausgeblendet. Sie hatten sich auf einer Bank niedergelassen, die körperlichen Abstand nicht zuließ. Sie spürte seine Oberschenkel an ihren, genoss die Schwere seines Armes über ihren Schultern.

»Vertrau mir«, flüsterte er ihr zu.

Anina wollte es. Wollte es mit aller Macht. Es würde sich so gut anfühlen, sich an ihn lehnen und ihm glauben zu können. Wenn sie hier in dieser abgedunkelten Ecke saß, wuchs das unbezwingbare Bedürfnis in ihr , auf ihn bauen zu können.

Dann kannte er eben ihren wahren Namen, ja. Aber den hätte Emily ihm verraten können, ohne sich überhaupt der Problematik bewusst gewesen zu sein. Und dann kannte er eben Dexter – auch dafür gab es logische Gründe.

In diesem Moment wünschte sie sich mit aller Macht, er würde ehrlich zu ihr sein. Konnte es sein, dass sie tatsächlich einen Mann traf, der nicht nur unglaublich attraktiv war, sondern dem ernsthaft etwas an ihr lag? Und noch viel wichtiger: der sich gut mit Emily verstand?

Ein Anflug schlechten Gewissens überkam sie, fühlte sich ungut in ihrem Magen an. George ... er wäre alles andere als begeistert, sie hier zu sehen. Doch sie schob das Gefühl beiseite. Sie hatte sich immerhin entschieden, ihren Job nicht sofort aufzugeben. Das zog zwangsläufig Treffen mit anderen Kunden nach sich.

Nur ... dass Mark mehr als ein Kunde war. Niemals hätte sie

es sonst zugelassen, dass jemand an ihrem Ohr knabberte, und erst recht keine vorwitzige Hand akzeptiert, die sich unter den Saum ihres Shirts schob.

Sie wusste, sie sollte ihn aufhalten, ihm sagen, dass sie nur reden wollte – doch sie konnte es nicht. Zu schön war das Gefühl, mit ihm hier sitzen zu können, Blicke auszutauschen und ... sich geliebt zu fühlen.

Sie schluckte. Vor sich selbst hatte sie sich bereits eingestanden, sich in ihn verliebt zu haben. Was, wenn es ihm ähnlich ging? Sie verlor sich für einen Moment in seinen Augen, spürte das Prickeln, das sich zwischen ihnen auftat.

»Erzähl mir von dir«, forderte er sie unvermittelt auf.

Anina stutzte. »Was meinst du?«

Er grinste. »Ich weiß so wenig von dir und wüsste gern viel mehr. Alles, um genau zu sein.« Er küsste sie sanft auf den Hals und sandte Schauer über ihren Körper.

»Erzähl doch du!«

Er lachte auf. »Glaub mir, du bist eindeutig die Interessantere von uns beiden.« Er strich über ihren Hals, schaute sie an. »Ich bin in Leicester aufgewachsen ... Vater Metzger, Mutter Hausfrau. Habe viel Zeit hier im Süden verbracht. Schule abgeschlossen, Jura studiert, Anwalt geworden. Den Rest kennst du.«

Anina war erstaunt. Sie hatte ihn immer in einer anderen Schublade gesehen, nicht wie einen Metzgerjungen aus den Midlands. Wann hatte er sich diese Selbstsicherheit angeeignet, die sonst den Männern der Oberklasse vorbehalten war? Bekam man sie nach dem Studium überreicht wie eine Urkunde?

»Du wirkst überrascht«, sagte er lächelnd und hob mit einem Finger ihr Kinn.

War sie so leicht lesbar? Bisher hatte sie sich für undurchschaubar gehalten. Vielleicht war er ein Mensch, der genauer hinsah. »Ich ... dachte nur, du wärst anders aufgewachsen.«

Er grinste. »Fassade ist alles. Das solltest gerade du wissen.«

Sie wusste nicht, ob sie diese Aussage gut finden sollte. »Das heißt, ich bin nur eine Fassade? Eine hübsche Frau, hinter der nichts steckt?« Unbewusst hatte sie genau das Bild von sich gezeichnet, das sie von sich selbst hatte. Die Worte fühlten sich bitter auf ihrer Zunge an.

Er schüttelte lachend den Kopf. »Was für ein ausgemachter Blödsinn. Jeder, der auch nur zwei Mal hinschaut, sieht, was in dir steckt. Dass da deutlich mehr ist als ein hübsches Äußeres.« Er tippte an ihre Stirn. »Auch wenn ich dein Gesicht besonders schön finde.« Er küsste sie auf die Wange.

Anina wusste nicht, ob sie dieses Kompliment annehmen konnte. Wollte er andeuten, er schätzte mehr als ihr Aussehen? Der Gedanke kam ihr neu, beinahe wagemutig vor.

Mark richtete sich auf und die plötzliche Distanz fühlte sich wie ein Verlust an – trotz der nur wenigen Zentimeter, die sie trennten. »Und weil ich so viel von dir halte, muss ich dich um einen Gefallen bitten.«

Anina schaute auf. Er klang mit einem Mal ernst. Doch sie sah das Funkeln in seinen Augen und entspannte sich sofort.

Mark atmete tief durch. »Ich würde über hunderttausend Themen lieber mit dir sprechen und du hältst mich vielleicht für den unromantischsten Klotz der Welt. Zu Recht, das muss ich zugeben.«

Anina hielt das Wort »unromantisch« fest. Immerhin implizierte es, dass er diese Minuten als romantisch einschätzte. Ihr Herz machte einen erneuten Hüpfer.

»Wenn die Zeit nicht drängen würde, würde ich es auch nicht ansprechen.«

Anina stupste ihn spielerisch an. »Nun spuck's schon aus.«

Er griff ihre Hand, strich über ihre Finger. »Du erinnerst dich an Richard Wellington?«

Anina runzelte die Stirn. Natürlich. Sie hatte ihn an dem folgenschweren Abend kennengelernt, an dem Mark sie zu sich genommen hatte. Sie hatte das Gefühl gehabt, einen guten Draht zu ihm aufgebaut zu haben – und Mark hatte das oberflächliche Flirten viel zu ernst genommen.

»Was ist mit ihm?«, fragte sie vorsichtig.

»Er könnte tatsächlich der sein, der mir und Future Trust extrem helfen könnte.«

»Ich dachte, das war schon vorher klar.«

»Ich hatte es gehofft. Und nun scheint sich meine Hoffnung zu erfüllen.«

Anina verstand nicht. »Und was hab ich damit zu tun?«

Mark grinste sie an. »Du hast einen echten Eindruck auf ihn gemacht.«

Anina lachte auf. »Dann hab ich meine Rolle wohl gut gespielt.«

Mark schüttelte den Kopf. »Du warst brillant an dem Abend. Und niemand stellt tiefgründige Fragen, der nur schauspielert. Es war offensichtlich, dass du dich gut mit der Thematik auskennst.«

Anina fand das reichlich übertrieben. »Ich hab nur nachgeplappert, was Emily mir erzählt.«

Mark schaute sie prüfend an. »Du unterschätzt dich, und zwar massiv.« Er tippte ihr noch einmal an die Stirn. »Ich bin jedenfalls nicht der Einzige, den du beeindruckt hast.«

Anina schüttelte die Hand ab. »Was soll das nun heißen?«

Mark blickte sie intensiv an. »Dass wir die Chance haben, einen echten Deal für Future Trust zu gewinnen. Wir beide. Vor den hohen Tieren von Tesco.«

Mark sah, wie sich Aninas Gesicht ungläubig verzog. Obwohl sie es gut verdeckte, steckte in ihr eine viel zu große Unsicherheit, die er ihr gern nehmen wollte. Er hatte mit seinen Worten nicht übertrieben: Schon von Beginn an hatte er die vielen intelligenten Anmerkungen in Gesprächen wahrgenommen und seit ihrem Treffen mit Richard Wellington hatte er endgültig seine Meinung über das hübsche Anhängsel geändert.

Doch sie schien sich gänzlich anders wahrzunehmen. Sie schüttelte den Kopf. »Wie kommst du denn auf so eine abwegige Idee?«

»Gar nicht abwegig. Wellington hat uns ausdrücklich als Team eingeladen.« Er berichtete ihr alles, was er wusste: von der jährlich einmalig stattfindenden Veranstaltung, dem Buhlen um Sponsorengelder, der alles entscheidenden Präsentation.

Anina schaute nach unten und riss kleine Fitzel aus einer Serviette. Sie wirkte so unsicher, wie er sie noch nie gesehen hatte. Schließlich blickte sie auf. »Ich kann das nicht. Ich kann dich begleiten und lächelnd ein Glas halten – aber mehr auch nicht! So wie du das beschreibst, müssten wir als Team überzeugen.«

Er griff nach ihrer verkrampften Hand. »Ich kann dort nicht mit meinem staubtrockenen Chef auftauchen. Ich will die Leute beeindrucken. Es geht um sehr viel für mich.« Er konnte ihr nicht die gesamte Geschichte erzählen – noch nicht. Doch wenn er diesen Deal an Land zog, konnte er endlich sein Leben in Ordnung bringen.

Sie schüttelte erneut den Kopf und er hätte alles dafür gegeben, ihr die Unsicherheit zu nehmen. Doch etwas sagte ihm, dass sie Zeit brauchte, seinen Wunsch zu verdauen.

Er fühlte sich ohnehin alles andere als wohl in seiner Haut. Hier saß er mit ihr ... vertraulich ... liebevoll ... als wären sie ein Paar. Sein Herz schwoll an bei der Vorstellung, diese wunderbare Frau an seiner Seite zu haben.

Doch ... er spürte das Gewicht in seinem Magen, schwer wie ein Felsbrocken.

Er hatte sie angelogen. Geleugnet, Dexter schon länger zu kennen. Er würde sie nicht bei ihm anschwärzen, niemals. Doch Fakt war: Zu Beginn ihrer Bekanntschaft war genau das sein Ziel gewesen. Wenn er nicht komplett gelogen hatte, so hatte er die Wahrheit zumindest gehörig in seinem Sinne ausgedehnt. Zu gern hätte er reinen Tisch gemacht – doch nicht heute, nicht jetzt. Er redete sich ein, dass sie Zeit brauchten. Er konnte ihr nicht sofort beichten, was seine Absichten gewesen waren. Erst musste sie seine ganze Geschichte kennen, dann würde sie verstehen. Ganz bestimmt.

Die Minuten verflogen. Er hatte das Gefühl, jeden kostbaren Moment mit ihr festhalten zu müssen. Sie bestellten einen weiteren Kaffee, jeder noch ein Stück Kuchen. Es war ein Geschenk, Anina beim Essen zuschauen zu können. Noch nie hatte er einen Menschen erlebt, der so genussvoll aß. Mit jedem Bissen wünschte er, er läge selbst auf der Gabel – er hätte sich mit Vorliebe von ihr verspeisen lassen.

Zu seiner unglaublichen Freude schien sie sich endlich zu entspannen. Sie sprach von sich aus über Emily, über sich. Als hätte sich etwas zwischen ihnen gelöst.

Er kaute auf einer Frage herum, von der er nicht wusste, ob er sie stellen durfte. Ob er damit nicht erneut ein Thema ansprach, von dem er eigentlich nichts wissen sollte. Doch seine Neugier hatte sich nicht erst jetzt übermächtig in ihm aufgebaut – sondern schon seit dem Moment, an dem er an Spikes Geschichte zu zweifeln begonnen hatte.

Da sie einmal bei vertraulichen Themen waren, würde er es wagen. Er rückte an sie heran, atmete tief durch. »Du ... scheinst nicht viel von deinem Chef zu halten«, sagte er vorsichtig.

Sofort verschloss sich Aninas Gesicht. Sie griff erneut nach der Serviette. »Nein«, antwortete sie knapp.

Mark hatte das Gefühl, die Stimmung ruiniert zu haben. Doch er musste endlich die andere Seite der Geschichte kennenlernen. »Magst du mir sagen, warum? Mir gegenüber war er sehr höflich.« Eine weitere Lüge. Er schwor sich, es wiedergutzumachen.

Anina lachte freudlos auf. »Ja, er kann charmant sein.«

Mark hatte gehofft, sie würde weitersprechen, doch sie schwieg. Er versuchte es noch einmal: »Emily hat vor Kurzem auch etwas angedeutet und schien nicht sonderlich begeistert von ihm zu sein.«

Aninas Kopf fuhr hoch. »Was hat sie gesagt?« Ihre Stimme klang beinahe aggressiv.

Er griff nach ihrer Hand, strich über ihre Finger, als könnte er die Verkrampfung in ihrem Körper lösen. »Nur, dass sie ihn nicht mag. Mehr nicht.«

Anina blickte ihn an und er konnte nicht anders, als diese wunderschönen Augen zu bewundern. Wenn nur nicht diese Traurigkeit in ihnen glänzen würde – und eine gehörige Portion Wut. Sie schauten sich an und sein Herz setzte aus. In ihrem Blick war noch etwas anderes zu sehen: Schmerz.

Litt sie noch immer unter dem Beziehungsaus, nach so langer Zeit? Er könnte es nicht ertragen, wenn sie Gefühle für den Mann hätte, den er einmal als Freund betrachtet hatte. Er wünschte sich über alles, sie für sich zu gewinnen – auch wenn er sie nicht verdient hatte.

Anina löste den Blick nicht und er fühlte sich seltsam durchleuchtet. Ihm war, als würde sie ihn auf eine Probe stellen, deren Regeln er nicht kannte. Er sehnte sich nach ihrem Vertrauen, auch wenn ihm dies nicht zustand.

Nach unendlichen Momenten sah er, wie sie sich auf die Lippe biss und nach unten schaute. Dann begann sie zu erzählen – und ihm wurde mit jedem Wort kälter.

Mark starrte in den Himmel, fragte sich, warum er alles in

seinem Leben falsch machte. Seit ihrem Gespräch am Nachmittag fühlte er sich schlechter als jemals zuvor.

Er hatte es vermasselt.

Alles.

Ob sich Anina über sein Verhalten wunderte? Er hatte gespürt, wie er sich mit jedem ihrer Worte weiter in sich zurückzog. Konnte er sonst in schwierigen Momenten seine Anwalts-Attitüde hervorkramen, war es ihm dieses Mal nicht gelungen – zu sehr hatte ihn die Wucht ihrer Worte getroffen.

Schließlich hatte er sich unbeholfen von ihr verabschiedet, hatte einen Termin vorgetäuscht. Ob sie die Ausrede durchschaut hatte? Vielleicht hatte er es ja doch geschafft, halbwegs souverän aus der Sache herauszukommen. Er hatte sie gehalten, gestreichelt, geküsst. Alles in seiner Macht Stehende getan, um ihren Schmerz zu lindern.

Gleichzeitig war die Verachtung über sich selbst zu einem riesigen Klotz angewachsen.

Jetzt stand er hier vor seiner Haustür ... mit Sportschuhen und Laufkleidung und konnte sich nicht überwinden, sich zu bewegen. Er wollte so vieles rückgängig machen und wusste nicht, wie er das bewerkstelligen sollte. Mark zweifelte keine Sekunde an der Wahrheit ihrer Worte. Er spürte mit jeder Faser seines Körpers, dass ihre Geschichte nicht ausgedacht war.

Seine Brust zog sich zusammen, als er an ihre letzten Jahre dachte: an die ständig wechselnden Männerbekanntschaften ihrer Mutter, die ihre Töchter vernachlässigt hatte. An die Haftstrafe und den Bruch, den Anina niemals wieder kitten wollte. An die Verantwortung eines jungen Mädchens für ihre Schwester, die zu klein war, um für sich selbst sorgen zu können – und doch alt genug, um das ganze Ausmaß ihrer Situation zu verstehen.

Es nahm ihn unendlich mit, wie sehr es Anina belasten musste, ständig in der Angst vor den Behörden zu leben. Zumal diese Befürchtung in den letzten Wochen deutlich akuter geworden war.

Und was hatte er getan?

Er hatte alles noch schlimmer gemacht.

Sein Körper reagierte instinktiv: Er setzte sich in Bewegung. Joggte los, als wolle er vor seinen Taten davonlaufen.

Er fühlte sich wie der dumme Junge aus den Midlands, der nach der Geschichte in Cambridge zum zweiten Mal auf einen Mann hereingefallen war.

Spike. Dexter. Das Schwein.

Er lief schneller. Dachte an die Worte zurück, die sie mit überraschend fester Stimme ausgesprochen hatte, als wäre dies die einzige Chance, sie loszuwerden. Hatte von seinem besitzergreifenden Verhalten berichtet, von seiner Vorliebe, sie als klein und dumm zu bezeichnen und ihr mit Schlägen zu zeigen, was er von ihr hielt. Und von dem Moment, in dem alles in ihr zusammengebrochen war.

Mark beschleunigte seine Schritte. Er mochte nicht mit allem einverstanden sein, was Spike aus seinem Leben gemacht hatte. Doch er hätte nie und nimmer gedacht, dass er zu einer Tat fähig war, die ganz und gar verabscheuungswürdig war. Er sah Emily vor sich, hilflos und eingeschüchtert. Und Anina, die wie eine Furie die Situation auflöste, ihre kleine Schwester vor etwas rettete, an das er noch nicht einmal denken wollte.

Wäre es wirklich so weit gekommen? Vielleicht hatte Anina die Szene falsch interpretiert, womöglich war es völlig harmlos gewesen. Doch etwas sagte ihm, dass sie sich nicht komplett irren konnte.

Jetzt verstand er sie. Verstand endlich ihren Ausbruch von vor einigen Wochen, den Schmerz und die unbändige Wut, die sie an ihm ausgelassen hatte. Nur dass nicht er der wahre Empfänger ihrer Gefühle gewesen war, sondern Dexter. Er schüttelte sich bei dem Gedanken, sie könne ihn mit einem Mann verwechseln, der sich an Kinder heranmachte.

Doch er konnte ihr Verhalten nachvollziehen. Jeder würde überreagieren, wenn sich ein so einschneidendes Erlebnis zu wiederholen schien.

Zunächst hatte er nicht verstanden, warum sie noch immer für dieses Schwein arbeitete. Es musste sie unendliche Mühe kosten, ihm ständig gegenübertreten zu müssen. Doch sie hatte nur mit den Schultern gezuckt und ihn mit großen Augen gefragt, was sie sonst tun könnte. Sie hätte nichts gelernt, keine Ausbildung vorzuweisen – und ihr gutes Aussehen war ihr einziges Kapital. Executive Adventures bot im Vergleich zu ähnlichen Agenturen beinahe traumhafte Arbeitsbedingungen – nicht zuletzt wegen der No-Sex-Policy. Laut Anina war dies hauptsächlich Oliver zuzuschreiben, dem anderen Geschäftsführer.

Alle alten Bilder über sie waren seit dem heutigen Tag ausradiert worden. Er glaubte nicht im Traum daran, sie würde sich berechnend an alte Typen heranmachen, nur um von deren Geld leben zu können. Ebenso zweifelte er an dem Vorwurf, sie hätte Spike lange Zeit hintergangen. Falls sie tatsächlich während der Beziehung etwas mit einem anderen gehabt hatte, interessierte ihn das nicht. Jeder machte Fehler – und er ganz besonders.

Mark wusste nicht, was er tun sollte. Fühlte sich unendlich hilflos. Hatte das Bedürfnis, alles wiedergutzumachen. Doch wie?

Er fühlte sich wie der letzte Trottel, sie auch noch um den Gefallen gebeten zu haben, mit ihm die Präsentation für Future Trust zu halten. Doch zu diesem Zeitpunkt hatte er noch nicht die ganze Geschichte gekannt.

Machte sie einen Unterschied?

Ja. Sie machte jeden Unterschied der Welt.

Er verspürte endgültig das unbändige Bedürfnis, sie und

ihre kleine Schwester zu beschützen. Sie zu rächen, alles für sie zu tun. Er hoffte nur, mit seinem Plan nicht alles noch schlimmer zu machen.

Anina fühlte sich so leicht wie schon seit Jahren nicht mehr. Endlich mit jemandem gesprochen zu haben, schien etwas in ihr gelöst zu haben. Nie hätte sie sich träumen lassen, dass ihr ausgerechnet Mark Corwin eine solche Erleichterung verschaffen könnte.

Mark.

Ein Lächeln breitete sich auf ihrem Gesicht aus. Das Gespräch gestern hatte ihn eindeutig mitgenommen. Mit jedem ihrer Sätze schien er bereitwillig einen Teil der Last auf seine Schultern zu laden. Natürlich wollte sie nicht, dass er nun darunter litt – doch zur Abwechslung tat es unendlich gut, ihre Probleme mit jemandem geteilt zu haben.

Sie blickte auf ihr Telefon und bemühte sich, nicht allzu enttäuscht zu sein. Er hatte immerhin angekündigt, momentan unter extremem Stress zu stehen. Genau genommen hatte er sogar abwesend gewirkt, als er sich gestern von ihr verabschiedet hatte. Aber das war normal, wenn man so eine Geschichte zum ersten Mal hörte, richtig? Sie hätte vermutlich ebenfalls nicht gewusst, wie sie damit umgehen sollte.

»Hast du irgendwas eingeworfen?« Emily kam in die Küche und griff nach einer der noch warmen Zimtschnecken.

»Hm?«

Emily schaute sie zweifelnd an. »Du summst die ganze Zeit! Und so ein Grinsen hab ich schon lange nicht mehr gesehen. Alles in Ordnung?«

Anina konnte nicht anders, sie strahlte sie an. »Klar! Ist doch schön, gute Laune zu haben. Kakao?«

Emily runzelte die Stirn. »Okay. Irgendetwas stimmt hier

ganz und gar nicht. Erstens: Du hast mir nicht auf die Finger gehauen, als ich die Zimtschnecke gegessen hab. Zweitens: Du bietest mir niemals kurz vor dem Abendessen einen Kakao an. Bist du sicher, dass alles in Ordnung ist?«

War es das? Alles in Ordnung? Genau genommen hatte sich nichts geändert: Ihr Job war unsicher, Georges Angebot verfolgte sie wie ein großzügiger und zugleich unheimlicher Schatten und sie wurde immer nervöser, wenn sie an Emilys Aufnahmeprüfung dachte.

Und doch ... kam ihr der Tag nicht wie eine Zimtschnecke vor, sondern wie ein mit pinkfarbener Glasur und bunten Zuckerstreuseln bedeckter Donut. Vielleicht hätte sie genau das backen sollen.

»Alles bestens!«, sagte sie und holte Milch aus dem Kühlschrank. Wenn einmal der richtige Moment für einen Kakao war, dann jetzt.

»Du willst mich nur beruhigen. Aber mir geht's gut, glaub mir.«

Anina schaute ihre Schwester an. Zugegeben: Das Bedürfnis, Emily zu verhätscheln, kam nicht von ungefähr. Morgen würde endlich die Prüfung an der Edwardian School stattfinden. Sie wollte gar nicht wissen, wie Emily sich fühlen mochte. Obwohl sie ihr nicht helfen konnte, wollte sie zumindest alles für ihr Wohlbefinden tun.

»Kann ich wirklich nichts für dich tun? Schokolade?«

Emily schaute auf die Zimtschnecken. »So leid es mir tut, deine Illusionen zu zerstören, aber mit Süßigkeiten kann man nicht alle Probleme lösen. Mal davon abgesehen, dass ich gar kein Problem habe.«

»Und deshalb kaust du ständig an den Fingernägeln?«

»Tu ich doch gar nicht!«, behauptete Emily und steckte ihre Hände in die Taschen.

Anina nahm sie in den Arm. »Die Prüfung schaffst du mit

links.«

»Und weil du so sicher bist, bäckst du wie eine Verrückte?«
»Genau. Zum Feiern.«
»Was gibt's sonst noch zu feiern? Du summst sonst nicht den ganzen Tag vor dich hin.«

Anina wusste nicht, wie sie antworten sollte. Sie hatte sich vorgenommen, ihre Gefühle für einen kleinen Moment zu genießen. Doch sie war Realistin genug, um diese Phase als vorübergehend zu erkennen. Sie musste aufpassen und ausreichend Distanz wahren, um Georges Hilfe nicht zu gefährden.

Sie versuchte das Ziehen in ihrem Herzen zu verdrängen. Vielleicht war Mark einfach nur ein Mann, der im richtigen Augenblick zu ihr gekommen war, um ihr eine Last abzunehmen. Seit Jahren hatte sie zum ersten Mal offen über ihre Vergangenheit gesprochen. Er hatte ihr mit jedem Wort, jeder Geste gezeigt, wie er sie bewunderte. Sie wollte diesen Moment genießen, bis sie in ihr normales Leben zurückkehrte.

Doch zuvor würde sie ihn unterstützen. Ihr Magen verkrampfte sich bei der Vorstellung, an ihr könnte Marks Projekt für Future Trust hängen. Warum sollte sie unbedingt mitkommen? Er konnte das sicher allein viel besser über die Bühne bringen. Doch sie hatte das Gefühl, ihm etwas zurückgeben zu wollen. Vielleicht war das genau der richtige Abschluss für diese Episode in ihrem Leben: Er hatte ihr eine Last abgenommen, sie ihn unterstützt – und dann würden sie getrennte Wege gehen. Hatte sie nicht vor Kurzem erst einen Artikel darüber gelesen, dass bestimmte Menschen einen Unterschied machen konnten, auch wenn man sie nur für einen kurzen Zeitraum kannte?

»Hallo!«
Anina zuckte zusammen.
»Bist du noch in dieser Welt oder wo treibst du dich rum?« Emily stand mit in die Hüften gestemmten Armen vor ihr.

Oh Gott ... sie hatte sich völlig ihren Gedanken hingegeben. »Iss eine Zimtschnecke!« Sie legte eines der duftenden Teilchen auf einen Teller und stellte ihn vor Emily.

Diese schüttelte den Kopf und verzog das Gesicht. »Ich will aber gar nicht! Ich hatte doch gerade eine. Wenn du mir etwas verheimlichen willst, musst du das schon geschickter anstellen. Also: Was ist der Grund zur Freude? Ist der olle Porterfield vom Pferd gefallen?«

»Emily!« Anina mühte sich, nicht aufzulachen. Heute kam ihr alles zum Lachen vor, egal wie unkorrekt es auch war.

»Hätte ja sein können«, murmelte ihre Schwester und biss nun doch von der Zimtschnecke ab.

Anina beschloss, dem Gespräch ein Ende zu setzen. »Ich freue mich nur vorfristig für deine bestandene Prüfung morgen.«

Emily lachte. »Du bist eine echt schlechte Lügnerin. Aber zumindest könnte ich mich dann wochenlang über eine gut gelaunte Schwester freuen. Das Ergebnis bekomm ich schließlich nicht gleich danach.«

»Nicht?«

Emily schüttelte den Kopf. »Leider, leider wirst du noch viel backen müssen, um deine Nerven zu beruhigen!«

Anina schaute ihre Schwester an. Wie sehr sie sie doch liebte. An einem Tag wie heute wurde ihr bewusst, wie glücklich sie sich schätzen konnte. Wie gut es ihr ging, auch wenn nicht alles immer optimal in ihrem Leben verlaufen war. Sie saßen hier in einer gemütlichen Küche, umgeben vom Duft nach Zucker und Zimt, und niemand konnte ihnen etwas anhaben.

Dann klingelte das Telefon.

12

Anina stand am Fenster und hörte auf die männliche Stimme, ohne die Worte verarbeiten zu können. Sie war aus der Küche in ihr Schlafzimmer gegangen, um ungestört zu sein. Sie blickte auf Mrs Petersons Garten, auf die Sonnenstrahlen, die Vögel auf der Suche nach Insekten.

Alles war wie noch vor fünf Minuten – und doch ganz anders.

»Es tut mir wirklich leid, Anina. Aber du verstehst, dass wir keine Wahl haben.«

Olivers Stimme klang aufrichtig bekümmert und so sanft und freundlich wie immer. Nicht wie ein verärgerter Chef, der ihr gerade ihre Kündigung ausgesprochen hatte.

Sie warfen sie tatsächlich raus.

Anina spürte, wie ihr die Tränen kamen. Sie konnte nichts sagen, hörte einfach nur zu.

»Ich hab keine Ahnung, was genau vorgefallen ist. Ich will es auch gar nicht wissen. Fakt ist, dass einer deiner Kunden … nun ja … ausgesagt hat, dass mehr zwischen euch gelaufen ist. Offenbar ein Bekannter von Dexter.«

Marks Gesicht erschien vor Aninas innerem Auge und sie presste die Augen zusammen, als könnte sie es ausblenden.

Oliver sprach weiter. »Du weißt, dass wir noch viel mehr als früher auf unsere Regeln achten müssen. Ich find es absolut nicht okay, dass er dich auf die Probe stellen wollte, das kannst du mir glauben! Momentan zählen für ihn nur die Fakten. Aber ich bin sicher, ich kann ihn so weit bringen, dass wir uns deine Sichtweise zumindest anhören.«

Aninas Brust zog sich zusammen bei der Vorstellung, wie vor Gericht vor den beiden aussagen zu müssen – womöglich mit Mark als Kronzeugen.

Sie schüttelte den Kopf, als könne Oliver sie durch das Telefon sehen.

Er schwieg kurz, schien jedoch zu verstehen, dass sie nicht antworten würde. »Ehrlich, ich bekomm das hin! Ich hab dir immer vertraut, das weißt du. Trotz der Dinge, die vorgefallen sind. Und Dexter hört auf mich. Vielleicht können wir es als Ausrutscher hinstellen.«

Anina gab ein leises Schnauben von sich.

Wie konnte ein Tag sich innerhalb von wenigen Minuten so extrem ändern? Sie warf die imaginären bunt verzierten Donuts in den Müll. Sie war wieder in ihrem normalen Leben angekommen. Einem Leben, in dem sie niemandem vertrauen durfte. In dem Männer meinten, sie herumschubsen zu können, wie sie wollten.

»Wollen wir uns am Dienstag zusammensetzen? Du kommst nach London und wir reden über die Sache. Vielleicht können wir die Kündigung rückgängig machen.«

»Nein.«

Anina hatte das Wort hinausgestoßen wie eine Kanonenkugel. Sie wollte nicht mehr, hatte es so satt, sich ständig rechtfertigen zu müssen. Seit Jahren verdächtigte Dexter sie öffentlich, mit jedem Kunden ins Bett zu springen, den sie begleitete. Sie hatte sich gewehrt, immer wieder – zu Recht.

Dieses Mal hatte sie keine Kraft mehr. Zumal ... die Vorwürfe waren gerechtfertigt. Sie würde es nicht mit sich vereinbaren können, das Gegenteil zu behaupten. Für Lügen waren in ihrem Leben andere Menschen verantwortlich.

»Anina, ehrlich –«

»Nein. Ihr habt entschieden und ich nehme das hin. Schickt mir einfach meine Unterlagen zu.«

Oliver atmete tief durch. »Ich hätte nicht gedacht, dass Dexter so weit geht. Es tut mir leid. Wirklich.«

Anina spürte, wie ihr erneut die Tränen kamen. »Danke«, presste sie heraus und legte auf.

Sie ließ das Telefon auf das Bett fallen und schaute aus dem Fenster. Die Tränen liefen ihr über die Wangen. Sie schlug die Hände vors Gesicht und gab sich ihren Gefühlen hin.

Sie weinte nicht um ihren Job. Im Grunde war es höchste Zeit, dass ihr jemand den Schubs gab, eine andere Lösung zu finden. Sie weinte nicht wegen Dexter – zu viele Tränen hatte sie wegen ihm vergossen. Sie weinte einzig und allein um die Gefühle, die sie viel zu kurz hatte spüren dürfen und die nun wie das sprichwörtliche Kartenhaus in sich zusammengefallen waren.

Mark hatte sie angelogen.

Hatte ihr in die Augen geschaut und sie gebeten, ihm zu vertrauen.

Und sie hatte ihm geglaubt.

Ein verächtliches Schnauben entfuhr ihr. Wie hatte sie sich von ihm einfangen lassen können? Von Beginn an hatte sie ein komisches Gefühl gehabt. Etwas war nicht echt gewesen – doch sie hatte die Bedenken beiseitegeschoben. Ein Teil von ihr schien die ganze Zeit über gehofft zu haben, dass sie ihm tatsächlich vertrauen könnte.

Doch es war alles nur ein Spiel für ihn gewesen.

Alles wirkte plötzlich so klar wie die frisch geputzte Scheibe vor ihren Augen: Er hatte ihr versprochen, er würde ihr nicht schaden, würde nicht über ihre gemeinsame Nacht sprechen. Diese Nacht ... sie fühlte sich schmutzig, benutzt von einem Mann, dem sie ehrliche Gefühle entgegengebracht hatte. Wieder einmal fühlte sie sich wie eine Puppe, die von abgebrühten Männern umhergeschubst wurde.

Sie ließ sich nach hinten auf das Bett fallen und starrte die Deckenlampe an, die verschwommen von ihren Tränen auf sie herabschaute.

Sie glaubte, sich nicht mehr bewegen zu können. Die Last ihrer Vergangenheit schien sie endgültig eingeholt zu haben und wog nun doppelt so schwer auf ihr. Sie hatte gewusst, dass Dexter sie hatte loswerden wollen. Und obwohl sie ihren Job brauchte, war sie ihm in die Falle gegangen.

Sie wünschte, sich nie wieder bewegen zu müssen.

Das Klopfen an der Schlafzimmertür ignorierte sie. Sie wollte ihrer Schwester nicht so gegenübertreten.

Ein zweites Klopfen, dann ein drittes. Anina wollte gerade um ein paar Minuten Ruhe bitten, als die Tür geöffnet wurde. Doch im Türrahmen stand nicht Emily.

Anina setzte sich ruckartig auf.

»Störe ich?«, fragte Mrs Anderson. Ihr Tonfall klang nicht so, als würde sie sich für die Antwort interessieren.

Das Jugendamt.

Heute.

Irgendwie passte das Timing zu ihrem Leben.

Anina stand auf und war sich ihrer Erscheinung mehr als bewusst: Ihre Augen mussten rot und geschwollen vom Weinen aussehen, vermutlich dekoriert durch herunterlaufende Wimperntusche. Sie trug ihre ältesten, geblümten Lieblingsleggings mit einem Loch im Knie und an ihrem Shirt klebten Teigreste. Auch wenn sie seit dem Termin beim Amt die Wohnung penibel in Ordnung gehalten hatte, lag ein Spitzen-BH achtlos auf ihrem Bett.

Zu keinem schlimmeren Moment hätte die Dame auftauchen können, die sich neugierig umschaute und keine Regung zeigte.

Anina ging zur Tür und sah, wie Emily erstarrt im Flur stand. Sie hatte die Augen weit geöffnet und warf ihr einen entschuldigenden Blick zu. Als ob ausgerechnet sie etwas dafür konnte.

Sie streckte Mrs Anderson eine Hand entgegen. »Herzlich willkommen. Schön, dass Sie uns besuchen.«

Was für dämliche Worte ... wie unangemessen in ihrer Situation. Sie wünschte sich sehnlichst ein paar Minuten für sich, um sich äußerlich auf Vordermann zu bringen und innerlich zumindest nicht gerade ihren verwundbarsten Moment zu haben.

Mrs Anderson ergriff die Hand zögerlich. »Es tut mir leid, wenn ich ungelegen komme.« Erneut klang ihr Tonfalls kein bisschen bedauernd. »Wollen Sie mich herumführen?«

Anina nickte. »Klar. Natürlich. Kein Problem.« Gott ... sie redete Unsinn!

Emily hatte sich keinen Millimeter gerührt und wirkte so klein und verletzlich wie schon lange nicht mehr. Anina dachte an ihre Schwester, die vor Kurzem noch so selbstbewusst im Community Centre vor all den Menschen gesprochen hatte, und hatte Mühe, die beiden Bilder miteinander in Einklang zu bringen.

Diese Erkenntnis legte einen Schalter in ihr um. Hatte sie sich nicht geschworen, alles für Emily zu tun? Niemandem zu erlauben, ihr jemals wieder etwas Schlechtes anzutun? Nun ... jetzt könnte sie es sich und der ganzen Welt beweisen.

Wenn sie etwas während ihrer Arbeit für ExAd gelernt hatte, dann, eine Rolle zu spielen.

Fake-Vertrauen.

Ihr Stichwort.

Was macht es schon, was für Klamotten sie trug? Dass sie verheult war und soeben eine Nachricht erhalten hatte, die ihre Zukunft infrage stellte? Das alles war egal. Jetzt zählte es nur, ihre Schwester zu beschützen.

»Lassen Sie uns mit Emilys Zimmer beginnen!« Aninas Stimme klang in ihren eigenen Ohren stärker, als sie sich innerlich fühlte. Doch das war gut, sehr gut sogar.

Sie hatte bewusst diesen Raum zuerst gewählt: Es war zwar nicht riesig, doch sie hatten ihn liebevoll eingerichtet. Die vielen Bücher zeugten von Emilys Vorliebe für Naturwissenschaften und der Schreibtisch war ausnahmsweise einmal aufgeräumt. Mrs Anderson schaute sich um, ließ jedoch nicht erkennen, was sie davon hielt.

»Gibt es noch mehr Räume?«

»Natürlich!« Anina bemühte sich um einen beschwingten Ton. »Wohnzimmer, Küche, Bad, mein Schlafzimmer. Genau richtig für zwei Personen!« Sie plapperte, versuchte sich an Small Talk, hielt das Gespräch am Laufen. Sie besichtigten die Zimmer und Anina ließ keinen noch so winzigen Gedanken des Zweifels zu. Die Wohnung mochte kein Palast sein – doch sie war sauber, zweckmäßig und ausreichend groß. Sie sandte einen Dank an die Sonne, die die Räume heller als üblich wirken ließ.

Emily hatte zunächst allein im Flur gestanden, kleiner und magerer als sonst gewirkt. Es brach Anina das Herz, ihre starke Schwester so sehen zu müssen. Also nahm sie sie an die Hand, zeigte ihr mit jedem Wort, dass sie sich um sie kümmern würde.

»Das wäre es auch schon! Wollen Sie den Garten noch sehen? Mrs Peterson wäre glücklich, ihn präsentieren zu können!« Anina lachte, als hätte sie etwas wahnsinnig Unterhaltsames gesagt.

»Nicht nötig«, erwiderte Mrs Anderson. »Ich würde mich gern mit Emily unterhalten.«

Anina spürte, wie Emilys Hand sich um ihre Finger klammerte. »Natürlich, kein Problem! Wollen wir uns in die Küche setzen? Ich könnte Tee kochen. Oder Kaffee. Was mögen Sie lieber?«

»Allein. Vielleicht gehen wir besser in Emilys Zimmer?«

Die Dame blickte auf Emily, die schockiert aussah.

»Aber in der Küche ist es viel gemütlicher. Ich habe Zimtschnecken gebacken!«, probierte es Anina leicht verzweifelt. In dieser Verfassung würde Emily viel zu eingeschüchtert wirken, als dass sie vernünftig sprechen konnte.

»Wir kommen schon allein klar, stimmt's, Emily?«

Emily schaute Hilfe suchend zu Anina auf.

Anina wusste nicht, was sie tun sollte. Was, wenn Mrs Anderson ihr Eingreifen so wertete, als würde sie Emily nicht zu Wort kommen lassen und über sie bestimmen? Sie räusperte sich. »Vielleicht ... sollte Emily das entscheiden.«

Emily drückte ihre Hand noch einmal. »Ich möchte, dass meine Schwester dabei ist.«

Mrs Anderson schaute zwischen ihnen hin und her und zuckte schließlich die Schultern. »Wie du meinst.«

Sie nahmen an dem kleinen Tisch in der Küche Platz, auf dem noch immer zwei Bleche mit Zimtschnecken standen. Niemand schien den Drang zu verspüren, etwas zu essen.

»Also Emily ... du weißt sicher, warum ich hier bin.«

Emily blickte die Frau schweigend an, nickte jedoch knapp.

»Vielleicht erzählst du mir von deinen Hobbys.« Sie verzog den Mund zu einem wenig gewinnenden Lächeln.

Emily warf Anina erneut einen Hilfe suchenden Blick zu. Okay ... irgendwie musste sie Emily ihre übliche Sicherheit zurückgeben. Sie drückte ihre Hand – und hatte eine Idee. »Erzähl doch von der Sache, über die wir uns gestern unterhalten haben. Die du in deinem Buch gelesen hast.«

Emily starrte sie an und kaute auf ihrer Lippe herum. Anina versuchte, ihr per Gedankenübertragung die passende Idee einzuimpfen.

Dann schien Emily zu verstehen. Sie öffnete den Mund und ihre Worte klangen ungewohnt zögerlich. »Wussten Sie, dass die englischen Verbraucher Lebensmittel mit Bio- oder

Fairtrade-Siegel seit Jahren immer stärker nachfragen? Der Bedarf nach Fischen aus nachhaltiger Haltung ist sogar um über dreißig Prozent gestiegen.«

Mrs Anderson wirkte verblüfft. Doch bevor sie antworten konnte, hatte Emily ihren Faden gefunden. Anina versuchte so viel wie möglich ihrer eigenen gespielten Selbstsicherheit zu übertragen – und es schien zu gelingen. Sprach Emily zunächst noch stockend, gewann sie zusehends ein wenig der Sicherheit zurück, die sie sonst ausmachte.

In den folgenden Minuten kam Mrs Anderson kaum zu Wort. Emily berichtete von dem Projekt mit Future Trust, ihrer Zukunft in der Edwardian School – wobei sie tunlichst die noch offene Prüfung vermied – und wie unglaublich gern sie Zeit mit Mrs Peterson verbrachte.

Anina war wahnsinnig stolz auf sie.

Vielleicht konnten sie nicht alle Entscheidungen beeinflussen – doch sie gaben ihr Bestes.

Die ganze Zeit hingen Fragen nach Aninas Job wie ein Damoklesschwert über ihr. Was sollte sie antworten, wenn Mrs Anderson danach fragte? Sollte sie erwähnen, dass ExAd nicht mehr ihr Arbeitgeber war? Und wäre es geschickt, ihre Zukunft mit George zu thematisieren? Doch wie durch ein Wunder sprach die Dame dieses Thema nicht an.

Zwanzig Minuten später zog Anina die Haustür hinter sich zu und atmete tief durch. Sie ließ sich mit dem Rücken gegen die Tür fallen und fühlte sich so ausgelaugt, wie sich ein Marathonläufer bei Kilometer vierzig fühlen musste.

Emily trat in den Flur und schaute sie zweifelnd an. Obwohl sie etwas ihrer üblichen Sicherheit zurückgewonnen hatte, sah Anina ihr die Anstrengung ebenso an.

Anina lächelte ihre Schwester an. »Du warst großartig, Em.«

Emily schüttelte den Kopf, lief auf sie zu und umschlag sie

in einer festen Umarmung. »Danke, danke, danke.«

Anina strich ihr über die Schulter. »Noch ist nichts gewonnen. Wir haben nur den ersten Schritt gemacht. Keine Ahnung, wie es jetzt weitergeht.«

Emily drückte sie noch fester. »Trotzdem danke.«

Anina wusste nicht genau, wofür ihr gedankt wurde – doch es war auch egal. Sie hatten einander. Was auch passieren würde – sie würde nicht zulassen, dass jemand sie trennte.

Sie würde alles dafür tun, damit Emily den heutigen Tag ausblenden und morgen mit gutem Gefühl ihre Prüfung absolvieren konnte.

»Hast du auch nichts vergessen?«

Emily verdrehte die Augen. »Wenn ja, werde ich es schon merken.«

»Taschenrechner? Bleistift? Radiergummi?«

»Ich hab alles dabei, was ich auch sonst zur Schule mitnehme. Also beruhige dich!«

Anscheinend waren sie wieder in ihre üblichen Rollen zurückgefallen – beide in dem Wissen, dass Anina das Kommando übernehmen konnte, wenn es darauf ankam. Heute jedoch fühlte sich Anina wie ein aufgescheuchtes Mutterhuhn, das sich um sein einziges Küken kümmern musste.

Sie hatten den Bus genommen und standen vor den imposanten Metalltoren der Edwardian School.

Emilys großer Tag.

»Ich hätte auch allein kommen können.«

»Aber ich wollte dich nun mal begleiten. Find dich damit ab.«

Emily murmelte etwas in ihren nicht vorhandenen Bart. Anina wusste genau, dass ihre Schwester ebenso aufgeregt war wie sie selbst. Dabei hatte sie ihr noch nicht einmal von ihren

Recherchen erzählt. Es gab Gerüchte, nach denen die Aufnahme den Bewerbern mit Stipendium umso schwerer gemacht wurde, je einfacher die Verhältnisse waren. Für Emily sprach kein einziges Argument – außer ihrer überdurchschnittlichen Intelligenz. Anina hoffte, dass genau diese den Ausschlag geben würde.

Es fühlte sich seltsam an, Emily nicht bis zum letzten Schritt begleiten zu können. Sie stellte sich einen großen Saal mit Hunderten Tischen vor, an denen aufgeregte Schüler einzeln über ihren Aufgaben brüteten. Am liebsten hätte sie sich neben Emily gesetzt und ihr damit signalisiert, dass sie nicht allein war.

Was, wenn das viele Lernen nicht genügen würde? Emily konnte nicht in ihrer aktuellen Schule versauern … es ging einfach nicht.

»Ich muss dann mal. Du wartest auf mich?«

Emilys Stimme klang hoffnungsvoll.

»Klar. Und wenn du fertig bist, gehen wir feiern.«

»Falls es was zum Feiern gibt.«

Anina umarmte ihre Schwester fest. »Klar doch. Hast du mir selbst immer wieder bestätigt.«

»Okay. Ich pack das jetzt.« Emily klang tapferer, als sie aussah. Sie drehte sich um und ging allein auf das Gebäude zu.

Anina wusste nicht, ob sie jemals ein Kind haben würde – doch in diesem Moment wusste sie, wie sich eine Mutter fühlte.

Sie hatte überlegt, wie sie die Zeit verbringen könnte – doch nun würde sie einfach hier warten, vielleicht ein paar Schritte auf und ab laufen. Garantiert konnte sie durch ihre Anwesenheit ein paar positive Vibrationen nach drinnen schicken.

Dumm nur, dass sie auf diese Weise viel zu viel Zeit zum Nachdenken hatte. Der gestrige Tag hatte alles verändert. Oder … vielleicht auch nicht.

Sie lehnte sich gegen einen Baumstamm und schloss die

Augen. Es nützte nichts. Ihr Kopf konnte so viele gute Gründe vorbringen wie möglich – ihr Herz und ihr Bauch schrien ihr ununterbrochen Gegenargumente entgegen. Warfen ihr vor, ihre Zukunft wegzuwerfen, schalten sie eine Närrin, weil sie Dexter in die Falle gelaufen war.

Sie fühlte sich unsäglich müde. In der letzten Nacht hatte sie keine Minute geschlafen. Wie in einer Endlosschleife waren die Ereignisse der vergangenen Wochen wie in einem billigen Film vor ihr abgelaufen: das erste Treffen mit Mark, Emilys Engagement für die Ponys, der zweite Termin mit Mark, Georges Angebot, Mark bei ihr zu Hause, das Jugendamt, das Treffen mit Mark in Cambridge.

Wie ein roter Faden zog sich dieser eine Name durch ihr Gedächtnis. Mark Corwin. Der Mann, dem sie nach Jahren ihr Herz geöffnet hatte – und der sie maßlos enttäuscht hatte. Sie spürte, wie ihr erneut die Tränen kamen. Seit gestern hatte sie kaum die Möglichkeit gehabt, an ihn zu denken – hatte es gar nicht gewollt. Doch nun drängten die Gefühle mit aller Macht an die Oberfläche.

Ihr Telefon vibrierte und sie zog es hastig aus der Tasche. Sie wollte immer verfügbar sein, für den Fall, dass George oder das Jugendamt etwas von ihr wollten.

Die Nachricht kam von Mark. Dem Mann, von dem sie nie wieder etwas hören wollte.

»Wann sehen wir uns wieder? Du fehlst mir.«

Anina starrte auf die Worte, die vor ihren Augen verschwammen. Aus einem Impuls heraus löschte sie die Nachricht.

Sie würden sich niemals wiedersehen. Wie ungeheuer dreist von ihm, ihr mit einer solch schleimigen Nachricht zu kommen. Sie beschimpfte ihn innerlich, stellte sich vor, wie sie ihn anbrüllte – alles tat, um den Schmerz in ihrem Herzen zu betäuben.

Es war gut so.

Sie würde mit George sprechen. Ihm mitteilen, dass sie sein großzügiges Angebot gern annehmen würde. Auch wenn es oberflächlich klang: Bei ihm war sie sicher, musste sich nicht um ein gebrochenes Herz sorgen. Würde einem einsamen Mann eine gute Begleitung sein. Und noch viel wichtiger: Das Jugendamt könnte ihr nicht mehr vorwerfen, sich nicht um ihre Schwester kümmern zu können oder in »unangemessenen Verhältnissen« zu leben. Zur Sicherheit hatte sie Mrs Anderson von George Porterfield berichtet – vielleicht auch, um sich selbst jeden Weg zurück zu versperren.

Es war gut so. Wirklich.

Sie schaute auf die Schule und wusste, dass sie zumindest in einem Bereich ihres Lebens alles richtig machen wollte. Selbst wenn Emily momentan noch nicht begeistert von der Aussicht war, in einem »Museum« zu wohnen, wie sie es ausdrückte – irgendwann würde sie dankbar dafür sein.

Nun musste sie nur noch mit George reden.

Sie würde ihm sagen, dass sie nur für ihn gekündigt hatte. Das hatte er sich schließlich gewünscht. Es fühlte sich nicht gut an, ihn zu belügen, doch er würde viel zu deutlich hinterfragen, warum ExAd ihr den Laufpass gegeben hatte. Das durfte auf keinen Fall passieren.

»Du scheinst ja nicht sonderlich begeistert zu sein.« Emily klang nur eine Spur vorwurfsvoll.

»Mh?« Anina schaute auf.

Emily deutete auf den Cheese Cake auf Aninas Teller. »Du schlachtest den Kuchen.«

Das stimmte. Statt einem hübsch angerichteten Stück

Kuchen stand ein Teller mit einem undefinierbaren Haufen vor ihr. Sie sollte sich zusammenreißen. Immerhin ging sie nicht alle Tage mit Emily aus, die heute einen großen Schritt in Richtung Aufnahme an der Edwardian School gemacht hatte.

»Du hast also ein gutes Gefühl?«

Emily runzelte die Stirn. »Das hast du schon mindestens dreiundsiebzig Mal gefragt! Und meine Antwort ist immer gleich: Ich weiß es nicht. Irgendwie lag der Schwerpunkt viel mehr auf englischer Literatur als gedacht. Echt keine Ahnung.«

Anina sah ihrer Schwester ihre Verunsicherung deutlich an. Kein Wunder: Sie hatte sich in den letzten Wochen enorm viel Mathematik und Physik eingepaukt und die Werke der alten Meister eindeutig vernachlässigt.

»Wird schon geklappt haben«, sagte sie vage, mit den Gedanken bereits wieder woanders.

Emily brummte vor sich hin und schaufelte ein Stück Torte in den Mund.

Sie waren beide angespannt – und wollten beide nicht über ihre Bedenken sprechen, um dem anderen keinen weiteren Grund zur Sorge zu geben. Manchmal war es gut, auf diese Weise aufeinander zu achten.

Anina hatte sich entschlossen, ihre Trauer und Wut herunterzuschlucken und nach vorn zu schauen. Sie würde bei George einziehen – das würde sie hinbekommen. Ein Leben in einem großzügigen Anwesen mit gepflegten Gärten war etwas, das andere mit Kusshand nehmen würden. Und wer wusste denn schon ... vielleicht fand sie sogar eine ganz neue Zukunft?

Sie hütete sich, das Thema vor Emily noch einmal anzuschneiden. Seit dem Besuch bei George schien ihre Schwester stillschweigend davon auszugehen, die Sache wäre vom Tisch.

Weit gefehlt.

Es war präsenter als je zuvor.

Nur ... Anina beschlich ein ungutes Gefühl. Seit sie vorhin

auf Emily gewartet hatte, war es ihr mehrfach nicht gelungen, einen Kontakt zu George herzustellen. Es sollte sie nicht beunruhigen, schließlich saß er nicht den ganzen Tag über auf einem Sessel und wartete auf ihren Anruf. Und doch ... es war dieses Kribbeln im Nacken, das sie nervös machte.

Plötzlich hellte sich Emilys Gesicht auf. »Hey! Wollen wir Minigolf spielen gehen?«

Anina lächelte automatisch. Seit Emily klein war, war dies fast in jedem Jahr ihr Geburtstagswunsch gewesen. Sie überlegte, wie ihr Leben aussehen würde, wenn die Sache mit George nicht funktionieren würde. Dann würde sie kaum das Geld für solche alltäglichen Vergnügen zusammenkratzen können, weil alles für die zusätzlichen Kosten für Emilys Ausbildung verwendet werden würde. Umso wichtiger, die Chance heute zu nutzen.

»Klar! Ist ja fast so was wie ein Geburtstag.«

Emily reckte die Faust in Siegespose nach oben. »Das war ja einfach! Ich dachte, ich muss dich erst überzeugen. Aber du bist so verpeilt, wahrscheinlich würdest du sogar mit mir zum Bungee- Jumping gehen.«

»Hm?«

Emily winkte ab. »Ich hab verstanden. Du denkst mal wieder, die kleine Schwester versteht deine Probleme nicht. Ist schon okay.«

Doch Anina hörte die Kränkung aus den Worten heraus. Auf keinen Fall würde sie Emilys Hochgefühl mit ihren Grübeleien über Mark, George, Dexter, ihren verlorenen Job und das Jugendamt mit ihr teilen.

»Okay, lass uns gehen.« Sie standen auf und drängten sich durch den gut besuchten Tearoom durch die Gäste.

Sarah begrüßte sie am Tresen. »Schon fertig? Ich hätte da noch so einiges im Angebot!«

Anina zog ihren Geldbeutel aus der Tasche. »Heute nicht.

Ihr scheint gut zu tun zu haben!«

Sarah schaute verzweifelt in Richtung Decke. »Du hast keine Ahnung! Hier ist neuerdings ständig der Teufel los! Sam macht Werbung in seinem Studio und schickt alle Leute nach dem Training hierher. Die neuen Rezepte speziell für Sportler sind der Renner!«

Anina konnte nicht anders, als Sarah zu beneiden. Seit sie sie kannte, war die Besitzerin des Tearooms aufgeblüht und strahlte eine Lebensfreude aus, die sie in sich vergeblich suchte. Die Hochzeit mit Sam schien ihr Leben in allen Belangen zu komplettieren.

»Stimmt so!«, meinte Anina und legte eine Zehnpfundnote auf den mit Rosen verzierten Teller.

Emily starrte begehrlich auf die frisch gebackenen Kuchen in der Auslage. »Nehmt ihr zufällig auch Praktikanten? Als Geschmackstester sozusagen?«

»Klar! Meld dich einfach.«

»Im Ernst?«

»Na ja ... vielleicht müsstest du noch ein winziges bisschen beim Servieren helfen.« Sarah lachte und deutete auf ihren Bauch. »Ich fürchte, ich werde nicht mehr lange so belastbar sein.«

Erst jetzt nahm Anina die Wölbung unter Sarahs Bluse war. »Glückwunsch! Euer Zweites!«

Sarah strahlte. »Sam ist überfürsorglich und will mich schon jetzt nicht mehr arbeiten lassen.« Sie deutete auf Emily. »Vielleicht kann ich deine Unterstützung gut gebrauchen.«

Emily zuckte mit den Schultern. »Ich überleg's mir! Und jetzt Minigolf?«

Anina legte ihr den Arm um die Schultern, winkte Sarah zu und sie verließen den Tearoom.

»Wir müssen uns beeilen. Heute ist noch ein Future Trust-Treffen im Community Centre.«

Anina zuckte zusammen, als unweigerlich Marks Bild vor ihrem inneren Auge auftauchte. Niemals wollte sie ihn wiedersehen. Niemals.

Sie schlenderten durch die Altstadt, visierten den Princesshay Park an und sahen schon von Weitem den kleinen Bereich, in dem für wenige Pfund Schläger und Bälle ausgeliehen werden konnten. Jeder Schritt kostete sie unglaublich viel Kraft, ihr gesamter Körper schmerzte vor Wut und Enttäuschung und Sorge. Nichts von ihrer Stimmung wollte zu diesem sonnigen Tag passen, an dem sie sich von jeder Freude dieser Welt abgeschnitten fühlte, als hätte sie ihr jemand herausoperiert.

Doch sie wollte Emilys Erleichterung über die absolvierte Prüfung nicht schmälern, musste einmal wieder Stärke zeigen.

»Spiel dich schon mal warm. Ich muss kurz telefonieren.«

Anina wollte es noch einmal bei George probieren, Gewissheit erlangen. Solange sie nicht geklärt hatte, dass zwischen ihnen alles in Ordnung war, konnte sie sich nicht entspannen.

Sie schickte Emily voraus, um die notwendige Ausrüstung zu leihen, und trat ein paar Schritte beiseite auf den Rasen. Sie wählte die letzte Nummer – und hatte sofort jemanden an der Leitung.

»Hallo! Ich bin's ... Anabelle.« Sie bemühte sich, ein Lächeln in die Worte zu legen.

Schweigen. Anina schaute auf das Display – aber die Verbindung stand noch immer. »Hallo?«

»Warum rufst du an?« Das war George, ohne Zweifel. Doch sein Tonfall sandte einen unangenehmen Schauer über ihren Rücken.

»Ich wollte fragen, wann wir uns wieder treffen wollen. Um alles ... zu besprechen.«

George schnaubte wie eines der hochgezüchteten Pferde in seinem Stall. »Dass du es wagst, dich bei mir zu melden.«

Anina wusste in diesem Moment, dass eine weitere Brücke

soeben vor ihr zusammengebrochen war. »Ich ... was meinst du?« Ihre Stimme klang mit jedem Wort dünner.

Sie hörte sein verächtliches Lachen. »War ein netter Plan, dich bei mir einzuschleichen. Hättest sicher von meinem Geld profitieren können. Aber du musstest ja mal eben mit dem erstbesten Typen ins Bett springen. Der natürlich rein zufällig der ist, der mir schon seit Monaten Probleme macht.«

Anina schüttelte den Kopf. »Nein, ich –«

»Du streitest es also ab, dich mit Mark Corwin eingelassen zu haben?«

Anina sank auf die nächste Bank.

Er wusste es.

Nicht nur Andeutungen, sondern alles. Wie hatte das passieren können? Warum sollte ExAd einem Kunden sofort von ihren Verfehlungen berichten?

»Wusste ich es doch.« Seine Stimme klang wie ein Fauchen. »War ein netter Plan von euch beiden! Stammt von Corwin, was?«

Anina konnte nicht folgen. Weshalb sollte sie gemeinsam einen Plan mit Mark geschmiedet haben? Es war doch ganz anders! Mark hatte ihr geschadet!

Ihre Zähne schienen zusammenzukleben und sie konnte kein Wort hervorbringen. Ihre Gedanken rasten, versuchten Sinn in Georges Worte zu bringen.

»Ich hätte gut für euch sorgen können«, meinte George. »Chance vertan. Ich bin froh, dass zumindest dein Chef den Anstand hatte, mich zu informieren. Wäre ja auch zu schön gewesen, wenn das lose Mädchen sich fröhlich in die Arme des besten Kunden stürzt und Executive Adventures eine lange Nase macht.«

Ohne weiteren Kommentar legte er auf.

Anina ließ den Kopf nach hinten sinken.

Es war vorbei. Alles.

Das Minigolfspiel war ein Desaster. Sogar Emily konnte nach einer halben Stunde ihre Gereiztheit nicht mehr verbergen. »Wollen wir nun spielen oder nicht?«, fragte sie schließlich.

Anina hieb kraftlos mit ihrem Schläger auf den Betonboden ein. »Klar. Wir spielen doch.«

Emily stemmte die Hände in die Hüften. »Das hat so keinen Sinn. Und ich frag auch nicht noch mal, was los ist. Mit mir redet ja sowieso keiner.«

Als sie keine Antwort erhielt, schaute sie genervt in Richtung Himmel und marschierte zum kleinen Holzhäuschen, in dem die Schläger verliehen wurden. Anina folgte ihr, fühlte sich wie ein Roboter auf Autopilot.

»Willst du den Schläger mit nach Hause nehmen?« Emily nahm ihn ihr aus der Hand. »Oh Mann, wenn man nicht auf dich aufpasst.«

Anina schaute sich um. Sah das frische Gras sprießen, die Frühblüher den Park bevölkern und Kinder kreischend auf dem Spielplatz umherlaufen.

Ein normaler Frühlingstag.

Nur sie fühlte sich ganz und gar entkoppelt.

Die Probleme schienen von allen Seiten näher zu kommen, wie wuchtige Betonwände, die sie einzuklemmen drohten. Wenn sie nicht aufpasste, würde sie zerquetscht werden – und Emily gleich mit.

Ein stechendes Etwas wuchs in ihrem Magen heran. Wurde immer größer, bis sie das Gefühl hatte, zu platzen. Ihre Wut konzentrierte sich auf eine einzige Person: Mark Corwin.

Wäre er nicht in ihr Leben getreten, wäre alles noch in Ordnung. Sie blendete aus, dass sie sich freiwillig auf ihn eingelassen hatte – denn er hatte es darauf angelegt. Hatte ihr vom ersten Moment an etwas vorgespielt.

Emily drehte sich zu ihr um. »Ich muss in einer halben Stunde beim Treffen sein. Ich nehm dann den Bus nach Hause.«

»Ich komme mit.« Überrascht von ihrer eigenen Antwort, zuckte sie zusammen. Die Entscheidung musste sie unbewusst getroffen haben, doch sie fühlte sich richtig an.

Emily hob die Brauen. »Echt jetzt? Wieso?«

»Ich habe etwas zu klären.« Mehr würde sie nicht sagen und Emily schien an ihrem Tonfall bemerkt zu haben, dass sie besser nicht nachfragen sollte.

Sie beschlossen, zu Fuß zum Community Centre zu gehen – was sich genau mit Aninas Gefühl deckte, auf einer Mission zu sein. Sie würde ihn zur Rede stellen. Ihren ganzen Frust endlich rauslassen. Wäre er nicht in ihr Leben getreten, könnte sie nun zumindest an Georges Seite weiter für Emily sorgen. Er war schuld. An allem.

Eine schüchterne Stimme flüsterte ihr zu, dass sie selbst auch eine Mitschuld trug – doch sie stopfte sie in eine Holztruhe mit einem schweren Schloss. Weg damit. Sie hatte etwas zu klären.

Nur wenig später kam das Community Centre in Sicht, sie durchquerten den Haupteingang und wurden von den typischen Geräuschen eines Gebäudes empfangen, in dem in verschiedenen Räumen Menschen miteinander sprachen, musizierten oder telefonierten. Sie selbst hatte nie den Antrieb verspürt, hier Kurse zu belegen, doch seit Emilys Projekt sah sie das Zentrum zumindest mit anderen Augen.

Emily gab die Richtung vor, stieg die Stufen zur ersten Etage nach oben und öffnete die zweite Tür von rechts. Anina hörte, wie ihre Schwester begrüßt wurde, und spürte einen Hauch von Stolz in sich aufsteigen.

Doch ihr ging es um etwas anderes. Sie trat in den Türrahmen und sah etwa zwanzig Personen in verschiedenen Altersstufen, die sich auf lose verteilten Stühlen niedergelassen hatten.

Und dort saß er.

Halb auf einem Tisch und damit etwas höher als der Rest. Der Mann, der sie vom ersten Moment an hintergangen hatte. Hass loderte in ihr auf.

Sie hatte während des Weges die erhellende Erkenntnis gehabt, endlich Georges Worte richtig verstanden: Wenn er und Mark Widersacher waren, dann war sie nur ein Mittel zum Zweck gewesen. Nun machte alles einen Sinn. Sie hatte sich gefragt, warum Mark von Beginn an das Ziel gehabt hatte, sie zu verführen. Jetzt hatte sie die Antwort. Sie war die Dumme, die in ein Dreigestirn von verabscheuungswürdigen Männern geraten war.

Mark schaute auf und sein Gesicht verzog sich zu einem so ehrlichen und erfreuten Lächeln, das sie nicht ertragen konnte.

Was für ein Schauspieler.

Er rutschte vom Tisch und ging lächelnd auf sie zu, nicht bemerkend, was in ihr vorging. Klar: Für ihn war ja alles in Ordnung, richtig? Er hatte sein Ziel erreicht.

Sie dachte zurück an ihr letztes Treffen, an die vertraute Zweisamkeit im Café. An all das, was sie ihm über ihre Vergangenheit berichtet hatte. Sie hatte ernsthaft das Gefühl gehabt, jemandem vertrauen zu können. Zum ersten Mal seit Jahren. Doch er hatte dieses Vertrauen wie mit einem Baseballschläger in hunderttausend Splitter zertrümmert. Wie dreist sein Wunsch mit diesem Wissen aussah, sie sollte ihn zu dem Tesco-Termin begleiten.

Sie konnte nicht fassen, dass er mit einer solchen Unschuldsmiene auf sie zutrat. Mit jedem Schritt wuchs ihre Wut, wuchs das Verlangen, ihm all den Schmerz heimzuzahlen. In diesem Moment hätte sie kein einziges Wort herausbringen können.

Er stand vor ihr. Verengte die Augen, als würde er endlich kapieren, dass sie nicht gekommen war, um sich begeistert in seine Arme zu werfen.

So viel war seit ihrem letzten Treffen geschehen. Es wurde

Zeit, sich Luft zu verschaffen. Sie ignorierte die vielen Augenpaare, die auf sie gerichtet waren, schob Emilys entsetztes Gesicht beiseite. Es zählten nur noch ihre Wut und ihr Schmerz.

Sie hob die Hand und versetzte ihm mit aller Kraft eine solche Ohrfeige, dass sein Kopf zur Seite wegknickte.

Anina hatte selten einen befreienderen Moment als diesen erlebt. Ihr war, als hätte sie all ihre Wut in diese Ohrfeige gesteckt. Lautes Triumphgeheul machte sich in ihr breit und sie spürte den Drang, einen Siegestanz aufzuführen. Diese Ohrfeige war für all die Männer bestimmt gewesen, die sie in ihrem Leben ausgenutzt hatten.

Sie fühlte sich unglaublich zufrieden.

Bis die Realität sie einholte.

Sie blickte auf Emilys verstörtes Gesicht, auf ihre aufgerissenen Augen, ihr komplettes Unverständnis. Nahm die anderen Menschen im Raum wahr, die sie entweder mit offenen Mündern anstarrten oder miteinander tuschelten.

Wagte es endlich, den Kopf zu heben und Mark anzuschauen.

Der Blick fuhr bis tief in ihr Innerstes.

In seinen Augen loderte die gleiche Wut, die sie in sich spürte. Er rieb sich mit der Hand die Wange, auf der sich ein roter Fleck abzeichnete.

Dann griff er in einer blitzschnellen Bewegung nach ihrem Arm und zerrte sie nach draußen. Anina war so überrascht, dass sie nicht reagieren konnte.

»Hey!«, hörte sie Emilys Stimme hinter sich.

Mark hielt inne und drehte sich zu ihr um. »Wir müssen etwas klären. Mach dir keine Sorgen«, sagte er mit mühsamer Beherrschung und zog Anina durch den Flur in ein leer stehendes Büro. Er schloss die Tür hinter ihnen und drehte den Schlüssel um. Dann baute er sich vor ihr auf, wirkte wie ein Krieger, der sich bemühen musste, sein Opfer nicht zu erdolchen.

»Du willst mir nicht zufällig erklären, was Sache ist?«

Anina spürte, wie seine unterdrückte Aggression bei ihr auf fruchtbaren Boden fiel. Erneut kochte sie innerlich hoch, konnte nicht glauben, dass er ihr Vorwürfe machen wollte.

»Du. Bist. So. Ein. Schwein.« Ihre Stimme war nicht mehr als ein Fauchen. Anina hob erneut die Hand – doch er griff nach ihrem Arm und hielt sie auf.

»Wag es ja nicht.« Sein Blick nagelte sie fest, ließ ihr nicht die Möglichkeit, wegzuschauen. »Ich hab keine Lust mehr auf den Kindergarten. In einem Moment küsst du mich, im nächsten bekomm ich eine geknallt. Vielleicht bin ich zu wenig verständnisvoll, aber solche Hormonschwankungen sind nicht normal.«

»Hormonschwankungen!« Anina spuckte ihm das Wort entgegen. Es war so typisch, alle Schwierigkeiten auf Frauenprobleme zurückzuführen. »Ich erzähl dir was von Hormonschwankungen!«

»Nur zu«, sagte er und griff auch nach ihrem zweiten Arm. »Ich bin ganz Ohr.«

Anina atmete schwer, wusste nicht, was sie sagen sollte. Sie hatte sich keinen Plan zurechtgelegt, war einfach dem Impuls gefolgt, ihn hier konfrontieren zu müssen.

Vielleicht war das genau der richtige Ansatz. Sie öffnete den Mund und ließ ihr Hirn ihre Gedanken ungefiltert in Worte umwandeln. »Ich weiß alles. Ich weiß, dass du es von Anfang an darauf angelegt hast, mich ins Bett zu kriegen. Ich weiß, dass du und George Porterfield ein Problem miteinander habt. Ich weiß, dass ich nur ein nettes Mittel war, George zu schaden.« Es tat so unsäglich weh, die Worte auszusprechen. Sie wand sich in seinen Armen, doch er hielt sie eisern fest – den Blick ebenso fest auf sie gerichtet.

Sie war noch nicht fertig. »Ist doch perfekt, wenn auch Dexter endlich eine Möglichkeit hatte, mich loszuwerden. Das habt ihr ganz toll eingefädelt.« Ihre Stimme wurde immer lauter. Es würde sie nicht wundern, wenn sich eine Menschentraube vor dem Büro versammelt hätte. Doch das war ihr egal. Die Worte mussten raus, selbst wenn jedes einzelne von ihnen ihren Mund aufzureißen schien.

Sie wollte sich aus seinem Griff befreien, doch er ließ es nicht zu. Er drängte sie gegen die nächste Wand, wirkte entschlossen. »So war es nicht.« Seine Stimme klang eindringlich.

»Ach nein?« Anina wusste, dass sie hysterisch wurde. »Dann hattest du also nicht von Anfang an den Plan, mich rumzukriegen?«

Er zögerte, ließ seine Kiefer mahlen, senkte die Lider.

»Doch.«

Etwas erstarb in Anina. Sie hatte es gewusst – doch es aus seinem Mund zu hören, fühlte sich unendlich viel realer an. Es war dieses eine Wort, das ihren Kampfgeist erlahmen ließ. Sie sackte in sich zusammen, wäre an der Wand nach unten gerutscht, wenn er sie nicht gehalten hätte.

»Ich wusste es. Von Anfang an.«

Mark wollte etwas sagen, aber Anina unterbrach ihn. »Ihr seid alle so was von krank.« Sie legte so viel Verachtung in ihre Stimme wie möglich.

»Lass es mich erklären.«

Anina schnaubte. »Erklären. Du willst mir erklären, warum ich es verdient hab, meinen Job zu verlieren? Warum ein George Porterfield sich von dir bedroht fühlt und mir eine sichere Zukunft verbaut? Du willst ernsthaft behaupten, du könntest mir all das logisch erklären?«

»Lass es mich versuchen.«

Vielleicht war es die richtige Taktik, ihrem Aufruhr mit leiser Stimme zu begegnen. Sie hörte die Ruhe und Resignation, die aus seinen Worten sprach.

Anina gab nach. Sollte er doch loswerden, was er zu sagen hatte. Es würde nichts ändern. Sie sackte in sich zusammen und hoffte, er würde es schnell hinter sich bringen.

Mark ließ sie los und wandte sich in Richtung Fenster. Dann drehte er sich zu ihr um, schaute ihr fest in die Augen und begann zu sprechen. Er erzählte vom Studium in Cambridge, über seinen Freund Dexter, den alle Spike nannten, und über einen George Porterfield und dessen Rolle in seinem Leben. Sprach in nüchternen Worten über seine Fehler, den Tod einer jungen Studentin, seine eigene Schuld ihr und seinem besten Freund gegenüber. Über den Wunsch, der Welt etwas Gutes zu tun, seine Arbeit für Future Trust. Über den inakzeptablen Wunsch seines Freundes, die Schuld nach all den Jahren zu begleichen.

Über seine dumme Entscheidung, sich auf das Spiel einzulassen.

Er ging durch den Raum, schien sich ihrer Anwesenheit oft nicht mehr bewusst zu sein. Als würde er endlich all die Dinge aussprechen, die sich in ihm angestaut hatten.

Anina fühlte sich beinahe teilnahmslos. Als würde sie einen Film schauen oder die Geschichte eines Fremden hören, der mit ihrem eigenen Leben nichts zu tun hatte.

Mark trat ihr gegenüber, suchte ihren Blick. Anina hob widerwillig ihren Kopf und wurde von der Wucht der Traurigkeit in seinen Augen überwältigt. Sie wehrte sich gegen das aufsteigende Mitgefühl, tat alles, sich an ihrer Wut festhalten zu können.

»Und dann habe ich die wundervollste Frau meines Lebens kennengelernt.« Er sprach die Worte fast nüchtern aus, doch sie spürte den Berg an Gefühlen, der sich dahinter verbarg. »Egal, was ich vorher über sie gehört hatte ... sie hat mich von Beginn an überwältigt. Ich wollte die Sache sachlich angehen, nur meinen Auftrag erfüllen, so falsch er sich auch anfühlte.

Aber es ist mir nicht gelungen.«

Er hielt inne und sie schaute ihn erneut an. Seine Miene war so voller Gefühl, dass sie schnell den Blick abwandte. Sie konnte damit nicht umgehen, wollte wütend auf ihn sein, ihren Frust an ihm auslassen.

»Du hast etwas mit mir gemacht, das ich niemals für möglich gehalten hätte. Ich kann nicht mehr richtig schlafen, denke den ganzen Tag an nichts anderes, als dich glücklich zu machen.«

Anina war froh über die erneute Flamme der Wut, die in ihr auflodern. »Und du meinst, du machst mich glücklich, indem du mich vorsätzlich in dein Bett zerrst und mich dann bei meinem Chef verpfeifst?«

Mark sah bestürzt aus. »Ich habe nicht –«

»Erzähl doch keinen Blödsinn!« Ihre Stimme wurde wieder lauter. »Warum sonst werde ich gekündigt, weil ich mich auf einen Kunden eingelassen hab, wenn du nicht sofort prahlend deinen Erfolg gemeldet hast?«

Mark griff ihre Schultern und schaute sie fest an. »Du kannst mir vorwerfen, dass ich mich zu Beginn falsch verhalten hab. Damit kann ich leben. Aber was zwischen uns passiert ist ... bitte ziehe das nicht in den Dreck.«

»Ich? Ich ziehe etwas in den Dreck?«

Sein Blick wurde intensiver. »Du musst gespürt haben, dass mehr zwischen uns ist. Dass ich es ehrlich meinte. Diese Nacht ... die war ... mehr als besonders. Für uns beide. Das musst du wissen.«

Sie schwieg, wehrte sich gegen die aufkeimenden Gefühle.

Er fuhr fort: »Du musst spüren, dass ich dich nicht angeschwärzt habe. Wenn auch nur ein wenig zwischen uns echt ist, musst du mir glauben.«

Anina blickte ihn an, in seine eindringlichen Augen, die ihr etwas vermitteln wollten.

Sie senkte den Kopf. »Ich weiß gar nichts.« Mit diesen Worten löste sie sich aus seinem Griff und ging in Richtung Tür. Er hielt sie nicht auf. Sie drehte den Schlüssel um, öffnete die Tür und warf einen letzten Blick zurück. Er hatte das Gesicht in seinen Händen vergraben und sie meinte seine Schultern zittern zu sehen.

13

Zum ersten Mal in ihrem Leben hatte Anina das Gefühl, sich mehr um sich selbst als um Emily kümmern zu müssen. Ihre Schwester war schon oft genug allein mit dem Bus nach Hause gefahren – sie würde es auch jetzt schaffen. Anina hatte ihr eine Nachricht geschrieben, damit Emily sich keine Sorgen machte.

Sie brauchte Zeit für sich.

Der Princesshay Park schien ihr der perfekte Ort zum Nachdenken zu sein. Automatisch hatten ihre Füße sie hierhergetragen, hatten sie zu dem kleinen Teich geführt, an dem die Kinder gern Enten fütterten. Der Ort strahlte eine solche Ruhe aus, dass Anina sich instinktiv entspannte.

Sehr wahrscheinlich lag dies allerdings an ihrer Erschöpfung. Die letzten Wochen hatten zu viele Überraschungen für sie parat gehabt – fast alle negativ. Kein Wunder, wenn sie sich so kraftlos fühlte wie ein Ballon, aus dem langsam die Luft entwich.

Das Holz der Bank fühlte sich angenehm unter ihr an, sandte dringend nötige Wärme in ihren Körper.

Was sollte sie tun?

Zum ersten Mal in ihrem Leben hatte sie keinen Plan. Es war nur eine Frage der Zeit, bis das Jugendamt von ihrer Arbeitslosigkeit erfuhr. Dann war sie unausgebildet, ohne Job, ohne Geld, um für ihre Schwester sorgen zu können. Mrs Anderson hatte keinen Zweifel daran gelassen, besonders kritisch auf ihre Lebensumstände schauen zu wollen.

Und dann war da noch Mark.

Sie wehrte sich gegen jeden Gedanken an ihn, doch ihr Unterbewusstsein schien sich mit aller Kraft Raum verschaffen zu wollen.

Sie wollte ihm nicht glauben, konnte es nicht.

Konnte ein studierter Anwalt so unsäglich dumm sein und sich auf ein solches Spiel einlassen? Jeder normal denkende Mensch hätte Dexter einen Vogel gezeigt. Wie um alles in der Welt sollte sie ihm glauben, dass er zwar zu Beginn einen Plan verfolgt, den aber bald aufgegeben hatte?

Er hatte zugegeben, dass George und ihn eine gemeinsame Vergangenheit verband. Das hieß jedoch nicht, dass er sie in die Sache hatte hineinziehen wollen. Er wollte George mit ehrlichen Waffen schlagen, mit seiner Arbeit für Future Trust und seinen Überzeugungen.

War das glaubhaft? Instinktiv schüttelte Anina den Kopf. Es klang wie eine Schmierenkomödie, in die sie dummerweise hineingeraten war.

Und doch ...

Immer wieder stiegen Bilder vor ihrem inneren Auge auf. Zeigten ihr einen lachenden Mark, seine liebevollen Berührungen, seinen am Boden zerstörten Anblick vorhin im Community Centre.

Sie schloss die Augen. Wenn sie ihn aus tiefstem Herzen hassen könnte, wäre alles einfach. Dann würde sie toben, brüllen und mit dem Thema abschließen.

Doch ihr Herz wollte nicht auf ihren Kopf hören, wollte seinen eigenen Weg gehen – zu ihm.

Sie schüttelte den Kopf, wie um das Gefühl loszuwerden. Sie hatte viel zu oft auf ihr Herz gehört, und wohin hatte es sie gebracht? Hierher. Zu diesem Moment, in dem sie keine Ahnung hatte, was sie tun sollte.

Anina öffnete die Tür zu ihrer Wohnung und wappnete sich für das Zusammentreffen mit Emily. Sie hatte sich die Worte sorgfältig zurechtgelegt. Was sie getan hatte, war nicht in

Ordnung gewesen. Sie hatte einen anderen Menschen geschlagen – in aller Öffentlichkeit. So sehr er es verdient hatte – sie wollte nicht solch ein Vorbild für ihre Schwester sein.

Emily schien auf sie gewartet zu haben, denn sie stand im Flur und kam sofort auf sie zu. »Wo warst du?«

»Ich hab dir gesagt, dass alles okay ist.«

»Ja, total okay! Und deshalb knallst du Mark vor allen Leuten eine und er sieht den restlichen Tag über so aus, als wäre jemand gestorben.« Sie schaute Anina auffordernd an, als erwarte sie eine Erklärung. Als diese nicht kam, sprach sie weiter: »Das war unmöglich! Hast du eine Ahnung, wie peinlich mir das war?«

Anina erwiderte Emilys Blick und sah zum ersten Mal in ihrem Leben echte Enttäuschung in ihrer Miene. Wenn sie wüsste, was alles dahintersteckte, würde sie vielleicht verstehen. Anina nahm all ihre Kraft zusammen, obwohl ihr Bett mit viel zu süßer Stimme nach ihr rief. »Wir müssen reden.«

»Allerdings.« Emily ging voran in die Küche und Anina folgte ihr. Sie nahmen einander gegenüber Platz und schauten sich in die Augen.

»Was ich getan habe, war falsch. Konflikte können mit Worten gelöst werden, niemals mit Gewalt.«

Emily verdrehte die Augen. »Bitte! Jetzt keine Moralpredigt. Wenn du dich schon zu so etwas hinreißen lässt, muss es einen guten Grund geben.

Anina verspürte das unbändige Bedürfnis, die Wahrheit zu sagen. Gleichzeitig wallte der bekannte Drang in ihr auf, ihre Schwester schützen zu wollen. Doch dieser Tag war zu außergewöhnlich, als dass ihre üblichen Verhaltensweisen sich durchsetzen konnten.

Also sprach sie.

Erzählte ihr von den ersten Treffen mit Mark, ihrer Geschichte mit George. Emily kannte die Vergangenheit mit

Dexter, sodass sie zumindest diese Episode auslassen konnte. Emily wirkte wenig geschockt, also sprach sie sogar ihre Sorgen an, das Jugendamt könnte ihr den Jobverlust als dicken Minuspunkt ankreiden. Und dass sie Angst hatte, Emily zu verlieren.

Emily blickte hinunter auf die Tischplatte und verknotete ihre Finger. Irgendwann versiegten Aninas Worte und Stille kehrte ein. Sie befürchtete, zu viel gesagt zu haben, eine viel zu große Last auf den Schultern ihrer Schwester abgeladen zu haben.

Emily schaute auf. »Gott sei Dank!« Sie grinste.

Diese Reaktion war so unpassend, dass Anina unwillkürlich auflachte. »Hast du mir nicht zugehört?«

Emilys Grinsen wurde breiter. »Wir sind den alten Knacker los! Yeah! Ich wäre nie im Leben damit klargekommen, wenn du nur wegen mir bei ihm eingezogen wärst. Nie!« Sie atmete tief durch. »Das sind so gute Nachrichten!«

Anina schüttelte den Kopf. »Du hörst nur raus, was du hören willst.«

»Wieso? Du bist endlich einen abartigen Job los und musst den abartigen Typen nichts mehr vorspielen. Dein abartiger Ex-Freund ist auch Geschichte. Ist doch alles gut!«

»Ach so? Und was ist mit dem Jugendamt?«

»Das schaffen wir schon. Sind doch ein gutes Team! Wenn ich das Stipendium bekomme, kann uns finanziell niemand mehr etwas vorwerfen.«

Anina hätte Emilys positiven Blick in die Zukunft gern geteilt und brachte es nicht übers Herz, ihr von den Zusatzkosten für den Bus und Bücher zu berichten, die sie kaum würde aufbringen können. Für den Moment tat es gut, die Situation nicht im schwärzesten Schwarz zu betrachten.

»Und das mit Mark renkt sich schon wieder ein.«

Anina versteifte sich. Solche Worte konnten nur von einer Dreizehnjährigen kommen, die noch nie den Schmerz enttäuschter Liebe gespürt hatte. Niemals würde sich das wieder einrenken. »Darüber möchte ich nicht sprechen.«

»Ich glaube ihm.«

Anina hob die Brauen. »Weil du ihn auch so gut kennst.«

»Ich weiß, was ich sehe. Und ich merke, dass er verrückt nach dir ist. Und du nach ihm.«

Anina machte eine abwehrende Geste. Sie wollte das nicht hören, wollte jeden Gedanken an ihn weit wegschieben.

»Ist doch so! Außerdem hat er mir was für dich mitgegeben. Ich sollte extra noch länger bleiben, damit er es vorbereiten konnte.« Sie sprang auf, lief in ihr Zimmer und legte kurz darauf einen Briefumschlag vor Anina auf den Tisch. »Aufmachen!«

Anina schob den Umschlag beiseite. »Kannst du gleich wegwerfen.«

Emily schob ihn ihr wieder zu. »Komm schon! Ich bin superneugierig!«

Anina starrte auf den Brief, auf dem in eleganter Handschrift ihr Name stand. Einer Eingebung folgend, nahm sie ihn in die Hand und riss ihn in der Mitte durch.

»Hey!« Emily entriss ihr die zwei Hälften. »Du hast nicht mal reingeschaut!«

»Vielleicht will ich das nicht. Er hatte seine Chance.«

Anina fragte sich, ob sie überreagierte. Ob sie auf Emily hören sollte, die alles ganz einfach sah: Glaub ihm und alles ist gut! Doch ihre Schwester hatte noch nicht erlebt, wie sich ein gebrochenes Herz anfühlte. In welches Loch man fallen konnte, wenn man jemandem vertraute, der sich nachträglich als falsch herausstellte. Wie sehr es schmerzte, benutzt worden zu sein. Sie konnte ihm nicht verzeihen, dass er sie so berechnend hatte verführen wollen.

»Du bist sooo dickköpfig!« Emily machte sich daran, den Umschlag zu öffnen und die beiden Hälften zusammenzusetzen.

»Hey!«, rief dieses Mal Anina aus.

Emily zuckte mit den Schultern. »Du wolltest ihn ja nicht.« Sie sprang auf und setzte die Zettel auf der Küchenanrichte zusammen. Kurz darauf durchdrang ein lautes Lachen die Küche, das Anina gänzlich unangemessen fand.

Emily drehte sich mit einem breiten Grinsen zu ihr um und hielt ihr ein verschwommenes Foto entgegen, das aus einem Farbdrucker stammen musste. Anina konnte nicht anders: Ihre Neugier siegte. »Gib schon her.«

»Nichts lieber als das!« Emily legte das in zwei Teile gerissene Blatt vor ihr auf den Tisch – und Anina traute ihren Augen nicht.

Auf dem Foto war Dexter abgebildet. Dexter mit dem fuchsteufelswilden Ausdruck im Gesicht, den Anina nur zu gut kannte. Doch etwas anderes weckte ihre Aufmerksamkeit: das blaue Auge und die dunkelrote Spur unter seiner Nase. War das ... Blut?

»Lies den Text!«, forderte Emily sie auf.

»Das passiert mit Typen, die Frauen und Kinder missbrauchen.«

Anina starrte auf das Foto ... den Text ... das von der Kamera eingedruckte Datum auf dem Bild. Es war schon vor einigen Tagen aufgenommen worden. Genau genommen ... am Tag nach dem wunderschönen Treffen im Café.

An dem Tag ihrer Kündigung.

Sie schloss die Augen. Hatte Dexter sie deshalb endgültig vor die Tür gesetzt? Weil Mark sich geweigert hatte, den Plan in die Tat umzusetzen, und ihm stattdessen eine verpasst hatte?

Emily tanzte in der Küche umher. »Ich hab's gewusst! Endlich einer, der wirklich etwas tut, statt immer nur zu schwafeln.«

»Gewalt ist nie eine Lösung!«

»Das ist so ein abgedroschener Spruch. Außerdem haben es solche Leute verdient. Gib's zu: Es ist großartig, das Ekelpaket so zu sehen.« Sie deutete auf das Foto.

Widersprüchliche Gefühle kämpften in Anina um die Vorherrschaft. Doch gegen ihren Willen verzogen sich ihre Mundwinkel zu einem leisen Lächeln. Ja. Es tat mehr als gut, Dexter so zu sehen.

Sie betrachtete ihn und spürte, wie etwas ihrer Wut nachließ. Jemand anderes hatte sich ihres Problems angenommen. Obwohl sie nicht darum gebeten hatte. Nur, weil er das ihr angetane Unrecht wiedergutmachen wollte.

Emily wedelte mit einem weiteren Blatt Papier. »Und jetzt musst du mir nur noch erklären, warum er dich so vorsichtig bittet, ihn bei Tesco zu unterstützen.«

»Gib her!« Anina streckte die Hand aus.

»Erzähl mir nicht, es geht um den wichtigen Termin, von dem er mir erzählt hat? Der Termin, an dem alles für unser Projekt hängt?«

Anina wollte sich nicht auf diese Debatte einlassen. Das Thema war abgehakt. »Das Thema ist abgehakt«, sprach sie ihre Worte laut aus.

Emily runzelte die Stirn. »Aber ... wenn es wirklich um das geht, was ich glaube, dann ist das wahnsinnig wichtig! Future Trust braucht Unterstützung aus der Wirtschaft, von irgendwem mit Geld – das hast du selbst gesagt! Die Deppen in der Politik sind doch nur der verlängerte Arm von irgendwelchen Lobby-Gruppen. Die denken nicht an unsere Zukunft, sondern nur daran, gewählt zu werden.«

»Du hast vollkommen recht, aber damit hab ich nichts zu tun.«

»Und warum schreibt er dann, dass er dich braucht? Dass

jemand namens Wellington extra darum gebeten hat? Wer ist das?«

Anina stand auf und riss Emily das Blatt aus der Hand. »Einer der Typen von Tesco«, sagte sie widerwillig.

»Der die Entscheidung mit fällt? Und du kannst etwas dafür tun? Das ist doch großartig! Moment ... dann bist du also die Geheimwaffe, von der Mark letztens gesprochen hat!«

Anina schüttelte den Kopf. »Er redet sich da was ein. Außerdem werde ich auf keinen Fall mit ihm nach London fahren. Niemals.«

»Warum nicht?«

Anina starrte ihre Schwester an, die eine so unbedarfte Miene aufgesetzt hatte, dass sie ihr die Unschuld beinahe abgenommen hätte.

»Das zwischen uns ist ... kompliziert. Das solltest du heute gesehen haben.«

Emily deutete auf das Foto. »Aber er setzt sich für dich ein. Und ich mag ihn.«

»Das hat doch damit nichts zu tun!«

»Womit dann? Was ist so wichtig, dass du die Chance vergibst, etwas echt Großes zu bewirken? Hast du überhaupt eine Ahnung, wie schwierig die Arbeit von Future Trust ist?«

»Da spricht ja die Expertin.«

»Ich hab mich zumindest damit beschäftigt.« Emily wirkte bockig. »Dir ist schon klar, dass du eine gute Sache sabotierst? Nur weil du feige bist?«

»Ich bin nicht feige!«

Doch Emily war noch nicht fertig. »Das liegt mir echt am Herzen! Das Projekt kann wirklich etwas bewirken! Ich verstehe nicht, wie du das kaputt machen kannst!«

Anina schluckte. Fühlte die enttäuschten Blicke ihrer Schwester auf sich. Natürlich hatte Emily recht. Sie selbst hatte sich mehr als genügend mit dem Thema auseinandergesetzt.

Wusste genau, was eine gehörige Geldspritze für den Verein bedeuten konnte. Doch das hieß nicht, dass sie die Sache durchziehen konnte.

Nicht mit ihm.

Emily schien nachgedacht zu haben und ihr Gesicht hellte sich auf. »Boah, das wäre großartig! Dann würde ich das erfolgreiche Pony-Projekt gleich noch an der Edwardian School einreichen, als Zugabe sozusagen für mein soziales Engagement. Vielleicht bekomme ich sogar ein paar Bonuspunkte!«

Anina wusste genau, dass Emily die richtigen Knöpfe bei ihr drückte. Wie sollte sie sich gegen solche Argumente wehren?

»Du hast keine Ahnung, was zwischen uns passiert ist«, sagte sie matt.

»Dann erklär's mir.«

Anina schaute sie an und wusste, sie würde um nichts in der Welt mit ihrer Schwester über ihr Liebesleben sprechen. Über das vorsichtige Vertrauen, das sie aufgebaut hatte und das so gnadenlos zerstört worden war. Über Gefühle, die noch immer in ihr tobten und von denen sie sich wünschte, sie nie erlebt zu haben.

Sie schüttelte den Kopf.

Emily schien zu spüren, dass sie keine weiteren Antworten erhalten würde. Sie schaute auf den Brief und dann wieder Anina an. »Das musst du entscheiden. Aber ich hätte dich für mutiger gehalten.« Mit diesen Worten verließ sie die Küche und ließ die Tür zu ihrem Zimmer hinter sich zufallen.

Anina hatte keine Ahnung, ob sie das Richtige tat. Oder ... sie wusste genau, dass es richtig war. Oder doch nicht?

Sie atmete tief durch und versuchte zur Abwechslung etwas Ruhe in ihre wirbelnden Gedanken zu bekommen.

Vergeblich.

Sie stand auf dem American Square in der Londoner City und blickte auf das hoch über ihr aufragende Gebäude. Sie musste die Adresse nicht noch einmal in ihrem Telefon nachschlagen, hier war sie richtig. Oder ... zumindest war dieser Ort ihr heutiges Ziel.

War er auch der richtige?

Niemand würde ihr es verraten können. Auf diesem Wort kaute sie seit Tagen herum. Richtig. Vielleicht gab es kein absolut Richtig oder Falsch, sondern nur das, was sich in dem Moment gut anfühlte.

Für sie gab es zwei unumstößliche Argumente, wegen derer sie hier war: Emily, die sich unendlich enttäuscht zeigen würde, wenn sie die Chance nicht nutzen würde, etwas Gutes für Future Trust zu tun. Und ihre vage Hoffnung, sie könnte erneut in Kontakt mit Richard Wellington kommen, der zumindest eine vorsichtige Andeutung für einen Job gemacht hatte.

Ihre Anwesenheit hatte nichts mit Mark zu tun. Gar nichts. Im Gegenteil: Sie war ausschließlich wegen Emily und ihren eigenen Interessen hier. Sie könnte es sich nicht verzeihen, der Sache nur wegen ihrer Feigheit aus dem Weg zu gehen.

In einem Anfall von Todesmut hatte sie Mark eine knappe Nachricht geschrieben, in der sie ihr Kommen angekündigt hatte. Sie hatte befürchtet, er würde sofort vor ihrer Tür stehen, ihr freudestrahlend danken und sich gemeinsam mit ihr vorbereiten wollen.

Doch statt sie aufzusuchen, hatte er um ihre E-Mail-Adresse gebeten und ihr im Verlauf der letzten Tage unzählige Nachrichten zugeschickt: Informationen über den Ablauf, seine vorbereitete Präsentation, Hintergrundinformationen zum Projekt, Argumentationshilfen. Dazu eine Sammlung von Stichpunktlisten. Alle Nachrichten waren höflich formuliert und immer mit dankenden Worten unterschrieben, beinahe so, als würden sie ausschließlich beruflich miteinander arbeiten.

Genau das hatte sie gewollt, richtig? Die Sache möglichst schnell hinter sich bringen und den persönlichen Kontakt auf ein Minimum reduzieren.

Gestern hatte er angefragt, ob sie gemeinsam nach London fahren wollten, was sie selbstverständlich abgelehnt hatte. Neben ihm in einem viel zu engen Auto? Niemals!

Nun stand sie hier wie angewurzelt und traute sich keinen Schritt weiter. Die Menschen eilten an ihr vorbei und erinnerten Anina daran, warum sie gern in einer kleineren Stadt lebte. Eine Frau mit einem Kleinkind an der Hand rempelte sie unsanft an und gab ihr den Schubs, den sie brauchte.

Die Veranstaltung wurde einmal jährlich im America Square Conference Centre in der Londoner City abgehalten. Mehrere Projekte hatten genau zehn Minuten Zeit, sich zu präsentieren – keine Sekunde länger. Was simpel klang, war nicht so einfach: Nur wenigen gelang es, in der kurzen Zeit so überzeugend zu wirken, dass die Verantwortlichen ihre eng sitzenden Geldbeutel öffneten.

Sobald sich Anina von ihren eigenen Problemen distanzierte, hatte sie ein immerhin vorsichtig positives Gefühl. Die Unterlagen hatten Hand und Fuß und wenn es nach ihr ginge, konnten die Tesco-Leute nicht anders, als die Vorteile für alle Seiten zu erkennen.

Doch es gelang ihr nicht, diese Distanz aufzubauen. Und das allein wegen Mark.

Dort stand er.

Neben dem Aufzug, in sein Telefon vertieft.

Es war eigenartig, ihn in natura zu sehen, nachdem sie tagelang nur schriftlich miteinander kommuniziert hatten. Er wirkte wie aus dem Ei gepellt: Der dunkelgraue Anzug saß wie immer perfekt, das weiße Hemd kleidete ihn ohne Schnörkel, ebenso wie die blank polierten Schuhe. Er musste beim Friseur gewesen sein, denn die Haare lagen akkurat am Kopf an. Sogar eine frische Rasur hatte er sich spendiert.

Wenn sie ihn nicht kennen würde, sie keine gemeinsame Geschichte teilen würden, dann würde sie bemerken müssen, wie attraktiv er war.

Als hätte er ihre Anwesenheit gespürt, schaute er auf.

Ihre Blicke trafen sich.

Anina kämpfte gegen den Impuls, das Gebäude auf schnellstem Wege wieder zu verlassen – doch sie hatte sich etwas vorgenommen. Fake-Vertrauen. Mit festem Schritt ging sie auf ihn zu, überwand die wenigen Meter und bemerkte zu ihrer Erleichterung, dass er ihr ebenfalls entgegenkam.

Er lächelte sie vorsichtig an. »Vielen Dank, dass du hier bist.«

Sie nickte knapp. »Lass es uns hinter uns bringen.«

Zum Glück machte er keine Anstalten, sie zur Begrüßung zu umarmen. Eine solche Nähe hätte sie nicht ertragen.

»Wir müssen in den siebzehnten Stock«, meinte Mark. »Bereit?«

Anina nickte.

»Dann los.« Er drückte auf einen der Knöpfe neben den Aufzügen und sie warteten gemeinsam auf die nächste freie Fahrt nach oben. »Diese Karte lässt uns nur ein einziges Mal nach oben fahren. Du kannst also nicht noch ein Stück Kuchen oder so zur Nervenberuhigung holen.« Er lachte kurz auf, ließ es jedoch sofort wieder bleiben, als hätte er selbst gemerkt, dass er nichts sonderlich Lustiges gesagt hatte.

Die Fahrt zog sich hin. In beinahe jedem Stockwerk hielt der Lift, Menschen stiegen zu und wieder aus. Im neunten wurde es so voll, dass Anina und Mark in eine Ecke gedrängt wurden – und sie sich mit dem Rücken an Marks Körper wiederfand.

Das ... ging nicht.

Vergeblich versuchte sie Distanz zwischen sie beide zu bringen, hätte sich am liebsten an den übergewichtigen Mann gedrängt, der schmatzend ein Sandwich verschlang.

Mark schien ihr Unwohlsein zu spüren. »Die Unterlagen hast du bekommen?«

Er wollte sie ablenken. Sie empfand fast ein wenig Dankbarkeit für seinen Versuch – auch wenn er vollkommen erfolglos war. »Natürlich. Ich übernehme den Mittelteil.« Allein diese Worte auszusprechen, fühlte sich waghalsig an.

»Das wäre großartig.« Er sagte kein weiteres Wort, drängte sich stattdessen weiter an die Wand, als wolle er ebenfalls den Körperkontakt auf ein Minimum reduzieren.

Anina schwankte zwischen Dankbarkeit und ... war das Enttäuschung? Nein. Das war es ganz sicher nicht. Sie waren nur zwei Menschen, die ein gemeinsames Ziel verfolgten und danach getrennte Wege gingen.

Doch das Schicksal schien sie auf die Probe stellen zu wollen. In Etage vierzehn quetschten sich unter lauten Entschuldigungen zwei weitere Damen in den Lift und Anina fand sich eng an Mark gepresst wieder.

Warum um alles in der Welt gab es in einem Konferenzzentrum keine größeren Aufzüge?

Sie war sich überdeutlich der Berührung bewusst, nahm seinen kräftigen Körper wahr und kämpfte gegen den unvernünftigen Drang an, sich an ihn zu schmiegen. So sehr sie sich gegen die Gefühle wehrte: Ihr Körper betrog sie und wünschte sich, er würde sie berühren. Sie spürte den Atem an ihrem Hals, roch sein angenehmes Deo, dessen Duft sie nicht zuordnen konnte. Sie schloss für einen Moment die Augen, gab sich dem Gefühl hin.

Irgendetwas schien in Etage sechzehn vorzugehen, denn wie auf Kommando verließen alle anderen den Aufzug – und ließen Mark und sie allein zurück. Das gleiche Kommando schreckte Anina auf und sie stellte sich an die gegenüberliegende Seite des Lifts.

Sie blickte zu Mark herüber, der sie mit einem undurchdringlichen Blick anschaute. Schnell schaute sie nach vorn und sah, wie die Anzeige die Nummer siebzehn darstellte.

Sie waren da.

Gleich würden sie überzeugen müssen.

Anina wusste nicht, was sie erwartet hatte – jedoch nicht dies. Vielleicht hatte sie sich eine Art Theatersaal vorgestellt, in dem unzählige Personen vor einer Bühne im Halbdunkel saßen und sich Notizen machten.

Die Realität sah anders aus.

Beinahe ernüchtert stellte Anina fest, dass die Präsentationen in einem unscheinbaren Besprechungszimmer vorgetragen wurden und nur vier Verantwortliche von Tesco ihnen gegenübersaßen. In hellem Tageslicht, direkt vor den Leuten, die ihre Projekte vorstellten.

Die Einfachheit machte die Sache auf seltsame Weise deutlich unangenehmer. Dies hier war ein Vortrag zum Anfassen, jeder würde auch eine noch so kleine Unsicherheit entdecken.

Gott ... sie war hier so was von verkehrt. Normalerweise hing sie nur als hübsches Anhängsel am Arm eines Mannes! Immer wieder erinnerte sie sich daran, warum sie sich darauf eingelassen hatte: wegen Emily und in der Hoffnung, Richard Wellington zu beeindrucken. Zwei Gründe, an denen sie sich festklammerte wie eine Ertrinkende.

Besonders herausfordernd: Die anderen Teilnehmer am Wettbewerb konnten die Präsentationen durch eine große Glasfront mitverfolgen, auch wenn sie nicht jedes Wort verstanden. Anina hasste die Vorstellung, von allen bewertet zu werden, vor allem, da sie etwas Ungewohntes tun musste. Sie schielte auf die geschniegelten Hipster-Typen aus London, die eine neue Dating-App vorstellten. Sie konnte sich die beiden mit einem Skateboard unter dem Arm und in einem luftigen Co-Working-Space vorstellen. Keiner von ihnen sah so aus, als würde er sich jemals über etwas den Kopf zerbrechen.

»Wollen wir die Präsentation noch mal durchgehen?«

Anina zuckte zusammen, hatte beinahe vergessen, wie nahe Mark neben ihr stand. Irgendetwas an ihm verursachte einen inneren Aufruhr in ihr – und gleichzeitig eine fast beruhigende Entspannung.

»Nein«, gab sie knapp zurück.

Er schaute sie fragend von der Seite an, wollte augenscheinlich noch etwas sagen. Doch er schwieg und sie beobachteten, wie die Hipster-Typen kunterbunte Animationen über ihren Laptop abspielten. Anina musste zugeben: Sie war beeindruckt, auch ohne genau zu wissen, was dort vor sich ging. Bereits zuvor hatte ein unnahbar wirkender Mann mit akkuratem Seitenscheitel eine Präsentation gehalten, die offenkundig gehörigen Eindruck auf die Tesco-Leute gemacht hatte.

Anina hatte das unbestimmte Gefühl, zu unbedarft und dilettantisch an die Sache herangegangen zu sein. Sie hätte üben müssen – gemeinsam mit Mark! Wie sollte sie etwas für Emilys Projekt erreichen, wenn sie kaum einen Schimmer von dem hatte, was sie erzählen sollte? Und wie konnte Mark auch nur eine Sekunde glauben, sie könnte ihm helfen?

Es kam Bewegung in den Besprechungsraum. Anina wünschte sich, die Szene vor ihr in Zeitlupe abspielen zu können.

Denn sie würden die Nächsten sein.

Die Hipster packten ihre Technik zusammen, klatschten einander ab und verabschiedeten sich von der Jury. Anschließend verließen sie breit grinsend den Raum und stießen ein lautes Johlen aus.

Jemand schien Aninas Füße auf dem Boden festgeklebt zu haben. Drinnen wurde besprochen und sie wusste, gleich würden sie hineingerufen werden.

Genau jetzt.

Anina spürte, wie Mark eine Hand auf ihren Rücken legte und sie in den Raum führte. Ihr Körper reagierte automatisch, obwohl sie sich steif wie eine Puppe fühlte. Ihr Mund wurde trocken und sie war sich sicher, kein einziges Wort herausbringen zu können.

Sie warf Mark einen Blick zu – und er ihr.

Etwas passierte zwischen ihnen, als würde eine Welle von Gefühlen übertragen, die sie einte. Zumindest für diese paar Minuten mussten sie ein Team spielen. Alles war in seinem Blick vereint: ihr gemeinsames Ziel, sein Glaube an sie, sein Vertrauen. Sie wollte nicht darüber nachdenken, was sie noch in ihm gelesen hatte. Doch sie spürte, dass er an sie glaubt.

Sie musste nur etwas vorspielen. Nach außen glänzen.

Sie konnte das!

Hatte es jahrelang geprobt.

Gut, sie hatte nie zuvor eine solch wichtige Präsentation gehalten. Aber war ein Auftritt bei einem Galadinner wirklich so verschieden? Es waren nur zehn Minuten. Ein kurzer Zeitraum, in dem sie ihr Bestes geben würde.

Und sie hatte Mark an ihrer Seite. Nichts an seinem Verhalten ließ Nervosität erkennen. Er wirkte wie der typische Fels in der Brandung, dem niemand etwas anhaben konnte. Als wüsste er genau, dass er alles erreichen konnte. Bewundernswert – und über alle Maßen beruhigend. Anina spürte, dass ihr in seiner Gegenwart nichts passieren konnte – zumindest hier nicht.

Mit rotem Stoff bezogene Stühle standen um einen U-förmigen Tisch verteilt, auf dem Kaffeetassen und eigenartigerweise Berge von Schokoriegeln lagen, die niemand anrührte.

Anina hatte geglaubt, Mr Wellington würde sie sofort begrüßen, doch er nickte ihnen ebenso wie die anderen nur knapp zu und machte sich Notizen. Irgendwie wirkten die vier Männer beinahe gleich: alle in schwarzen Anzügen, alle mit geschniegelten Haaren, keiner trug eine Brille.

Mark schloss sein Notebook an und Anina tat das, was sie am besten konnte: Sie strahlte in die Runde, spielte die Rolle der souveränen Dame an seiner Seite, griff nach ihren Unterlagen und hoffte, das Zittern in ihren Händen würde nicht auffallen.

»Sie sind so weit?«, fragte der bärtige Herr ganz links mit tiefer Stimme.

Mark nickte.

»Dann läuft die Zeit. Sie kennen die Regeln: zehn Minuten. Schießen Sie los.« Er startete den Timer auf seinem Telefon und schaute sie gemeinsam mit seinen Kollegen erwartungsvoll an.

Mark schien es nicht schwerzufallen, den Vortrag zu eröffnen. Anina warf ihm einen Blick von der Seite zu: Selbstsicher und mit fester Stimme sprach er die ersten Worte, die sie ebenfalls auswendig gelernt hatte. Nicht zu schnell und nicht zu langsam. Als würde es für ihn um etwas Belangloses gehen, und gleichzeitig mit genau dem richtigen Biss.

Der Anblick fing sie ein. Schon wie damals im Fernsehen.

Die wenigen Minuten bis zu ihrem Part vergingen viel zu schnell. Ihr Mund fühlte sich so trocken an wie nach einem Lauf durch die Wüste und sie hatte das Gefühl, ihre Knie könnten jeden Moment zusammensacken.

Doch etwas in ihr hielt sie aufrecht.

»Vielen Dank, Mark«, sagte sie mit einer Stimme, die sie selbst überraschte. Sie sah das Funkeln in seinen Augen und spürte, wie dieses ihre Selbstsicherheit weiter bestärkte. Sie wandte sich direkt an die Jury. »Dann lassen Sie uns einen Blick auf die Statistiken werfen!«

Emily hatte es geliebt, diesen Teil mit ihr vorzubereiten: Sie hatte sich auf die Zahlen gestürzt und alles über das Einkaufsverhalten des typischen Engländers, das Bedürfnis nach

Freizeit und Natur und Zukunftsängste erfahren.

All das spulte sie nun ab, flüssig und ohne zu stocken. Sie war für Emily hier! Dieses Gefühl schwang in jedem ihrer Worte mit. Vielleicht sollte sie ein stärkeres Engagement in sich spüren, sich noch viel mehr für die Ponys begeistern, für die Nationalparks und die Zukunft ihres Landes. Sie wusste, dass sie genau dieses Bild abgab: das einer Frau, die für diese Sache brannte. Doch mit einem Hauch schlechten Gewissens wusste Anina, dass sie dies vor allem für ihre kleine Schwester tat – den wichtigsten Menschen in ihrem Leben.

Mark setzte wieder ein, mit eindringlicher Stimme. Zeigte die Vorteile für Tesco auf, zeichnete Bilder von Aktionen, einer gemeinsamen Mission.

Obwohl es nicht abgesprochen war, folgte Anina einer Eingebung. Sie hakte an einer Stelle ein, an der Mark eigentlich über Geldtöpfe und Budgets sprechen wollte. Stattdessen berichtete sie eine anrührende und zugleich realistische Geschichte von Kindern und Jugendlichen, die mit der Hilfe eines Großkonzerns ihre eigene Zukunft gestalten konnten.

Sie hielt ständig den Blickkontakt zum Publikum und spürte doch kaum eine Resonanz. Die Herren wirkten so abgebrüht, als würden sie eine Nachrichtensendung anschauen.

Also suchte sie den Kontakt zu Mark. Seine Blicke gaben ihr Sicherheit, sein Lächeln half ihr durch die wenigen Minuten, die ihr wie eine Ewigkeit erschienen.

Mit ausgebreiteten Armen sprach Mark seine abschließenden Worte, die Anina schon nicht mehr mitbekam. Eine Welle der Erschöpfung legte sich urplötzlich über sie, als hätte sie jedes bisschen Kraft aus sich herausgeholt.

In diesem Moment gab das Telefon den Abschluss ihrer Präsentation bekannt.

Sie hatten es hinter sich.

Nach ihrem Empfinden hatten sie einen Applaus verdient,

mindestens. Doch die Tesco-Verantwortlichen verhielten sich so gelangweilt wie schon den ganzen Tag über.

Trotzdem: Sie hatten es geschafft. Mark steckte sein Notebook in seine Tasche, sie verabschiedeten sich und verließen den Besprechungsraum. Bei ihnen gab es weder ein Abklatschen noch ein Johlen – stattdessen einen Blick, in dem viel zu viel Sehnsucht lag – und noch viel mehr Verletztheit. Schnell schaute Anina weg. Am liebsten hätte sie sich auf den nächsten Stuhl fallen lassen.

Doch ihr Auftritt war nur offiziell zu Ende. Sie war sich sicher, sie standen auch jetzt noch unter Beobachtung. Also strahlte sie weiter, strahlte Mark an, strahlte durch den gesamten Raum, bis ihr Mund beinahe wehtat.

»Du warst großartig«, murmelte Mark ihr zu. »Gleich geschafft.« Er drückte vorsichtig ihre Hand und Anina hatte nicht die Kraft, sie beiseitezuziehen. Sie beobachteten gemeinsam die letzten beiden Teilnehmer am Wettbewerb – zwei Frauen, die im Gegensatz zum Rest der Truppe beinahe hausmütterlich wirkten.

Kurz darauf war die Veranstaltung beendet.

»Darf ich Sie noch einmal alle zu uns bitten?« Es war der Herr mit dem Telefon, dessen Namen sie schon wieder vergessen hatte.

Wie ein Kinderchor nahmen sie vor den vier Männern Aufstellung.

»Vielen Dank für Ihre Beiträge. Wir werden uns beraten und innerhalb der nächsten Woche auf Sie zukommen. Einen guten Heimweg wünschen wir Ihnen.«

Was? Das war es schon für heute? Sie blickte Mark an, der bestätigend nickte. Der Abschluss wirkte überraschend ... belanglos.

Mark und sie wollten soeben den Raum verlassen, als eine Stimme sie zusammenzucken ließ. Mr Wellington war neben ihr aufgetaucht.

»Ms Elliot ... haben Sie einen Moment für mich?«

Anina spürte Marks Augen auf sich, als Mr Wellington sie zurück in den Besprechungsraum führte. Es machte sie nervös, weiterhin seinen Blicken durch die großen Glasscheiben ausgesetzt zu sein.

Mr Wellington lächelte sie an. »Das war eine hervorragende Performance!«

Anina bemühte sich, weiter im professionellen Modus zu bleiben. Noch war der Tag nicht gelaufen!

»Oh, vielen Dank!« Ihr Lachen klang perlend. »Wenn man für ein Thema wirklich brennt, ist es einfach, dafür einzustehen.«

Wellington schüttelte den Kopf. »Wenn Sie wüssten, was wir hier manchmal zu sehen bekommen, würden Sie anders darüber denken. Es ist eine Gabe, ein Anliegen derart überzeugend rüberzubringen.«

Anina lächelte bescheiden. »Es ist alles Mr Corwin zu verdanken.« Sie deutete auf den Mann draußen im Gang, der sie mit stechenden Blicken musterte. Anina wusste, dass er diese Unterhaltung nicht mochte, und erinnerte sich deutlich daran, was das letzte Mal nach einem Treffen mit Wellington geschehen war. Die Erinnerung an wilde Küsse und ein breites Bett lenkte sie beinahe von ihrem Gespräch ab.

Hatten sich Wellingtons Gedanken in ähnliche Richtungen geschlichen? Zumindest sah sie seine Blicke über ihr Gesicht nach unten wandern. »Corwin war passabel, aber manchmal braucht es eine Frau für den emotionalen Part.«

Anina griff sich ans Herz. »Es ist mir ein echtes Anliegen, dieses Projekt erfolgreich zu sehen. Und ich bin fest davon überzeugt, dass Tesco auf diese Weise extrem sein Image aufpolieren kann.«

Wellington schenkte ihr noch einen prüfenden Blick und nickte. »Und genau Menschen mit dieser Begeisterung brauchen wir in unserem Unternehmen.«

Sie hob die Brauen.

Er zuckte mit den Schultern. »Leute, die sich für etwas einsetzen und die Fähigkeit haben, es anderen zu vermitteln. Schon bei unserem ersten Treffen habe ich Ihr Potenzial erkannt.«

Aninas Herz machte einen Hüpfer. Bot er ihr allen Ernstes einen Job an? »Oh, Sie schmeicheln mir!«

»Keineswegs. Ich mache es kurz: Was müsste ich Ihnen bieten, damit Sie bei uns einsteigen?«

Eine solche Frage war ihr definitiv noch nie gestellt worden. Wellington schien ihr Zögern nicht zu stören. »Ich weiß, die Sache kommt etwas überstürzt. Und Sie lieben Ihre Arbeit für Future Trust, das ist offensichtlich. Vielleicht können wir uns dennoch über eine Zusammenarbeit unterhalten.« Er zog ein Etui aus der Tasche und reichte ihr eine seiner Visitenkarten. »Wir suchen immer fähige Leute, die nicht nur was im Kopf haben, sondern auch das Auftreten, uns optimal zu repräsentieren. Ich würde mich über einen Anruf sehr freuen. Ich bin sicher, wir können die Konditionen von Future Trust toppen.«

Anina nahm mit zitternden Fingern die Karte entgegen. Da war sie. Die Eintrittskarte in eine Zukunft, in der sich all ihre Probleme in Luft auflösen würden.

»Vielen Dank«, sagte sie und hoffte, nicht allzu atemlos zu klingen. »Ich werde darüber nachdenken.« Ein Gedanke schoss ihr durch den Kopf. »Meine Entscheidung hat aber nichts mit dem Ausgang von diesem Wettbewerb zu tun, oder?« Sie legte einen scherzhaften Unterton in ihre Stimme, obwohl sie die Frage bitterernst meinte.

Wellington lachte auf. »Ms Elliot, wir sind Profis. Etwas

anderes als eine neutrale Beurteilung können wir uns gar nicht erlauben. Außerdem ... ich entscheide schließlich nicht allein.«

»Natürlich«, lachte Anina ebenfalls auf. »Wie geht es eigentlich Ihrer Frau?«

»Vorzüglich! Sie hat den Abend in Ihrer Gesellschaft sehr genossen. Schade, dass Sie schon so früh gehen mussten.«

Anina hielt ihr Lächeln aufrecht, obwohl ihr bereits die Mundwinkel weh- taten. Sie musste dringend nach Hause – ihre Kraftreserven tendierten stark gegen null.

»Ich glaube, wir müssen uns auch jetzt gleich auf den Weg machen. Mark ... Mr Corwin hat noch einen weiteren Termin.«

Wellington legte ihr die Hand auf die Schulter. »Kein Problem. Wie gesagt ... ich würde mich sehr über einen Anruf freuen. Ich bin sicher, wir könnten gut zusammenarbeiten.«

Nach Aninas Empfinden war das Lächeln ein wenig zu freundlich – und das schien auch Mark so zu sehen, dessen Blick sie aus dem Augenwinkel einfing. Sie hob das Kinn und versuchte ihr Ich-bin-super-selbstbewusst-Auftreten noch ein Weilchen länger durchzuziehen.

Wellington legte ihr den Arm auf den Rücken und Anina verglich diese Berührung instinktiv mit der Marks. Es fehlte das kribbelnde Ziehen, das sich langsam in ihrem Körper ausbreitete. Stattdessen hätte sie auch die Hand einer Schaufensterpuppe berühren können.

Sie verließen den Besprechungsraum und wurden von Mark begrüßt, der Wellington ein ebenso falsches Lächeln entgegenbrachte. Doch Anina sah das verärgerte Funkeln in seinen Augen, seine missbilligenden Blicke.

»Mr Corwin, ich bringe Ihnen Ihre bezaubernde Kollegin zurück.«

Mark nickte, nicht ohne kurz die Kiefer zusammenzubeißen. »Vielen Dank. Wir müssen jetzt leider los.«

Wellington drückte Anina die Hand. »Wir bleiben in